流水迢迢

卷二

鳳翔九霄

簫樓——著

伊吹五月——繪

好讀出版

目錄

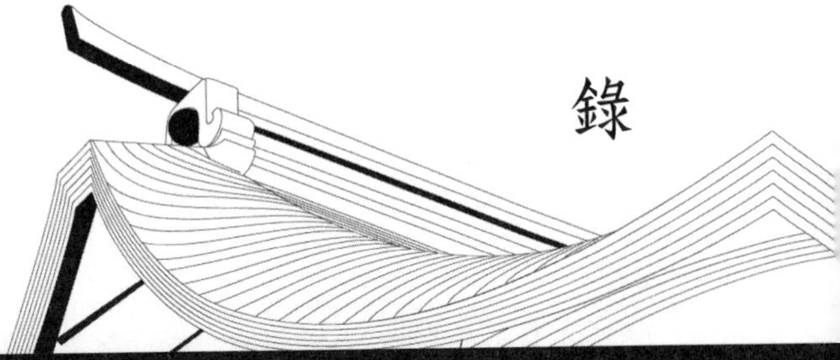

流水迢迢

第五章 淪為禁臠

江慈控制住輕顫的雙手，坦然無懼地望向衛昭，「我打不過你，淪為你的俘虜和人質，在你眼中，我只是個沒出息的丫頭，然你若不能答應我這樣條件，我，寧願一死。」衛昭心中欲呼湧而出：「誰又真正把我的族人當人來對待了！在世人眼中，我們月落族人，永遠只是悲哀與恥辱的歌姬和孌……我衛三郎，永遠只是……」

十九　武林大會

十一月初十，黃道吉日，諸事皆宜。

這日天氣陰沉，長風山莊前搭起高臺，擺下席位，各路江湖人士將莊內莊外坐了個滿滿當當，人人神情興奮，等著觀看這武林乃至整個華朝上百年來難得一見的盛事。

江慈早早起來，換過侍從服飾，將眉毛畫濃，顏面抹上一層淡淡的灶灰，緊跟在裴琰背後，周旋於各賓客之間，熱鬧喧譁的景象讓她想起三個月前的武林大會，只是，當初看熱鬧、長見識的心態，此刻蕩然無存。

她用心看著每一位武林人士，卻不見額頭有梅花印記之人，想來衛昭會想法子令那人在適當的時候出現，遂按定心思，跟著裴琰踏上高臺，立於他背後。

天上雲層甚厚，壓得極低，青白混雜，一派山雨欲來的態勢，但因長風山莊背北向南，北風尚不甚急。

辰時末，鑼聲「鐺鐺」敲響，高臺上下，近千人鴉雀無聲。少林慧律大師穩步行到臺前，沉聲道：「我武林各門派今日齊聚長風山莊，蒙裴莊主盛情款待，各位同道好友賞面駕臨，實乃武林一大盛會，望各位同道本著仁心善意，公平競爭，遵守比武規則，圓滿地選出下屆武林盟主。」他話音甫落，臺下已有數名豪客嚷道：「規則如何，大師快快公布吧！」

一名僧人捧過一盤竹籤，慧律道：「根據上次議定的規則，由各大門派推舉一位候選者，通過德行、智慧、武藝三輪角逐，最後勝出者，即爲下任武林盟主。現下各候選人已定，共計十六人，這十六人通過德行和智慧兩輪比試之後，由八位公推的武林名宿進行評定，每輪比試淘汰最後四名，剩下的八人分成兩組，抽籤後進行武藝比試，勝者再抽籤進行下一輪比試，最後勝出者即爲下屆武林盟主。」

臺下一片「嗡嗡」議論之聲，十六人魚貫上臺，立於慧律背後。群雄一一看去，十六人之中，既有某些門派的掌門或教主，也有一些門派的掌門弟子，還有些門派推出的於軍中任職大將或副將之弟子，少林派出的便是其在軍中任職大將的俗家大弟子宋宏秋。隊伍最末，一女子執劍而立，與其餘之人稍稍拉開些距離，此女風姿嫻雅，神韻清秀，正是江湖第一美人「青山寒劍」簡瑩。

慧律正待報出參選眾人名號，忽聽一人朗聲道：「慢著，我有異議！」

眾人轉頭望去，只見一中年儒生分眾而出，行到臺前向慧律見禮道：「慧律大師！」

慧律認得這人是「河西鐵扇」袁方，在河西一帶清譽極佳，為武林名宿，與高氏一族來往甚密。他得罪不得，忙合十還禮，「袁大俠有何異議，不妨直言。」

袁方微微一笑，說：「敢問大師和各位掌門，近百年來，武林盟主起何作用，又身負何種使命？」慧律面色不變，回道：「上百年來，武林盟主領袖群雄，調停各門派紛爭，鼎劍兼顧，平衡朝野間力量，為我武林同道謀最大之福祉。」

袁方點了點頭，「那我斗膽再問大師，我朝上百年來，歷任武林盟主是否定要協調各門派在軍中和朝中任官弟子間關係，並助朝廷平息戰火，守疆衛國？」

慧律緩緩道：「正是。」他心中暗驚，卻又有些冷笑，臺上臺下這上千人，只怕無人不知，此只是武林盟主擺在臺面上的光環，若真說起這盟主的任務和好處，怕是誰都心知肚明，卻誰也不會擺明挑穿的。

自古以來，窮文富武。華朝又是以武立國，上百年來軍中武將大多出於各大門派，武林勢力在朝中和軍中盤根錯節，亦讓各武林門派在各地勢力雄大，有時甚至州府大吏見了各地的掌門人也只能執後輩之禮。以少林一門為例，名下的田產山林不計其數，其俗家弟子更遍及天下，只要是持少林度牒的僧人下山行緣辦事，普通官吏皆不敢輕易得罪。

立朝至今，向是裴氏以中立者身分執掌盟主一職，平衡著朝野間的關係。裴琰這一辭去，等於拋出個寶座擺在眾人面前，誰能當選這個盟主，即可名正言順地指揮各門派，盡其所能地爲本門爭取利益。至於保疆衛國、平息戰火，那更是聚斂財富的捷徑，只是如何聚斂財富，誰都不會說穿罷了。所以少林此次派出競選武林盟主的，乃是俗家大弟子、西北軍中大將宋宏秋。

袁方冷笑一聲，手中鐵扇舉起，指向臺上候選之人，「今刻臺上候選人物中，有僧有尼、有道有姑，更有年輕女子。敢問大師，倘是這些人當選武林盟主，如何能協調好軍中大將和朝中大吏？又如何能夠親上戰場，浴血沙場，守疆衛國？」

慧律未及出聲，臺下一女子清亮而憤怒的聲音響起，「袁大俠太過無禮，敢這般瞧不起我們女子！」眾人轉頭，只見一綠衫女子緩步上前，英氣勃發，怒視袁方，大部分人都認得她，正是青山弟子，洪州「宣遠府」的小郡主何青泠。袁方並不氣惱，淡淡道：「原來是郡主娘娘！」

何青泠柳眉一豎，「袁大俠，我敬你是前輩，我現在不是什麼郡主娘娘，而是青山門下弟子！」

袁方負手望天，「那又如何？你總是女子，你們青山門下也全是女子，難道能從軍入朝？難道能像歷屆武林盟主親上沙場殺敵，帶領七尺兒郎驅除敵虜麼？」

「爲何不能？」何青泠直逼向袁方，「你們男子能做到的事情，我們女子一樣行！本朝豈無女子上沙場之先例，袁大俠難道忘了，我朝開朝時的聖武德敏皇后，不就曾親率娘子軍血戰承文關，連奪六城麼？」

袁方微笑道：「聖武德敏皇后的英武事蹟，自是人人知曉，但那乃立國之初，形勢殊異。近百年來我華朝再未出過女子入軍殺敵，現下的主要敵手又是桓國，桓國人素將女子視如草芥，若是我華朝再派出女子任武林盟主、上戰場指揮千軍萬馬，豈非讓桓國人笑話我華朝男子無能，影響我軍心士氣！」

臺上候選人中一人應道：「袁大俠說得有理！我們這些將領在前線出生入死，其中艱難豈是你們這些小女子能夠想像的，遑論妄想指揮我們！小丫頭速速退下，莫再耽誤大夥的時間！」

何青泠望向那人，認得他是昭山派掌門大弟子史修武，爲薄公麾下猛將，又素與自己兄長「宣遠侯」何振文不和。她心頭火起，身形騰縱，躍上高臺，怒視史修武，「史將軍如此看不起我們女子，那咱們就刀劍說話比高低，勝者才有資格繼續站在這臺上！」

何青泠此話一出，臺下哄堂大笑，史修武尤其笑得得意。何青泠有些不明白，聽得臺下傳來污言穢語，諸如「高低上下」之類的話，眼角瞥見端坐於椅中的裴琰同是俊面含笑，不由惱羞成怒，「嗆」地拔出腰旁長劍，卻聽師父嚴厲的聲音傳來，「青泠！休得胡鬧！」

何青泠跺了跺右腳，「師父！」

青山掌門程碧蘭面色冷峻，但心中著實有些爲難。何青泠縱然說話行事稍嫌莽撞，卻是爲了維護本門利益。若眞如那袁方所說，僧尼道姑、女子之流無法協調朝中、軍中各門派弟子間的關係，那大弟子簡瑩將無法參選盟主，且照此形勢下去，青山一派在武林中的地位亦將一落千丈。唯袁方提出的理由，又教人難以反駁，眼下只能藉著弟子何青泠一頓胡鬧，看能不能堵了這袁方的嘴。想及此，她淡淡道：「青泠，此是武林大會，萬事自有長輩們作主，你速速退下。」

何青泠生平最計較別人指她自恃郡主身分「橫行霸道」，這話此刻儘管出自師父之口，仍令她忿忿不平，不由指著那史修武，轉向袁方冷笑道：「袁大俠，你說僧尼道姑、年輕女子不能選盟主，我看，像史將軍這般任職軍中大將之人，更無資格擔任此職。」袁方輕「哦」一聲，悠悠道：「願聞其詳。」

「敢問各位，裴相先前何故要辭去盟主？」何青泠轉向臺下上千人朗聲道：「正是因爲裴相任了左相與劍鼎侯二職，既要處理政務，又有軍職在身，此來便失了他做爲盟主須具備的超然，不再適任盟主一職。」

她環視臺下群雄，侃侃道：「盟主一職，最要者是協調各門各派的糾紛，平衡朝野關係，爲我武林同道謀最大福祉，這樣方能令群雄信服。可若是像史將軍這般在朝大將當選盟主，試問史將軍，一旦朝野之間關係緊張，你該偏向哪一方？是以盟主身分調停糾紛，還是以大將身分繼續聽從兵部指令呢？」

慧律上來道：「郡主，你多慮了，按照先前議定的，凡是軍中或朝中人士當選盟主的，自當辭去軍職和官職，只有戰火起時，才能再任軍職。」

何青泠再是一笑，「即便如此，那我再請問一句，而今在臺上的十六個門派之中，除去我青山、峨嵋、素女門、碧華齋都是女子，普華寺、玉清宮爲出家人，其餘各門各派均有弟子在朝中或軍中任職。若是這些門派之人當選盟主，他們是否不但應當辭去軍職或官職，還要從本門派中脫離，方能保得超然呢？」

何青泠話說得有些隱晦，在場上千人卻均聽懂了她言中之意。武林上百年來積累下來的門派之見、正邪之分，近年來隱有加劇之勢。若是由某一門派的弟子執掌鼎耳，而其又偏向於該門派，萬事只爲本門利益考慮，那麼只會令矛盾激化，到時的亂局，可就不是盟主這個名頭可以壓得下去的了。可現下，各門派鼎力支援單一人選搶這盟主之位，本是爲了替本門帶來更大好處，若是讓其就任盟主後宣告脫離本門，那還有必要支持他去競選盟主麼？

眾人未及細想，袁方將手中鐵扇一闔，拍手道：「郡主娘娘這話講得精闢，也正是袁某今日爲何要提出異議的原因。」

何青泠未料袁方又幫自己說話，語氣便放緩了幾分，「袁大俠請說。」

袁方轉向臺下上千群雄大聲道：「八月十二武林大會，袁某因有事未曾出席，後來聽聞裴相辭去盟主一職，由各大門派推選一名候選人角逐此職，便覺事有不妥。」

臺下數十人叫道：「有何不妥，袁大俠快說吧！」

「我武林之中，除去這十六大門派，猶有眾多小門小派，更有一些武林世家，外加不少獨行之人。天下之大，能人異士奇多，若論藝業，絕不遜於眼前臺上之人。爲何盟主定得從這十六大門派中產生，而奪去其餘之人角逐的資格？若論及盟主的超然，豈不是這些人更有資格麼！」

「袁兄此言，甚合我意！」一把清朗的聲音飄來，眾人齊齊轉頭望去。

只見莊前大道上，一白一青，兩道身影並肩而來，眨眼間便行到高臺之前。白衣人不過二十五六，長身玉立，姿態飄然若舉，眉目清雅。他身邊的青衣女子，樸素淡麗，不施脂粉，別有姿儀。

袁方笑道：「南宮兄來了！」

袁方一聲「南宮兄」，臺下頓時一陣「嗡嗡」之聲，誰都聽過河西「南宮世家」的名號，其獨門技藝「凌霄劍法」幾十年前曾縱橫江湖，鮮有敵手，但因世代人丁單薄，極少在江湖行走，故顯得有些神祕，聽聞此人便是傳聞中的南宮公子，眾人不由多看了幾眼。

南宮公子向慧律行了一禮，又遙向裴琰拱了拱手，笑道：「我南宮一族是武林人士，這武林大會麼，自是定要出席的。」

聽過袁方先前之話，誰都明白這南宮公子言下之意——他南宮一族是武林人士，這武林盟主一職麼，自是定要來搶一搶的。

袁方先前所言，頗合一些人的心意，當下便有數十人嚷道：「那是自然，南宮公子乃武林中人，我等也是武林中人，這武林大會定得參加。」

立時又有人嚷了出來，「不公允，憑什麼只有十六大門派之人可以角逐盟主，爲什麼我們這些人不行？」「就是，若論超然，我等可是無門派之累、無職務之憂，更能處事公道啊！」「我們不能當盟主，僧尼道姑、女子之流也不能當，難道就只有那十人有資格當啊？」「說得對極，我看這武林盟主，也該改名了！」

起鬨之人齊齊問道：「改什麼名啊？」先前講話之人大笑道：「改爲十二派盟主，或武林一半盟主好了！」眾人哄堂大笑，有人嚷道：「只是不知這一半盟主，是否有人願意做啊！」

慧律見局勢越來越亂，忙高頌一聲佛偈，他聲如洪鐘，將哄鬧之聲瞬間壓了下去。

眼見全場肅靜，慧律沉聲道：「如何選出武林盟主，是三個月前經各大掌門議定之……」

南宮公子冷冷一笑，打斷慧律的話語，「敢問大師，如何選出武林盟主，問過了我們這些人的意見了麼？莫非大師和各掌門並不將我們視作武林人士？」

他聲音清朗，語調平和，卻讓慧律有些心驚，這位南宮公子年紀不大，但內功修爲著實深厚，他打斷自己的話語，恰是在自己換氣之時，這份眼力和功力不容小覷。

南宮公子冷笑道：「倘若大師和諸位掌門不將我南宮世家之人視作武林人士，那在下亦無必要遵守武林規則，更無必要遵守這武林大會的秩序。胭脂，你就上去尋你的仇人，爲你母親和妹妹報仇雪恨吧！」

與他同赴的青衣女子應聲是，青影一閃，躍上高臺。她目光清冷如霜，盯著那昭山弟子、薄公軍中大將史修武，冷冷道：「史修武，你殺我母親妹妹、焚我村莊、屠我族人，人神共憤，我南宮胭脂今日定要讓你血債血償！」

史修武一驚，南宮公子已踏前兩步，向四周抱拳朗聲道：「諸位，我這位義妹不擅言辭，事情如述：五年之前，這位史將軍隨姚定邦將軍於隴州一帶與桓國作戰，竟藉作戰名義率手下兵士洗劫州縣村莊，將村內之人屠殺殆盡，搶走一切財物，且誣陷遭害平民爲桓國奸細。我這位義妹的族人便是死於這位史將軍刀下，她因躲於地窖避過一劫，後爲我所救，收爲義妹。諸位請評評理，似這等殺母殺妹、屠族焚村之仇，該不該報！」

眾人對當年隴州一事隱有耳聞，朝廷雖將此案壓下，但當時民憤高張，關於事件的眞相民間有多種傳言。此時聽南宮公子這般說，又有受害者尋仇，遂都信了七八分，有那等嫉惡如仇之人便大聲嚷道：「當然要報，這等奸徒，殺了乾淨！」

更有人道：「這等惡徒也想當武林盟主，難道我武林眞的無人了麼！」「就是，他若是當了盟主，天下只怕要血流成河了！」「昭山派讓這種人來爭盟主，實教人不齒啊！」

昭山派眾人既感羞辱又有些不甘，史修武在軍中任大將，爲本門帶來的好處是無法言述的，所以當其從軍中歸來，提出要代表本派爭這盟主之位，眾人也欣然同意，不料此時被這南宮胭脂給揭了醜行，當下便有人心有不甘，與群雄對罵起來。

慧律頗感棘手，正猶豫之時，山莊前方又傳來一聲嬌喝：「要報仇，加我一個！」隨著話音，乍見緋衣女子急奔而來，眾人眼前一花，她已躍上高臺，手中軟索指向史修武旁邊的一名漢子，「章侑，你還記得十年前死於你劍下的風鍔麼？」

紫極門候選人章侑凝目細看，只見眼前女子生得嬌憨明媚，衣著豔麗，雙腳卻是赤足，足踝處還戴著數只金環，顯是南疆人。他不知此女與風鍔有何關係，遂沉聲道：「風師兄與我比武，死於我劍下，是他習武不精，怨不得我。」緋衣女子冷冷道：「當年若不是你在茶中下了散功之藥，我父親怎會死於你劍下！章侑，莫非要我供出你當年向誰買的散功之藥，然後將他請出來作證，你方肯認罪麼？今天我風昀瑤就要替父報仇！」

她此言一出，紫極門人大嘩。當年章侑與風鍔爭奪入軍封將之榮，風鍔不慎死於章侑劍下，妻女失蹤不知去向，聽說被岳藩境內的苗族收留，不料其女竟於此時出現，揭露當年比武眞相。當下便有對章侑代表本門競奪武林盟主不服的弟子大聲鼓噪，加上先前的散客遊俠在旁推波助瀾，一時局面大亂。

風昀瑤緩緩舉起手中軟索，那軟索忽地憑風而起，眾人這才看清楚那並非軟索，而是一條青色毒蛇，蛇信亂舞，「嘶嘶」之聲不絕於耳。眾人不由嘖嘖稱奇，眼下已是初冬，毒蛇已覓洞冬眠，而這風昀瑤竟能催動毒蛇，讓其成爲兵刃，看來定是苗疆「蛇巫」的親傳弟子無疑。章侑大驚，他亦曾聽聞過苗疆「蛇巫」馭蛇之術，自己硬功夫乃本門一絕，但能否擋過這蛇巫之毒，卻是未知之數。

南宮胭脂側頭向風昀瑤嫣然一笑，「這位妹妹，反正你我都不被視作武林人士，哪用得著守這武林大會的規矩呢，咱們一塊兒上吧。」

風昀瑤嬌笑道：「這位姐姐，請！」輕叱一聲，手中青蛇如閃電般射向章侑，章侑早生戒備，身形騰起，手中長劍挽起劍花，擋住青蛇的攻擊，風昀瑤以指撮唇，不斷發出哨音，指揮青蛇向章侑發起攻擊。

那邊南宮胭脂騰身而起，手中長劍宛如一泓秋水，橫蕩開來。寒光一波波在空中綿延襲向史修武。史修武久經陣仗，也不慌亂，身形拔起後飄，避過她首波劍勢，落地後刀橫胸前，大力劈出，激得攻過來的南宮胭脂只得收劍後閃。

臺下大多數人本就是抱著看熱鬧的心態來的，哪料盟主尚未開選，即可看到這激烈精彩的打鬥場面，大感興奮。而臺上諸掌門和名宿則面面相覷，均拿眼去瞅慧律大師與裴琰。

裴琰眉頭微蹙，猶豫片刻，終站起身來，朗聲道：「南宮姑娘，風姑娘，請聽裴某一言！」南宮胭脂身形迴旋中冷笑道：「裴莊主，這可對不住了，殺母之仇不共戴天，就是天子腳下，我也不會罷休的！」

風昀瑤並不說話，只不停發出哨音催動青蛇襲擊章侑，章侑揮動手中長劍，護住全身上下，青蛇一時不能攻進他的劍圈，但這蛇極爲靈動，章侑也斬牠不下。

江慈自南宮胭脂上臺起便略覺興奮，待聽聞她的遭遇尤感同情，後來又來了個風昀瑤，更是一心盼望她二人能贏。她見裴琰欲阻止二人報仇，不由有些不滿。

裴琰清喝一聲，身形如秋葉飛舞，瞬間便插到南宮胭脂與史修武之間。他右手於刀光劍影中搭上南宮胭脂的手腕，一旋一擊，借她手中長劍架住史修武的厚背刀，「哐」聲巨響，南宮胭脂與史修武身軀均是輕震，各自退開數步。

裴琰右手再在史修武刀背上一搭，借力騰空後躍，右足於幻光劍影中踢上章侑手中長劍，光華收斂，章侑登時退後數步。裴琰飄然落地，微笑道：「章兄，得罪了！」

江慈見裴琰俊面含笑，收手而立，身上淺藍色絲質外袍隨風微鼓，襯得他長身玉立、丰神俊雅，低低嘟囔了一句：「打就打吧，裝這麼多樣子做甚！」她正待轉頭望向南宮胭脂，卻見青影一閃，那條青蛇凌空飛來，緊緊纏上了裴琰的右臂。她心頭劇跳，掩嘴驚呼，只見那青蛇已張開嘴，咬上了裴琰的手腕。

裴琰低喝一聲，身上長袍猛然鼓起，右臂一振，那青蛇「啪」地掉落於地，而他右臂衣袖也裂成無數碎片，翩翩飄落。

旁觀之人齊聲喝彩，均未料到裴琰劍術了得，這外家硬功夫竟也不輸於任何名師大家。

江慈本已衝前數步，聽見眾人喝彩，又停住腳步。裴琰側頭看了她一眼，俯身拾起那條青蛇，走至風昀瑤身前，微笑道：「風姑娘，牠只是被震昏，並無大礙。」

風昀瑤伸手接過青蛇，低聲道：「裴莊主，多有得罪。」

「風姑娘太客氣了，裴某有一言，不知當講不當講？」

「裴莊主請說。」風昀瑤面上一紅。

「風姑娘為父報仇，孝心可嘉。不過，你為練馭蛇之術，以血飼蛇，蛇雖得血之精華，能不冬眠、不進食，為姑娘所用，但最終損害的還是姑娘自己的身子。望姑娘莫急於求成，停練『血飼』之法。還請姑娘回去後，代裴某向『蛇巫』他老人家問好。」裴琰作揖道。

風昀瑤面上一時青，一時白，半晌方冷笑道：「師父在我來時說過，如遇裴莊主，當禮讓三分。但裴莊主，這殺父之仇不共戴天，怕是誰也沒資格阻止我吧？」

裴琰微笑道：「今日選舉武林盟主，章兄是候選之一，姑娘要在我長風山莊尋仇，怕是有些不妥當。」

風昀瑤冷冷道：「裴莊主是決意要管這檔子事了？」

「不敢，只是想請風姑娘看在裴某面上，暫緩尋仇，待武林大會之後，風姑娘再找章兄了卻恩怨。」

風昀瑤想得一陣，道：「裴莊主，我來問你，我南疆可屬華朝？」
「南疆雖屬岳藩管轄，但一樣乃我華朝疆土。」
「那我南疆『蛇巫』一門，可屬華朝武林？」
「這是自然。」
「那好。」風昀瑤提高音量，指向章侑，「既然裴莊主承認我『蛇巫』一門同屬華朝武林，那我風昀瑤今日就代表『蛇巫』一門來奪這個武林盟主，與他紫極門一較高低，絕不讓這奸佞之徒坐上盟主之位！」
「風家妹子說得好！」南宮公子大力拍掌，「『蛇巫』一門自是有資格來奪這盟主之位，我南宮世家也不能退讓。胭脂，你暫將私仇放下，代我南宮家出戰，奪這盟主之位吧！」
南宮胭脂回身向南宮公子行禮，「是，義兄。」
裴琰披上隨從送上的狐裘，遮住裸露的右臂，望向南宮公子，抱拳行禮，「南宮兄，多年未見。」
南宮公子笑道：「裴莊主，在下這次來不是想與你敘舊，在下有一言想問莊主。」
「南宮兄請說。」
「我南宮世家可算武林人士？」
「自然是。」
「那我南宮玨的武功，比臺上之人又是如何？」
「旗鼓相當。」
「裴莊主過獎。我南宮玨自認文才德行也不差，請問裴莊主，我南宮世家有無資格來爭這盟主之位？」
裴琰與慧律對望一眼，俱從對方眼中察見爲難之意。若是否認南宮世家有爭奪盟主的資格，這南宮玨將令其義妹一力尋仇，攪亂大會；若是承認他有資格爭奪盟主，口一鬆，後面的麻煩就非同小可。

二人正猶豫之際，「河西鐵扇」袁方穩步上前，「裴莊主，慧律大師，今日我等前來，並非有意攪亂大會，實是覺得事有不公。既然這些僧侶道尼、年輕女子都能來爭這盟主，爲何我們就無資格？還請莊主和諸位掌門多加斟酌，免得這選出來的武林盟主名不符實。」

袁方此言一出，臺下散客遊俠紛紛應和，不少人高呼道：「蛇巫和南宮家爭得，我們也爭得！」「就是，憑什麼只有十六大門派可以爭這盟主，我們也要來爭一爭！」「我們若是爭不得，那臺上的和尚尼姑便爭不得，女子也爭不得，大夥就都散了吧，讓他們幾個人爭這武林一半盟主好了！」

裴琰眉頭微皺，轉身望向慧律及眾掌門。掌門們面色各異，青山、峨嵋、素女門、碧華齋、普華寺、玉清宮六派被袁方用話拿住，自是不甘心脫落競選資格，其餘十二派各有想法，既盼能去掉六大勁敵，又怕真的只能做「武林一半盟主」，淪爲天下笑柄，均沉默不語。

北風漸急，天上雲層愈厚，青白相混。眼見大雨將至，裴琰望了望天，再與慧律四目相觸，微微頷首。慧律會意，上前合十道：「阿彌陀佛！眼下既有異議，又將降大雨，武林盟主競選暫時押後，待諸掌門、名宿進行商議後再舉行比試！」

臺下群雄一陣鼓噪，臺上諸人已魚貫而下，入莊而去。

長風山莊東廳，裴琰步向主位坐下，江慈侍立一旁。見莊中僕從端上茶盅，接了過來，送至裴琰面前。裴琰看了她一眼，嘴角隱有笑意，接過茶盅，江慈覺裴琰笑容有些異樣，莫名地臉上一紅，退回他背後。

裴琰呷了口茶，抬頭道：「諸位，眼下形勢有些棘手。」

昭山掌門謝慶因史修武被南宮胭脂尋仇，隱有忿懣，「難道還怕了這些跳梁丑兒不成？武林的事情，還輪不到他們說話。」

蒼山掌門柳風沉聲道：「謝掌門此言差矣，這些人雖非大門大派，實力亦不容忽視。我看那南宮玨的身手絕不遜於候選之人，若貿然將其拒於門外，倘他心有不甘，異日藉報仇之名向盟主挑釁，可就……」

柳風話未說明，眾人卻均悉他言中之意：若現下與南宮玨鬧翻，史修武即使代表昭山派奪得了盟主之位，他日南宮玨與南宮胭脂找他報殺親之仇，在武林公義來說是誰也不能阻止的。他要是命喪南宮世家劍下，豈不成了最短命的盟主？

青山掌門程碧蘭對先前史修武譏諷何青泠本已不滿，遂冷冷道：「柳掌門說得有理，史修武爲人不端，若他當選盟主，後患無窮，看來謝掌門得親自上陣了。」

謝慶被二人話語噎住，但也說不出換下史修武改由自己上場比試一話。史修武乃薄公手下愛將，背後是東線十萬人馬，他要來爭這盟主之位，顯是薄公的意思。自己昭山一門，全仗薄公勢力才在衛州呼風喚雨，史修武名義上是自己師姪，卻是萬萬得罪不起的。他一時羞惱，脫口而出：「史修武德行是否有虧，未得定論。我看那袁方倒說得在理，史修武當選盟主，總比和尙道姑、女子之流當選盟主要好！」

峨嵋掌門破情師太性情有些暴躁，又素來好強，這次親自上陣爭奪盟主之職，先前在臺上時就憋了一肚子火，此刻被謝慶一激，登時騰身站起，袍袖急捲，勁風直擊向謝慶。見謝慶仰面而閃，破情師太怒道：「謝掌門瞧不起我等道姑，今日咱們就一較高下，憑本事說話！」身法奇詭，再度攻上。謝慶掌法大開大合，接下破情連綿不斷的攻勢。

慧律與裴琰對望一眼，齊齊朗聲道：「兩位掌門，有話好說！」一藍一金兩道身影閃入二人激鬥圈中，慧律架住謝慶的一掌，裴琰則擋下破情的一拳。

見他二人出面，破情師太與謝慶均冷哼一聲，各自歸座，但仍怒目而視。

裴琰轉身向幾位任公裁的武林名宿抱拳道：「諸位前輩，眼下糾紛四起，實不利於武林祥和，各位均是武林前輩，不知有何良策可解眼下糾紛？」

幾位武林名宿均望向坐於最上方的「天南叟」玉長宣，天南叟鬚髮皆白，沉思片刻後緩緩道：「依我之見，唯今之計……」

腳步聲響起，安澄奔入東廳，「相爺，外面好多人打起來了！」

廳內之人齊齊站起，裴琰當先奔了出去，邊行邊問：「怎麼回事？」

安澄道：「禍因像是有人說了句調笑簡姑娘的話，簡姑娘一笑置之，小郡主卻不服氣，與對方吵將起來。簡姑娘上前制止，小郡主又怪她胳膊往外彎，是爲當盟主假正經，兩人說翻了臉，先打了起來。她二人一打，史將軍在旁取笑了兩句，小郡主又與史將軍動起手，結果青山弟子與昭山弟子大半加了進去，那南宮姑娘又幫小郡主，小郡主又將峨嵋門下的叫來幫忙，衍成一場混戰。紫極門下，不知緣何跟著鬧翻了臉，幾人與章將軍動上了手。混戰之中，有人誤傷了觀戰賓客，言語上又不放低，捲進來動手的人便越來越多。」

眾人邊聽邊行，未至莊門，已聽得外面喧譁陣陣，兵刃之聲四起。裴琰與慧律、天南叟搶身而出，只見莊外臺上臺下，數十人混戰在一起，刀光劍影，衣袂橫飛。

裴琰回頭道：「玉老，我們得助慧律大師一臂之力！」

天南叟會意，點了點頭，與裴琰同時輕喝一聲，齊齊伸出右掌抵上慧律背後大穴。慧律運起「金剛禪獅子吼」，借裴琰與天南叟從後背送入的內力，喝道：「統統住手！」

他這聲獅子吼，震得身邊之人齊齊輕晃，臺上臺下激戰之人俱各一驚，手足均有些發軟，遂都停下爭鬥。

紫極門門主唐嘯天冷著臉步至門人之中，厲聲道：「誰讓你們動的手！」

一門人斜眼望向章侑，「章師兄得把當年暗害風師兄的事情弄清楚了，才有資格承我門之名去奪這盟主之位！」幾人齊聲附和，章侑鐵著臉站於一旁，見那風昀瑤盤弄著手中青蛇慢慢靠近，心中大恨。

唐嘯天一噎，他何嘗不想親自奪這盟主之位，可章侑背後有莊王，這位主子可是萬萬得罪不起的。縱是知當年風鍔死得冤枉，又如何能在這武林大會上揭自己宗門的瘡疤呢？

他這邊猶在沉吟，那邊已有數名傷者大聲嚷嚷：「不公允，這選盟主的規則太不公允，十六大門派欺負人！」「就是，怎可不讓我們爭這盟主，還唆使門人打傷我們！」

昭山弟子聽得這些人的言語越來越污穢，忍不住罵了回去，局面再度大亂。

裴琰猛然怒喝，右足勁點，身形如飛鳥般疾掠，閃身間奪過何青泠手中長劍，再一騰縱，寒光暴閃，劍氣如紫虹貫日，卓然迸發，直射向莊前的一棵大樹。「喀喇」之聲響起，樹上數根比手臂還要粗的樹枝相繼斷落，枯葉飄飄灑灑，揚滿半空。

一時間，長風山莊前鴉雀無聲，人人均驚悚於裴琰這老辣凌厲的劍氣，不約而同在心中想道：「若真論及武功劍術，這武林之中，怕無人能勝過裴琰了。」

裴琰冷掃眾人一眼，寒聲道：「武林大會在我長風山莊舉行，還望各位給我裴琰幾分面子，若再有尋釁滋事者，休怪裴某不客氣！」說著灑然轉身，向莊內走去。

各掌門瞪了一眼自己門下的弟子，齊齊轉身入莊。

何青泠猶豫片刻，朝著裴琰背影大聲呼道：「憑什麼每門只能派一人爭這盟主，太不公允，若小門小派、獨行之人都能爭盟主，我們這些普通弟子也要爭一爭！」

裴琰腳步一頓，青山掌門程碧蘭苦笑著搖頭，正待發話，黃豆大的雨點落了下來，眾人齊聲發喊，衝到屋簷之下。莊中僕從忙將大門、側門齊齊打開，引著這上千人入莊避雨。

重回東廳，裴琰向天南叟拱手道：「玉老，先前您說有何妙策，請繼續。」

天南叟捋了捋頷下銀白長鬚，「現下形勢大亂，我們以前議定的由十六大門派各推舉一人，來爭這盟主之位，只怕已不可行。」

蒼山派掌門柳風點了點頭，「玉老說得是，現下袁方和南宮玨等人處心積慮要爭這盟主，又挑起了眾人的心思，若將這些人拒之門外，後患無窮。」

天南叟道：「還有一點，恕我倚老賣老，話說得直，若較起眞來，出家之人、女子的確不太適合擔任武林盟主一職。」

峨嵋破情師太隱有不服，但敬天南叟爲武林前輩，德高望重，硬生生把話嚥了回去。

天南叟呵呵笑道：「破情掌門莫急，我只是就事論事，但也並非沒有解決之法。」

破情悶聲道：「玉老請說。」

天南叟緩緩道：「依我之見，原先的武林盟主制理當順應眼前形勢，作相應的修改。」

「如何修改？」數人齊聲問道。

「以前我武林諸事，皆由盟主一人定奪，盟主令一旦發出，咸當遵守。但眼下，裴相辭去盟主一職，由各門派奪這盟主之位，只難再像以前一樣保證盟主令的公允與公正。」天南叟這幾句話一出，撓到了眾人心底深處，各門各派均擔心讓別的門派奪去盟主之職、扶己壓異，只維護本門派的利益而打壓其餘門派。

天南叟看了看眾人神情，續道：「所以我有個想法，說出來大家參詳一下，若是說得不好，諸位莫見怪。」裴琰忙道：「玉老德高望重，說出來的法子定是妙策，我等洗耳恭聽。」

天南叟得意地點了點頭，「我是這樣想的，我們就在盟主一職之下，設一議事堂。盟主和議事堂堂主都靠比試選出，最後勝利者爲盟主，餘者再按比試結果選取數人入議事堂。盟主與議事堂堂主均是四年一任，任滿後再行競選。」

眾掌門默默聽著，各自在心中盤算，柳風點頭道：「玉老此言甚合我意。」

天南叟續道：「議事堂堂主約在八人之譜較爲合適，日後武林中大小事宜，由議事堂堂主首先議定，再提交盟主行最後定奪。而盟主若要作何決策，亦須問詢過議事堂堂主意見後方可發出盟主令。這樣一來，如有出家之人或是女子最後勝出任了盟主，也不消擔心此人不能協調朝野關係、不能親上戰場殺敵，自有議事堂的堂主們協助盟主解決。」

破情師太朗聲道：「玉老好主意，我峨嵋贊同。」青山掌門程碧蘭跟著點頭道：「我無異議。」素女門、碧華齋、普華寺、玉清宮四派掌門互望一眼，皆齊聲稱道：「我無異議。」

紫極門唐嘯天沉吟道：「分設盟主與議事堂，倒是解決出家之人與女子不能任盟主的最佳方法，但與南宮玨等人有何干係？」

天南叟道：「眼下之勢，只能允許這些人來競奪議事堂堂主一職。」

「玉老的意思，是承認他們是武林中人，有奪議事堂堂主一職的資格，但盟主一職，仍自十六大門派中人所出？」裴琰問道。

「是，此來既可堵他們的口，又不讓他們太過囂張，奪去最重要的盟主一職，實是平定爭端的良方。」

昭山掌門謝慶眉頭微皺，「怕就怕這些人一旦加入爭奪，將議事堂堂主之職悉數奪去，可就惹了麻煩。」

天南叟微笑道：「我們大可增加十六大門派的參選名額，一來可保證諸位的利益，二來又可平諸位門下糾紛，豈不兩全！」程碧蘭、唐嘯天等人正爲了門下弟子內訌一事頭疼不已，謝慶也想自己上場，聽言忙道：「正是，此言甚合我意！」

裴琰望向慧律大師，「大師意下如何？」

慧律心中也明白，天南叟這番提議，實是解決目前亂局的唯一方法，且又合了眾人的暗中圖謀。諸門派皆想奪盟主之位，但均乏十足把握，又不想以後聽從其餘門派之人的指揮，若是奪盟主不成，在議事堂能占據一席，互相制衡，倒也不失為一條退路，至少在武林大事上多了一份話事權。他緩緩點頭，「我少林一門，並無異議。」

慧律此言一出，諸掌門齊聲道：「那便這樣，我等無異議。」

裴琰起身，微笑道：「既是如此，我再加一點，允許小門派和獨行之人參選議事堂堂主，可設輕功一項做為入選資格考核，能一躍跳過丈半高圍牆者方有資格，免得比武之人太多，比個十天半個月都出不了結果。」

「是，裴莊主說得有理，便這樣吧。」慧律道。

裴琰向慧律微微躬身，「那就勞煩大師向眾人宣布此一決定，今日午後考校輕功，遴選有資格參選議事堂堂主之人，明日再正式比試。我本有內傷，方才那一劍牽動傷勢，需回去靜養，一切有勞大師了。」

慧律忙合十道：「裴相請便，養傷要緊。」

二十　變故陡生

寒風漸大，雨點橫飛，江慈隨裴琰回到正院，趕緊將雕花大門關上，跺著腳跑入西廂房，裴琰推門進來。這兩日，江慈極少與裴琰說話，他偶爾問話，她也是冷冷而答。此刻見他進來，想起先前他那奇怪的笑容，竟有些不敢看他，轉到鏡臺前坐落。

裴琰往錦榻上一躺，閉目片刻，輕聲道：「小丫頭，過來幫我捶捶腿。」

江慈猶豫良久，走到榻旁落坐，又遲疑一陣，方伸出雙拳替裴琰輕捶雙腿。

裴琰睜開眼看著她，微笑道：「肚子餓不餓？」

江慈從未見過裴琰這般和顏悅色地與自己說話，一時怔住，不知該如何回答，正尷尬間，安澄在屋外喚道：「相爺！」

「進來。」

安澄進來，見江慈坐於一旁，有些猶豫，裴琰道：「說吧。」

「是！慧律大師已將議定的結果宣布，所有人均無異議。現下各派參選名額增加到三名，其餘人報名參選議事堂堂主的共計五十八人。」

裴琰一笑，「倒比我們預計的要多些。」他想了想，道：「柳風那裡，我不便出面，你今晚悄悄去見他一面，教他放心，我自有辦法助他奪這盟主之位。袁叔和玉德的抽籤，你照應些。」

「是。」

裴琰長吐一口氣，「總算順利按我們的計畫進行，眞是亂得好。亂吧，越亂越好，聖上要的，就是這個『亂』字。」

安澄道：「那風姑娘那裡，如何安排？」

「風昀瑤是岳世子的人，世子這回幫了咱們的忙，自然有他的企圖。」

「是，屬下會去安排。相爺，小郡主也被青山派推爲參選人了。」

「我們只能幫她幫到這裡，能不能勝過別人成爲盟主，可得靠她自個兒的眞本事。」裴琰微笑道，他頓了頓，又道：「可有姚定邦的消息？」

江慈心中一驚，手中動作稍停，隨即省覺，復又替裴琰捶著雙腿，耳中聽得安澄道：「前幾日有弟兄似在洪州一帶發現了他的蹤跡，不過他輕功卓絕，跟丟了人。」

裴琰緩緩坐起，「史修武如果有落敗跡象，姚定邦定要出手相助，咱們不能有絲毫鬆懈，不過也別露了痕跡，讓他察出異處。」他望了一眼江慈，「到時若能確定他的身分，儘量生擒，我們此刻還不能和薄公翻臉，你去安排吧。」

「是。」

裴琰放下心頭大事，閉目而憩，任江慈替自己輕捶雙腿，過得一陣，忽然睜開雙眼，微微而笑。江慈覺得這隻大閘蟹今日對自己有些怪異，慢慢停住雙拳，輕聲道：「相爺，你餓了吧，我去備膳。」她剛站起轉身，卻被裴琰拽住左手手腕，掙了兩下，急道：「相爺，你不餓，我可餓了。」

裴琰手上用力，江慈吃不住疼，「啊」的一聲倒在他身上，正待跳起，裴琰忽伸手環住她的腰。江慈腰間麻癢難當，笑著扭了幾下，卻聽裴琰低沉而略帶溫柔的聲音在耳邊響起，「小丫頭，你很怕蛇麼？」

江慈愣住，此時方覺裴琰雙手慢慢收緊，自己伏於他身上，姿勢極為曖昧，又羞又急，怒道：「毒蛇有甚好怕的，倒是你，比那毒蛇還可怕！」

裴琰望著江慈怒容，嘴角輕勾，「哦？你倒說說，我為何比那毒蛇還可怕？」江慈直視裴琰，冷冷道：「你處心積慮，挑起這武林紛爭，讓大家為了盟主和堂主之位鬥得你死我活，不比那毒蛇還要可怕麼？」

裴琰一怔，隨即大笑，「你還真是個聰明的小玩意！」

江慈舉拳欲揍，裴琰將她雙拳擒住，微一用力，江慈雙臂被他反絞至背後，吃痛下「啊」地叫出聲來。裴琰略略減輕手中力道，笑道：「想我鬆手的話呢，你就說說，我是怎麼處心積慮，又是如何挑起這武林紛爭的？說對了，我便放開你。」

江慈雙臂被反絞，鼻間聞到一股若有似無的芳香氣息，漸感全身酥軟，只得伏於裴琰肩頭。她努力忽略身前溫熱舒適又有些許異樣的感覺，回想之前聽到和看到的一切，特別是後來裴琰與安澄的對答，低聲道：「那個什麼袁大俠、南宮公子、風姑娘，都是你找來故意攪局的吧？」裴琰笑道：「繼續說。」

「他們演的這齣戲，實在是妙，小郡主又脾氣直爽，只怕沒想到被你給利用了。」

裴琰將江慈摟得緊了些，在她耳邊吹了口氣，「所以啊，我沒有欺負她。」

江慈面上漸紅，「柳掌門、玉老，都是你的人。南宮公子這些人一攪局，你又讓小郡主挑起混戰，讓玉老有藉口提出設立議事堂，增加候選人，柳掌門附和，你卻裝作一切與你無關，不，與朝廷無關。」

裴琰看著江慈紅透的雙頰，笑容漸斂，「你倒不笨，能看出這麼多來。」

江慈感覺到他身子慢慢抬起，似是欲將自己反壓，心怦怦亂跳，強自鎮定後柔聲道：「相爺，你說話要算話，我既然說對了，你就得放開我。」

裴琰呵呵一笑，也不說話，慢慢鬆開右手。江慈急忙跳落於地，奔到門口，卻忽然停步回頭，朝裴琰甜甜笑道：「相爺，你這計策，好像把原本由十六隻狗搶奪的一塊大肉，分成了幾十隻狗搶的九塊小肉，而今這長風山莊是狗聲滿天吠，狗毛滿天飛，你則躲在一邊看熱鬧！」

裴琰哈哈大笑，「你怎麼總有這些新鮮比喻，倒挺貼切。」

江慈笑得越發狡黠得意，「可是相爺，我有一件事情想不明白。」

裴琰緩緩坐起，笑道：「甚事想不明白？」

江慈一隻腳踏出門外，快速道：「這塊肥肉，原本是叼在相爺口中的，相爺爲何要將它吐出來呢？」

眼見裴琰作勢躍起，江慈大叫一聲，發足便奔，跑到廚房，將門緊緊關上，聽得他未曾追來，覺出了一口惡氣，拍著胸口，得意而笑。

西廂房內，裴琰面上露出玩味的笑意，躺回榻上，闔目而憩。

江慈將飯菜做好，擺上正廳，等了片刻，仍不見裴琰出來，輕手輕腳走到西廂房門口，探頭一看，裴琰還躺在榻上，似已睡著。

江慈輕聲喚道：「相爺！」

裴琰呼吸聲極爲均勻，似乎已經熟睡，江慈遲疑再三，終壯起膽子走到裴琰身邊，再喚道：「相爺！」

裴琰並不動彈，江慈忍不住推了推他，他仍未動。江慈正待再推，目光卻落在他裸露的右臂上，先前被那條青蛇咬中的手腕處，可見兩個淡淡牙印，所幸並未咬破肌膚。江慈想起當時情景，慢慢伸手撫上裴琰右臂。裴琰右臂微微一動，江慈急忙將手縮回，卻見他笑意騰騰的雙眸正盯著自己，她忽覺雙頰發燙，轉身就跑。

午後，寒風漸急，捲著雨點，夾雜著雪粒，淅瀝落於院中。

江慈立於廊下，仰頭望著天空，聽到腳步聲響，並不回頭，低聲道：「要下雪了。」

裴琰負手望天，「此刻是雨加雪，到了晚上只怕就將迎來今冬第一場大雪。」

江慈伸出雙手，接了一捧廊簷滴下的雨水，寒涼刺骨，打了個寒噤。

裴琰嘖嘖搖頭，「我看你是吃撐了。」

江慈微微一笑，「我和師姐，從前就這樣比賽誰接的雨水多，若是下雪天，就比誰堆的雪人高。」

「想你師姐了？」

「是呢，也不知她現在哪裡，什麼時候才來找我，若是……」江慈低頭，停住話語。

「若是什麼？」裴琰見江慈發愣，猛然湊到她耳畔大聲問道。江慈驚醒，捂住耳朵怒道：「若是我認了人，拿了解藥，死也不在你相府等她，我直接回鄧家寨！」說完跑回房中，大力將門關上。

裴琰從懷中掏出一只細白玉瓷瓶，放在手中掂了掂，眼睛微瞇，望向院中被雨點打得東搖西晃的枯竹，自言自語道：「看來眞的要下雪了。」

江慈掛念著下雪，睡得便不踏實。半夜時分，聽到窗外淅瀝雨聲漸小，估摸著開始下雪了，著好衣衫，又將裴琰給她的那件狐裘披上，輕手輕腳走到廊下。

寒風挾著雪的清新之氣撲面而來，院中已是白茫茫一片，銀絮飛舞，映著黑沉的天空，室內橘黃的燈火，如夢如幻。江慈慢慢走至院中，仰起頭來，任雪花撲上自己的面頰，喃喃道：「眞好，又是一年雪紛飛，明年鄧家寨的收成應該會好一些。」

她想起一事，有些擔憂，自言自語道：「師姐下山時，不知有沒有將三丫牠們託給二嫂子照看，這大雪天的，可別凍壞了牠們。」

東面牆頭傳來一聲輕笑，江慈抬頭望去，只見一人披著灰色狐裘立於牆頭，容顏清俊，正是日間見過的那位南宮公子。

南宮玨由牆頭躍下，拂了拂身上的雪花，笑道：「小丫頭，你是誰？」

江慈笑道：「這位大俠，你又是誰？爲何於這大雪之夜，行宵小之事，做翻牆之人？」

南宮玨微怔，裴琰大笑出房，「玉德莫小覷了這丫頭，牙尖嘴利得很！」

南宮玨目光掃過江慈身上的狐裘，裴琰步了過來，「玉德是想聯榻夜話，還是圍爐煮酒賞雪？」

江慈搶道：「當然是圍爐煮酒賞雪來得風雅！」

裴琰右手輕揮，江慈笑著跑進廚房，準備好一應物事，端到廊下，又挑亮了屋內外的燭火。那邊二人已圍著炭爐坐定，江慈將酒壺溫熱，替二人斟滿酒杯，又跑到廚房，準備做兩道下酒菜。

南宮玨望著江慈背影，笑道：「這件銀雪珍珠裘，是御賜之物，少君倒捨得送人！」

裴琰側靠在椅中，酒杯停在唇間，眸中精光微閃，「沒人發現你過來吧？」

「你放心，我輕功雖比不上你，但能跟蹤我而不讓我發覺的人，這世上也沒幾個。」南宮玨微啜一口，歎道：「有時倒也羨慕你這位相爺，至少這西茲國的美酒，我就不常喝到。」

「回頭我遣人給你送上一些。」裴琰微笑道：「你只別又喝醉了，掉到枯井裡睡上三天三夜。」

南宮玨失笑，「少君總拿這事糗我，小心將來娶了夫人，我將你從小到大的糗事在弟妹面前揭個夠！」

二人說笑一陣，裴琰瞥見江慈端著兩碟菜過來，微笑道：「你動作倒快。」

江慈將菜擺上紫楠木几，拍了拍手，「好了，你們慢慢喝，我去睡覺。」

裴琰看著江慈邁入房中，轉頭替南宮玨斟上酒，道：「高氏最近有何動向？」

「無甚動靜，只章侑從高成那裡回來，在河西府待了三天，去了一趟高府，看來莊王這次是令其定要爭下盟主之位。」南宮玨夾了塊爽脆肚絲送入口中，連連點頭，「少君找的這個丫頭不錯，你有口福了。哪兒買來的？我怎麼碰不到這種好事？」

裴琰唇邊浮起笑意，「岳世子這回幫了我們的忙，不過他也不懷好意。」

「風昀瑤那丫頭裝得倒挺像，少君竟肯冒險讓青蛇咬上手腕，我雖知你硬氣功不錯，可也捏了一把汗。」南宮玨悠悠道：「攪亂武林大會雖是聖上的意思，但岳世子要插上一手，這事絕不能讓聖上知道，不演這場戲，怎能消他的疑心。今天在場的人，說不定誰就是聖上派來盯著我的。這樣一來，風昀瑤是必定要進議事堂的，加上我和袁叔，剩下的五個，少君打算怎地安排？」

裴琰瞇眼望著院中飛舞的銀雪，「章侑和史修武，不能讓他們當盟主，但得讓他們進議事堂，少林的宋宏秋是董學士的人，也得讓他進，這樣不但可削去他們兵權，還可以讓他們三方鬥起來。」

「嗯，還有兩個呢？」

「破情脾氣暴躁，但武功高強，讓她進議事堂，包准議事堂往後會十分熱鬧。」

南宮玨拍案而笑，「虧少君想出此般制衡的法子，又算準了這些人會上鉤！」

裴琰冷笑一聲：「他們都想當盟主，又個個怕當不上，自然是樂見議事堂的設立，人人來分一杯羹。」

「聖上只怕也是這個意思。」

「嗯，軍中武林弟子拉幫結派，向是聖上心頭大忌，加上各武林門派在地方州府橫行霸道，對政令多有干擾，聖上一直想下手清理，我是看準了他的心思，才提出辭去盟主一職的。」

「這盟主之位實是個燙手山芋，誰當了誰難受，可笑那些人偏偏看不清。從明日開始，武林就要大亂了。」南宮玨悠悠道。

「聖上要的就是這個『亂』字，為爭盟主和議事堂主之位，不但各門派之間會陷入爭鬥，弟子之間也會起內訌，如此聖上就不用擔心武林勢力坐大，重演開朝一幕。至於我們，就等著看好戲吧。」

「妙的是，這議事堂將會是日後武林中矛盾的根源所在，怕是半件事情也議不成的。」

裴琰呵呵一笑，「日後還得有勞玉德。」

南宮玨笑容如朗月清風，「好說好說，我南宮家世代受裴氏重恩，家父臨終前也再三叮囑定要輔佐少君，這是我分內之事。」

裴琰微微欠身，與他碰了碰杯，道：「我心中倒不在意這個，咱們從小打出來的交情，才是最重要的。」

南宮玨歎道：「是啊，當年家父送我到長風山莊，我看你比我年幼，心中著實不服氣，不過那些架倒也沒白打。」

二人相視一笑，裴琰微喟道：「這些年，你一直替我盯著高氏，少在人前露面，幾無人知道你我的關係。現下一入議事堂，可就沒了清靜日子，往後……只怕更多艱險。」

飛雪乘風湧入廊下，南宮玨緩緩道：「不管少君作何決斷，我南宮玨一力相隨！」

裴琰從椅中站起，徐徐步下石階，負手而立，任飛雪撲上髮梢肩頭。良久後，他輕聲道：「玉德，我總有種感覺，咱們的太平日子，只怕不多了！」

翌日清晨，大雪漸息，陽光比昨日添了幾分燦爛。長風山莊的僕從早將莊前積雪掃淨，仍舊擺下座椅，競奪盟主和議事堂堂主的爭鬥於辰時三刻正式開始。

裴莊主「內傷發作」之故，面色有些許蒼白，披著狐裘坐於錦椅中，靜觀賽事。

一應比試由慧律和天南叟主持。當日上午比的是德行和智慧兩場，通過這兩場比試後確定四十八人進入第三輪的武鬥比試。簡瑩、何青泠、南宮玨、袁方、風昀瑤等人均順利過關。不過上午的兩輪比試也出了些小岔子，有十餘人對名宿們的公裁不服，又指過關者數人取巧，矛頭直指慧律包庇少林門下參選弟子，險些動了刀劍，直至裴琰與天南叟出面，方將這些人鎮了下去。

未時一刻，銅鑼敲響，此次武林盟主競選的重頭戲——比武終於開場。

經過抽籤，四十八人捉對廝殺，勝出的二十四人進入下一輪比試。

第一輪武試過後，數名參試者引起了眾人的注意。南宮玨、風昀瑤二人勝得輕鬆，南宮玨在十招內便擊敗了玉清宮的無非道長，其武功實深不可測。那風昀瑤不但馭蛇術了得，輕功也讓旁觀之人大開眼界，均對南疆的「蛇巫」一門刮目相看。

引起眾多年輕人注目的卻是一對來自平州的姐妹花——「雙生門」的程盈盈、程瀟瀟，由於「雙生門」下均為孿生子，且獨門武藝需雙人合力，故這二人做為一名比試者參加競選。她二人均如秋水芙蓉一般豔麗，只是程盈盈不笑臉上亦顯酒窩，而程瀟瀟卻需淺笑才隱現酒窩。這二人默契十足，雙劍合一，百招過後便勝了碧華齋的齋主秦瓔珞，臺下年輕人齊聲叫好。

但裴琰、天南叟和慧律等人的目光卻集中在了一人身上，此人弱冠年華，面目清秀，氣質文雅，報名應試時填的是「幽州蘇顏」。初始眾人以爲其乃幽州「五虎拳」蘇氏弟子，可此人一上場，用的竟是一套輕靈至極的劍法。他在紫極門掌門唐嘯天如雷的刀鋒下，氣定神閒，靜逸自如，終在百招後於空中變招，連挽數十個劍花，逼得唐嘯天步步後退，最終掉落臺下。

裴琰等人均爲內外兼修的高手，見識非凡，目光如炬。眾人見蘇顏在空中挽出數十個劍花逼退唐嘯天之時，俱各在心中暗暗警惕：武林中何時出了這麼一位年輕高手，雖比裴琰尚差些許，但武林中能勝過他的屈指可數，這人竟如憑空從地底冒出來似的，而且他的劍術，毫無痕跡可循，究竟是何來歷？

裴琰微笑著與天南叟交談，使了個眼色給安澄，安澄會意，匆匆離開會場。

首輪比鬥中，洪州「宣遠府」小郡主何青泠抽籤，竟對上了本門師姐「青山寒劍」簡瑩。

二人往臺上一站，群雄頓時哄笑，個個以手撮唇發出尖哨聲，還有人言語不禁，漸漸語涉下流。直至慧律命鑼手不斷敲響金鑼，方逐漸安靜，人人帶著微笑，看這對如花似玉的同門師姐妹爲爭盟主位一較高低。

由於昨日與簡瑩鬧翻，何青泠上臺後也不多話，冷笑兩聲後，身影一騰，劍舞寒光，迅捷攻向簡瑩。簡瑩不慌不忙，虛晃數招引開何青泠攻勢，嬌俏的白色身姿在空中如鳶舞鶴棲，與一襲綠衫的何青泠激鬥在一起。青女素娥，羅裳翩飛，嗔鶯叱燕，看得一眾人等賞心悅目，大飽眼福。

交手數十招後，何青泠驚覺到大師姐劍氣多了幾分凌厲，漸漸明白，師父竟是私授了大師姐師門絕技，心中尤加忿然，寒芒大盛，使上了拚命的招數。臺上臺下之人看得清楚，議論之聲不絕。

簡瑩讓得數十招，見何青泠滿面忿色，知師姐妹關係已難挽回，只得暗歎一聲，手中寒劍架上何青泠的劍鋒，借力凌空飄飛，長劍在空中閃出連綿的銀光，宛如朵朵銀蓮盛開。何青泠目眩神迷，手中動作便慢了一下，簡瑩看得清楚，連人帶劍突入何青泠的劍圈，何青泠只覺一股寒意自劍尖倒湧入自己體內，右手麻痛，長劍鏗然落地。她倒退兩步，面色蒼白地托著麻痺的右臂，衝著簡瑩冷笑一聲，隨後飛身下臺，疾奔而去，消失大道盡頭。

簡瑩俯身拾起何青泠掉落的長劍，心中暗歎，向臺下眾人行了一禮，於如雷的喝彩聲中盈盈退下。

接下來第二輪比試，南宮玨對陣素女門程丹蕾，風昀瑤對陣普華寺的天曇大師，均在百招左右勝出。但「青山寒劍」簡瑩苦鬥二百餘招，終因經驗不足，敗在蒼山掌門柳風劍下。

「雙生門」程氏姐妹再度大放異彩，她們的對手是少林慧莊大師。慧莊武功本勝過二人，唯礙於對手是年輕姑娘，下手有些避諱，終讓程盈盈在三百餘招後看破此點，故意引其攻上前胸。慧莊發現情形不對，急速收手，被程瀟瀟藉機點中右臂穴道，只好收手認輸。

而那年輕公子蘇顏依舊讓眾人嘖嘖稱奇，他於八十招過後猛然變招，劍式大開大合，磅礴有力，劍氣剛烈無雙，擊得崆峒掌門雷順連退數步。他卻緊逼不放，看準空隙，劍招自肋下斜斜刺出，架上雷順的劍刃，大喝一聲，雷順腑臟猶如冰刀亂刺，倒退十餘步，棄劍坐於地上，吐出數口鮮血，神色萎靡，恨恨下臺。

這一輪戰罷，場上便只剩下十二人：南宮玨、袁方、柳風、風昀瑤、宋宏秋、章侑、史修武、蘇顏、程氏姐妹、南華山掌門王靜之、祈山掌門段寧與峨嵋掌門破情師太。

慧律大師將裝著竹籤的托盤送至這十二人面前，眾人逐一抽出竹籤，分組形勢一出，有人欣喜，有人暗愁。史修武見自己首先上場，對上的是那來歷不明的幽州蘇顏，心中頓有些打鼓。

蘇顏劍擺背後，負手而立。他巋然不動看著史修武，含笑道：「蘇某久聞史將軍盛名，還請史將軍賜教！」

史修武先前在旁觀戰，見此人劍術亦柔亦剛，知是平生勁敵，遂按定心神，呵呵一笑，「蘇公子過謙了，咱們以武會友吧！」話音未落，他已刀走中宮，急速攻上。

蘇顏不慌不忙，身形閃避，待史修武一輪攻罷回刀換氣之際，他勁喝一聲，劍氣如天風海雨，沛然無邊，史修武咬牙接下三十餘招，隱露敗象。

史修武心知到了關鍵時刻，能否拿下盟主之位、完成薄公交代的任務，便在此舉。他將心一橫，長吸口氣，身子急趨而上，蘇顏似是未料他身刀合擊，劍勢稍緩。史修武藉機蕩開蘇顏的長劍，忽將厚背刀交至左手，右手在刀柄上一按，刀柄下端竟突然彈出一把利刃，變成了前爲刀、後爲刃的奇怪兵器。

史修武右足點地，身形騰起，在空中數個盤旋，刀光刃影如流星滿天。蘇顏面色微變，身形後退，被逼至臺邊，雙足如釘，他身軀稍稍後仰，長劍架住史修武勢在必得的一招，笑道：「史將軍還有這等兵器，眞眞讓蘇某大開眼界！」

史修武貫注眞氣於刀鋒上，慢慢下壓。蘇顏身軀逐漸後仰，眼見就要被壓落臺下，他嘴唇忽然微啓，寒光一閃，史修武心呼不妙，電光石火間鬆開手中之刀，急速閃身，仍被數根銀針射中面頰，掩面倒地慘呼。

蘇顏笑著挺正身軀，「史將軍，你使『刀中刃』，在下也有『唇中針』，可是對不住了！」

裴琰等人互望一眼，覺此人不但武功高強，且心計深沉，敗敵於不露聲色之中，皆心中凜然。

蘇顏正待舉步走向史修武，忽聞一聲暴喝：「慢著！」灰影急閃，一人如大鵬展翅，躍上賽臺。

江慈平生最愛看熱鬧，雖然這幾個月來爲此吃了不少苦頭，也帶來了性命之憂，但看到此前的激烈爭鬥，猶頗覺過癮。見那蘇顏一表人才，談笑風生間擊敗了作惡多端的史修武，不由在心中暗暗叫好。

灰衣人躍身上臺，她見橫生變故，忙定睛細看。只見那灰袍人身量頗高，腰懸長劍，年約二十七八，長眉入鬢，白皙俊美，雙唇微薄，稍顯陰柔，他此時正對江慈，江慈看得清楚，其額間一塊小小紅色胎記，宛如紅梅，正是衛昭提過的那個姚定邦。江慈心跳猛然加快，唯想起這姚定邦尚未開口說話，便強自忍住，沒有驚呼出聲。

裴琰眉頭微皺，正待起身，姚定邦已步步逼向蘇顏，俊面如籠寒霜，冷冷道：「原來是你！」

蘇顏收劍而立，笑道：「這位兄臺，你我素未相識，不知兄臺是否認錯人了？」

姚定邦右足一勾，將倒於地上的史修武身軀勾起，右手在他面上輕抹，取出那數根銀針，放於手心細看，抬頭怒道：「果然是你，還我小卿命來！」

蘇顏仰頭而笑，「原來是姚侍郎。不錯，姚小卿是死在我的手上，侍郎大人倒是沒找錯人。不過姚小卿臨死前要我將某樣東西轉交將軍，說大人一見便知，他死得並不冤枉！」

姚定邦面色漸轉凌厲，逐步逼近蘇顏，「你將東西交出來，我就饒你一命！」

蘇顏笑著伸手入懷，又握成拳頭，慢慢送至姚定邦面前展開。姚定邦低頭一看，突然爆出一聲怒喝，喝聲初始高亢，逐漸轉為嘶啞，他滿面通紅，怒喝聲中抽出長劍，朝著蘇顏一頓猛攻。蘇顏閃身間笑道：「姚大人，姚小卿是你幼弟，他仗著你的勢力強搶民女污人清白，背地裡做了許多見不得光的事情。我替天行道，為民除害，他也於死前良心發現，留下這悔悟之言，你為何還要尋我報仇！」

這番變故來得突然，眾人不料盟主競選到關鍵時刻，竟有昔日薄公手下大將、現任兵部左侍郎姚定邦前來尋仇，主持人慧律未及出言阻止，臺上姚定邦與蘇顏早鬥得不可開交。

江慈自姚定邦出現，便在心中掙扎猶豫，是否按衛昭所言，「指認」他便是自己曾聽過聲音的「星月教教主。畢竟這是她平生所要撒的頭一個彌天大謊，且關係到一人的生死，頗有些遲疑。及至聽到蘇顏所說，又想起崔大哥以前所述姚氏惡行，終咬咬牙，下定決心，掩嘴驚呼一聲。

裴琰猛然回頭，見江慈雙眸中露出驚恐之色，以手掩唇，身軀也隱見顫慄，他緩緩站起，雙目如炬，盯著江慈，扳下她發抖的右手。江慈雙唇略見蒼白，指向臺上激鬥的姚定邦，輕聲道：「他、他的聲音……」

裴琰眼睛一瞇，雙唇微啟，束音成線入江慈耳中，「你可聽得清楚，這人便是那夜樹上之人？」江慈緩緩點頭，裴琰拂袖轉身，朝臺邊的安澄做了個手勢，安澄急速退出人群，裴琰轉身緩步走向臺中激鬥中的二人。

姚定邦人長得俊美陰柔，劍勢卻凜冽無比，將蘇顏逼得滿臺遊走。蘇顏這廂仍從容自若，雙劍相擊中猶可聽到他的調侃：「侍郎大人，姚小卿死得並不痛苦，中了銀針後被我一劍穿心，我也算給了你幾分面子。」姚定邦似陷狂怒，喝聲嘶啞無比，「啊啊」連聲，劍招更疾快。眾人漸漸看不清二人招式，只見一灰一白兩道身影在臺上翩飛。

裴琰右手持劍，緩步走近。二人的劍氣蕩起他的衣袂，他如同穿行在狂風駭浪中的扁舟，又似狂風暴雨下的青松，看似漫不經心地將手中長劍一插，也不甚快，臺上劍氣卻忽然如暴雨初歇，勁風消散，姚定邦與蘇顏齊哼一聲，各後退兩步。

裴琰轉身望向姚定邦，微笑道：「姚侍郎……」他話未說完，姚定邦雙眸似要滲出血來，狂嘶一聲，撲向蘇顏。蘇顏急速後飄，落於臺下，姚定邦灰影一閃，隨之躍下。

蘇顏身形加速，如飛鳥般自人群掠過，幾閃身間，已至莊前大道拐角處，姚定邦窮追不捨，裴琰揮了揮手，安澄帶人迅速趕了上去。

裴琰回頭看了看，衣袖一捲，將江慈捲了過來，他左手拎著江慈腰間，雙足連踏，追向蘇顏和姚定邦。

莊前上千人看著這一幕，目瞪口呆，反應過來時，這一大群人已消失在視野之中。慧律等人急急商議，決定繼續比試，待裴莊主回來後再定蘇顏與史修武的勝負，只派出數名未參試的各派弟子追去一看究竟。

裴琰因拎著江慈，輕功便打了些折扣，直追出十餘里地才追上姚、蘇二人。

這二人前逃後追，蘇顏直奔至一處山崖邊方停下腳步。他看了看山崖下的急流，微笑著轉過身來，姚定邦已怒吼著和身撲上，二人又激戰在了一塊兒。

裴琰將江慈放於樹林邊，見安澄等人亦趕到，緩步上前。正待將二人分開，卻見姚定邦怒嘶聲中長劍與蘇顏劍尖黏在一處，顯是比拚上了內力，知這二人拚到了生死關頭，他索性負手立於一旁，不再急於下手。

姚定邦面上青筋暴起，襯得俊美的五官乍現幾分猙獰，蘇顏則面色漸顯蒼白，二人手中長劍均劇顫不已。再過片刻，蘇顏面上由白轉紅，又由紅轉白，猛然噴出一口鮮血，血中隱帶寒光。裴琰知他再施「唇中針」，踏前一步，已見姚定邦被那口鮮血噴中面部，慘嘶著退後十餘步，癱坐於地上。

蘇顏再吐一口血，落坐於地，搖了搖頭，望著裴琰苦笑，「裴莊主，您作個見證，我可是爲求自保。」

裴琰微微點頭，負手向癱於地上的姚定邦行去。卻聽「砰」聲響起，眼前突然爆出數團煙霧，裴琰屏住呼吸，身形後飄，林間已搶出數人，皆黑衣蒙面，其中一人撲向地上的姚定邦，將他扶起。

安澄等人反應過來，將這數人圍住，黑衣人們默然不語，齊齊猛攻。這些人使出的淨是不要命的招式，長風衛一時被攻得有些手忙腳亂。

爲首黑衣人伸手探了探姚定邦的氣息，猛然大力躍起，直撲向癱坐於崖邊的蘇顏，口中大叫：「你傷我主公，我要報仇！」蘇顏神色萎靡坐於地上，來不及提起真氣，被那黑衣人一劍刺中左肩，身子向後一翻，慘呼聲中，直直墜落山崖。

黑衣首領返身負上姚定邦，反手一擲，場中再爆一團煙霧，他負著姚定邦迅速隱入煙霧之中。裴琰隨即一晃閃進煙霧中，力貫劍尖，急速擲出，長劍如流星劃空，直刺進姚定邦背心，再穿心而過，刺入黑衣首領的後背。

黑衣首領身形踉蹌，緩緩跪落於地。裴琰緩步上前，正待扳下他背後的姚定邦，卻見那黑衣人手中寒光突起，本能下身形騰躍。黑衣人和身撲上，裴琰後飄於空中，避過他這意圖同歸於盡的一劍。

黑衣首領失力倒於地上，左手揚起，一顆黑球直飛而來。

裴琰見那黑球貌似平州「流沙門」聞名天下的「硫黃火球」，心中暗驚，於空中急速提氣轉身，斜踏數步避開黑球，黑球直向他背後十餘步處的江慈飛去。

裴琰甫落地，轉頭間見江慈已不及避開，面色驟變，身軀如離弦之箭，後發先至，趕上那枚黑球，右掌一托，將那黑球虛托在手心，卻不敢讓其落定。他知這種「流沙門」的獨門火器只要落定便會爆開，只得運起全部真氣，將火球虛托於空中盤旋，再勁喝一聲，衣衫勁鼓，將火球猛力往山崖下拋去。

火球始拋出，寒光再閃，黑衣首領猛然躍起，挺劍刺向裴琰，裴琰未及閃躲，「噗」的一聲，長劍已刺入了他的左肋。

此時，被慧律派出前來一看究竟的數名武林人士趕至，乍見裴琰遭那黑衣人臨死前一劍刺中，齊齊驚呼。

二十一　真情假意

江慈被裴琰提著奔來山崖的樹林邊，看著姚定邦死於裴琰劍下，看著那群蒙面黑衣人為救姚定邦而不斷倒下，忽覺一陣眩暈，自己真的做對了麼？有生以來，頭一次有人因為自己而喪命。雖然自己是為自保，且此人確實罪大惡極，但撒下這個彌天大謊，縱是拿到了解藥、回到了鄧家寨，自己的良心能安麼？

她怔怔地想著，黑球凌空飛近，驚覺時已不及閃躲，只得眼睜睜看著裴琰如離弦之箭射來。江慈看著他將黑球托住拋向崖下，也看到那黑衣人臨死前拚力刺出的一劍，閃起清冷寒光，刺入了裴琰左肋。

剎那間，她不知自己身置何處，彷彿飄浮半空，又彷彿深陷暗谷，驚恐與迷糊中望去，只見裴琰口中溢出鮮血，他似是回掌將那黑衣首領打得面目全非，他似是站立不穩，眼睛直直地望著自己，向自己倒過來。

江慈茫然伸出雙手將裴琰扶住，耳邊聽得數聲爆炸聲，安澄等人齊齊怒喝，滿天火光與硫黃之氣。她不敢抽出裴琰肋下長劍，只得控制住發抖的雙手，點上他傷口附近的穴道，咬緊牙關負上他，拚盡全力往回跑。

茫茫然中，她不知長風山莊在哪個方位，直至安澄衣衫焦黑趕了上來，接過裴琰，她方恢復些許清醒，提起發軟的雙腿，隨於安澄等人背後匆匆趕回長風山莊。

山崖對面是另一處懸崖，崖邊松樹林風濤大作。林間，一人斜坐於樹枝間，望著對面山崖上發生的一切，唇邊漸湧笑意，「少君啊少君，我可是越來越看不透你了！」

長風山莊前，比試正酣，見安澄等人負著裴琰狼狽不堪地趕回，裴琰肋下中劍似已昏厥，群雄齊齊驚詫。安澄等人匆匆入莊，慧律等人忙對趕去一看究竟的弟子詳問。方知眾人趕到之時，姚定邦已死於蘇顏劍下，蘇顏則被姚定邦的手下擊落山崖，而裴莊主為平息爭鬥，也被姚定邦手下暗算致傷，至於姚定邦的手下，則拋出了「流沙門」的獨門火器「硫黃火球」，與十餘名長風衛同葬火海，屍體一片狼藉云云。

出了這等變故，是慧律等人始料未及的，不但參試者蘇顏生死未卜，現下代表朝廷觀禮的裴相又負了傷，眾人急忙商議。尚未商定出結果，管家岑五出莊傳話，言道裴相入莊後曾短暫醒轉，交代說武林大會按原定議程進行，莫因他受傷而有所耽擱，慧律方登臺宣布，武林大會繼續進行。

江慈緊跟著安澄等人回到正院「碧蕪草堂」，將裴琰放於床上，裴琰已面色蒼白，雙目緊閉。

安澄是久經陣仗之人，多年從軍，於劍傷急救十分有經驗。他將江慈一推，冷聲道：「你出去！」又喚道：「童敏，你們過來！」

長風衛童敏等人圍了過來。江慈被擠到一邊，她雙腳發軟，茫然看著眾人圍住裴琰。聽得安澄在吩咐準備拔劍敷藥，她踉蹌著走出房門，又跌跌撞撞走到院中，雙膝一軟，跪於皚皚白雪之中，掩面而泣。

江慈腦子一片空白，偏能清楚地聽到屋內傳來安澄「壓」、「拔」、「放」的命令聲，積雪漸漸沁濕她衣裙，她也渾然不覺。

不知過了多久，耳中傳來「吱呀」的開門聲，江慈猛然抬頭，急速躍起，卻因跪在雪地中太久，雙腿麻木，又跌坐於地。她掙扎著站起，安澄由屋中走出，斜睨了她一眼，喚道：「小六！」

一名長風衛過來，安澄道：「按老方子，讓岑管家將藥煎好送來。」

小六領命而去，江慈跛著腳走近，安澄轉身間見到她哀求的目光，遲疑一瞬，冷冷道：「相爺福厚，沒生命危險，你老實點待著便是。」

江慈大喜，趨前數步，「相爺他……」安澄不再看她，轉身入屋，將門關上。

江慈心中一鬆，霎覺滿院白雪不再那麼耀目，寒風也不再那麼侵骨。緩步走到窗前，窗戶緊閉，她看不清裡面的情形，倚住窗格，胸口熱氣一湧，淚水成串滑落。

寒風漸烈，江慈在窗前佇立良久，終轉身走向廚房。她挑出一些上好的白蓮、瑤柱與鶴草，與淘好的貢米一起放入鍋中，加上水，蓋好鍋蓋，又走至灶下，緩緩落坐竹凳上。

她望著灶膛裡跳躍的火焰，伸出手按住自己那顆劇烈跳動的心，覺自己的手冰冷如雪，偏胸口處如有烈焰燃燒，騰騰跳躍。

灶膛中，一塊燃燒的竹片爆裂開來，「啪」的聲音讓江慈一驚，她忙跳起，將粥攪拌了數下，又坐回凳上，默然良久。眼前火光侵入心頭，彷要將她燒成灰燼，但胸前被雪水沁濕的地方，又慢慢騰起一層霧氣，讓她的眼前一片迷濛。

烈焰與迷霧在眼前交織，引江慈的心一時苦楚，一時徬徨，一時欣喜，又一時隱痛。她將頭埋在膝間，聲音顫抖，喃喃道：「師父，我該怎麼辦？」

待粥熬好，已是日暮時分，又下起了片片飛雪。江慈端著粥從廚房出來，被寒風激得打了個寒噤，她深呼吸幾下，又在東閣門前站了片刻，終輕手推開房門。

安澄正守於床前，見江慈端著粥進來，俯身在裴琰耳邊輕聲喚道：「相爺！」

裴琰微微動彈了一下，又過了片刻，睁開雙眼，以往清亮的雙眼變得有些迷濛。江慈不敢看他，別過臉去，聽到安澄似將裴琰扶起，才慢慢走到床邊。低頭見床邊外袍上一灘暗紅，那血刺痛了她的眼睛，手中的粥碗跟著顫抖。

裴琰瞇眼看了看江慈，輕咳一聲，江慈驚醒，用玉匙舀起米粥，輕輕送到裴琰口中。裴琰吃了幾口，喘氣道：「安澄，你先出去。」江慈手一抖，玉匙磕在碗沿上，聽得安澄將門帶上，她將頭低下，強忍住喉頭的哽咽。這一刻，她極想抬頭，細細看清眼前這人，又想拔腿就跑，遠遠地離開這長風山莊。

裴琰靠在枕上，閉目片刻，輕聲道：「你聽著，我要上寶清泉療傷，你每天燒好飯菜送上來，其餘時間就老老實實待在這裡，哪裡都不許去。放不放你，等我傷好後再說。」

江慈愣了片刻，仍舊將粥送至裴琰口中，嘴張了幾下，終沒有再說話。

大雪又下了數日，天方完全放晴。武林大會亦終有了結果，蒼山派掌門柳風最後勝出，榮任新武林盟主，峨嵋掌門破情師太、南宮玨、袁方、風昀瑤、程氏姐妹、少林派宋宏秋、紫極門章侑、南華山掌門王靜之八人入選議事堂。人選定下之後，又經各派商定，暫定在蒼山選址修建議事堂和盟主閣，由蒼山派出資，若是四年後選出新的盟主，再行決定在何處修建新的盟主閣。

諸事落定，已是三日之後，群雄均聽聞裴莊主劍傷極重，昏迷許久，遂只能向安澄等人表達一片關切之意，先後告辭而去。

大雪封山，江慈每日送飯上山的路便極難走。為防滑倒，她用枯草將靴底纏住，又用綢帶將食盒綁在腰間，運起輕功，方趕在飯菜變涼之前，送至寶清泉。

寶清泉在這嚴冬仍熱氣騰騰，療傷效果尤是顯著，再加上長風山莊的創傷藥方，裴琰一日比一日好轉，面色也不再蒼白。安澄早命人將草廬鋪陳一新，又燃上炭火，裴琰每隔數個時辰去寶清泉泡上一陣，其餘時間便在草廬中靜坐運氣療傷。

江慈按時將飯菜補品送到草廬，裴琰不與她說話，冰冷目光中還總透著一種說不清看不明的意味。江慈只默立於一旁，待他用完後將碗筷收拾好，又默默下山。

裴琰上了寶清泉，碧蕪草堂中便再無他人，江慈獨居這大院中，望著滿院積雪，看著院子上方青灰的天空，心中一日比一日徬徨無助，一夜比一夜輾轉難眠。

這夜，寒風呼嘯，驚醒江慈。她披衣下床，倚於窗前，望著滿院雪光，怔怔不語。

雪夜寂靜，廊下的燭光映在雪地上，泛著一團暈黃。一股陌生的情緒在江慈心中靜靜蔓延，讓她想提步奔上山去，跑到草廬之中看看那笑意騰騰的雙眸，哪怕讓他狠狠地欺負一番，也心甘情願；可另一種憂傷與恐懼，又於這衝動中悄悄湧上，讓她不寒而慄，瑟瑟發抖。

墜崖的蘇顏，中劍倒地的姚定邦，被裴琰一掌擊得面目全非的黑衣人首領，滿天的火光，以及裴琰倒下前望著自己的眼神，還有，衛昭冰冷如刃的話語，這一刻，悉數浮現在江慈的眼前。

到底是怎麼一回事？種種事情背後，隱藏的是什麼樣的眞相？這些人的眞面目到底是什麼？什麼是眞？什麼是假？自己的一句謊言，到底在這件事中起了什麼樣的作用？

最重要的是，他，那個只會欺負自己、有著冷酷心腸的他，爲何要爲救自己而受傷？這後面的眞相又是什麼？而自己，爲何每次見到他或想及他，便會胸口脹痛難忍，那脹痛之中，爲何又有絲絲欣喜呢？

江慈覺雙肩漸寒，攏了攏狐裘，望向遼遠的夜空，唇邊漸湧苦澀笑意。

融雪天倍加寒冷，山路更添濕滑，江慈縱是輕功甚佳，這日仍在山路陡滑處摔了一跤。望著被泥水濁污的狐裘，她不由有些心疼，所幸摔跤時她右手撐地，未讓腰間的食盒翻倒。

到得草廬，裴琰剛從寶清泉中出來，江慈見他僅披一件錦袍，袍內似未著衣物，帶著一股溫熱的風步入草廬，心怦然劇跳，轉過頭去。

裴琰嘴角輕勾，在桌前坐下，淡淡道：「擺上吧。」

江慈不敢看他，將臉轉向另一邊，摸索著將食盒打開，將飯菜端出來，又摸索著將玉箸遞向裴琰。

裴琰望著距自己甚遠的玉箸，將錦袍拉鬆一些，笑意漸濃，「這裡還有別人麼？」

江慈回頭看了一眼，面上刷地紅透，手中玉箸未曾抓穩，掉在桌上。

裴琰搖了搖頭，取過玉箸，靜靜用膳。見江慈仍背對著自己，她身上狐裘下襬處數團泥污清晰可見，她垂在身邊的雙手輕顫，右手手掌處可見擦傷痕跡。他眉頭微皺，冷聲道：「你過來坐下！」

江慈心中慌亂，只覺全身上下血脈筋絡之中，苦澀與甜蜜交纏不休，期盼與恐懼恣意翻騰。她慢慢走到桌前坐下，抬眸瞅向裴琰。

裴琰與她靜靜對望，黑沉的眸子中看不出一絲喜怒，只帶著幾分探究，幾分沉思。江慈有些承受不住他的目光，緩緩低頭，卻正好望上裴琰胸前，他錦袍微鬆，前胸赤裸，因出溫泉不久而仍泛著些薄紅，她霎覺雙頰滾燙，猛然起身疾奔出草廬。

裴琰身子一動，又緩緩坐回椅中，他撫上肋下傷口，望著江慈的背影，目光閃爍，慢慢靠上椅背。

腳步聲響起，安澄在草廬外喚道：「相爺！」裴琰應聲：「進來吧。」

安澄捧著一疊密報進來，拿起最上面的一封信函，躬身近前，「相爺，崔公子有信。」

裴琰伸手接過，抽出細閱，良久，眉頭微蹙，輕聲道：「看來，眞是他了。」他站起身來，安澄忙替他披上毛氅。裴琰步出草廬，凝望著霧氣騰騰的寶清泉，又望向滿山白雪，忽道：「安澄。」

「是，相爺。」

「還記得那年，我們在麒麟山浴血奮戰，死守關隘、殺敵數萬麼？」

安澄面露微笑，「長風騎的兄弟們，怕是誰也不會忘記的。」

裴琰負手望向空中厚積的雲層，輕歎一聲：「只望劍瑜能熬過來年春天，眼下唯靠他撐著了。」

晴了不到幾日，又開始下雪，天地間一片素淨。江慈這日自銅鏡前經過，停住腳步，久久凝望著鏡中那個陌生的自己，終下定了決心。

她細心備好晚飯，踩著積雪上了寶清泉。天色漸晚，山夜寂靜，寶清泉邊的長明燈幽幽暗暗，江慈彷覺踏入一場迷濛縹緲的夢中，卻又不得不醒轉，逃出這場有著無比誘惑的美夢。

裴琰正躺於草廬中看密報，見她進來，微笑著將密摺放下，「今日怎麼晚了些？」

江慈見他笑得極爲和悅，莫名地有些害怕，強自鎭定，靜靜侍立一旁。待裴琰用罷晚飯，看完密報，又服侍他洗漱完畢，猶豫一陣，正待開口，躺於榻上的裴琰忽伸手拍了拍身邊，「你過來。」

江慈低頭片刻，咬咬牙，抬起頭來，走到裴琰身邊坐下，平靜地望向他黑亮的雙眸，輕聲道：「相爺，我有話想對你說。」

裴琰一笑，「巧了。」他頓了頓，悠悠道：「說吧，相爺我聽著。」

江慈忽略自己劇烈的心跳聲，快速道：「相爺，你的傷好得差不多了，我也幫你認了人了，我人又笨，留在你身邊只會給你添麻煩，無甚用處，不如，你……」

裴琰冷笑，猛然伸出右手托住江慈的下巴，將她往身前一拉，在她耳邊冷冷道：「想要解藥，想要離開，是吧？」

江慈欲將臉別開，卻被裴琰大力扼住下齶，只得直視他隱有怒氣的雙眸，緩緩道：「是，相爺，我本非你相府之人，還請你高抬貴手，放過民女。」

裴琰望著眼前如白玉般精緻的面龐，面龐上嫣紅的雙唇，烏黑的瞳仁，那瞳仁中透出的天真與明淨，引他清俊的眉目間怒意更盛。江慈漸感害怕，往後挪了挪身子，裴琰卻伸手入懷，摸出一只瓷瓶，倒了粒藥丸入手心，輕輕掂了掂，笑道：「想要解藥是吧，不難。」

他拈起那粒藥丸，慢慢送至嘴邊，微笑望著江慈，輕聲道：「解藥呢，要靠你自己來拿的。」說著將藥丸送入口中，用皓齒輕輕咬住。

江慈腦中「轟」的一聲，渾身血液往上沖湧，她又氣又羞，猛然站起，轉頭就跑。剛跑出兩步，膝間一痛，被裴琰擲出的瓷瓶擊中，單膝跪落於地。

裴琰伸手將她往榻上一拉，江慈天旋地轉間，已被他壓在身下。她情急下雙手推出，裴琰將她雙手按住，江慈只覺腕間劇痛，「啊」的張口一呼，裴琰溫熱的雙唇已掠上了她的唇間。

這是一種揉雜著清涼的溫熱，絲絲清涼自那溫熱的雙唇間不斷湧入江慈體內，藥丸的清涼亦自喉間而下，沁入臟腑。她迷濛間望向眼前的面容，那清俊的眉目間似有一點憐惜，她的心彷若飄浮在半空，悠悠蕩蕩，感受著那份憐惜，緩緩闔起雙眼。

草廬外，北風呼嘯，草廬內，炭火跳躍。江慈似陷入一場美夢，夢中有甜蜜、有酸楚、有幸福、有痛苦，但更瀰漫疑慮與不安。

裴琰的唇在她唇間流連，又重重地吻上她的眼，她的眉。他帶著泉水特有氣息的右手慢慢撫上她的面頰，又沿著面頰滑下，輕輕地撫過她的頸、她的胸，輕輕巧巧地，解開了她的衣衫。

炭爐中，火花一爆。江慈倏然驚醒，那日山崖上的情景突又浮現在眼前，甜蜜與幸福褪去，恐懼與不安闖入她的腦海，她猛然將裴琰推開，衣衫散亂地跳落於地，欲往草廬外急奔。

裴琰面色微變，身形一閃，江慈直撞上他胸前。裴琰將她緊緊束於懷中，低頭看著她驚慌的眼神，面上最後一絲憐惜消失不見。他大力抱起江慈，將她丟到榻上，又重重將她壓於身下，在她耳邊冷聲道：「你又想逃到哪裡去？」他右手用力，江慈的外衫「嘶」的一聲，被他扯落。

江慈「啊」的驚呼，聲音又被裴琰的雙唇堵回喉間。她拚命掙扎，換來的卻是攻城掠地般的攫奪。先前如春風化雨般的輕柔與憐惜全然不見，剩下的唯有狂風驟雨似的粗暴與憤怒。

她拚盡全力，仍不能將裴琰推開，身上衣物一件件被撕裂扔於榻邊，極度恐懼之後是極度的憤怒，讓她用力咬下。裴琰痛哼一聲，撫著被咬痛的下唇，由她身上抬起頭來。

他手指撫過流血的下唇，望向指間那一抹殷紅，慢慢將手指送入口中吸吮，冷冷注視著正怒目相向的江慈。見她眉眼間滿是憤怒、蔑視與痛楚，裴琰呵呵一笑，手指勾上江慈面頰，輕聲道：「原來你還會反咬一口，看來，我確實小覷你了。」

江慈望著他黑深的眼眸，那眼眸幽幽暗暗，讓她心中如刀絞般疼痛，這疼痛又使她胸口那團怒氣洩去，晶瑩的淚珠滑出眼角，微一側頭，沁濕了榻上的錦被。

這淚水引起裴琰瞬間的恍惚，屋外，北風吹得草廬門扇輕微的搖晃，他悚然驚醒，凝望著身下那張飽含哀淒與絕望的俏容，寒聲道：「解藥我是給了你，但你想走，可沒那麼容易！」說著右手用力，江慈身上最後一件衣裳被他扯落。

江慈全身顫抖，無助地望著草廬屋頂，感覺到裴琰微溫的雙唇在自己身上掠過，感覺到他呼吸漸轉沉重，感覺到他赤裸溫熱的身軀貼過來，絕望地閉上雙眼。心底深處，一個聲音在狂嘶：「不是眞的，果然不是眞的！原來，自己眞是癡心妄想，爲何，你要這樣對我！」

她將心一橫，雙齒便待重重合上，裴琰早有防備，用力扼住她的下齶。江慈淚水洶湧而出，只是這淚水，是爲了這暴虐，還是這暴虐之後隱藏的眞相，她也說不清。

朦朧淚眼中，裴琰隱帶狂怒的面容貼近，他冷如寒霜的聲音如利刃絞割著江慈的心，「你不是想逃麼？我倒要看看，你能逃到哪裡去！」他手上用力，江慈「啊」的一聲，雙腿已被分開，她本能地伸出雙手，裴琰右手緊鉗住她雙手，反壓在她頭頂。

裴琰感覺到身下柔軟的人兒在劇烈顫抖，有一剎那的猶豫，但體內要脹裂開來的激情讓他腦中逐漸迷亂，終緩緩壓下身軀。

江慈絕望迷糊中感覺到異樣，拚盡全力，偏頭狠狠咬上裴琰右臂，裴琰迷亂中未曾提防，吃痛下鬆開右手。江慈雙手回復自由，奮力推上裴琰前胸，又雙足急蹬，裴琰忍住右臂疼痛，用力將她按住，卻聽草廬外號聲大作，竟是長風衛暗衛們遇襲信號。

裴琰腦中倏然清醒，卻並不驚慌，他知這草廬附近有近百名暗衛，除非是大批敵人來襲，否則無人能突破至這草廬附近。他壓住江慈，正待再度俯身，安澄的怒喝聲傳來，他猛然抬頭，急速從江慈身上躍起，點上她的穴道，拉過錦被蓋在她身上。

他急速披上外袍，聽得北面山巒處的號聲越來越急，竟是長風衛遇到強敵時才發出的信號，而安澄發出的喝令，顯示有武功十分高強的敵人來襲。裴琰面色凜然，閃至窗前，望向窗外。

寶林山北麓，火光點點，迅速移動，且不時傳來暴喝聲，顯是暗衛們遇上襲擊，正在進行反擊。而寶清泉側，寒風之中，安澄持刀與一蒙面之人激鬥正酣。

安澄手中刀勢如風如雷，身形捲旋間帶起層層雪霧，而與他對敵的蒙面之人手中長劍如龍吟虎嘯，劍氣強盛。裴琰看得幾招，便知此人武功勝過安澄，與自己相比亦只差少許。他束上腰帶，抽出壁上長劍，迅速閃出草廬，隱身於大樹之後。

安澄與蒙面之人越鬥越快，激起的雪團也越來越大。裴琰見安澄刀勢被蒙面人的劍勢帶得險些失控，恐有生命之虞，急速折下一根枯枝，運力彈出，二人身側的雪團乍時迸裂。裴琰身形疾射，手中寒光一閃，恰好架住蒙面人刺向安澄的必殺一劍。

蒙面人見裴琰趕到，悶聲一笑，劍勢回轉，裴琰低喝一聲，劍招綿綿不絕，「鏗」聲不絕，片刻間二人便過了數十招。

裴琰覺此人劍勢變幻莫測，一時霸道，一時輕靈，心中暗驚，武林中何時出了這等高手？他心中疑慮，手上動作加快，真氣激得外袍隨風勁鼓，龍吟聲烈，響徹寶林山麓。

蒙面人劍隨身走，如孤鴻掠影，在裴琰縱橫的劍氣中橫突而過，急掠向霧氣騰騰的潭面。他閃身之初折下一根樹枝射向水面，衣袂翻飛，快若銀矢，踏上樹枝輕飄過水，宛如煙檣乘風，瞬間掠過七八丈的潭面。

裴琰見他掠去的方向正是草廬，面色一變，身形躍起丈餘，翩若驚鴻地疾閃過潭面。眼見蒙面人已踏上草廬屋頂，似要踏破屋頂而下，裴琰怒喝一聲，手中長劍如流星閃過，擲向蒙面人。

蒙面人身形後翻避過長劍，右足再在草廬屋脊勁點，縱向草廬邊大樹，踏碎一樹枯雪，身形再幾個騰縱，躍向山巒。裴琰隨之躍上草廬屋頂，卻不再追向蒙面人，將手一揮，安澄會意，帶著十餘人追上山去。

裴琰立於屋頂，一陣疾風捲起他的袍子，他巍然不動，冷覷著那蒙面人的身影消失夜色之中。

過得小半個時辰，安澄返回。裴琰自屋頂躍下，安澄趨近前，「來敵約有七八人，他們似是早已摸清暗衛所在，出手狠辣，折了十二名弟兄，與屬下對敵的是身手最高的一個。他們在飛鷹崖事先安下了繩索，屬下追到時，已全部逃離。」

裴琰眉頭微蹙，「這幫人武功如此高強，所爲何來？」

「是，屬下也生疑，是不是爲了試探相爺的傷勢？」

裴琰搖搖頭，過得片刻，道：「速傳信給劍瑜，讓他趕在小雪前備妥草糧，暗撤事宜也得加緊。」

安澄離去，裴琰又低頭想了片刻，轉身步向草廬。他在門前佇立良久，方輕推開門。緩步踏入草廬，目光及處，衣衫遍地，炭火灰暗，燭光暈紅，榻上卻已不見了江慈的身影。

裴琰瞳孔陡然收縮，身形拔起，衝破草廬屋頂，又急速在山巒間奔行，暗衛們不曉發生了何事，紛紛出來向他行禮。他面色冷峻，如一縷輕煙般掠過皚皚白雪，茫茫山野，卻終未尋到那個身影。

他一聲長喝，自樹林之巔掠過，披散的長髮在風中揚起，又徐徐落下。

裴琰踏上草廬屋頂，拔出先前擲出的長劍，寒光映亮懾人的眼眸，而後飄然躍下，向急急趕來的安澄冷聲道：「調齊附近所有人馬，盤查一切人等，給我把那丫頭搜出來！」

二十二　風雪兼程

十二月初二，平州，大雪紛飛，天地一片煞冷。

夜色沉沉，呼捲的風雪中，一商隊趕在城門落鑰前匆匆入城，馬車在積雪甚深的大街上艱難行進，在城西「聚福客棧」前停了下來。

一名中年漢子敲開客棧大門，與掌櫃講價後，包下後院，一行人將馬車趕入後院，見院中再無他人，從車內抬出一個大木箱，放入正屋。

商隊之人似是訓練有素，行動敏捷，將木箱放下後，齊齊退出，回到西廂房安睡。

亥時末，四下靜寂無聲，只餘冷雪翻飛。正屋內，案几緩緩移開，東牆下露出一個地洞。一道黑影由地洞內鑽出，頎長的身影慢慢踱至木箱邊，輕手撫上箱蓋，得意地笑道：「少君啊少君，這可要對不住你了。」

他呵呵一笑，手下運力，震斷銅鎖，啓開木箱，俯身從箱內抱出一人。他低頭望向那熟睡的面容，眸中閃過探究與好奇之色，又隱入地道之中。

江慈似陷入了一場沒有盡頭的夢，又似是一直在大海中沉浮，偶有短暫的清醒，卻不能動彈，眼前晃動的全是些陌生的面孔，每當她睜開雙眼，她們便給她餵下一些流食，她又昏昏沉沉地睡去。

她不知自己爲何會陷入長久的昏迷之中，也不知這些人要將自己帶往何處，她只覺心中空空蕩蕩，心尖似有一塊被剜得乾乾淨淨。她只願在這個夢中沉沉睡去，再也不要醒來，再也不要想起之前的那一場噩夢。自然，也再不用想起那夜，那人，那黑沉的眼眸，那隱怒的面容。

可這場夢，亦終有醒的一天，當那縷縹緲、淒怨的簫聲闖入她的夢中，直鑽入她的心底，她終迷迷糊糊地睜開了雙眼。眼前一片昏黃，她緩緩轉頭，良久後方看清自己正躺在一輛馬車內。車內，一人披著白色狐裘，背對自己而坐，姿態閒雅彷若春柳，但背脊挺直宛如青松。他的烏髮用一根碧玉簪鬆鬆挽起，捧簫而坐，簫音隱帶惆悵與哀傷，又飽含思念與掙扎。

江慈望向那根碧玉髮簪，怔忡不語，待簫聲落下最後一個餘音，豁然一笑，「果然是你。」

衛昭放下竹簫，轉過身來，瑰麗寶石般的眼眸微微瞇起，「真是不好意思，壞了你的好事。」

江慈面上頓時紅透，想起那夜自己渾身赤裸躺於草廬中，外面傳來裴琰與人交手的聲音，面前這人黑衣蒙面，悄然潛入，用錦被將自己捲起，由窗中躍出。他點上了她的昏穴，之後，那些人將自己從一個地方運到另一個地方，接著，便是那個昏昏沉沉的夢。

她低頭望了望身上的衣衫，默然良久，輕聲道：「不，我要多謝你。」

「哦！」衛昭聲音中似有一種魅惑的魔力，他緩緩站起，坐到江慈身邊，一雙鳳目靜靜地凝視著她。

江慈眼波微微一閃，別過頭去，低聲道：「謝謝你把我從那裡帶出來。」

「有些意思。」衛昭語調平淡，唇角卻露出得意的笑容。

江慈正好轉過頭來，見他笑容如清風明月，瞬間忽想起那人，那俊雅的面容，那雙笑意騰騰的黑眸，心中一酸，無力地靠上車壁，數滴淚水滑落，滴在手背上，冰涼寒沁，似要滲入肌膚裡頭，滲入筋絡之中。衛昭微怔，江慈卻突然伸手抹去眼角淚水，笑著抬起頭來，將手往衛昭面前一伸，「拿來！」

衛昭嘴角笑容帶上幾分冷酷，往榻上一躺，雙手枕於腦後，淡淡道：「什麼？我可沒欠你的。」

江慈將手收回，挪開些身子，微微冷笑，「少給我裝模作樣！你們這些黑了心的人，總有一天會遭報應的。只是你別忘了，我在某處留了一封信。」

衛昭笑得越發得意，雪般白皙的肌膚上一抹淡紅使他面若桃花，更襯得他烏髮勝墨、眸如琉璃。

江慈注視著他，只覺他雖在笑，但眼中透出的全是冷酷之意。衛昭見江慈注目於自己，笑容漸斂，眼光在她身上來回數遍，嘖嘖搖頭，「又不是什麼絕色佳人，還蠢如鹿豕，少君的眼光，實讓人不敢恭維！」

江慈聽到「少君」二字，呼吸有些停頓，閉了閉眼，又睜開來，平靜地望著衛昭，輕聲道：「你費盡心機，甘冒奇險，將我從、從那裡帶出來，自然有你的目的。你們這些人，是絕不會做虧本生意的。我雖不知你又要如何利用我，但總歸是要用的，那就請你先替我解了毒，我願意配合你，從今日起，你要我做何事，我去做便是。」

衛昭得意一笑，「咱們一向合作愉快，不過這次……」他坐直身子，盯著江慈，語氣漸轉森冷，「我若是要你幫我對付裴琰，你也願意麼？」

江慈心中微震，隱覺胸臆某處似乎傳來一聲痛苦呻吟。她感到自己的手漸轉冰涼，極力克制不讓身軀顫抖，清澈如水的眸子望著衛昭，聲音不起一絲波瀾，「我願意。」

「爲什麼？」衛昭似是頗感興趣。

江慈闔上眼簾，兩顆淚珠乍地滾落。衛昭凝望著她，忽覺這清麗的面容如帶雨荷花盛開，那份淒美彷若存在於遙遠的記憶中。他目不轉睛地看著她，語調低沉，「據我所知，這段時日，他不要任何人服侍，只與你朝夕相處，又曾捨命救你，以他之爲人，這份心意算是破天荒的了，你爲何還願意助我對付他？」

江慈偏過頭去，眼中含淚，半晌後低低道：「不，他淨會欺負我，他根本不曾正眼把我當人看，我，我恨他……」

衛昭鳳眼微微上挑，再看江慈片刻，從衣袖中取出一只瓷瓶，倒出一粒藥丸，拈起送至她面前。

江慈望向衛昭，見那黑漫漫的眸子冰冷如劍，他的手如羊脂玉般白皙，而那藥丸黑黝如墨，形成強烈的對比。她默然片刻，慢慢湊過頭去，從衛昭手上將那粒藥丸輕輕地含入口中。

衛昭手指凝在半空，江慈微笑道：「多謝蕭教主。」

衛昭眸中探究意味漸濃，索性斜靠在錦被上，淡淡道：「你倒不是很笨，說說，爲何確定這個是解藥？」

「我也不確定的。」江慈覺自己長髮散亂，用手輕輕梳理，側頭道。

「那你還肯服下？」

江慈一笑，不疾不緩道：「理由有二，第一，以你之爲人，若無心給解藥便不會給，橫豎是死，不如搏一搏；第二，你還要我來做某些事，定不會讓我死去，我若吞下的是毒藥，你必會阻止，所以我賭一賭。」

衛昭斜睨著江慈，瞳仁中閃動著如琥珀般的光澤。他慢慢握起榻邊竹簾，修長的手指將竹簾托住滴溜轉圈，片刻後吹了聲口哨，駿馬嘶鳴，馬車緩緩啓動，向前而行。

江慈掀開厚重的車簾，寒風撲面，她忙放下些，透過縫隙看了看外面，道：「我們這是往哪兒去？」

「月落山。」

江慈放下車簾，有些訝然，「回你自己的老巢麼？」

「老巢？」衛昭笑了笑，「說實話，我有十多年未曾回去了。」

江慈轉過頭，「你不是星月教主麼？緣何十多年都未回月落山？」

衛昭冷哼一聲，不再說話，閉上眼。馬車顛簸，他長長的睫毛如蝶羽般輕顫，在眼瞼上投出一片淺灰。江慈忽想起那夜相府壽宴，他與那人坐在一起，面上含笑，但眼神空洞，滿堂華笏，在他眼中都是至仇至恨吧？而那人，縱是笑意盎然，但也同樣戴著假面具，那滿座蟒袍，在那人心中，只怕都是一顆顆棋子。所謂青雲志，傾天恨，又能給他們帶來什麼？

江慈低頭靜靜地想著，也不知過了多久，馬車磕上路中的石子，將她震醒。她抬起頭，見榻上衛昭似已睡熟，她凝望著他絕美的睡容，輕手拉過錦被，蓋於他肩頭。

馬車漸行漸慢，江慈縱是坐在車中，也知外面風大雪急，這樣趕路，只怕一日都行不到幾十里，恐還有馬兒凍斃之虞。聽得車外馬夫吆喝聲，她不由望了望熟睡的衛昭，心想：「他這麼急著回月落山，到底所爲何事？他將自己劫來同行，又是爲了什麼？眞是要利用自己來對付那人麼？」她心中冷笑，衛昭啊衛昭，你若眞是這般想法，可就大錯特錯，我而今早沒有任何利用價值，那人，又怎會把我放在心上！

馬車終於停住，衛昭倏然睜開雙眼，馬夫在外輕聲道：「少爺，到了。」

衛昭從懷中掏出一張人皮面具戴於面上，又從榻底取出兩頂青紗寬帽，順手丟了一頂給江慈。江慈接過，罩住面容，隨他下了馬車。

大雪紛飛，江慈覺得寒冷，習慣性地攏上雙肩，手卻凝住。曾給自己帶來溫暖的狐裘，已留在了那草廬內，再也不在她的肩頭。她雙目漸漸濡濕，眼前的莊子如冥界般縹緲，她木然移動腳步，隨衛昭步入那積雪覆瓦、粉牆靜圍的莊子。

莊內，寂然無聲。二人自莊門而入，沿抄廊過月洞門，穿過偏院，再過幾道門，到了西首院落，一路行來未見一人。

衛昭推門而入，環視室內，青紗下寒星般的雙眸漸轉幽深。江慈稍稍低頭，見他手指竟在極細微地顫抖，不由有些害怕，將身形隱入門邊的陰影之中。

衛昭默立良久，緩步走到西閣的長案後坐下，他的手指輕輕劃過案几。十多年前，那名溫婉如水的女子，執著自己的手，在這案後，教自己一筆一畫寫下「蕭無瑕」三個字；那俊美如天神般的男子，握著自己的手，在這院中，教自己一招一式舞出「星月劍法」。歲月如沙漏，往事似雲煙，所有的人與事終究是再回不來了。永遠如影隨形的，是肩頭無法卸下的仇恨與責任，是深入骨髓的隱忍與堅狠。

他久久坐於案後，面上青紗隨微風而動，屋內漸漸昏暗，江慈悄無聲息地再往門後縮了縮。

極輕的腳步聲響起，先前那馬夫握著盞燭火進來，輕聲道：「少爺，二公子到了。」

衛昭收回右手，起身走到門邊，看了看門側垂首低眉的江慈，冷道：「把她關進墨雲軒，看緊了。」

夜色漸深，衛昭踏入留芳閣，看了看屋內之人，淡淡道：「看你的樣子，傷全好了。」

蘇顏忙微微躬腰，「勞教主掛念，屬下傷勢已癒。」

衛昭在椅中坐下，「武瑛下手是有些狠，但你若不藉傷墜崖逃遁，也瞞不過裴琰。」

「只是可惜了武堂主。」

「武瑛活著也沒甚趣味，這樣去了，對他來說倒也乾淨。」

蘇顏不敢答話，衛昭道：「蘇俊呢？我不是讓你們到這裡等我的麼？」

「幽州有變，大哥趕過去了。」

「出了何事？」

「本來是安排礦工逃亡後向官府舉報裴子放私採銅礦的，可咱們的人帶著礦工一出九幽山，便被裴子放的人抓住了。雖說都服毒自盡，沒有人苟活，但大哥怕落下什麼線索而讓裴子放有所警覺，現趕往幽州，想親自對付裴子放。」

衛昭右手在案上輕敲，半晌方道：「你馬上去幽州，交代蘇俊先不急著對付裴子放，暫時緩一緩。」

蘇顏低頭道：「大哥對裴子放恨之入骨，只怕……」

衛昭聲音漸轉森冷，「我知道，當年咱們族人死在裴子放手中者不計其數，但眼下得顧全大局。你和蘇俊說，若是他壞了我的事，莫怪我心狠手辣！」

蘇顏猶豫再三，終道：「教主，屬下有些不明白。」

「到了明年春天，你就明白了。」衛昭笑了笑，「希望我沒猜錯，裴琰不會讓我失望。」

蘇顏猛然抬頭，「莫非裴琰……」

衛昭站起身，慢慢踱至蘇顏身邊，蘇顏覺有冷冽的氣息罩住自己，心中暗凜，垂下頭去。

衛昭不再看他，負手步到門前，自青紗內望出去，院內積雪閃著暗幽幽的光芒。這一瞬間，他彷彿看到一個少女帶著一名幼童在院中堆著雪人。他的目光微微有些飄搖，良久方道：「族長那裡，考慮得怎麼樣了？」

「他還是膽小，始終沒有答應。」

衛昭輕「哦」一聲，「既是如此，我也不消再敬他是族長了。」他轉過身來，「傳令所有的人，這個月十八，都回『星月谷』。」

「是。」

江慈被那馬夫帶到一處院落，見正軒上懸匾「墨雲軒」，知這是一處書屋。她聽馬夫腳步聲輕不可聞，必是身懷絕技，遂老老實實進了屋。

她在墨雲軒前廳內坐了一陣，頗覺無趣，見夜色深沉，起身將燭火挑亮。轉頭間見廳內西角擺有一張五弦琴，遂步到琴案前坐定，輕手一勾，覺琴音澄澈清幽，與師父遺留下來的「梅花落琴」相比毫不遜色，不由有些驚喜。她數月未彈琴，又見名琴當前，不禁有些手癢，撫上琴弦，琴聲起處，竟是當日攬月樓頭曾唱過的那曲〈歎韶光〉。

上闋奏罷，江慈怔怔坐於琴前良久，後用力拭去眼角淚水，再起弦音，將下闋用極歡悅的聲音唱出。唱至最後一句「不堪寒露中庭冷……」，前廳的鏤花落地扇門被「砰」地推開，衛昭捲起一股寒風，衝了進來。勁風將他寬帽下的青紗高高揚起，露出的人皮面具陰森無比。

江慈剛及抬頭，衛昭揪住她的頭髮，將她往牆角一丟。江慈頭撞在牆上，眼前金星直冒，半天才清醒過來，倚住牆角，揉著頭頂，怒目望向衛昭。

衛昭立於琴前，低頭看著那張五弦琴。江慈看不見他神情，卻見他的雙眸漸湧上一層霧氣。正納悶間，衛昭行到她身前，盯著她瞧了片刻，惡狠狠道：「別以爲你是裴琰的女人，我就不會動你。給我放老實些，若再敢亂動這裡的東西，我就將你扔進桐楓河！」

江慈知反抗無用，默不作聲，衛昭又猛然伸手將她一推，轉身出房。他這一推之力極大，江慈向右趔趄，碰倒了旁邊案几上的細瓷淨瓶，仍未站穩，右手便撐在了滿地的碎瓷片上。

鮮血自右手食指指尖滲出，江慈蹲在地上，將手指緩緩送入口中吸吮，忽想起那夜在碧蕪草堂的大樹下，他將自己被燙傷之手包在手心的情景，心中頓如沸水煎騰。但她強壓了下去，忽然一笑，喃喃道：「你說得對，我是又懶又沒出息，若是學武用功些，也不至於燙了手，不至於到今日這般地步！」

衛昭去後，再也未曾露面，江慈等到半夜仍不見他的人影。她又不能出墨雲軒，肚子餓得難受，偏茶水都無半口，渴極了，只得捧了數把窗臺上的積雪呑嚥，聊為解渴。

墨雲軒內並無床鋪，只有一張竹榻，更無被褥之物，江慈便在竹榻上縮著睡了一夜，翌日醒轉，覺全身冰涼，雙足麻木。

想起心頭之事，江慈知不能病倒，猛吸口氣後衝進院中，捧起一把雪，撲上面頰猛搓，又雙足連頓，原地跳動，只想跳到發出一身大汗，千萬不要因寒生病。

衛昭負手進來，見江慈滿頭大汗，雙頰通紅，原地跳躍，有些愣然，片刻後冷聲道：「走吧。」

江慈雙手叉腰，喘氣道：「那個，蕭教主，能不能賞口飯吃，你要我幫你做事，總得讓我活命才行。」

衛昭斜睨了她一眼，轉身而行。江慈急忙跟上，猶自絮絮叨叨，衛昭聽得心煩，猛然伸手，點上她的啞穴。江慈怒極，無數罵人話語在肚中翻滾，直到出了莊門，昨日那馬夫遞給她兩塊大餅，方才喜孜孜地接過，啃著大餅上了馬車。

這日停了雪，風也不大，猶有些薄薄的陽光。馬車行進速度比昨日快了幾分，江慈根據日頭判斷，衛昭正帶著自己往西北而行，看來確是去月落山脈無疑。

她啞穴被點，衛昭又始終沉默，馬車內一片靜寂，直到正午時分，衛昭方才解了她的穴道。

江慈見這馬車內鋪陳簡單，沒有禦寒取暖之物，衛昭身上也只是一襲簡單的月白色織錦緞袍，想起那人、那車、那奢華的相府，終忍不住道：「那個，蕭教主，我能不能問你一個問題？」

衛昭抬頭看了她一眼，並不答言。

江慈坐得近了些，笑道：「我說你啊，官當得不小，在京城過得也挺滋潤的，連太子都對你客客氣氣，聽說就是當今皇上，對你也是極爲寵信。你還當這星月教教主，費盡心機遮掩身分，到底圖……」

她滔滔不絕，衛昭面上如籠寒霜，眼神凌厲，他猛然丟下手中書冊，扼住江慈咽喉，將她按倒在凳上。

江慈心呼糟糕，不知自己說錯何話，惹怒了這位乖戾無常的衛三郎。看到他怒意漸濃，她忍住喉間的窒痛，掙扎道：「算我多嘴，再不說了，你何必生這麼大的氣。若是因爲一句話把我掐死了，多不划算……」

衛昭神色陰晴不定，半晌冷哼一聲，收回右手。

江慈咳著坐起，見衛昭面色冷峻地斜睨著自己，心念急轉間，輕聲道：「蕭教主，反正我逃不出你手掌心，也願意借你之力去對付裴琰，以消我心頭之恨，估計咱們還得在一起相處好一段時間。不如這樣吧，你身邊少個丫頭，由我來侍候你日常起居，我再不多話，一切聽你吩咐行事。等裴琰的事情了結，我也就是個無關大局的人，到時咱們再談散夥。你看如何？」

衛昭聽她說完，淡淡道：「聽你的意思，是要賣給我做丫鬟了？」江慈忙擺手道：「不是賣，是暫時服侍你。你放心，我鐵定會做得很好，裴琰那麼挑剔的人，我也能讓他滿意。咱們若總是鬥來鬥去，也沒什麼意思，更不利於日後合作，你說是不是？」

衛昭面上漸漸浮起笑意，「你這提議倒是不錯，我還眞想看看你服侍人的本事如何，能教一貫講究的少君也不挑剔。」

江慈雙手一合，笑道：「那就這樣說定了。」說完將手向衛昭一伸，「這就煩請教主大人發點銀子，我得去買些東西。」

「什麼東西？」

「買回來就知道了，保管你滿意。」

衛昭從袖中取出一疊銀票，丟給江慈，說：「等進了長樂城，讓平叔陪你去。還有，以後別叫我教主，叫我三爺。」江慈喜孜孜地拾起銀票，回應道：「是，三爺。」

長樂城位於華朝西北面，北依桐楓河，西面過去便是綿延上千里的月落山脈。該處地勢險要，自古即為兵家必爭之地。城內城外駐紮著數萬大軍，由太子岳父董大學士的妻舅王朗大將軍統領。

正午時分，馬車入了長樂城。由於與桓國休戰，城門盤查並不嚴，馬夫平叔塞了些銀子給守城的士兵，士兵們草草看了一下，見車中只有一名少女，滿面通紅地不停咳嗽，遂就放了行。

平叔將馬車趕到城東一處偏僻的宅子，直入後院，衛昭從車內暗格中閃出，依舊遮住面容，逕步入正屋。江慈則懷揣幾千兩銀票，戴著青紗寬帽，在平叔的「陪同」下到銀號兌了些銀子，購回一切物品。

回到宅子，衛昭卻不見了蹤影。直至江慈與平叔用過晚飯，夜色深沉，他方悄無聲息地由後牆翻入。

江慈正捧著只玉甌子，收院中松枝上的積雪，見衛昭翻牆過來，嚇了一跳。又見衛昭黑衣蒙面、劍負背後，燭光下，劍刃隱有鮮血，她忙放下玉甌子，迎上前去，「三爺用過晚飯沒有？」

衛昭瞥了她一眼，步入屋中，平叔跟了進去，大力將門關上。江慈笑了笑，回頭繼續收松枝上的積雪。

衛昭除去人皮面具，將長劍放於桌上，鬆了鬆夜行衣領口，道：「這丫頭可安分？」平叔道：「安分得有些異樣。」衛昭冷哼一聲：「倒看她玩甚花樣！」

平叔望了望桌上隱有血跡的長劍，輕聲道：「少爺，您總是親身犯險，萬一有個好歹，可……」

衛昭打斷他的話，「你是不相信我的武功麼？」

「小的不敢。」平叔忙垂頭道：「少爺的武功勝過老教主。只是，蘇俊、蘇顏還有盈盈、瀟瀟都已成才，他們隱了這麼多年，也該是讓他們大顯身手的時候。少爺有甚事，吩咐他們去辦即可，犯不著以身犯險。」

衛昭見桌上有些點心，邊吃邊道：「王朗身手並不遜於蘇俊，要讓他傷得恰到好處，還順便栽贓，非得我出手不可。」

「是。」平叔道：「城中只怕馬上就會大亂，少爺是即刻啓程，還是再待上幾日？」

衛昭沉吟道：「得等薄雲山和裴琰那處的消息傳返，我才好回月落山，這裡有密室，咱們就多待幾日。」

一縷歡快的歌聲傳了進來，平叔微一皺眉，少頃，道：「少爺，恕小的多嘴，爲何要將這丫頭帶在身邊？多個累贅，還是讓盈盈她們帶往月落山吧。」

衛昭站起身，走到窗邊，透過窗格縫隙望向院內歡快哼著小曲的江慈，唇邊笑意若有若無，「平叔，師父曾經教過我，要打敗敵人，就一定要尋到敵人的弱點。」

平叔道：「倒是這個理，但依小的看，裴琰冷酷無情，即使眞對這丫頭動了心，也不會爲此而被我們所利用。」

衛昭呵呵一笑，「他會不會與我們合作，得看他自己有沒有野心，這丫頭只能牽制他一時。我更感興趣的是，是什麼讓他動了心，會喜歡上這麼個來歷不明、無親無故的山野丫頭，說不定，這就是裴琰的弱點。」他轉過身來，「平叔，要想完成師父的遺願，拯救族人，我們現下非得和裴琰聯手不可。唯將來時局變化，只怕裴琰也會是我們最大的敵人。此人心機似海、冷酷無情，謀畫朝局，步步爲營，偏又行事謹愼，讓人抓不到半絲紕漏，若令他野心得逞，我族之人必無安身之處。我今時若能尋到他的弱點，及早布局，才能免異日之大難。」

「少爺說得是，是小的愚鈍了。」

「你下去吧，讓那丫頭進來。」

「是。」

未久，江慈捧著玉甌子進屋，將積雪覆於銅壺中，放到炭爐上燒開了，沏了杯龍團茗茶奉給衛昭。

衛昭慢慢抿著茶，身子後仰，靠上錦榻，將雙足架上腳凳。江慈微笑著過去，替他將長靴除下，換上布鞋，衛昭忽將腿一伸，冷聲道：「給我洗腳。」

江慈輕聲應「是」，轉身到銅壺中倒了熱水，蹲下身替衛昭洗了腳，細細擦乾。衛昭饒有興趣地看著她，忽道：「你平時，就這麼侍候裴琰的麼？」江慈並不回答。

衛昭彎下腰，端詳了她片刻，忽然面色微變，伸手點上江慈穴道，一把將她抱起，躍到床上。江慈尚未反應過來，只聽到「咯嗒」輕響，床板下翻，自己隨著衛昭翻入床底的一處暗格中。暗格中黑深不見五指，江慈隱約聽到上方傳來官兵的叱喝聲和平叔畢恭畢敬的回話聲，不久，腳步聲響，數人入屋。

「各位官爺，這宅子就小人一人居住，這是小的正屋。」

「你一人住在這裡，再無他人了麼？」

「是，小的還有一房家眷，前日往幽州探望生病的妻舅，故現下是小的一人住在這裡。」

官兵們在房中搜了一番，罵罵咧咧。

「媽拉個巴子的，這桓國刺客真是不讓弟兄們過安生日子。大雪天還要出來抓人。」

「你就少罵兩句吧，王將軍這回傷得不輕，桓國人不知會否趁大雪來襲，還是想辦法保住咱們小命要緊。」

平叔狀似緊張地問道：「各位官爺，王將軍受傷了麼？」

似是有人用馬鞭抽打了一下平叔，「大膽！這是你問得的麼！」

紛擾一番，官兵們的聲音逐漸遠去。江慈由衛昭懷中抬起頭來，是他下的手吧？劍上的血，只怕便是那王朗大將軍的鮮血，他冒充桓國刺客刺傷王朗，背後必有天大的圖謀吧。江慈忽覺一陣恐懼，遍體生寒。

再等一陣，暗格上方傳來輕叩聲，衛昭按上機關，抱著江慈跳出暗格，平叔道：「今晚應該不會過來搜了。」衛昭點點頭，將江慈往床上一丟，轉身道：「你去留個暗記，讓盈盈和瀟瀟不用等我，直接回月落山，按原計畫行事。」

平叔離去，衛昭默立片刻，又托住下巴，在室內踱了幾圈，方轉身躺回床上。江慈穴道未解，被他擲於床角，聽著他竟似睡去，叫苦連天。所幸過得半個時辰，窗戶被「嗶剝」敲響。

衛昭睜開雙眼，平叔在屋外道：「少爺，有南安府的消息了。」

衛昭掀被下床，又轉頭看了看江慈，湊到她耳邊低聲道：「想不想知道裴琰的消息？」

江慈呼吸一窒，扭過頭去。

衛昭開心笑著披上外袍，順手將紗帳放下，走到前廳坐下，道：「進來吧。」平叔進來，輕聲道：「我已留了暗記，盈盈她們看到，應會直接歸返月落山，同時收到童羽傳回的暗信。」

「說些什麼？」

「裴琰仍在長風山莊，長風衛將附近州府暗中徹查一遍，並未大張旗鼓，第五日咱們的人便收到回信。」

衛昭低頭呷了口茶，「如何？」

「信上只有一句詩，『冰水不相傷，春逐流溪香』。」

衛昭眉梢眼角舒展開來，笑意一點一點在面上綻放，如春風拂過又似幽蓮盛開，平叔看得有些怔然，忽想起二十多年前的另一張面容，慢慢垂下頭去。

「冰水不相傷，春逐流——溪——香！」衛昭淡淡念來，面上淺笑，眼神卻冰冷，「少君啊少君，我們終有一日要成為敵人，屆時你是冰、我為火，冰火不相容，可如何是好？」

江慈坐於帳內，縱是穴道被點，亦覺全身在顫抖，多日以來，縈繞在心中的迷霧似就要被撥開，眞相明擺眼前，她緩緩地閉上雙眼。

衛昭撩開紗帳，凝視著倚在床角、閉目而睡的江慈，面上閃過憎惡之色，解開她的穴道，將她往床邊矮凳上一扔，「你別睡死了，爺我晚上得有人端茶送水！」

夜已深，江慈在矮凳上默坐良久，聽得衛昭似已睡去，起身將燭火吹滅。她步子踏得貓兒似的輕，坐回矮凳上，慢慢將頭埋於膝間，心中一個聲音輕聲道：「小慈，再忍忍，你再忍忍，總會有機會的，總能逃回鄧家寨的！」

雪還在成片落下，茫茫大地只剩一種顏色，就連長風山莊的青色琉璃瓦，也覆在了厚厚積雪之下。

碧蕪草堂東閣，裴琰望著紙上詩句——「春上花開逐溪遠，南風知意到關山」，面上漸露微笑，放下手中之筆。侍女珍珠遞上熱巾，裴琰擦了擦手，轉身對安澄道：「整天悶在莊裡，不嫌無聊？」

安澄微笑道：「相爺若是手癢，後山的畜牲們，閒著也是閒著。」

裴琰笑得極爲愜意，「知道你手癢，走，去放鬆放鬆筋骨。總不能老這麼閒著，再過兩個月，咱們可就沒有太平日子過了。」

安澄跟在裴琰背後出了東閣，見他望著西廂房，腳步停頓，輕聲喚道：「相爺。」

裴琰輕「哦」一聲，轉過頭，侍女櫻桃由廊下行來，裴琰眉頭輕皺，「你等等。」

櫻桃站住，裴琰道：「給我披上。」櫻桃看了看手中的狐裘，道：「相爺，這狐裘燒了兩個大洞……」裴琰凌厲的眼神掃來，她忙將話嚥回喉內，將狐裘替裴琰披上繫好，垂頭退下。

裴琰低頭望向狐裘下襬，那夜被炭火燒出的焦黑大洞如一雙水靈靈的黑眸，最後留給他的只有驚恐與痛恨。他笑了笑，負手出了碧蕪草堂。

天色昏暗，一行人回到莊內，裴琰拂了拂狐裘上的雪花。

管家岑五過來，躬身道：「相爺，夫人有信到。」裴琰接過，見岑五領著僕從接過安澄等人手中的野物，抽出信函，淡淡道：「吩咐廚房，我今晚想吃『叫化雞』。」

二十三　雪夜夢魇

大雪撲簌簌地下著，天地蒼野間一片雪白。江慈跟在衛昭和平叔背後，在齊膝深的雪野裡跋涉。她雖輕功不差，但內力不足，真氣難繼，沒多久便被那二人拉下十餘丈遠。

這幾日她服侍衛昭，時刻提心吊膽，更未睡過安穩覺，漸覺體力不支。見衛昭和平叔的身影漸行漸遠，她四顧看了看，呼道：「三爺，等等我！」凜冽的寒風瞬間吞沒了她的呼聲，前面二人身影終消失於白茫茫前方。

江慈猶豫了一下，仍奮力趕上，走不多遠，腳一軟，跌倒在雪地之中。

寒意自掌間襲入體內，江慈坐於地上，眼淚迸出。正飲泣間，忽被一人扛在肩上，風颳過耳際，衛昭的聲音寒冷如冰，「我倒想把你丟在這雪野餵野豹，偏怕少君不同意。」

江慈囁嚅道：「我自己會走，你放開我。」

衛昭肩扛一人，在雪地中行進仍步履輕鬆，他嘴角浮起譏誚笑意，「若是等你自己走，我們走到明年都到不了星月谷。」

江慈稍稍掙扎了一下，讓自己在他肩上躺得舒服了些，笑道：「既是如此，就勞煩三爺了。」

衛昭忽然發力，身形騰縱，如一頭雪鹿在荒野跳躍。江慈被顛得難受，大呼小叫，終忍不住淚流滿面。

衛昭在一片杉樹林邊停下身形，笑著將江慈往雪中一扔。江慈臉色蒼白，頭上沁出冷汗，伏於雪中不停嘔吐。衛昭嘖嘖搖頭，「少君怎會看上你這麼個沒出息的丫頭！」

平叔趕了上來，瞧了瞧天色，「少爺，咱們得在天黑之前趕抵紅花崗，不然這大雪天的，少爺和我挺得住，這丫頭可挺不住。」

「輪流扛吧，還眞是個累贅。」

「只怪今年這雪下得太大，馬車都走不了。」平叔俯身將江慈扛在肩上，大步而行。他背上負著大行囊，肩上扛著一人，仍內息悠長，呼吸平穩，江慈心中暗自欽服。

天黑之前，三人終趕到了紅花崗。紅花崗是一處小小集鎭，爲華朝進入月落山脈的必經之地。現時大雪封路，又已近天黑，鎭內看不到半個人影。

江慈被二人輪流扛著行走，已近暈厥，強撐著隨衛昭步入客棧，往房中土炕上一倒，胃中翻江倒海，吐了個乾乾淨淨。

「我和平叔去吃飯，回來時你若不把這裡清理乾淨，今晚就給我睡雪地裡去！」衛昭面具下的聲音陰森無比。江慈有氣無力道：「是，三爺。」

衛昭轉身與平叔出了房門。江慈躺上片刻後，爬起來將穢物清理乾淨，又呆呆地坐了一陣，出門向夥計問清方向，走進茅廁內，緩緩從懷中掏出一個紙包，稍有遲疑，終閉眼將包內粉末吞入口中。

江慈行到客棧前堂，只剩了些殘羹冷炙，草草吃過，天已全黑。

嚴冬季節的山鎭，即使窩在屋中的炕上，亦覺寒意沁骨。睡到三更時分，江慈瑟瑟發抖，肚中咕嚕直響，終呻吟出聲。

衛昭睡在大炕上，冷聲道：「又怎麼了？」

江慈額頭沁出黃豆大的汗珠，聲音孱弱，「三爺，壞了，我只怕是受了寒，又吃壞了東西，實在是……」

衛昭不耐煩道：「去吧。」

江慈如聞大赦，掙扎著下炕，摸索著出了房門，奔進茅廁，拉到雙腳發軟，方扶著牆壁走回屋內。可不到一刻，她又痛苦呻吟著奔了出去。如此數回，衛昭終於發怒，待她回轉，起床蹬了江慈一腳，「去，給我睡到外間去！」

江慈冷汗淋漓，緩緩步到外間，縮於牆角。透入骨髓的寒冷讓她渾身發抖，肚中絞痛又讓她汗如雨下，再奔兩回茅廁，她已面無血色，躺於牆角，淚水連串垂落。

夜，一點點深，外面猶下著大雪。

江慈再度輕聲呻吟，捂著肚子出了房門，奔至茅廁，雙手合十，暗念道：「天靈靈，地靈靈，菩薩保佑，我江慈今夜若能得逃魔掌，定日日燒香禱告，奉禮敬油！」

她用心聽了聽，仍舊苦著臉，捂住肚子出了茅廁。院中，只有一盞氣死風燈在寒風中搖曳。江慈沿著牆根走了十餘步，終看到一個狗洞，她由狗洞鑽出，顧不得渾身是雪，提起全部真氣在雪地上狂奔。

先前在客棧前堂用飯之時，她聽到夥計對答，知這紅花崗的西面有一條小河，現下已經結冰，遂藉著雪夜寒光，運起輕功奔到河邊。她將順路折下的幾根枯枝丟於河面上，在河邊站了片刻，又踩著自己腳印一步步倒退至來時經過的一片樹林。

接著她爬上一棵大樹，抓住樹枝，借著一蕩之力躍上相鄰的大樹，如此數次，終在較遠處大樹的枝椏間隱住身形，屏住氣息。

雪仍在漫天地飄著，遠遠的小河，由於結冰，在寒夜反射出冷冷的光芒。江慈眼睛瞇成一條細縫，默然凝視著兩道高大的身影奔近河邊，依稀可見衛昭與平叔似交談了幾句，又下到冰河查看了一番。衛昭似是惱怒至極，怒喝著右掌擊出，「砰」聲巨響嚇得江慈不由閉上雙眼。

天地間，萬籟俱寂，唯有雪花簌簌之聲。兩個時辰過去，江慈方挪了挪已凍至麻木的身子，爬下大樹。

她推測衛昭可能會在回長樂城的路上堵截自己，遂辨明方向，向北而行。她知往北走便是桓國境內。華朝之人雖視桓國鐵騎爲洪水猛獸、生死大敵，然在此刻的江慈看來，這華朝處處都是陷阱、步步都是險惡，倒是那桓國，只怕還乾淨一些。

雪地狂奔之間，江慈忽想起遠赴桓國的師姐，頓覺有了些力氣。是呢，師姐人還在桓國，自己只要能逃到桓國，找到師姐，便能和師姐一起回鄧家寨，再也不用受人欺凌。

寒風激蕩，鼓起她的衣袂，她有些慶幸自己穿得夠嚴實，又摸了摸胸前的銀票，「哈」的一聲笑了出來，心情大好，連日來的隱忍與掙扎似得到了最好的宣洩。她回頭看了看，笑道：「沒臉貓，多謝你把我從大閘蟹那裡帶出來，還賞了我這麼多銀票，本姑娘就不陪你們這幫子沒人性的玩下去了，我江慈小命要緊，咱們後會無期！」

雪，無休止的飄落。

天，卻漸漸亮了。

江慈渾身無力，行進速度越來越慢，咬著牙再走數里，終支撐不住，在一塊大石後坐落。

她靠在石上，大口喘氣，覺心跳得十分厲害，知體力耗損過度，昨夜又爲迷惑麻痹衛昭，吃了瀉藥，此時已至筋疲力盡的地步。但心知只有到了桓國境內才算安全無虞，終咬緊牙關，再度站起。

她雙手撐腰，一步步艱難向前行進，當天色大亮，她終於看到了山坡下方的千里雪原。

她挪著漸無知覺的雙腿，倚靠住一棵松樹，遙望這滿目冰雪，以及遠處的千里雪原，長吐出了一口氣，卻同時聽到背後傳來一聲冷笑。

這笑聲，如同從地獄中傳來的催命號鼓，也如同修羅殿中的索命黃符，江慈腿一軟，坐於雪地之中。

衛昭雙手環抱胸前，眼神如針，盯著江慈，如同看著在自己利爪下苦苦掙扎的獵物，悠悠道：「你怎麼這麼慢，我在這裡等了許久了。」

江慈鎮定下來，慢慢抬起頭，眼神寧靜，「你，就不肯放過我麼？」

衛昭心中一震，這樣坦然無懼的目光，似存在於遙遠的記憶之中。多年之前，師父要將自己帶離玉迦山莊，姐姐將自己緊摟於懷中，師父手中長劍帶著寒冽殺氣架在她的頸上。她，眼神寧靜，仰面看著師父，「您，能不能放過他？」

師父神情如鐵般堅定，「不行，這是他生下來就要擔負的使命，全族人的希望唯繫於他一人身上，他不能逃避，不能做懦夫！」

「可他還是個孩子，你就要送他去那地獄，你怎麼對得起我的父母，你的師兄師姐！」

師父眼中含蘊著濃濃的悲哀，但語氣仍如鐵似冰，「我若不送他去那地獄，又怎對得起冤死的萬千族人，怎對得起你慘死的父母，我的師兄師姐！」

「為什麼，非要是他……」她的眼神，凝在了自己的身上。

「我費盡心機，抹去了他的月落印記，讓他變成一個如假包換的華朝人，又傳授他所有技藝，為的就是在華朝埋下一顆最具生命力的種子。玉迦，我們的時間都不多了，他不可能一直跟著我們的，難道，你真的要他看著我們痛苦死去，看著族人繼續受苦受難麼？」師父的目光深痛邈遠。

姐姐長久沉默，眼神悲哀而平靜，她將自己緊緊摟於懷中，在自己耳側輕聲道：「無瑕，姐姐再也不能陪你了，你好自為之。記住，不管遇到什麼事，你都要好好活著。你別恨師父，也別恨姐姐……姐姐和你，都是苦命之人。姐姐會在那裡看著你，看你如何替父親母親和萬千族人報那血海深仇……」

姐姐放開自己，猛然回身前撲。自己就這樣親眼看著師父手中的長劍，閃著冷冽的寒光，悄無聲息地刺入了姐姐的身體……

——寒光閃爍，衛昭倏然省覺，本能之下彈出背後長劍，卻見江慈緩緩站起，手中一把匕首，抵住胸口。

衛昭踏前一步，江慈眼神悲哀而平靜，「你再上前一步，我就死在你面前。」

衛昭冷冷看著他，江慈淒然一笑，「你讓平叔也退後。」

衛昭揮了揮手，另一側本已悄悄抄上來的平叔退了開去。

「你以為，你真的能夠自盡？」衛昭言中滿是譏諷，「以你的身手，我要打落你手中匕首輕而易舉。」

江慈微微搖頭，「沒錯，你今回要制止我自盡並不難，但下次呢？下下次呢？你總不能時刻看著我吧。你還要留著我去牽制裴琰，日子長著呢，我要死，也不急在這一時半刻。」

衛昭沉默著，江慈嘴角浮出淡淡笑意，「姚定邦之事，只怕並非替你揹黑鍋這麼簡單。你引裴琰動手殺了他，必定暗藏其他目的。」

衛昭將手中長劍一擲，彈回劍鞘內，笑道：「小丫頭倒是不笨，有些意思，繼續說。」

江慈望向南方，低聲道：「你所謀事大，必需要裴琰的配合，所以見他為救我受傷，就將我劫來，想要挾於他。只是，他又豈是為我而受你挾制之人？」衛昭俊眉微挑，鳳眼帶笑，「你那夜不是聽到了麼？『冰水不相傷，春逐流溪香』，他可是答應與我聯手了。」

「是麼？」江慈微笑道：「那你更不能讓我死了。」

她匕首慢慢刺入厚厚的外襖，衛昭冷冷道：「你想怎樣？」

江慈淡淡道：「既然逃不出你的手掌心，我願意繼續跟在你身邊，但有一個條件。你若不答應，我今日不尋死，總有一日會尋死。你也知道，世上最可怕的便是不畏死之人。」

「什麼條件？說來聽聽。」衛昭閒閒道，眼神卻銳利無比，盯著江慈手中的匕首。江慈直視衛昭，一字一句，大聲道：「我要你把我當眞正的一個人來對待，和你一樣的人，而不是任你欺凌的俘虜和人質！」

衛昭凝望著江慈面上那份決絕與漠然，淡然道：「如何才叫做把你當做一個眞正的人？我倒是不懂。」

江慈平靜道：「我是平民女子，武功低微，但你不能隨意驅使奴役我，也不能隨意點我穴道，更不能打我罵我。我是你手中人質，裴琰是否會爲了我而聽命於你，我管不了，那是他和你之間的事情，但我絕不會爲你做任何事情。我只跟在你身邊，看你們如何將這場戲演下去，看你們如何挑起明春的那場大風波，但我自個兒，絕不會參與其中。」

風雪似刀劍一樣割面，江慈控制住輕顫的雙手，坦然無懼地望向衛昭，「我打不過你，淪爲你的俘虜和人質，在你眼中，我只是個沒出息的丫頭，然你若不能答應我這樣條件，我，寧願一死。」

衛昭長久地沉默，心中有個聲音直欲呼湧而出：「眞正的人！你要我把你當一個眞正的人來對待，那麼誰又把我當人來對待了，誰又眞正把我的族人當人來對待了！在世人眼中，我們月落族人，永遠只是悲哀與恥辱的歌姬和孌……我衛三郎，永遠只是……」

他凝視著江慈，那蒼白面容上的神情透出稚嫩的堅定，儼如多年以前，被師父送到玉間府時的自己。當師父鬆開自己的手，自己也是這般稚嫩而堅定吧。自己又何嘗明白，這十多年來的屈辱時光竟是這般難熬，如時刻在烈火上煎烤，在冰窖中凍結。

那美如月光、柔如青苔，只想永遠依在姐姐身邊的蕭無瑕，就在那一刻死去，活著的，只是這個連復仇都感覺不到快樂的衛三郎……

衛昭忽而大笑，笑聲在雪野中遠遠地傳開去，如同一匹孤獨而行的野狼，呼嘯於蒼茫大地。

他笑聲漸歇，走到江慈身邊，輕輕抽出她手中匕首，放到手中掂了掂，吹了聲口哨，轉身而行。

江慈仍怔立原地，衛昭回過頭來，「走吧，這裡荒無人煙，有野獸出沒的。」

江慈打了個寒噤，提起沉重的步子，勉力跟在衛昭背後。衛昭回頭看了看她，右臂一伸，將她扛在了肩上，江慈怒道：「你又……」

衛昭輕笑一聲，右手托住江慈腰間，用力一拋，江慈身子在半空翻騰，再落下時竟坐在了他右肩。衛昭笑道：「坐穩了！」腳下發勁，在雪地中如一縷黑煙，飄然前行。

江慈坐於他肩頭，平穩至極，大感有趣，又知他答應了自己的條件，心情終逐漸放鬆。

「三爺，能不能問你件事？」

衛昭沉默不答。

江慈似是極爲好奇，「你如何算到我會往北逃，而不往其他方向？」

衛昭仍是不答，他長袍飄飄，在雪地中行來若流雲一般，寒風捲起他披散的長髮，數綹拂過江慈身側。江慈索性取下自個兒髮簪，輕輕替他將長髮簪牢。

她這一側身，便未坐穩，向後一仰，衛昭的手托住她腰間，微微用力，江慈身形翻動，又伏在了他的背上。衛昭負著她前行，他的聲音極輕，卻清晰地送入江慈耳中：「我有媲美獵豹的鼻子，能聞出方圓十里內的氣味，你信不信？」

江慈笑了笑，心中卻越感好奇，忍不住猜測起來：「是不是你徹夜沒睡，我每上茅廁，你都偷跟著我？」

「那麼就是平叔偷跟著我？」「還是我躲在樹林裡，讓你知道了？」「要不，就是我在長樂城暗中買瀉藥時，平叔知道了？」

衛昭忍不住微笑，「我若告訴你，你這輩子都休想逃離我的目光，你無論去哪裡，我都能夠找到你，你信不信？」

江慈「哈」的一聲笑了出來，心中卻直嘀咕，不明白這沒臉貓爲何能逮到自己。眼下既然逃亡行動失敗，總得弄清楚是啥原因，也好爲下次逃離預做準備，只求能再次將他麻痹，尋找一絲出逃的機會。

她正嘀咕盤算間，衛昭忽道：「你呢？」

「什麼？」江慈有些摸不著頭腦。

「你之前裝低服軟提出服侍我，又事事忍氣吞聲，是爲了放鬆我的警惕，好尋機逃離吧？還用我的銀子買了瀉藥和匕首，倒看不出你這小丫頭，挺會演戲的。」

江慈朝衛昭的後腦勺瞪了一眼，從懷中掏出銀票，低頭拉開他的衣襟。衛昭面色一變，猛然扼住她的手，江慈吃痛，急道：「我把銀票還給你，你別誤會，我不是想暗算你，我也沒那本事。」

衛昭眼神閃爍，鬆開右手，淡淡道：「三爺我賞出去的東西，沒有收回來的理。」

江慈笑道：「既是如此，那我就不客氣了。」依舊將銀票揣入懷中。

衛昭搖了搖頭，「你不但會演戲，臉皮也挺厚的。」

「我還給你你不要，等我眞收下了你又說我臉皮厚，你們這些人，沒一句眞心話，活得多累！」

衛昭不再說話，腳步加快。江慈笑道：「三爺，我唱曲子給你聽，好不好？」

衛昭不答。江慈宛轉起調，唱出一首〈對郎調〉，衛昭有些心煩，駢指反手點出，卻在指尖要觸到江慈的啞穴時，硬生生停住，復收了回去。

江慈看得清楚，知他終被自己的話拿住，自己暫時得保安寧，歌聲便多了三分愉悅之意，如滾珠濺玉，清脆嬌柔。衛昭默默而行，忽覺這曲調也不是那般刺耳，不由加速了腳步。

將近天黑，三人抵達了玉屏嶺。寒風更烈，吹得江慈有些睜不開眼。

平叔望了望天色，「少爺，看來今天是趕不回星月谷了，得在這荒山野嶺找個地方歇上一宿。」

衛昭將江慈放落，四顧看了看，身形幾個騰縱，攀上旁邊一棵大樹，躍落下來，「平叔，那邊有戶人家，你去看看。」

平叔點點頭，轉身而去。江慈略覺奇怪，見衛昭負手立於雪中，並不發語，便也未細想。

不多時，平叔回轉，點了點頭，衛昭仍舊將江慈負在背後，沿小路而上，到了那幢木屋前。

江慈昨夜整夜逃亡，飽嘗驚恐與艱險，又被這喜怒無常的沒臉貓負著在風雪中行了一日，此時乍見屋內透出橘黃色的燭光，鼻中隱隱聞到飯菜濃香，忽然想起遠在鄧家寨的小院。若是自己沒有離家遊蕩江湖，此刻定是與師姐在那處過著平淡而幸福的生活吧？

衛昭走出幾步，又轉過頭來，見江慈怔怔望著木屋，面上閃過不耐之色，右手抓上她的衣襟。江慈省覺，平靜道：「三爺，我是人，自己會走，不勞你把我當小狗小貓一樣拎來拎去。」

衛昭鬆手，冷笑一聲，轉頭入屋。江慈隨後而入，衛昭已在堂屋中的桌前坐定。

平叔奉上竹筷，衛昭並未抬頭，冷聲道：「是人的話，就坐下來一道吃吧。」

江慈邊坐邊道：「這屋子的主人呢？」她握起竹筷，夾起一筷蘿蔔絲送入口中，覺這菜並不熱，稍有些涼，心中一驚，猛然站起身來。

衛昭斜睨了她一眼，江慈心中既憤怒又悲哀，輕聲道：「你把他們怎麼樣了？」

衛昭從容地吃著，慢條斯理道：「你認爲，我會把他們怎麼樣？」

江慈覺雙手有些顫抖，對面前這人的恐懼讓她想坐回桌邊，忽略這一家人可能早被平叔殺人滅口，裝作從未發生過任何事情一般，吃著這「可口」的飯菜；可她又無論如何做不到視而不見，只呆呆地站在桌邊，定定地望著衛昭。

衛昭抬頭看了看她，嘴角湧起不屑的笑意，「你泥菩薩過江自身難保，還替別人打抱不平，也不想想自己有幾斤幾兩！」

江慈退後兩步，輕聲道：「請三爺繼續用膳，我不餓，就不陪你了。」說著轉身出了堂屋，立於門前大樹下，任狂飛的雪花撲上自己面頰，來凍結心中對這些濫殺無辜之人的痛恨之情。

四周的高山深谷陷入濃濃夜色之中，江慈低頭望著雪地，難過不已。

積雪被輕輕踏碎，江慈轉過身去。平叔的聲音響起，「小丫頭，你過來。」

江慈有些遲疑，終跟著平叔步入木屋西側的一間柴房。平叔舉起手中燭火，江慈看得清楚，柴房內，一對農家夫婦與兩個幼童正並肩在柴垛中，呼吸輕緩，顯是被點住了昏穴。

江慈一喜，平叔道：「他們是月落族人，少爺雖不欲暴露行蹤，但亦不會允許我濫殺自己族人的。」

江慈低下頭去，平叔語氣漸轉嚴厲，「小丫頭，你聽著，你已累得我們未按原計畫回到星月谷，若再多嘴多舌，橫生枝節，休怪我不客氣！少爺容得你，我可容不得你！」

江慈輕「嗯」一聲，轉頭出了柴房，步入堂屋，默默坐到衛昭身邊，草草吃過晚飯，又將碗筷收拾乾淨，燒好熱水提了出來。

衛昭與平叔正坐於堂屋內火盆邊烤火，平叔往火盆中添了把柴禾。衛昭修眉入鬢，烏髮如雲，雙目微閉，斜靠於竹椅之中。火光騰躍，將他的面容映得如桃花般綺麗。

江慈將在廚房尋到的一塊麻布浸入熱水中，細細擰乾遞到衛昭面前，「三爺。」

衛昭半晌方睜開眼，看了看那塊麻布，又閉上眼，「不是說不再服侍我麼？怎麼，當奴才當慣了，不曉得怎麼做人了？」

江慈一噎，半晌方道：「先前是我錯怪了三爺，三爺別往心裡去。現下是我心甘情願為三爺做事，算是賠禮道歉，稱不上奴才不奴才！」

衛昭沉默片刻，揚了揚下巴，江慈未動，衛昭不耐道：「怎麼這麼笨！」

江慈省悟，復將麻布浸熱擰乾，蹲於衛昭椅邊，輕柔地替他拭臉。麻布有些粗礪，衛昭微皺了下眉，正欲將江慈推開，江慈卻低頭見他脖頸右側有一處傷痕，似是咬齧而成，不由用麻布按上那處，輕聲道：「三爺，你這處……」

衛昭面色劇變，手如閃電，狠狠攥住江慈右手，將她往火盆邊一扔，江慈猝不及防，右手撐在火盆之中，「啊」聲痛呼，托住右臂，疼得眼淚奪眶而出。

衛昭在她身邊蹲下，聲如寒冰，「從今日起，你離我遠一點，若再惹惱了我，小心你這條小命！」

江慈強忍劇痛與淚水，猛然抬頭，與他怒目相視，「我倒不知，大名鼎鼎的衛昭衛大人，原來是言而無信、反覆無常的卑鄙小人！」

眼前的黑眸中滿是憤恨與不屑，衛昭有一瞬間的恍惚，多年之前，自己初入慶德王府，飽受屈辱與欺凌，那時的自己是否也有著這般眼神呢？

江慈手掌被燙傷處疼痛不已，忍不住吸著冷氣揮了幾下，衛昭盯著她看了片刻，站起道：「平叔，幫她上點藥，免得傷重，耽誤了咱們的行程！」

夜逐漸深沉，山間的寒風吹得木窗「咯嗒」輕響，江慈愣愣地坐於炕上，聽到屋外傳來一縷細幽如嗚咽的竹簫之聲。

風聲漸重，彷如鬼魅的唏噓，寒氣侵骨，宛若刀劍相割。衛昭立於雪中，竹簫聲起落轉折，由嗚咽而幽憤，直入雲霄。平叔立於一側，靜靜聽著，眸中亦漸湧悲傷，待簫音落下最後一符，低低地歎了口氣。

衛昭修長的手指將竹簫托住輕輕旋轉，瞇眼望向蒼深的夜色，不發一言。

良久，平叔輕聲道：「少爺，老教主當年去得並不痛苦，您別太難過了。」

衛昭搖了搖頭，回應道：「不，平叔，我不難過，師父他是求仁得仁，死得其所，又有了我繼承大業，他去得並無遺憾。」

「是，今日是老教主的忌日，他若在天有靈，見到少爺成功在望，大業將成，必深感欣慰。他臨去前也曾和小的說過，不該將少爺推入火坑，還請少爺莫恨……」

衛昭打斷了他的話，「我不恨師父。平叔，這條路，是我生下來就注定要走的，我無法逃避。我只恨自己忍到今時今日，才尋到這一線機會拯救我月落族人。」

平叔面上隱露欣悅之色，「只求星月之神庇佑，咱們大計得成，月落族人再不用過卑躬屈膝、忍辱負重的日子。」

衛昭抬頭凝望天空，飄飛的雪花掛於眉間，他漸湧微笑，「薄雲山、裴少君，你們可別令我失望才好。」他轉過身，看到江慈所睡屋內燭火仍亮，微一皺眉，「那丫頭燙得不嚴重吧？」

「燙得厲害了些，小的已幫她上了藥，應無大礙，但皮肉之苦是免不了的。」

衛昭不再說話。平叔遲疑再三，終道：「少爺，恕小的多嘴，您對這丫頭實在太容忍了。索性綁了她，或者打暈了裝在麻袋中，讓小的揹著走便是，又何需您親自……」

衛昭目光凝於窗後的燭影上，低聲道：「平叔，這麼多年，你替我守著玉迦山莊，替我訓育蘇俊他們，聯絡教中之人，我十分感激。但你可知，當年我初入慶德王府，過的是何種日子麼？」

平叔心中絞痛，垂下頭去。

衛昭聲音越來越輕，幾不可聞，「這丫頭雖令人生厭，但我看到她這副樣子，總是想起、想起初入慶德王府時的自己……」

平叔眼中漸酸，側過頭去。

衛昭話語堵在了喉間，心中暗語：「平叔，你可知，當年的我，像這丫頭一樣，只求別人不再將我當成奴才，我也曾像這丫頭一樣，掙扎過，憤怒過，痛哭過，卻還是變成了今日這個衛三郎……」

他猛然轉身，「早些歇著吧，明日咱們定得趕回星月谷。」他向屋內走去，剛近大門口，江慈衝了出來。

衛昭微一側身，江慈由他身旁直衝入西邊的柴房，不一會兒，抱著個幼童出來。她右手燙傷，便只用左手抱著，那幼童已近十歲，身形又較高，江慈抱得有些吃力，往自己睡的房中走去。

衛昭眉頭微皺，「你這是做甚？」

江慈邊走邊道：「真是該死，我才想起來，這大雪天的，把他們扔在柴房裡，會被凍死的。」說著邁入房中，將幼童放在炕上，蓋嚴被子，又轉身往柴房去將另一個稍小些的幼童抱進屋內。

衛昭斜倚門邊，冷冷看著江慈將幼童們並肩擺好，見她有些猶豫，搖了搖頭，「我倒看看，你睡在哪裡？」

江慈坐在炕沿上，摸了摸一名幼童已凍得有些僵硬的雙手，並不抬頭，「我在這兒坐一晚好了，三爺早些歇著吧。」

衛昭轉過身去，走到東側另一間房內，見平叔正替自己鋪開被褥，他寬去外袍，手卻停在脖頸處，想了片刻，道：「平叔，可還有多餘的被子？」

平叔打開木櫃看了看，「倒是還有。」

「給那丫頭再送一床過去，若是還有，送一床去柴房。」

第六章 佳人救命

她走到索橋中央，歌聲漸轉高亮，調子一轉，唱的竟是一首月落族的傳統歌曲〈明月歌〉。晨光中，兩萬月落族人默默看著她從索橋對面漸行漸近，而衛昭也終於聽到她在曲詞間隙所發出極快極輕聲音：「有埋伏！」破空聲一起，衛昭身形已動，直撲數丈外的江慈，在利箭要射入江慈後背的一剎那，將她抱住，滾倒在索橋之上。

二十四　月落風雲

衛昭向來睡得不踏實，翌日便早早醒轉，醒轉的那一剎那，想不清身在何處，恍惚間還覺在十餘年前的玉迦山莊，彷彿姐姐的手正輕柔地撫過自己額頭。他心中暗凜，不知是快要重回星月谷，一路上睹景思人，抑或因為練功求之過急，丹藥之弊隱現，眞氣有紊亂的先兆。在炕上打坐片刻，待心境澄明方才出門。

此時天際露出一絲淺白，降雪已息。平叔迎了上來，「少爺，可以上路了，乾糧已備妥。」

衛昭點了點頭，望向西邊屋子。

平叔又道：「晚上沒動靜，看來暫時是不敢逃的了。」

衛昭接過他手中的人皮面具戴上，扣上青紗寬帽，道：「盈盈她們怕是等急了，咱們得抓緊時間。」說著推開房門，大步走到炕前，正欲俯身將江慈揪起，手卻停在了半空。

土炕上，江慈與兩名幼童並頭而臥，三張面龐同般純淨無邪，她被燙傷的右手搭在被外，握著身邊男童被子一角，顯是怕夜間被子滑落。

衛昭久久凝望著炕上三人，平叔進來道：「少爺，得上路了。」

衛昭長呼出一口氣，俯身將江慈提起來。江慈睡眼惺忪，被衛昭青紗下的假面嚇了一跳，知要趕路，忙將外襖軟靴穿好，跟了出去。

寒風撲面，江慈縮了一下雙肩，見衛昭與平叔行出很遠，忙提起全部眞氣，跟在二人背後。她輕功雖佳，但練的都是在小空間內騰挪轉移之法，要這般提氣在雪地中奔行，非得內力綿長不可，不多久，便被落下很遠，情急下險些跌了一跤。

衛昭聽得清楚，腳步漸放緩些，待江慈喘著氣追上，他又發力。江慈追得極為吃力，數次想趁他們遙遙在前，乾脆溜之大吉，但衛昭說過的話又讓她終不敢冒險。這隻沒臉貓太過厲害，說不定真有著獵豹般的鼻子，自己無論怎麼逃都逃不出他的手掌心。萬一出逃不成，被他抓回來，可就會受大罪。

念及此，她只得再度咬緊牙關勉力跟上，衛昭忽快忽慢，平叔始終跟在他背後半丈處。雪地中，三道身影如黑點般飄忽移動。待晴陽衝破厚厚的雲層，灑在茫茫雪野，江慈大汗淋漓，雙腳痠軟，衛昭終在一處峽谷邊的山道前停住腳步。

遠處的谷內，隱有輕煙升起。

雪後放晴下的山峰，閃爍著銀輝，漫山的雪松銀裝素裹，寒風呼嘯過山巒，冷冽刺骨。

江慈喘著粗氣，立於衛昭背後，望著峽谷下一片潔白，不停用未燙傷的左手拍打被寒風吹得冰涼的面頰。

衛昭向平叔道：「喚蘇俊他們來見我。」說著轉身朝峽谷一側走去。江慈見平叔往相反的方向而行，想了想，仍跟在了衛昭背後。

二人沿狹窄濕滑的山道而行，約半里路後，衛昭折向路邊的樹林，林內雪深及膝，江慈勉力跟出這麼遠，早已力竭，便摔了一跤。再抬起頭時，已不見了衛昭身影。

她心中嘀咕，終是不敢趁這個機會開溜，只得大聲呼道：「三爺！三爺！」

一粒松子射來，江慈經過與衛昭多次交鋒，對他有了些許瞭解，早有準備，低頭避過，卻腳下無力，撲倒於雪地之中。她爬了起來，抹去面上積雪，見衛昭正雙手環胸立於自己面前，隱約可見輕紗下他的眼神滿是嘲弄之意，不由狠狠瞪了他一眼。

衛昭也不說話，帶著江慈行至一棵參天古松前，「鏗」地抽出背後長劍，用劍柄在樹幹上敲了數下。過得一陣，輕微的「咯嗒」聲響起，那棵古松竟緩緩向左移動，積雪紛紛掉入樹下露出的一個地洞內。衛昭當先跳下，江慈只得閉上眼，跟著跳下。

風聲自耳邊呼嘯而過，眼前一片漆黑，江慈大呼糟糕，這地洞看來甚深，若是落下去沒人接住，豈不摔個粉身碎骨？正胡思亂想間，身形一頓，已被衛昭抱住。

黑暗中，隱約可見那閃亮的雙眸，江慈笑道：「三爺，多謝你了。」

衛昭並不說話，將她放落。江慈覺四周漆黑陰森，隱有暗風吹來，心中有些害怕，摸索著拽住衛昭的左手，輕聲道：「三爺，我看不見。」

衛昭下意識想將她甩開，江慈卻再伸右手，緊拽住他。她被燙傷的右手傷痕斑斑，衛昭猶豫片刻，終牽著她沿暗道慢慢而行。

一炷香過後，江慈眼前漸亮，遂鬆開雙手，跟在衛昭背後步入一間小小石室。

石室內空空蕩蕩，唯見四個牆角懸掛著四盞宮燈。燈內並無燭火，隱有珠華流轉，竟是四顆碩大的珍珠。江慈逐一走近細看，嘖嘖搖頭。

衛昭神情略帶不屑，哂笑道：「你若喜歡，拿去便是。」

江慈笑道：「我倒是想拿，可又怕沒這個命。師父說過，一個人的福氣是老天爺給的，該你多少就是多少。我江慈呢，偏不配享有這榮華富貴、金銀珠寶，像前日，因爲拿了三爺的銀票沒還，所以未能出逃成功，若是今日貪心拿了三爺的珍珠，說不定明日便一命嗚呼了！」

「你倒挺愛惜你那條小命的。」衛昭走到一盞宮燈前。

「那是自然，誰不怕死？」

衛昭伸手將那盞宮燈向右扳移，機關聲響，宮燈旁的石壁向右緩緩移動，露出一條青石甬道。

沿甬道而上，行出數百步，衛昭運力將一扇石門推開，豁然開朗，呈現在江慈眼前的是一座巨大的宮殿。殿內陳設精美，花岩作柱，碧玉爲欄。殿堂高兩丈有餘，沿北面數級玉石臺階而上，陳設著紫檀木長案和高椅，透著貴重莊嚴氣象。

江慈愣愣道：「這是哪裡？」

衛昭雙手負於背後，望著高臺上的那把紫檀大椅，不答言。良久後他暗歎一聲，緩步踏上石階，撫著紫檀大椅的椅背，耳邊彷彿聽到師父的聲音：「無瑕，你要記住這座『星月殿』，記住這把椅子，當你再度回到此處之時，你即成爲我們星月教的神祇，是我們月落族人的英雄。」

他的目光凝在椅子的扶手上，那處雕著數朵玉迦花。紫檀木的細紋彷若玉迦花上的隱痕，花梗下的枝蔓栩栩如生，盤桓纏繞。宛如遙遠的幼年往事，永遠盤踞在心，纏繞於胸，一寸寸蔓延，一分分糾結，十多年來揮之不去，無法忘懷。

紫檀木椅中有一軟墊，陳舊發黃。軟墊上繡著一叢玉迦花，玉迦花旁，用青線繡著一個小小的「迦」字。衛昭眼前一陣模糊，跪於椅前，將那軟墊抱於懷中，寬帽的青紗輕微顫動。

——「姐姐，爲什麼我叫無瑕，你的名字卻是玉迦？」

——「無瑕，因爲你是塊美玉，是我們月落山最珍貴的一塊寶玉。而姐姐出生在玉迦花盛開的季節，所以就叫玉迦。」

——「那是玉好些，還是花好些？」

——「無瑕，咱們月落族人，男兒都是美玉，女子都如鮮花。那桓、華兩國，雖將我們視爲賤奴野夷，但你要記住，我月落族人才是這世上最高貴純淨之人，星月之神的庇佑定會讓我族人脫離困境，永享安寧。」

衛昭將頭埋於軟墊中，心中暗語道：「姐姐，無瑕又回到這裡來了，你若是在天有靈，就保佑無瑕在玉迦花盛開的季節，能救我月落族人於水火吧！」

輕碎的腳步聲響起，衛昭抬起頭來。江慈見他的蒙面青紗上似被淚水濡濕一塊，雖不明是何原因，卻也覺這沒臉貓有些可憐，一時不知說什麼話才好，遲疑許久，方憋出一句：「三爺，這是哪裡？」

衛昭站起，從袖中掏出一只瓷瓶，遞給江慈，「喝了。」

江慈心呼糟糕，卻知此人令出必行，無力抗拒，只得閉上眼睛，仰頭一飲而盡。沒多久，眼前漸轉模糊，心中兀自暗咒這沒臉貓，身子已軟倒在地上。

衛昭低頭凝望著她酡紅的面頰，「小丫頭，你若是知曉太多，即使看在少君面上，我也不好留你性命。」

銅鈴聲響起，衛昭俯身將江慈抱起，放至紫檀椅後，在椅上坐定，冷聲道：「進來吧。」

平叔領著四人進來，齊齊拜倒，「拜見教主。」

衛昭的聲音冷峻而威嚴，「都坐下吧，撇去這些虛禮。」

蘇俊與蘇顏面容相似，而身量稍高些。他在最先一把椅中坐定，卻不敢抬頭望向紫檀椅中那道散發著冷冽氣息的身影，恭聲道：「屬下等恭迎教主重返聖殿，星月之神定能庇佑我等，在教主的……」

衛昭冷冷打斷他的話，「少講這些廢話，以後無須在我面前說這些。」

蘇俊心中一凜，與蘇顏、程盈盈、程瀟瀟齊聲道：「是。」

衛昭聲音中不起一絲波瀾，「蘇俊先說。」

蘇俊腦中快速梳理了一番，道：「屬下那夜在寶清泉與裴琰交手，覺他內力綿長，並無曾受重傷的跡象。之後屬下收到幽州有變的消息，趕至幽州，發現裴子放有奇怪的舉動。」他頓了一下，見衛昭並無反應，只得繼續說下去，「咱們的人被抓住，服毒自盡之後，裴子放便將銅礦關閉，礦工們不知去向。裴子放再未出莊子，咱們的人只打探到，他似患了風症，臥床不起。屬下本欲親自進莊一探，蘇顏趕到，傳了教主命令，屬下就趕回來了。」

「蘇顏。」

蘇顏微微垂頭，道：「左護法的人這幾日頻繁出谷，確與王朗手下副將谷祥有聯絡，谷祥手下約八千人正向星月谷進發，估計今晚會包圍星月谷。」

「盈盈。」

「是。」程盈盈面頰酒窩隱現，聲音嬌柔，「屬下利用議事堂堂主身分將那丫頭運出南安府，交予烏堂主後，便去了夢澤谷。大都司說請教主放心，明日定會及時率部出現，配合教主行動。」

「瀟瀟。」

程瀟瀟偷眼看了看衛昭，縱使隔著青紗，亦覺那眼神懾人心魂，聲音不由有些微顫抖，「是，教主。收到蘇顏傳信後，屬下已命令雲紗將藥分次下到族長的飲食之中，族長這幾日功力已有所衰退，雲紗明晚將會下最後一次藥。烏雅已藉探親為名，將少族主帶離了山海谷。屬下已命她將少族主帶到瀾石渡，以便迷惑族長，並穩定大局。」

衛昭點點頭，「都做得不錯，既是如此，今晚就按原計畫行動，蘇俊留下，其他人出去吧。」

衛昭步下臺階，蘇俊早已站起，雙手垂下，感覺那冷冽氣息越來越近，縱是向來桀驁不馴，也覺惶恐。

衛昭在他身邊停住腳步，盯著他看了片刻，和聲道：「蘇俊，我們，有十三年未見面了吧。」

「是，教主。」

「當年蘇顏和盈盈、瀟瀟還小，可能記不清我的模樣，你比他們年長幾歲，應該是有印象的。」

蘇俊額頭沁出細密的汗珠，「屬下十五歲那年生過一場重病，之前許多事情，都不記得了。」

衛昭緩緩道：「是麼？真是可惜，我本還想與你敘敘舊，看來是不能夠了。也罷，忘了的好，我倒是想忘，可偏偏忘不了。」他摘下寬帽，取下面具，又從懷中掏出一方玉印，與面具一起遞給蘇俊，「今晚，就全看你的了。」

蘇俊依舊不敢抬頭，雙手接過，「教主，屬下先告退。」

「去吧，記住，你這條命是師父留給我的，今晚再凶險，你也要平安到達瀾石渡。」

蘇俊拜伏於地，哽咽道：「教主，也請您珍重，屬下縱是粉身碎骨，仍難報老教主和教主的恩德。屬下拚卻這條性命不要，也要將逆賊和仇敵們引往瀾石渡。」

望著蘇俊退去的身影，衛昭眸中精光一閃，拉了拉銅鈴。

平叔進來，衛昭轉到紫檀木椅後，將江慈抱出，遞給平叔，「讓瀟瀟把她帶往山海谷，我得趕去瀾石渡。你看著蘇俊，只許成功，不許失敗。」

星月谷，冰寒雪重。

聖殿內，燈燭通明，映得整個殿堂亮如白晝。數百教眾魚貫而入，人人在心中揣測，多年來神龍隱現的教主，此番召開教眾大會，不知所為何事。

星月教素來教規森嚴，殿堂內雖擠入了數百人，依仍肅穆莊嚴，無嘈雜之音。左右護法立於列前，待銅鐘敲響，率著教眾齊齊躬腰，「恭迎教主！」

帷幕輕掀，故教主的貼身侍從平無傷當先走出。教眾們均露出敬畏神色，誰都聽過這位平無傷的大名，皆知他的武功在教內僅次於故教主，老一點的教眾更是對他當年如煞神般與桓國人搏殺的形象記憶深刻。

平無傷側身躬腰道：「請教主！」

白色的高大身影由幕後轉出，殿內一片寂靜，人人屏氣斂神，卻聽不到腳步聲，均在心中想道：「教主輕功如此高明，看來我教振興有望。」

白色身影在紫檀椅中坐定，冷肅的聲音響徹整個大殿，「都抬起頭吧，難得這麼齊，讓我也認認大家。」

左護法霍宣抬起頭，映入眼簾的是一張戴著人皮面具的臉，那張人皮面具，精巧細緻，正是故教主經常使用的。

見他有些愣怔，假扮教主的蘇俊從袖中掏出一方玉印，平無傷彎腰接過，持著玉印遞至左右護法面前，右護法蕭蓀忙磕下頭去，「神印再現，我等誓死相隨！」

霍宣確定無疑，右手放於背後做了個細微的手勢，隊列最末，一人悄悄退出大殿。

蘇俊努力讓自己的聲音聽起來冷肅威嚴，「這次召集大家來，是想和大家商討一下關於我月落族立國的事情。經過多年籌謀，現在時機終於成熟，我已與族長多次溝通，族長也有意立國，只是如何立，立國後如何面對強大的華朝與桓國的夾擊，我星月教又將在未來的月落國中占據何般地位，我想聽聽大家的意見。」

右護法蕭蓀神色激動，叩下頭去，「教主英明。故教主夙願實現在望，月落一族振興有期，我等必赴湯蹈火，在所不辭。」

殿內，大多數人隨之叩下頭去，左護法霍宣卻沉默不語。蘇俊看向霍宣，「左護法有甚高見麼？」

霍宣抬起頭，正視蘇俊，「教主，屬下認爲，此間我月落族立國的時機尚未成熟，我教也不宜強行出面，暴露實力，而且屬下尙有幾點疑問，想請問教主。」

「左護法有甚問題，就直問吧。」

霍宣聽到殿外傳來數聲鳥鳴，心中底氣大盛，口氣便有些咄咄逼人，「屬下對當年故教主的死，有些疑惑，還請教主釋疑。」

他此言一出，殿內頓時譁然。故教主當年召開教眾大會，宣布新任教主乃弟子蕭無瑕，其人將持玉印爲證，執掌教務，又命平無傷輔佐，留下數面令牌後，便閉於密室。數日後平無傷將教主遺體請出，並言道新教主在別處靜修，一切教務由其持令牌代理，這才沒有令教內大亂。

多年以來，一直是平無傷傳蕭教主之命，左右護法分率教眾服從指令，蕭教主則神龍隱現，從不以眞容示眾。教眾們心中隱有疑惑，卻因近年來星月教勢力漸盛，可見教主指揮有方，遂無人敢提出異議。此時經霍宣這一提出，便有人輕聲議論，殿內一片嗡嗡之聲。

蘇俊冷聲道：「不知左護法是對故教主的死有疑問，還是對本教主的身分有疑問？」

霍宣呵呵一笑，「教主倒是爽快。故教主的死，咱們不敢妄自揣測，但是蕭教主您，從不以眞容示人，令屬下有些迷惑。一直都是平無傷傳您的命令，教眾們卻從未見過教主眞容，難令人心服。」

平無傷踏前一步，「故教主遺命，命我輔佐教主，你有何不服？」

「屬下曾聽故教主說過，他收了一個資質超群、容顏絕佳的弟子繼承大業，但這麼多年來，教主從不以眞容示人，是不是怕人發現你容貌普通，是平無傷找來頂替冒充的？」

平無傷怒道：「左護法是指我平無傷廢眞立僞，把持教務麼！」

霍宣大剌剌道：「不敢，但請教主給教眾們一個交代，好安眾人之心。」

蘇俊站起，眼神掃過殿內諸人，「還有人要本教主給個交代的麼？有的話，就都站到左護法背後去。」

殿內之人紛紛互望，身形移動間，霍宣背後聚集了二百餘人，其餘人均站在右護法蕭蓀背後。

霍宣道：「教主若不敢以眞容示人，那麼就請教主演示幾招『星月劍法』或是『逐星追月』的輕功身法，我等也好心服。」

平無傷立於階前，語氣森冷，「大膽！教主威嚴豈是你能冒犯的！」

霍宣身形慢慢後退，拔出背後長劍，「教主一不敢以眞容示人，二不能演示只有歷代教主才會的絕學，那就休怪屬下生疑，不服從號令了！」

蘇俊冷冷一笑，「你待怎樣！」

霍宣轉身面向教眾，大聲道：「各位，此人冒充教主，被平無傷所挾持，還請各位聽霍某一言，莫受平無傷的迷惑，還眞正的蕭教主一個公道！」說罷，他猛然長喝一聲。

隨著他的聲音，殿外忽湧入上千人，呼喝之聲大作：「平無傷謀逆作亂，速納命來！」「擒拿假教主！」

殿內之人不及反應，湧入的人越來越多，平無傷面色劇變，閃於蘇俊身前，「霍宣，你要犯上作亂麼！」

霍宣冷笑道：「犯上作亂的是你吧，平無傷！」

二人這番對話的工夫，殿內形勢大亂。霍宣背後之人與湧進來的數千人手持兵刃，與右護法蕭蓀背後數百人激戰在了一起。

平無傷回頭道：「教主，形勢不妙，咱們先撤。」

蘇俊迅速奔下石階，與平無傷一起向殿後奔去。霍宣大聲道：「逆賊哪裡走！」劍氣閃爍，將右護法蕭蓀等人步步逼退。數千人邊吶喊，邊往殿後追去。

蘇俊與平叔奔出聖殿後堂，右護法蕭蓀追了上來，「教主，您先走，我們頂住，霍宣只怕是勾結了官兵，留得青山在，不怕沒柴燒。」

蘇俊正待說話，霍宣領著數千人追出來。蘇俊將蕭蓀一拉，「一起走！」三人迅速隱入茫茫夜色之中。

寒冬的夜晚，冰氣襲骨。

衛昭戴著人皮面具，閉目不語。觀心靜氣間，一雙眼眸浮現在心靈深處，那般澄淨，那般溫柔。

他在心中默念：「姐姐，你保佑無瑕，肅清內賊，得定大局，接掌族內大權，來年天下大亂，我族能藉機立國，從此擺脫屈辱命運，再不做賤奴野夷！」

蘇顏立於他身側，大氣都不敢出，眼前這人，彷若地獄中步出的幽靈，散發著森森殺氣，讓人情不自禁地想拜伏於他的腳底，心甘情願被他奴役、受他驅使。

衛昭睜開雙眼，「來了！」

蘇顏用心聽了片刻，方聽到細微的腳步聲，歎服間，程盈盈帶著數人奔入林間，躬身道：「教主，大都司的人已到了。」

衛昭望向桐楓河，「等蘇俊一到，即按計畫行事吧。」

「是！」

夜色下，蘇俊與平叔、蕭蘋等人發力急奔於山野中。

霍宣率眾猛追，奔走間，他身邊一人道：「霍護法，你確定無疑，此人是眞正的蕭無瑕？」

霍宣點了點頭，「聖印無假，此印是教主隨身攜帶，而且此人以前出來過幾次，雖每次都戴著面具，但身形聲音均無疑問，谷將軍請放心。」

王朗手下副將谷祥微笑道：「如此甚好，此次若能將眞的蕭無瑕擒到，霍護法得登教主寶座，從此不再與朝廷爲敵，我家將軍也好向皇上有個交代。」

「一切還仰仗谷將軍。」

二人說話間，腳步並不放緩，率著數千官兵死死綴住前面奔逃的三人。

雪夜中，這數千人追逐吶喊聲震破夜空，衛昭嘴角輕勾，「族長也快要到了吧？」

蘇顏正待答話，蘇俊三人已奔至瀾石渡的石碑前，月色下的桐楓河尙未徹底冰封，河面上碎冰緩緩移動，如同一個個張著血盆大口的黑洞，時刻準備吞噬人的性命。

蘇俊三人靠住石碑，抽出兵刃，冷目注視著逐步包圍過來的數千人馬。

霍宣笑道：「蕭教主，我勸你還是自行了斷吧，省得受皮肉之苦！」

蘇俊手中寒光一閃，劍氣激起飛雪漫天，霍宣與谷祥有些睜不開眼，齊齊後退數步，蘇俊與平無傷、蕭蓀沿桐楓河急奔。

奔出數百步，河邊的樹林裡湧出上千人，將蘇俊三人護住，殺聲四起，激戰漸烈。

霍宣認得來援之人竟是本族大都司的人馬，與谷祥對望一眼，均覺有些不妥。來不及細想，河岸前方，火龍蜿蜒而來，竟似有數千之眾。當先數人大呼道：「少族長在哪裡？賊人休得傷害少族長！」

一五十出頭的老者奔於眾人之前，滿面焦慮地說：「風兒，你在哪裡？阿爸救你來了！」霍宣認出此人是月落族族長木黎，愣神間，只聽激鬥場中有人高呼：「族長，快來救少族主，我們頂不住了！」

木黎大驚，他子嗣凄涼，年過四十才得了這麼個寶貝兒子，含在嘴裡怕化了，捧在手心怕摔了。數日前，兒子的生母烏雅要帶他回家探望外母，他派了數百人隨行保護。不料今日傳來惡訊，朝廷派出重兵，欲擄走寶貝兒子以挾制自己剷除星月教。急怒下，他匆匆帶了三千餘人追來瀾石渡。

此刻聽得兒子危在旦夕，依稀聽到愛妾烏雅的驚呼聲，他心神大亂，帶著部眾殺向河邊的數千官兵。

左護法霍宣隱覺形勢不妙，谷祥卻另有打算。他本意是想藉此霍宣作亂之機，立下剷除星月教的奇功。此刻見月落族長竟也到場，便起了混水摸魚、借刀殺人之念，他知月落一族若是族長身亡，少族長年幼，星月教傾覆，將陷入混亂之中，這正是朝廷求之不得的局面。

他嘿嘿一笑，「木族長要干涉我們清剿逆賊，可別怪我不客氣了！」說著將手一揮，背後觀戰的兩千餘名官兵也壓了上去。

木黎在戰場中左衝右突，大聲呼道：「風兒！烏雅！你們在哪裡？」

火光中，刀劍相交之聲鋪天蓋地，木黎越發心焦，眼前閃過一張熟悉的面容，忙道：「平兄，你怎麼也在這裡？見到我兒子了麼？」平無傷足尖在雪地上一頓，如輕雲般落在木黎身側，大聲道：「沒見著，我也是路過此地，見少族長有難，才現身相救，可惜沒找到他人！」

木黎急怒下揮出長劍，將數名官兵斬於劍下。平無傷緊跟在他身側，眼見數十名官兵挺槍攻了過來，知時機已到，暴喝一聲，影隨身動，捲起一團雪球。眾人瞇眼間，他悄無聲息地在木黎腰上一點，木黎踉蹌著奔前數步，撲上一官兵手中的長槍，槍尖當胸而入，木黎抽搐著倒於地上。

這一幕被月落族人看在眼內，齊聲驚呼：「族長死了，族長被官兵殺死了！」許多人心神慌亂，被官兵逼得步步後退，不少人墜入冰河之中。

正大亂間，桐楓河對岸傳來一個聲音：「誰敢殺我族長，我蕭無瑕要讓他血債血償！」

這聲音從容舒緩，悠悠傳來，瞬間壓下震天的喊殺之聲，所有人停下手中兵刃，齊齊望向對岸。

寒月下，一個白色身影宛如浮雲，悠悠飄過河面，他白衣落落，纖塵不染，似白雲出岫，月華當空。

他身形騰起時，月光都似暗了暗，襯著他的身影如月神下凡。他落下間，足尖在河中冰塊上輕點，又似流雲湧動、星輝遍地。

他捲起的肅殺之氣讓數千人齊齊心驚，尚不及反應，他已如山嶽壓頂，劍光閃動如霹靂雷鳴，凌空轟出，沛不可擋，慘呼聲四起，數十名官兵跌落於雪地之中。

天地間似乎有少頃的凝滯，數十人齊聲歡呼：「教主到了，教主救我們來了！」

木黎帶來的三千月落族人大喜，他們素聞星月教主威名，此刻生命危殆之時，見他如月神一般出現，士氣大振，又向官兵們攻了回去。

左護法霍宣知形勢不妙，轉身便逃。衛昭冷笑一聲，身形如鬼魅般縹緲，強絕的劍氣自他手中迸出，在空中連閃三下，霍宣發出淒厲嘶嚎，倒於雪地之中。

桐楓河邊，所有的人被這耀目的劍氣所懾，瞠目結舌，呆立原地。半晌，方有人涕淚縱橫，泣呼道：「三神映月！月神下凡，我族有救了！」這呼聲似有魔力一般，月落族人紛紛放下手中兵刃，拜伏於地。

衛昭轉身，望向谷祥，森聲道：「谷祥，你殺我月落族長，我要你們華朝血債血償！」

谷祥出身祈山派，向來自恃武藝出眾，頗有幾分傲氣。此刻雖見這傳聞中的星月教主劍術超群，也不驚慌，槍尖搠出點點寒光，攻了上來。

衛昭面上隱現殺氣，劍隨身動，突入谷祥的槍影之中。谷祥大驚，未料這蕭教主一上來即使出搏命招數，心神便弱了些許。衛昭暴喝一聲，劍刃架上槍桿，眞氣流動，谷祥步步後退。衛昭卻忽收招，劍尖在槍尖上一點，身形飛上半空，谷祥不及變招，衛昭凌空落下，寒劍由上而下，沒入谷祥頭頂「百會穴」中。

谷祥雙目圓睜，嘴角鮮血洶湧而出，緩緩跪落。華朝官兵被這一幕撼住，谷祥素有「殺神」之譽，卻被這星月教主數招內取了性命，人人心神俱裂，不知是誰率先拔足，數千人齊齊逃散，霎時潰不成軍。

衛昭迅速把劍從谷祥頭頂抽出，白影如魅突入陣中，劍光縱橫，瞬間再有數十人倒於他劍下。斬殺間，眾人聽到他森冷清冽的聲音：「此處的人盡數除滅，一個不留！」

程盈盈等人明白他意思，率眾全力追擊。寒月下，瀾石渡邊，雪地漸被鮮血染紅，華朝官兵一個個倒將下去。月落族人見教主身先士卒，精神大振，越戰越勇，人人不畏生死，彷彿要將上百年來的屈辱與憤恨藉這一戰徹底宣洩，永遠抹除。

當最後數名華朝官兵倒於血泊之中，衛昭執劍而立，望著這人間地獄修羅場，眼中漸湧笑意。

平叔走近，語氣欣悅，「少爺，成了！」

蘇俊早已悄悄隱入樹林之中，與蘇顏擊了擊掌。蘇顏抱著一名十歲左右的幼童步出樹林，大聲道：「少族長無恙，少族長找到了！」

衛昭長劍一彈，收回鞘內，緩步上前，微微躬身，「蕭無瑕見過少族長！」

少族長木風根本不明白發生了何事，驚慌間見生母烏雅過來，忙奔過去揪住她的衣襟。烏雅向衛昭施禮，「我母子遭逢大難，幸得蕭教主相救，烏雅不勝感激！」

衛昭還禮道：「不敢當！蕭某來遲，族長不幸慘死於華朝人手中，還請少族長速速即位，以定大局！」

烏雅媚眼如絲，瞄了衛昭一眼，面上卻裝出悲戚之色，「我們孤兒寡母的，日後還得多多仰仗蕭教主！」

殺聲漸退，大都司洪夜率著數千月落族人齊齊拜伏於地，聲震雪野，「恭迎少族長即位！」

衛昭白衣飄飄，仰望蒼穹，心中默念：「師父，您當年埋下的棋子，今日都起到作用了。您在天有靈，就看著徒兒如何帶領族人立國興邦，建功立業吧！」

二十五　稚子何辜

江慈醒轉，睜開眼，目光掃過屋內，發現自己躺的這間屋子有點怪。整個房屋全用青色石塊壘砌而成，石塊也未打磨，依其天然形狀擠壓壘砌，更未用黃泥勾縫。

窗外傳來輕輕話語聲，江慈披上外襖，走近窗邊，見窗外廊下坐著兩個少女正端著繡綳繡花，其中一個瓜子臉，嬌俏清麗而年紀較小，另一個長方臉，柳眉杏眼，年齡稍長。

江慈輕叩窗櫺，兩名少女一起抬頭，瓜子臉少女擱下繡綳，驚喜道：「她醒了，我去稟報小聖姑。」

年齡稍長些的少女站了起來，「我去吧，淡雪，你看她是否餓了，弄些東西給她吃。」轉身出了院子。

淡雪向江慈微笑道：「姑娘要不要出來走走？」

江慈求之不得，忙道：「好。」走至門邊，覺這月落族的房門有些奇怪，用的似是樟木，不像華朝的房門是朝內開啓的雙扇合頁門，而像個活動柵板，橫向開闔，圓木條與樟木板上均雕刻著精美的星月圖案。

江慈走出房門，見自己先前所睡的是一間位於石壁前的石屋。石屋外的小院，同樣也用青石壘圍，院中白雪皚皚，數株臘梅盛開，雪映紅梅，嬌豔奪目。

江慈瞧這淡雪不過十五六歲，比自己年紀還輕，但也不敢小覷。當日相府中的安華也比自己小，卻是安澄的得力手下。想及此，她微笑道：「這是哪裡？我睡了多久？妹妹如何稱呼？」

淡雪站起，她身著青色斜襟短褂，下著素色百褶長裙，高高的髮髻上插掛著簡單木飾，腳步輕盈，從另一間石屋內端出些狀似粑粑的食物。江慈正有些肚餓，亦不客氣，接過托盤，先將肚子塡飽。

淡雪笑道：「姑娘慢慢吃。你睡了兩天了，這是山海谷，族長後園子的雪梅院，你叫我阿雪便行。」

江慈吃罷，裝模作樣地在院內兜轉了一圈，聽得淡雪跟在背後，她腳步聲似有些沉重，不像身負上乘武功的樣子，頓時起了擊倒她逃逸的想法。可念頭甫生，她試著提起眞氣，這才發覺自己內力消失得無影無蹤，知是那日所服用藥水的作用，頓時有些洩氣，心中將沒臉貓狠狠咒罵了幾句。

她轉回廊下，見三腳木桌上擺著幾件繡品，拿起細看，覺繡品精美，形神兼備，針法靈活細密，比師姐所繡強出許多。印象中竟似在何處見過這種繡品，細心想了一下，記起相府中的屛風、繡衣、絲帕用的正是這等繡品，驚歎道：「這就是你們月落族名聞天下的『月繡』麼？是你繡的？」

「是。」淡雪拾起繡綳，坐回椅中，繼續飛針。江慈大感有趣，坐於她身旁細看，見她針法嫻熟，若流水逐溪，圓潤無礙，讚道：「阿雪眞是心靈手巧。」

淡雪微笑道：「我手藝駑鈍，族人中比我繡得好的可多了去呢！我們還有特別的繡姑，每年進貢給華、桓兩國的『月繡』，便是她們所繡，不過……」她針勢放緩，面上隨即露出悲傷之色。

「不過怎樣？」

淡雪沉默片刻，輕聲道：「她們爲了繡給你們華朝和桓國進貢的『月繡』，每天要繡到半夜三更，這『月繡』又極傷眼力，做得幾年便會雙目失明。你若是去夢澤谷大都司的後山園子看看，那裡都是瞎眼後安在那處養老的繡姑們。」

「爲什麼要繡到眼瞎？不繡不可以麼？」

冷笑聲傳來，先前那名年紀稍大些的少女走了過來，面上滿是痛恨之色，劈手奪過江慈手中繡品，將她用力一推，恨聲道：「不繡！你說得輕巧，你們華朝每年要我們月落進貢三千件繡品，桓國也是三千件，若不能按數納貢，我們派出的貢使便會被處以宮刑，然後你們的朝廷便會派兵來奪我們的糧食，燒我們的園子。你說不繡可以麼？爲了這六千件繡品，繡姑們日夜不息，又怎會不眼瞎！」

她越說越是氣憤，雙手叉腰，嘴唇隱隱顫抖，「我們月落姑娘心靈手巧，可你看看我們穿的用的，全是最粗陋的衣料、最簡單的繡工，因爲好的繡姑全在爲你們華朝人累死累活，做牛做馬！」

江慈聽得有些驚訝，忽想起在相府內見到的珠簾繡映、簾幕重帷，那不經意的奢華富貴中所用刺繡之物，原來每針每線上凝著的都是這月落繡姑們的血和淚。

見江慈被推後蹲在地上發愣，淡雪忙將她扶起，道：「姑娘，梅影姐性子直，她並非說你，你別往心裡去。」又轉向那梅影道：「阿影姐，她是小聖姑帶來的客人，也是我們月落族的朋友，不同於華朝那些欺壓我們的壞人。小聖姑若是知道你這般待客，會生氣的。」

梅影輕哼一聲，片刻後笑道：「阿雪，你知道麼？我方才差些見到教主了。」

淡雪大喜，將繡綳一扔，「真的！我得去看看。」撒腿便跑。

梅影忙喚道：「你站住，你見不著教主的，別白跑一趟。」

淡雪怏怏回轉，「爲什麼？」

「教主昨天將少族長護送回來後，便一直和各圍子的都司們商議少族長即位之事，現都在山海堂，你怎麼進得去？我方才去稟報小聖姑，也只是在外堂託阿水哥遞了個話，小聖姑都沒出來。聽阿水哥說，裡面吵得凶，教主大發神威，將五都司給殺了。」

淡雪一驚，「爲什麼？教主怎會生這麼大氣？」

梅影歎道：「不是我說你，你也太不曉事。族長現下被華朝人給殺了，少族長即位須奉咱們星月教爲聖教，定是要爲族長報仇的。可這樣一來，咱們便得和華朝開戰。二都司和五都司他們的地盤靠著華朝，若是開戰，首當其衝，他們自是不樂意，遂和大都司吵了起來。聽阿水哥說，五都司似是對教主有所不敬，教主當時也不說話，只冷冷看了他一眼，也不見教主如何拔劍，堂內之人不過眨眼間工夫，五都司的腦袋便……」說著她做了個劃脖子的手勢。

淡雪拍手道：「殺得好！五都司一貫奴顏婢膝，淨會討好華朝賊人，爲保自己的平安，還把親妹子獻出去，更不知逼死了多少族人，活該殺！依我說，教主得把二都司一併殺了才好。」

「二都司是怕死鬼，見風使舵慣了的，一見教主殺了五都司，馬上服軟，屁都不敢再放一個。聽說已經議定，五日後爲族長舉行『天葬』，『天葬』後接著少族長的即位大典，到時還會正式封教主爲『神威聖教主』，拜咱們星月教爲『聖教』。」

淡雪神情漸轉激動，雙手交握於胸前，喃喃念道：「只求星月之神庇佑我月落族人再不用受人欺凌、被人奴役，我的同胞手足再也不用……」她話語漸低，滴下數行淚水。

梅影過去將她抱住，也露出悲戚之色，「阿雪，咱們快熬出頭了。教主就是月神下凡，來拯救咱們族人的。他若不是月神，怎能三招內便殺了谷祥？聽阿水哥說，那夜教主爲族長報仇，殺華朝賊子，竟是飛過桐楓河的。他若不是月神，桐楓河那麼寬，他怎能飛得過？山海谷和夢澤谷的弟兄們看得清清楚楚，今刻都把教主當月神一樣拜著呢！」

淡雪依在梅影懷中，泣道：「我知道，教主是月神下凡來救我們的。可他爲什麼不早兩年下凡？那樣，我的阿弟就不用被送到華朝，不用做甚孌童，不用被那羅剎折磨得生不如死了……」

江慈愣愣聽著，「孌童」一詞她並不明其具體含義，只是遊蕩江湖，在市井中流連時曾聽人罵過此詞。後來在京城相府與攬月樓走了數遭，也聽人說過此詞。她只知做這個的都是下賤男子，是被人瞧不起的，似乎與市井俗人罵人話語中的「兔兒爺」同一意思，但究竟「孌童」是做何事的，爲何要被人瞧不起，她就不曉得了。

她見淡雪如此悲傷，總知這「孌童」定是不好至極，她向來看不得別人痛哭，遂撫上淡雪的右臂，「快別哭了，只要你家阿弟還活著，總有一天，你能將他接回來的。」

梅影冷笑道：「接回來！你說得輕巧，阿弟被送到了薄雲山帳中。薄雲山你知道是誰麼？你們華朝數一數二的屠夫，送入他帳中的孌童沒有幾個能活下來的，阿弟現在說不定被折磨成什麼樣子了。就是教主能帶著族人立國，能與你們華朝開戰，接回這些族人也不是一兩年能辦成的，到時阿弟能不能……」

淡雪聽了更是放聲大哭，哭泣聲悲痛深切，江慈被這哭聲所感，也忍不住抹了把淚。

突地冷哼聲傳來，院中臘梅上的積雪簌簌掉落，淡雪嚇得收住悲聲，與梅影齊拜伏於地，「小聖姑！」

輕紗蒙面的女子步入院中，道：「你們都退下吧。」又側身躬腰，「教主，就是這裡，屬下先告退。」

衛昭負手進來，待眾人退去。他在院中站著，望向牆下的臘梅，並不說話。江慈自廊下望去，只覺白雪中，紅梅下，他的身影更顯孤單寂寥。

良久，衛昭方轉身進了石屋，江慈跟入，他看了她一眼，伸手取過案几上的羊毫筆，遞給江慈，「我說，你寫。」

江慈不接，「要我寫什麼？」

衛昭有些不耐，「我說你寫便是，這般囉嗦做甚？」

「你不先說要寫什麼，我便不寫。」

衛昭有些惱怒，自歸月落山以來，從未有人如此頂撞過自己。他強自抑制住，道：「你寫一首詩，聽仔細了，是：『閉門向山路，幽和轉晴光，道由東風盡，春與南溪長。』」

江慈暗驚，想起那日聽到裴琰所回之詩「冰水不相傷，春逐流溪香」，心中有了計較，直視衛昭，平靜道：「我不寫，我早說過了，我既逃不了，便會留在你的身邊。但我絕不會爲你做任何事情，也絕不會摻和進你和他的事情中，你若是相逼，我唯有一死。」

衛昭閃電般地探出手，扼住江慈咽喉，話語冰冷森然，「想死是麼？我成全你！」說著逐漸用力，江慈漸感呼吸困難，似就要失去知覺，卻仍平靜地望著衛昭。

衛昭被她的目光盯得有些難受，這平靜而坦然的目光，這臨死前的一望，竟像極了姐姐倒地前的眼神。他本就是恐嚇於江慈，見她仍是不屈，只得緩緩收回右手。江慈握住咽喉劇烈咳嗽，待緩過勁後嘲笑道：「原來神威聖教主最拿手的伎倆，便是言而無信、反覆無常啊！」

衛昭反倒沒了怒氣，「也罷，你不寫，我就跟你耗著，你什麼時候寫了，我就什麼時候供你解藥，讓你恢復內力。」說著他取下面具，長吁出一口氣，仰倒在石床上，道：「我給你點時間考慮考慮。」

他前夜飄然渡江，力殲谷祥，爲求震懾人心，達到「月神下凡」的效果，不惜提聚了內八經中的全部眞氣。這種做法固能奏一時之功，卻也極爲傷身，眞氣損耗過巨。其後，他又力殺逃敵，護送少族長回到山海谷，召集各都司議事，一劍殺了五都司及他的十餘名手下，方才平定大局，實是疲倦至極，這需時刻戴著的人皮面具尤令他煩躁不安。此刻見只有江慈在身邊，索性取了下來，躺於石床上閉目養神。

江慈聽到他的呼吸聲漸轉平緩悠長，不知他究為眞睡還是假寐，知像衛昭這般內力高深之人，即使睡夢之中，亦仍保持著高度警覺的，如今自己內力全失，更無可能暗算於他。遂拉過棉被，輕輕蓋於他身上，又輕步走出石屋，拾起先前淡雪扔下的繡綳細看。

師姐的母親柔姨繡藝頗精，師姐得傳一二，江慈自是也粗通一些。她這一細看，便看出這「月繡」確是極難繡成，不但要做到針跡點滴不露，猶要和色無跡，均勻熨貼，形神兼備，看那針法，竟似有上百種之多。

她想起月落一族，爲了這「月繡」不知瞎了多少繡姑的眼睛，受了多少欺凌。而那奢靡至極的相府，那人，他擦手所用帕子、他房中錦被、他的錦袍蟒衫，用的都是此物。若是他知道那帕子上的一針一線俱含血與淚，還會那樣隨意扔棄麼？另外，那「孌童」，究竟是何意思？爲何人們會對他們鄙夷至此？

她長長地歎了口氣，將滿桌淩亂的繡綳和繡品收入繡籮，見天空又飄起了片片雪花，撲入廊下，覺有些寒冷，便端起繡籮進了石屋。

衛昭仍躺在石床上，江慈百無聊賴，又不敢離去，索性尋了一塊素緞，定於繡綳上，取過細尖羊毫，輕輕畫出線條，描出繡樣。

衛昭這一放鬆，便沉沉睡去，直到夢中又出現那個羅刹的面容，才悚然驚醒。他猛然坐起，將正坐於椅中用心描樣的江慈嚇了一跳，手中繡綳也掉落於地。

衛昭看了她片刻，面無表情地說：「我睡了多久？」江慈這才知道他是眞睡，想了想道：「大概有半個時辰吧。」

衛昭下床，「考慮得如何了？」

江慈拾起繡繃，淡淡道：「我還是那句話，我不寫。你別想逼我。」

衛昭心中惱怒，卻也拿她沒轍。他轉到江慈身邊，見她手中繡繃上用極細的線條畫著繡樣，端詳了片刻，俊眉微皺，「你這畫的是什麼？」

江慈面上一紅，將繡繃放於背後，低頭不語。

衛昭從未見過她這般害羞模樣，以往與她之間，不是怒顏相向便是冷語相對，不由好奇心起，搶過她手中繡繃，再看片刻，哂笑道：「你人長得不出眾，連這畫也醜得很，花不像花，鳥不像鳥，倒像幾隻大烏龜。」

江慈臉更紅透，吶吶道：「不是烏龜。」

衛昭笑道：「你告訴我畫的是什麼，我便讓你恢復內力。」

江慈想了一陣，終還是恢復內力要緊，只要能施展輕功，總能尋到出逃的機會，何況又不是要幫他做甚傷害他人之事，遂指著繡繃道：「是菊花。」衛昭再看一眼，不屑道：「這幾朵倒有些像菊花，可這個，我怎麼瞅著像隻烏龜，與別的菊花長得當眞不同。」

江慈怒道：「我說了不是烏龜，是……」

「是什麼？」

江慈低下頭去，輕聲道：「是，是大閘蟹。」

衛昭一愣，「你繡大閘蟹做甚？」

江慈抬頭甜甜一笑，「三爺沒聽過『菊花開時秋風高，對江臨渚啖肥蟹』麼？既然要繡菊花，就定要繡隻大閘蟹應應景，同時解解我的饞。」她將手一伸，「我既告訴三爺了，三爺請賜解藥，恢復我的內力吧。」

衛昭扔下繡繃，戴上面具，「你服的不過是令你昏睡、暫時失去內力的藥物，現下你既醒了，十日之後，內力便會慢慢恢復的。」他僵硬的假面靠近江慈，「我再給你時間考慮，你若是想好了，就將那首詩寫出來。

你一日不寫，便一日休想出這個院子！」

江慈見他出屋而去後，緩緩蹲下，拾起繡繃，撫摸著素緞上那隻似是而非的大閘蟹，輕聲道：「你爪子多，心眼也多，走路也是橫著走，只千萬別哪天自己絆著自己了！」

她坐回椅中，撿起繡針，刮了刮鬢髮，忽想起那日晨間坐於西園子替崔亮補衣裳的情景，不由有些擔憂，「崔大哥也不知道怎麼樣了，他是好人，可別被大閘蟹算計了才好。」

這廂平叔正在院門守著，見衛昭出來，附耳道：「光明司的暗件到了。」

衛昭接過，細閱一番，道：「小五做得不錯，不枉我這些年的栽培。這個人，平叔選得頗合我意。」

平叔喜道：「那老賊被瞞過了？」

「嗯。」衛昭睡了一覺，渾身輕鬆，眼下大局將定，又得聞喜訊，語氣中便帶上幾分欣喜，「他按時將密報呈給那老賊，一切都很順利。」

平叔聽得清楚，心中喜悅，只覺這十餘年來的隱忍奔波彷若都有了補償，眼前似看見另外一張絕美的面容，眼角不禁濕潤，微微轉過頭去。

衛昭不覺，思忖片刻，道：「眼下雖然各方面都按我們原先謀算的在行動，但尚缺了一方。平叔，這邊大局已定，你幫我跑一趟桓國吧。」

「是，少爺。」

「你祕密去找易寒，他上次功虧一簣，他家二皇子這段時日過得有些憋屈，相信定不會放過這個重掌軍權的機會。」衛昭望向遠處山峰上的皚皚白雪，似看到了滿山盛開的玉迦花，眼中笑意漸濃。

南安府郊，長風山莊，寶清泉。

裴琰從泉水中出來，披上衣袍，覺體內真氣充沛，盈然鼓蕩。見安澄過來，騰身而起，右手平橫，切向他的肋下。安澄身形左閃，旋挪間右足踢向裴琰胸前，裴琰雙掌在他足上一拍，借力騰身，凌空擊向他肩頭。安澄右足甫收，不及變招，只得蹬蹬後退數步，避過裴琰這一掌。

裴琰雙掌虛擊上地面，雙足連蹬，安澄手中尚拿著密報，不能出手，被他蹬得步步後退，終靠上一棵雪松，劇烈咳嗽。

裴琰飄然落地，笑道：「不行不行，果然缺了陣仗，你的身手便有些鬆怠。」

安澄咳道：「相爺還是趕快放我上戰場吧，我總覺得那處才是我大顯身手之地，現下真便宜劍瑜了。」

裴琰向草廬走去，「你別羨慕他，他這幾個月最難熬，待他熬過了，我再放你出去。你放心，會有你大顯身手的時候，你只別把身手荒廢了，等真有大陣仗，我怕你連厚背刀都拿不起。」

安澄想起那夜裴琰在蒙面人手中救下自己一命，有些慚愧，「是，相爺，屬下還真是得精進武藝才行。衛三郎自身武功高強不說，他的手下也是那般強硬，我不能給相爺丟了面子。」

裴琰取過他遞上的密摺細閱，微微點頭，「子明做事，果然細緻。」他一份份細閱，讀至最後一封，忍不住笑道：「皇上親手建了光明司，又將自己最寵信的人提為指揮使，只怕將來終會……」

安澄見他心情好，問道：「相爺，小的有一事不明白。」

「問吧。」裴琰微笑道。

「相爺如何猜到衛三郎便是真正的星月教教主蕭無瑕？衛三郎是玉間府衛氏出身，又是慶德王進獻給皇上的，身上無月落族人印記，又一直深受皇上寵信。小的把朝中軍中之人想了個遍，也沒想到會是他。」

裴琰笑得俊目生輝，「安澄，你覺得小丫頭是個怎樣的人？」

安澄面上添了幾分笑意，「江姑娘雖天真爛漫，不通世事，心地倒頗善良得很。」

「你覺得，她是個藏得住事，喜怒不形於色的人麼？」

「這個小的倒不覺得。」

裴琰眼前浮現江慈或喜或怒、或嗔或泣的面容，有一瞬間的失神，緩緩道：「衛三郎號稱『鳳凰』，姿容無雙，就是我們這些慣常與他見面的人，每次見到他皆有驚豔之感，一般人見了他更只有瞠目結舌的分。可相府壽宴那日，小丫頭初見衛三郎，毫無反應，你不覺得奇怪麼？」

安澄想了一下，點頭道：「相爺不說我還眞想不起來，可相爺當時如果想到了，爲什麼不對付衛……」

「我當時也沒在意，後來使館縱火案，我又藉傷隱退，還要防著皇上對付我，一籮筐的事情，來不及細想。倒是你回稟，自『恨天閣』左閣主那兒得知買殺手殺小丫頭的是姚定邦。」裴琰冷笑一聲：「偏那天我正好看到小丫頭在樹下吃瓜子，一副胸無城府的樣子，覺得有些不對勁，把前後事情串起來思索了一遍，終於稍明白過來。後來命你傳信給子明，讓他查了一下衛三郎這幾月間的動向，綜合各方線索後才確定的。」

安澄離去，裴琰走至窗前，凝望著寶清泉，想起江慈那日坐於碧蕪草堂大樹下吃瓜子的情景，笑了一笑，「你居然敢聯同三郎欺騙於我，讓你吃些苦頭也好，三郎總要將你還回來的。」

十二月二十五日，月落山，山海谷，天月峰。

月落族族長木黎爲救兒子死於華朝官兵之手，消息數日內傳遍月落山脈，九大都司圍子的月落族人們齊齊陷入憤怒之中。

月落一族上百年來深受華朝與桓國的欺壓，不但苛徵賦稅，強斂繡貢，暴索俊童美女爲孌童歌姬，且將月落族人視爲賤奴野夷。月落族勢微力薄，九大都司又不甚團結，所以往往只能忍氣吞聲，以犧牲一小部分族人來換取全族安寧。然大多數月落族人心中向是忿忿不平，深以爲恥。現下，全族最高地位的族長都死於華朝人手中，這反抗的怒潮如同火焰般騰騰而起，迅速燃遍整個月落山脈。

這日是爲故族長木黎舉行「天葬」的日子，各圍子的月落族人們從四面八方向山海谷湧來，除開要參加族長的天葬和少族長的即位大典，人們尤想親眼目睹傳聞中那位星月教主的風采。傳言中他白衣渡江，一劍殺敵，血染雪野盡殲仇敵。他如月神下凡，似星魔轉世，閃耀著神祇般的光芒，亦寄託著全族人的希望。

夜幕降臨，山海谷聚集了數萬月落族人，天月峰下更是人頭攢動。

而後圍子「雪梅院」中，江慈見淡雪坐立不安，不時望向院外，笑道：「阿雪，你是不是很想去看『天葬』和即位大典？」

這五日，衛昭仍每日來雪梅院，逼江慈寫下那首詩，江慈依舊不從，不是與他冷顏相對便是顧左右而言他。衛昭倒不再用強，逼迫無果後只冷笑離去。

江慈不肯寫下那首詩，自然出不了這雪梅院，倒與淡雪和梅影日漸熟絡。三人年歲相近，又都是天眞純樸之人。江慈本就是隨遇而安的性子，既暫時不能出逃，便知和身邊之人相處和諧才是上策。她與淡雪言笑不禁，又向淡雪請教繡藝，梅影本對她是華朝人有些不滿，但見她隨和可喜，天神一般的教主又每日來探望於她，遂逐漸放下成見。江慈教她二人煮華朝菜肴，她們則教江慈刺繡，三人迅速結出一份少女的友誼。

在這幾日相處中，自淡雪和梅影口中，江慈聽聞了更多月落族的歷史，這才知月落一族，自古相傳是天上的月神因見凡間苦難深重，毅然放棄數萬年仙齡，投於塵世之中拯救世人，要磨練千年、積累仙緣之後，才能再列仙班。故其後人名爲「月落族」，乃取月中降落的仙人之意。

正因爲如此，所以每任月落族族長去世後，族人便要爲他舉行天葬。在子夜時分，將逝者自天月峰頂的「登仙橋」拋下，若其能回歸天宮，月落一族則將成爲天神一族，如其落於山海谷底，則來年全族亦能風調雨順，雖仍爲凡人也可保安寧，但若在「天葬」過程中出現意外致族長不能平安下葬，則會天降奇禍，月落一族將永淪苦海。只是族長究竟如何才能「回歸天宮」，數百年來卻是誰都不曾得知。而自古傳言，月落族人若是於天葬之夜，能親眼目睹族長升天，就能過上萬事順意的日子，所以族長「天葬」幾百年來一直是月落族最盛大的日子。

江慈這幾日聽淡雪、梅影念叨要觀看天葬和即位大典，耳朵都聽出了繭子，此刻見淡雪坐立不安，就脫口而問。

梅影瞪了江慈一眼，「還不是因爲你，小聖姑吩咐了，不能離你左右，你不能出這院子，我們便也出不了。若是沒有你，我們早去了天月峰了！」

江慈有些不好意思，又有些好奇，笑道：「其實我也想去瞧瞧熱鬧的。」

淡雪坐近，拉住江慈的手，「江姑娘，你行行好，去和教主說說，說你也想去看『天葬』，再帶上我們，教主對你那樣隨和，他定會允許的。」

梅影有些沮喪，「教主正忙著上天月峰，哪會過來呢？」

江慈極爲喜愛淡雪，覺她純樸勤勞，又憐她父親死於戰亂之中，母親因爲是繡姑而雙目失明，幼弟又被送到華朝爲孌童。她想了想，知現下讓淡雪去請衛昭，他是鐵定不會過來的。她想起以前與崔亮閒聊時聽過的法子，咬了咬牙，將長長的繡針往「曲池穴」上一扎，唉唷一聲，往後便倒。

淡雪、梅影嚇了一跳，搶上前來將她扶起，見她雙目緊閉又面色慘白，梅影忙衝出院子。不多時，輕紗蒙面的程瀟瀟匆匆趕至，拍上江慈胸口。江慈睜開雙眼，弱聲道：「快喚你們教主過來，我有要緊話對他說，遲了，怕就來不及了。」

程瀟瀟有些爲難，今夜大典關係重大，教主正全神準備，哪能抽身。可這少女是教主交給自己監管的，且教主連日過來見這少女，所說之話必牽涉重大。見江慈面色慘白，汗珠滾滾而下，程瀟瀟不及細察，轉身出了雪梅院。

再過得小半個時辰，衛昭素袍假面，匆匆入園。他揮手令眾人離去，探了探江慈的脈搏，一股強勁真氣自腕間湧入，迅速打通江慈用繡針封住的曲池穴。他眼中閃過惱怒之色，拎起江慈，步入石屋，將她往石床上一扔，聲音冷冽透骨，「又想玩甚花樣！我今天可沒工夫陪你玩。」

江慈忍住臂間疼痛，笑著站起，也不看向衛昭冷得能將人凍結的眼神，拉上他的袍袖，「三爺，我想求你一件事，可知你今日事多，怕你不來見我，這才不得已裝……」

衛昭性子陰沉冷峻，不喜多言，族中教中男女老少對他奉若神明，甚至不敢直視於他。以往在京城之時，滿朝文武百官對他又妒又恨，又是蔑視又是害怕；這十多年來，除去世間有數的幾人，無人敢與他平目而視，無人敢與他針鋒相對，更無人對他喜笑怒罵，嬉皮笑臉。可偏偏遇上江慈，這野丫頭不但敢反抗於他，以死相逼，還敢不聽從命令、敢從他手上出逃、敢用這些小伎倆戲弄他，不由讓他十分惱火。

他右臂一振，將江慈甩開。江慈碰到桌沿，見衛昭欲轉身離去，仍笑著拉住他的衣袖，「三爺，我想去看『天葬』，你就帶我去吧，可好？」

「不行。」衛昭言如寒冰，「誰知你是不是想趁人多逃跑。」

「我不會逃的，也絕不給三爺添麻煩，我就在一邊看看，成不？」江慈搖著衛昭的衣袖央求道。

「休得多言，我說不行就是不行！」

見他仍欲離去，江慈大急，「那你要怎樣，才肯讓我去看『天葬』？」

衛昭頓住身形，「你乖乖將那首詩寫了，我就放你去看……」

江慈怒道：「不行！我早說過不摻和你們之間的事，是你言而無信，還要脅於我。你是個卑鄙無恥的小人，難怪京城之人都看不起你！」

衛昭眼中怒火騰騰而起，他揪住江慈頭髮向後猛拉。江慈劇痛下仰頭，眼淚洶湧而出，急道：「我又不是爲了自己要看，是爲了淡雪和梅影。她們對你奉若神明，只不過想去觀禮，卻因爲我的原因而去不成。淡雪那麼可憐，阿爸死了，阿母瞎了，阿弟又被送到薄雲山帳中做孌童，生死不知，也許受著怎樣的折磨。我是見她可憐才想辦法找你來，求你的。」

衛昭右手頓住，江慈續道：「淡雪這麼可憐，她想去看看『天葬』，三爺就成全她吧，大不了三爺將我點住穴道綑起來，丟在這裡也成，只要能讓淡雪……」江慈一口氣說下來，覺頭皮不再緊痛，衛昭似漸鬆了手，她轉過頭，見衛昭假面後的目光閃爍不定。這一刻，她忽覺他身上慣常散發著的冷冽氣息似有些減弱，屋中流動著一股難言的壓抑與沉悶感。

「淡雪的阿弟，在薄雲山的帳中？」衛昭緩緩問道。

「是。」江慈點頭，她怕衛昭因此看不起淡雪和阿弟，又急急道：「阿弟也是被逼無奈才去做孌童的，當時二都司說要麼送阿雪去做歌姬，要麼送阿弟去做孌童，阿母哪個都不捨得，後來還是靠抓竹籤決定的。淡雪爲這事不知哭了多少回，她想有朝一日能接回阿弟，才入了你的星月教。」

她聽到衛昭呼吸聲漸轉粗重，有些心驚，卻仍道：「三爺，你千萬別因阿弟當了孌童就瞧不起他和淡雪。像阿弟那般本性純善之人，若非爲了救姐姐，又何必去受那份罪？他雖做了孌童，心地卻比許多人都要高潔。三爺，你就讓淡雪她們去看『天葬』吧，我求你了。」

衛昭不發一言，冷冷看著江慈。江慈漸感害怕，但想起淡雪，仍鼓起勇氣，再度上前拉住衛昭衣袖，「三爺，求求你了。」

衛昭抽出袍袖，森聲道：「你若敢起意逃走，敢離我十步以上，我就將淡雪和梅影殺了。」說著轉身出屋。江慈愣了一下，轉而大喜，跳著出了院子，拉住於院外守候的淡雪與梅影，三人跟在衛昭背後而行。

江慈邊走邊望著衛昭高眺孤寂的身影，忽覺右腕一涼，側頭見淡雪正替自己戴上一只小小銀絲鐲，忙欲取落下來。淡雪將她的手按住，輕聲道：「江姑娘，這是我們月落族人送給朋友的禮物。我窮，僅有這只鐲子，你若取下，便是不把我淡雪當朋友。」

梅影猶豫一陣，也從右手上褪下銀絲鐲遞與江慈，江慈輕輕戴上。三人相視而笑，隨衛昭直奔天月峰。

二十六　翻雲覆雨

天月峰，夜霧漸濃。

揉雜著冰雪氣息的冬霧，讓所有人眉間髮梢覆上一層寒霜之色，也讓高聳入雲的天月峰更顯縹緲迷濛。

自古相傳，月落族的先人月神由天月峰落下凡世，天神為了讓他有一日能重返仙界，在兩座隔著深溝對峙的山崖間留了一座天然石橋，後人稱為「登仙橋」。東面山峰，號為「天月峰」，由山海谷可沿山路而上；而西面山峰，四面皆為懸崖峭壁，僅由東面的天月峰可以沿登仙橋而過，故名「孤星峰」。

孤星峰上有一星月洞，相傳為月神下凡後修煉之場所，乃月落族的聖地，除去族長外，任何人不得進入。

這夜，天月峰山路上擠滿了前來觀禮的月落族人。九大都司，除去五都司死於星月教主劍下，其他八位悉數到場，簇擁著少族長及其生母烏雅坐於天月峰頂的高臺上，其餘族人則依地位高低一路排向天月峰下。

當衛昭素衣假面，帶著輕紗蒙面的大小聖姑及數名少女步出正圍子，走向天月峰頂，人群發出如雷般的歡呼。所過之處，月落族人紛紛拜伏於地，恭頌教主神威。

衛昭飄然行在山路上，火光照耀下的白袍散發著一種玉石般的光芒，讓人覺得他已不像塵世中人，而是下凡的神祇，孤獨寂寥地俯視眾生，俯視這蒼茫大地。

江慈出了正圍子後，便用程瀟瀟遞過來的青紗蒙住面容。她一路行來，聽得月落族人對衛昭的歡呼擁戴聲出自至誠，更見有許多人淚流滿面，不由凝望著青紗外那個飄逸的身影，心中想道：「若是那人，能贏得華朝百姓如此的擁戴麼？」

時近子夜，天上一彎冷月，數點孤星，若隱若現。號角聲嗚嗚響起，雄渾蒼涼，山頭山腳，一片肅靜。

大都司洪夜站起，一陣急促的鼓點敲罷，他將手一壓，朗聲道：「月神在上，我月落族族長雖受奸人所害，卻得歸仙界，實是我族至榮。今刻，我們要用鮮血敬謝神明，大家誠心祝禱，願月神永佑我族人！」

他轉身端起一碗酒，奉至旌旗下的大祭司身前。大祭司臉繪重彩，頭戴羽冠，身披青袍，手持長矛，吁嗟起舞。舞罷，接過大都司手中的水酒，一口飲盡，又猛然前傾，「噗」的一聲將白色酒箭噴在臺前的火堆上，火苗竄起直沖夜空，山頭山腳上萬人齊聲高呼，拜伏於地。

高亢深沉的吟哦聲中，故族長木黎的棺木被緩緩抬出。八名彩油塗面、上身赤裸，下身裹著虎皮的精壯小夥抬著棺木，踩著深深積雪，步向雲霧縹緲的登仙橋。

火光照映下，上萬雙眼睛，齊齊盯著那具黑色棺木，盯著那夜霧籠罩下的登仙橋。

八名小伙子走至橋邊，大祭司高唱一聲，八人齊齊停步，將棺木放置於地。

大祭司似歌似詠，聲音直入雲霄，「請仙族長！」

大都司與二都司齊步上前，運力推開棺蓋，少族長木風與烏雅放聲大哭，在數人的攙扶下拜倒於雪地中。木族長的屍首已經防腐處理，被兩位都司從棺中抬出，他裹在長長的白色月袍之中，容顏如生，只雙目圓睜，仰望蒼穹。

山頂之人看得清楚，齊聲大哭，山路上的月落族人同放悲聲，江慈聽得心酸，也抹了一把眼淚。

大都司與二都司一人扛肩，一人扛腿，抬著木族長，緩步走上登仙橋。

寒風漸盛，吹得火把明明暗暗，登仙橋對面的孤星峰，黑幽沉寂。清冷的星月隱入雲層中，不知從何處激起一股強風，登仙橋上的積雪忽地劇烈爆開，激起一團巨大雪霧。

那雪霧騰地而起，天月峰頭，也忽有一陣寒風捲起雪霧，眾人齊齊瞇眼，卻都聽到短促的驚呼。迷濛中見扛著族長遺體的大都司洪夜單膝跪於地上，他肩頭一歪，二都司猝不及防，族長遺體滑落，眼見就要倒在橋上的雪霧之中。

山頭山間上萬人齊聲驚呼，眾人只恨雪霧遮眼，看不清楚，眼見族長似是不能順利落谷，霎時都湧上強烈的恐懼感，恍已見到月落族大難臨頭，永淪苦海。

就在這一瞬間，孤星峰再湧來寒風，雪霧更盛，整個天月峰上的火光為之一暗。眾人抬眼望去，只見迷濛雪霧中，族長木黎的屍體在將要倒在橋面上的那一剎那，凌空飛起，似白色的流星，自空中冉冉劃出一道弧線，直隱入登仙橋對面的黑色蒼穹之中。

這一幕來得太快，眾人只一眨眼的工夫，便已不見了族長屍首。瞠目結舌間，不知是誰大喊道：「族長登天了，族長回歸仙界了！」

這聲吶喊，如同掉落在烈油中的火星，整個天月峰沸騰起來——「族長登天了，族長回歸仙界了！」「我月落族有希望了！」「果然是月神下凡啊，教主是月神轉世，拯救我族人來了！」

雪地上，山道間，響起如雷的歡呼與祝禱之聲，月落族人們朝著登仙橋的方向，對傲立於峰頂的那道白色身影磕首俯身。

衛昭飄逸的身影立在登仙橋頭，眼神掠過大都司洪夜，洪夜微微一笑。衛昭又望向對面，緩緩抬手，待眾人肅靜，他清冷而激昂的聲音迴盪於山巒間：「族長升天，星月之神將佑我族人，再無苦痛，永享康寧！」

淡雪與梅影喜極而拜，眼淚洶湧而出。江慈並未下拜，整個山頭，除卻少族長和衛昭，就餘她一人青紗蒙面，孤身而立。她望著那個白色的身影，忽覺此人便如同明月下的一團烈焰，將這上萬人的心頭點燃，但同時，也在灼灼地燃燒著他自己。

數百年來唯存於傳聞中的族長「升天」景象出現，月落族人群情激湧，少族長木風的即位大典和「聖教」的冊立大典即在歡呼聲中結束。衛昭從新任族長木風的手中接過象徵著無上權威的「聖印」，飄然下山。

背後傳來穿透天際的歡呼聲、歌唱聲，衛昭嘴角輕勾，帶著程盈盈等人回了正園子，江慈仍在淡雪、梅影的陪同下回後園子雪梅院。

程盈盈轉身將櫳門關上，與程瀟瀟一同行禮，「恭賀教主！」

衛昭淡淡道：「我說了，你們在我面前不用這麼多規矩。」

程盈盈掀起面紗，酒渦盎然，「不知道蘇俊他們何時可以出洞？」

程瀟瀟笑道：「總得等天月峰這邊的人都散了，他們才好出來。」

衛昭微微點頭，「大家都辦得不錯，配合得好。」

程盈盈還欲再說，程瀟瀟卻將她一拉，二人行禮出房，程瀟瀟低聲嗔道：「姐姐，你是真不知麼？教主若是和我們客氣，我們便不要再待在他面前。」

衛昭走到桌前坐下，思忖著數件大事。

眼下，天葬終於順利結束，自己和蘇俊、蘇顏及大都司洪夜悉力配合，又利用雪霧和特製的「天蠶蛛絲」，製造了族長「登天而去」假象，恢復了族人的信心，也奠定了星月教「聖教」的地位和自己「月神下凡」的形象。

但如何面對緊接而至的嚴峻形勢，能否熬到明春，裴琰會否與自己充分配合，那老賊又是否會一直被蒙在鼓裡，實乃未知之數。得儘早將族中的兵權掌控於手中，及早部署才行。

夜，逐漸深沉。衛昭聽得天月峰傳來的歡呼之聲漸消，知興奮的族人們終相繼散去，嘴唇輕輕一牽，「月神下凡？我倒不知，自己還有沒有資格做那……」

敲門聲響起，他迅速將假面具戴上，「誰！」

嬌怯的聲音傳來，衛昭認得是少族長木風生母烏雅的貼身婢女阿珍，「教主，聖母請您趕緊過去一趟。」

「何事？」

「少族長，不，族長似是受了風寒，情形有些不對，聖母請您過去看一下，說您……」

衛昭拉門而出，急步走向烏雅及木風居住的山海院。

行到山海院的前廳，阿珍行禮道：「教主，聖母在後花園。」

衛昭隨著阿珍走向後花園。此時已是丑時末，一路行來，山海院內寂靜無人。

後花園西沿，有一暖閣，竹帷輕掀，閣內鋪著錦氈，炭火融融。阿珍掀簾，衛昭走進暖閣，見烏雅坐於榻上，一襲緋衣，微笑望著自己。簾幕放下，微風拂過，衛昭聞到一縷若有若無、如蘭如麝的清香，這清香撲入鼻中，如同溫泉的水沁過面頰，又似烈豔的酒滑過喉頭。

他轉身便走，烏雅喚道：「無瑕！」

衛昭頓住腳步，背對烏雅，冷聲道：「還請你日後稱我一聲教主！」

烏雅站起，慢慢走到衛昭背後，仰起臉來，輕聲一歎，「無瑕，老教主當年在我面前提起你的時候，便是滿心歡喜。這麼多年，我總想著，你何時會真正出現，讓我看看，老教主當年爲甚那麼喜歡你。現如今，總算是見著你了，也算了卻我的心願。」

衛昭沉默不語。烏雅眼簾低垂，輕聲道：「現下大局已定，我總算能放下一肩重擔。想起老教主對我說過的話，這心中……」

衛昭轉過身來，「師父他，曾說過什麼？」

烏雅面上笑容似蜜如糯，聲音輕柔如水，低頭歎道：「老教主當年授了烏雅一首曲子，他說，若是異日教主大業得成，便讓烏雅爲您彈奏這首曲子，也算是他……」

衛昭遲疑半晌，終返身在木榻前坐定，低聲道：「既是師父的曲子，就請彈奏吧。」

烏雅蓮步輕移，巧笑嫣然，在琴案前坐下。她依次勾起月落琴的十二根長弦，喉裡低低唱道：「望月落，玉迦花開，碧梧飛絮。笑煞春風幾度，關山二月天，似山海常駐，歎意氣雄豪，皆隱重霧。」

衛昭低頭靜靜聽著，依稀記起，當年在玉迦山莊，姐姐與師父在月下彈琴撫簫，奏的便似是這首曲子。耳邊琴聲宛轉泣訴，歌聲黏柔低迴，他漸感有些迷糊，閣內香氣更濃，心底深處，似掠過一絲麻麻的酥滑，讓他輕輕一顫。這種從未有過的感覺讓他略感不自在，正待挪動雙腿，琴音越發低滑，似春波裡的水草，將他的心柔柔纏住，又似初夏的風，薰得他慵懶得不想動彈。

烏雅抬眼看了一下衛昭，眼神有些迷離。待最後一縷琴音散去，她端起青瓷杯走至衛昭身邊跪下，仰起臉，嬌媚的面容似掐得出水來，「無瑕，我敬老教主如神明，奉他之命，忍了這麼多年，盼了許久，終於能見你一面，爲你效命。你若是憐惜烏雅姐姐這麼多年的隱忍，就將這杯酒喝了吧。」

她的臉上湧起一抹紅暈，端著酒杯的手卻皓白如玉，酒水瀲灩，衛昭低頭望去，似見師父的面容正微漾於酒面。他接過酒杯，在鼻間嗅了嗅，仰頭一飲而盡。一股熱辣劃胸而過，剛放下酒杯，烏雅的纖指即撫上了他的胸前。

衛昭身軀一僵，烏雅的手已伸入了他的袍襟，她手指纖纖，順著袍襟而下，衛昭只覺先前那麻麻的酥癢再度傳來。鼻中，烏雅秀髮上傳來的清香一陣濃過一陣，他尚不及反應，烏雅已貼入他懷中。

她的緋衣不知何時由肩頭滑下，如濃麗的牡丹花，霎時綻放於衛昭眼前。那蔥白似的嫩，流雲般的柔，白玉般的光華，讓衛昭吸了口冷氣，雙手本能推出，烏雅卻腰肢一扭，將自己胸前的輕盈送入他的手心。

手心傳來溫熱而柔軟的感覺，那是一種彷彿與生俱來的掌握感和控制感，衛昭雙手一滯。低頭間，那盈盈腰肢的線條晃過眼前，讓他不自覺將頭微仰。

烏雅右手沿他小腹而下，臉卻仰望著他，柔舌似有意、似無意在唇邊一舔。閣內炭火盈盈，映得她面頰的紅潤與眼中的迷離之色宛如幻象，而她的身子似在輕顫，喉間也發出隱約的低吟……

衛昭覺手心如有烈火在炙烤，身子也像被燃燒，而眼前的烏雅就似那一汪碧水，能將這烈火溶化，讓體內的洶湧平息。

烏雅的手繼續向下，衛昭不自禁地抬頭，眼光掠過旁邊的月落琴，身軀一震。他忽地暴喝一聲，反手扼住烏雅雙臂，將她往木榻上一甩，身子旋飛而起，穿簾而出，躍入閣外的雪地之中。

足下的雪，迎面的風，傳入絲絲冰寒之意，衛昭右臂劇烈顫抖，反手拍上院中雪松，松枝上的積雪簌簌掉落，激起漫天雪霧。他在雪霧中數個盤旋，消失在後花園的牆頭。

寒冷的夜風中，衛昭奔回自己所居的「劍火閣」，他的四肢似凍結於冰中一般僵硬，偏自胸口而下，有團烈火在騰騰燃燒，如淬火煉劍，青煙直冒。

周遭一切漸漸褪色，他眼前再現那抹白嫩，手心似還殘留著那團溫熱，心頭還晃著那絲輕盈。十多年來，他只識含垢忍辱，屏情絕性，卻從不知，原來世間還有可以讓他願意去掌控、渴望去放縱和征服的溫柔。

他不停擊打著院中積雪，眼前一片迷茫，既看不清這漫天雪霧後的景致，也看不清這從沒見識過的人生歧路。雪花慢慢落滿他的烏髮假面，他跪於雪地之中，劇烈顫抖。

天空中，孤星寒月，冷冷地凝望著他。他腦中空茫混沌，一股難以言述亦從未體驗過的欲望卻正在胸口騰騰燃燒，如烈火般灼人，又如毒蛇般凶險……

次日清晨，天放晴光，竟是個難得的冬陽天。

衛昭枯坐於榻上，胸口如被抽空了一般難受。他早想明白，昨夜被烏雅暗下迷香，琴彈媚音，自己雖將那團火熄滅，但這藥物加上媚音的雙重作用仍使自己有些真氣紊亂。

更難受的是，那從未有過的感覺，從來不曾面對過的事實，像一記重拳把他擊懵，又像一條毒蛇時刻噬咬著他的心。

他呆坐榻上，直到曙光大盛，才驚覺今日是少族長即位後的首次都司議政，關係到自己能否執掌兵權且順利熬過今冬，於是將體內翻騰的真氣強壓了下去，起身前往山海堂。

眾人皆已到齊，新任族長木風坐在寬大檀木椅中，有些拘束不安，見聖教主入堂，回頭看了看阿母烏雅。

烏雅面上露著溫婉的微笑，點了點頭。木風站了起來，稚嫩的身影奔下高臺，在欲撲入衛昭懷中時聽到烏雅的低咳，忙頓住腳步，裝出一副老成模樣，眼中仍閃著崇敬的光芒，抬頭道：「聖教主，請歸聖座。」

衛昭微微低頭，「族長厚愛，愧不敢當。請族長速速登位，都司議政即將開始。」

木風恨不得能即刻散會，拉住教主，求他教自己武藝才好，聽了衛昭所言，只得怏怏回座。他躊躇片刻，才記全阿母所授之話，卻因被十餘名成人目光灼灼地盯著，聲音有些顫抖，「蒙月神庇佑，仙族長得歸仙界，我族振興有望，也望各都司們同心協力，愛惜族人，共抗外敵，使月神之光輝照遍月落大地……」

衛昭抬頭看了木風一眼，木風乍覺心驚，話語頓住。

大都司洪夜忙道：「族長所言甚是，眼下最要緊之事，乃是防備華朝派兵來襲，畢竟我們殺了谷祥及八千官兵，華朝不會善罷甘休。」

二都司正爲此擔憂，他的山圍子位於月落山脈東部，與華朝接壤，一旦戰事激烈便首當其衝，忙道：「依我所見，族長甫登位，我月落兵力不足，還是不宜與華朝開戰。不如上書朝廷，請求修好，並多獻貢物及奴僕，讓朝廷不再派兵來清剿我們，方是上策。」

六都司向來與二都司不和，冷笑道：「二都司此言差矣，仙族長得歸仙界，這是上天讓我們月落族人從此不用再受華朝人的欺壓。聖教主乃『月神下凡』，今日正是我們洗刷恥辱、振興月落的大好時機，又豈能再犧牲族人，向華朝屈辱求和呢？」

大都司點頭，「六都司說得在理，眼下暫且不說打不打得過華朝，在仙族長得歸仙界、天意攸歸的情形下，還要加納貢物奴僕，對華朝屈膝求和，只怕族人們不會答應。」

二都司低下頭去，昨夜「天葬」，故族長「登仙」而去，他也被強烈震撼，當時不由自主下跪，隨著眾人歡呼。但夜深人靜，他細細琢磨，總覺有些不對勁，心中懷疑是星月教主在背後搗鬼，然苦無證據。將近黎明，他黑衣蒙面，悄悄過了登仙橋，去對面的孤星峰查看了一番卻未發現什麼痕跡，此時聽大都司這般說，遂只能沉默不語。

衛昭端坐椅中，不動聲色。烏雅端起茶盅，輕抿一口，眼角瞥了瞥衛昭。他那如冰凌般的眼神讓她心中瑟然，權衡再三，淺淺笑著開口道：「各位都司，我雖爲聖母，但對軍國大事一概不懂，別的事我也說不出個所以然。我只知道，我的夫君，我們月落族現任族長的阿爸，是死於華朝人之手。就是普通人，這殺父之仇尚且不共戴天，更何況是我族至高無上的族長？」

六都司忿忿道：「聖母說得是，我們族人受的欺壓還不夠麼？連族長都死於他們手中，豈能善罷甘休！」

二都司知大勢不可逆擋，溫和一笑，「既是如此，我也沒什麼意見，那……大家就商量一下如何抵抗外侵吧。」

大都司道：「眼下也無別的辦法，少不得還需二都司借出你的圍子，由其餘各都司的圍子抽調重兵，囤於流霞峰一帶，防備華朝人來襲。」

「流霞峰縱是長樂城的官兵來襲的必經途徑，但飛鶴峽呢？王朗只消派人迂迴至楓桐河北面，沿飛鶴峽而下，同樣可直插這山海谷。」

「飛鶴峽那裡，亦得派重兵守著。」大都司沉吟道：「所以現下各都司得鼎力合作才行。依我所見，都把各圍子的兵力調至山海谷，然後將準備過冬的糧食運來，再都捐出各自的賦銀購置兵器。由族長統一指揮，統一分配，如此方能保證族人的精誠團結，而不至於戰事臨頭，各自爲政，一盤散……」

「我不同意！」七都司站了起來，圓胖的臉上略顯激動，「你們要與華朝開戰，我無異議，但要把我的兵也捲進來，教他們爲你們送命，那可不成！」

衛昭猛然抬眼，精光一閃。六都司會意，出言諷道：「我看七都司不是愛惜手下，而是心疼你那些糧食和賦銀！難怪你的山圍子盛產『鐵抓笆』！」

山海堂內哄然大笑，人人都知七都司愛財如命，被人暗地裡稱爲「鐵抓笆」。由於他的圍子位於西面，遠離華朝，歷來未受戰火波及，故往常對族內事務不理不管。眼下忽然要他將兵力交出，還要交出糧食與賦銀，那可真比殺了他還難受。

七都司被眾人笑得臉有些掛不住，怒道：「你們要打仗要報仇，那是你們的事，憑什麼要我交人交錢！我阿母病重，須趕回去服侍湯藥，先告辭！」說著向高座上的族長木風拱拱手，轉身往堂外走去。

八都司與他相鄰，二人又是堂兄弟，一貫同氣連聲，見他藉發怒離去，本就不願出兵出銀，遂也站了起來，「原來嬸母病重，我也得趕去探望。阿兄，等等我！」

二都司心中暗喜，只要七、八都司一去，這都司議政不成，族內意見無法統一，即無法與華朝開戰。憑自己多年來與王朗暗中建立起來的關係，只要再多敬獻財物賤奴，便可得保安寧。

衛昭看著眾人爭吵，僵硬面容上一絲表情也無，但雙眸卻越來越亮，亮得駭人，他的右手垂於椅旁，隱隱有些顫抖。

眼見七、八都司已走至山海堂門前，烏雅推了一下木風，木風儘管心中害怕，禁不住阿母在左臂上的一掐，顫聲喚道：「二位都司請留步！」

七都司在門口停住腳步，見自己帶來的數百手下擁了過來，膽氣大盛，回頭斜睨著木風，「族長，我得趕回去侍奉阿母，失禮了！」

八都司的數百手下也步履齊整，擁於堂前，七、八都司相視一笑，各自舉步。

衛昭眼神掃過大都司和一旁蒙面而立的蘇俊，二人均微微點頭。衛昭闔上雙眼，又猛然睜開，一聲龍吟，背後寒劍彈鞘而出。堂內諸人不及眨眼，白影鼓起一團劍氣自堂中長案上劃過，直飛堂外。圍著七都司的數十人紛紛向外跌出，鮮血暴起，七都司發出淒厲的慘叫，「噗」的倒在雪地之中。

這一幕來得太過突然，眾人不及反應，衛昭已拔出長劍，森冷的目光望向八都司。

八都司見衛昭眼中滿是殺意，有些驚慌，但他到底經歷過大風大浪，將手一揮，「上！」

數百手下齊齊攻向衛昭，八都司則在十餘名親信的簇擁下迅速向山腳奔去。

衛昭冷笑一聲，凌空而起，足如踏歌一路踏過數十人頭頂，如大鵬展翅，落於正急速奔逃的八都司面前。八都司險些撞上衛昭身軀，急急收步，揮著手中長矛，側轉而逃。衛昭長劍一橫，運力將長矛震斷，八都司被這股大力震得向旁趔趄，衛昭已伸手揪住他頸間穴道，八都司全身失力，雙手垂落。

山海堂前陷入混亂，堂內之人齊齊擁出，堂外七、八都司帶來的人眼見主子或被殺或被擒，亂作一團。

蘇俊早搶出山海堂，右手一揮，山海堂兩側的高牆後，忽擁出上千人馬，高聲喝喊：「抓住謀害族長、圖上作亂的賊人！」

紛嘈聲中，衛昭望著在自己手中掙扎的八都司，嘴唇微動，八都司雖恐懼不已，卻也聽得清楚。

「八都司，七都司有兩個兒子吧？」

八都司不明教主為何在此時還問這等閒話，但命懸他手，只得啄米似的點頭。

衛昭將八都司拎高一些，在他耳邊輕聲道：「若是七都司的兩個兒子都暴病身亡，這七都司的圍子，是不是該由他唯一的堂弟來繼承呢？」

八都司腦中有些迷糊，想了半天才明白衛昭這番話的含義，大驚之後是大喜，忙不迭地點頭。衛昭冷哼一聲，鬆開了揪住他穴道的手。

八都司驚惶甫定，強自控制住劇烈心跳，回轉頭大聲道：「我是被脅迫的，是七都司脅迫我和他一起作亂，我是全力擁護族長的！」一邊說一邊跪下來不住磕頭。

衛昭見蘇俊已帶人將七都司的人悉數拿下，又見八都司的手下紛紛放下兵刃，知大局已定，呵呵一笑，回轉山海堂。

烏雅仍坐於椅中，見衛昭進來，只覺寒意浸膚，垂下眼去。

七都司身亡，八都司又已表明擁護族長的立場，這都司議政遂得以順利進行。眾人議定，各都司圍子抽調主力精兵，捐出錢糧，由族長統一分配指揮，具體作戰事宜，則全權交給聖教主裁斷。

衛昭根據早前收到的密報，估算著朝廷兵馬可能在十日之內由流霞峰西進或飛鶴峽南下，遂命三、四都司在議政結束後迅速趕回各自的山圍子，三都司的兵力向流霞峰部署，四都司的兵力則死守飛鶴峽。

一切議定，眾人離去，已是正午時分。山海堂外，衛昭靜靜而立，低頭望著七都司身亡倒地之處的那灘血跡，聽到背後傳來一急促、一輕碎的腳步聲，側身躬腰，「族長！」
烏雅牽著木風的手，面上仍是那溫柔的微笑，道：「教主神威，我母子日後還得多仰仗教主。」
衛昭垂下眼簾，淡淡道：「這是本教主應盡的本分，請族長放心。」
烏雅微笑點頭，「如此甚好，只是木風這孩子，一貫仰慕教主，想隨教主修習武藝，不知教主可願替烏雅訓育於他？」
衛昭沉默片刻，俯身將木風抱起，向後堂行去。
烏雅凝望著他修長的身影，苦笑一聲，面上閃過一絲不甘之色。

長風山莊，寶清泉草廬。
裴琰眉頭微皺，看著由寧劍瑜處傳回來的軍情，右手執著顆黑玉棋子在棋盤上輕輕磕著。棋盤上，他獨自下弈的黑白兩子已成對峙之勢，殺得難分難解。
他放下密報，正待喚人，安澄撲了進來，「相爺，老侯爺回來了！」
裴琰一驚，迅速站起，往外便走，安澄順手取過椅中的狐裘，替他披上。
「有無旁人看見？」裴琰面色有幾分凝重。
「沒有。」安澄答道：「老侯爺是自暗道進的碧蕪草堂，小的回東閣見到暗記，入了密室，才知是老侯爺回來了，老侯爺讓相爺即刻相見。」
裴琰沿山路急奔而下，直奔碧蕪草堂，安澄早將附近暗衛悉數撤去，親自守於東閣門前。
裴琰直入東閣後暖閣，右手按上雕花木床床柱，運力左右扭了數圈，「喀喀」聲響，床後的牆壁緩緩移動開來。他身形微閃，晃入牆後，將機關復原，迅速沿石階而下，經過甬道，進入密室，俯身下跪，「琰兒拜見叔父！」

原震北侯裴子放坐於棋臺前，修眉俊目，雖已是中年，身形仍堅挺筆直，一襲青袍，服飾簡便，僅腰間掛著黃色玉璫。他微笑著抬頭，和聲道：「琰兒快起來，讓叔父好好看看。」

裴琰站起，趨近束手道：「叔父怎麼突然回來了？難不成幽州那邊出了變故？收到琰兒的密信了麼？」

裴子放神情淡然，但看著裴琰的目光卻帶著幾分慈和，「幽州無甚大事，我收到你的信後便啓程，主要是回來取一樣東西。」

裴琰垂下頭去，他是遺腹子，一身武藝均是這位叔父所授，雖說幼年得益於母親爲自己伐毛洗髓，使自己的武藝青出於藍更勝於藍，但他對這位叔父總存著幾分難言的敬畏。

多年以來，裴氏一族謀畫全局，自己得建長風騎，得入朝堂，均與叔父之力密不可分，叔父雖貶居幽州，但一直掌握著全局。眼下此關鍵時刻，他祕密潛返長風山莊，只爲取一樣東西，這樣東西肯定關係重大。

裴子放呵呵一笑，「先別管那東西，那東西得入夜後再取。我們爺倆幾年沒見了，來，陪叔父下局棋，敘敘話。」裴琰微笑應是，在裴子放對面坐下。炭爐子上的茶壺「咕咕」而響，裴琰忙將煮好的茶湯倒於茶盅之中，過了兩道後，奉給裴子放。

裴子放伸手接過，微笑道：「不錯，你的棋藝有長進，掌控大局的本領也進步不少。」

「全蒙叔父教導。」裴琰恭聲道。

裴子放落下一子，「在對手不弱且局勢複雜的情況下，你能下成這樣，叔父很欣慰。只是，你行棋仍稍險了一些。」

「琰兒恭聆叔父教誨。」

「你能將東北角的棋子誘入死地，讓西邊的棋子拖住對手主力，然後占據中部腹地，確是好計策，不過，你得切記，你的對手非同一般。」
裴琰細觀棋局，額頭隱有汗珠沁出，手在棋盤某處上空頓了又頓，終輕聲道：「叔父是指這處麼？」
裴子放飲了口茶，呵呵一笑，「不錯，這是對手的心腹要地，但是，你縱使知道了他的心腹要地在何處，也無從落子啊！」
裴琰凝神思考，在西南處落下一子，裴子放略有喜色，應下一子，二人越下越快，裴子放終推枰起身，笑道：「走，天差不多黑了，我帶你去看一樣東西。」
二人沿山路而上，此時天已入夜，安澄早撤去所有暗衛。一路行來，裴琰輕聲將不便在密信中敘述的諸事細稟。裴子放靜靜聽著，待裴琰述畢，微笑道：「琰兒心思機敏，我也未料到，江海天臨死前還布了一個這麼久遠的局，埋下了一顆這麼深的棋子。」
「幸得叔父曾對琰兒敘述過星月教教主才會的輕功身法，看到衛三郎逃離的身法，琰兒才能肯定，在長風山莊自盡身亡者並非眞正的星月教主。」
裴子放輕歎一聲：「衛三郎隱忍這麼多年，而今既然開始他的全盤計畫，皇上那裡，他必做了周密的安排。皇上機警過人，但只怕要在自己最寵信的人身上栽一個跟斗了。」
寶清泉，熱霧騰騰。
裴子放立於泉邊，望著那一汪霧氣，目光深邃，慢慢寬去外袍，縱身一躍。不多時，他探出水面，身形帶起大團水霧，在空中數個盤旋，輕輕落於地面，將手中一個用厚厚油布包著的木盒遞給裴琰。
裴琰雙手接過，待裴子放脫去濕透的內衫，披了外袍在火堆邊坐定，方單膝跪於他身邊，將油布打開，取出木盒，奉與裴子放。
裴子放雙手拇指扣上木盒左右兩側某處的暗紋，「喀嗒」聲響，盒蓋應聲彈開。他低頭望著盒中物事，輕歎一聲，將那用黃色綾布包著的卷軸取出，遞給裴琰。裴琰面色沉肅，看了一眼裴子放，緩緩打開那黃色卷軸，眼光及處，面色數次微變，終復於平靜，在裴子放身前磕下頭去。

夜風寒勁，吹得潭面上的霧氣向二人湧來。裴子放將裴琰拉起，輕拍著他的手，歎道：「就是爲了這樣東西，你的父親死於暗算，叔父我也被貶幽州二十餘年。但正因爲這樣東西，他才不敢對我下毒手，你母親也得以安然將你生下。」

裴琰身形如石雕一般，沉默良久後忽然抬頭，眼神如劍芒一閃。裴子放彷彿見到利刃出鞘，長劍龍吟，耳邊聽到他清朗的聲音，「琰兒一切聽從叔父教誨。」

裴子放微微一笑，目光投向漆黑的夜空，「時機慢慢成熟，你也做得很好，但我總感覺尚不到關鍵時刻。這樣東西，我先交給你，等最關鍵時候，你再用來做最致命的一擊吧！」

二十七　鳳翔九霄

午後時分，冬陽曬入雪梅院的廊下。

江慈剛洗過頭髮，靠在廊下的竹欄邊，黛洗般的青絲垂於腰際。她有一搭沒一搭地梳著，看到淡雪手中的繡裙，笑道：「阿雪這幅『鳳穿牡丹』倒快過阿影姐的『水草鯉魚』。」

淡雪溫婉一笑，「我這個『鳳穿牡丹』可是要趕在新年前完成的，到時落鳳灘大集，也好穿上。」

江慈早由二人口中得知，月落族的新年與華朝的新年並不同日子，得在正月的十八。那時冬雪開始消融，春風首度吹至月落山脈，族人會於落鳳灘舉行大集，載歌載舞，共賀春回大地，並開始新一年的農作。

梅影低聲道：「阿雪，今年的落鳳灘大集，不包準會舉行了。」

「爲什麼？」

「我昨天去領果品時聽人說，朝廷要對咱們動兵，就是這幾日的事情。現下各都司圍子的精兵都在往咱們山海谷調動，教主忙得幾天幾夜沒睡過好覺，不斷兵增流霞峰和飛鶴峽。若是眞打起來了，還怎麼舉行落鳳灘大集？」

江慈一驚，「眞要打起來了麼？」

「是，看這些天前圍子兵來兵往的情形，這場惡仗是免不了的。」梅影有些激動，「華朝官兵欺壓了我們這麼多年，今時聖教主是月神下凡，定會帶領我們戰無不勝，擊敗他們的。」

江慈心中黯然，她從未親睹過戰爭，只聽師叔說過那血流成河、屍横千里的悲慘景象，想起這弱小的民族，終要面對強大的敵人，要用萬千族人的性命去爭取那一份自由和尊嚴，不由幽幽歎了口氣。

淡雪只當她是思念華朝的親人，因爲今日是華朝的新年之日，忙道：「江姑娘，今日是你們那邊的新年，梅影姐領了些魚和肉過來，不如我們今晚弄一道你說過的『合蒸肉』、『慶餘年』，你就當過年吧。」

江慈便把對戰事的擔憂抛在腦後，那畢竟不是她能置喙和改變的大勢，她笑道：「好啊，我還從未在別的地方過新年，今日有阿影姐和阿雪妹子相陪，也算咱們有緣。」

此時院門開啓，衛昭負手進來。淡雪和梅影用充滿敬慕的目光偷偷看了他一眼，極爲不捨地離去。

江慈知他又來逼自己寫那首詩，斜睨著他諷道：「聖教主倒有耐心，也挺有閒工夫的。」

衛昭連日忙碌，精神卻越顯抖擻，眸中光彩更盛，笑道：「我說過，我有的是時間和你耗，你一日不寫，我就一日不放你出這院子。」

江慈撫了撫長髮，覺已經乾透，口中咬住竹簪子，將長髮盤繞幾圈，輕輕用竹簪簪定。她邊簪邊道：「我在這裡吃得好，睡得香，倒也不想出去。」

衛昭立於江慈身前，她盤髮時甩出一股清香，撲入他的鼻中。他眉頭一皺，微微低頭，正見江慈脖中一抹細膩的白，如玉如瓷，晶瑩圓潤。他眼睛微瞇，胸口湧起莫名的煩躁與不安，欲待轉頭，猛然想起那夜在寶清泉，用錦被將這丫頭包住帶出來的情景，眼光徐徐而下。

江慈將長髮簪定，抬起頭來，見衛昭如石雕一般巍然不動，目光直盯著自己，亮得有些嚇人，唯恐他又欺負自己，不禁跳了起來，後退數步。

衛昭驚覺，冷哼一聲，拂袖出了院門。院外，白雪耀目，他呆立於院門，心中一片迷茫，那抹淨白如同嵐山明月嵌入他內心深處，再也無法抹去。

江慈覺衛昭今日有些怪異，正待細想，淡雪和梅影你推我搡地笑著進來。

江慈笑道：「什麼事這麼高興？」淡雪推了推梅影，笑道：「阿影姐忽然想起，她去年埋下的『紅梅酒』今日可以啓土，阿影姐明年就可以嫁人了！」

江慈聽她們說過，月落族的姑娘們在十六歲那年的某一日，會在梅樹下埋下一罈酒，一年之後開啓，喝下那紅梅酒後，便可正式談婚論嫁。她拍手道：「可巧了，原來阿影姐今日可開紅梅酒，我來下廚，弄上合蒸肉和慶餘年，咱們好好慶賀一番。」

梅影笑著做出噤聲手勢，江慈低聲道：「不怕，咱們三人偷偷地喝，不讓別人知曉就是，反正院子外守著的人也不敢進來。」

三人擠眉弄眼，到院中臘梅樹下挖出一小瓦罈，捧著奔入房中。

江慈將熱氣騰騰的菜肴端入石屋，淡雪、梅影笑著掩緊門窗，梅影直嚷餓了，夾了塊合蒸肉送入口中。江慈倒了一盞酒，梅影接過來一飲而盡，淡雪拍手笑道：「一飲紅梅酒，天長地久共白頭。」

梅影放下竹筷來揪淡雪的臉，淡雪笑著躲過。江慈飲了口酒，想起往年過年時與師姐嬉笑的情形，心中黯然，不過轉而想開，夾了塊魚肉狠狠嚼著，心中道：「師姐，你等著小慈，小慈總會回來的！」

三人雖知衛昭晚上不會過來，也無人再進這院子，唯忌著院外有防守之人，不敢高聲笑鬧，只小聲的說話、飲酒吃菜。待有了幾分醉意，江慈又教會淡雪、梅影猜拳，二人初學，自是有些笨拙，各自罰了數杯，便面上酡紅，話語也有些黏滯。

江慈看著二人情形，笑軟了斜趴在床邊，忽覺丹田一熱，消失了十餘日的內力似有恢復跡象。她心中一動，再飲了數口酒，果然內力更恢復了些，她心中暗喜，知已到十日之期，這紅梅酒又有活血功效，看來自己可以運起輕功了。念頭一生，她便控制著喝酒，待感覺到內力完全恢復，輕功可以使上八九成，倒在石床上，闔眼而睡。

四更時分，江慈悄悄坐起，見屋內燭火已快燒盡，淡雪頭枕在床邊，腳卻搭在梅影身上，梅影則趴在床上，鼻帶輕鼾，二人面頰均如塗了胭脂一般，分外嬌豔。

江慈下床，輕輕拉開櫳門，走至院中。迎面的寒風讓她腦中逐漸清醒，她知道院外必有看守之人，想逃走不是那般容易的事情。但這些時日來，淡雪、梅影時刻跟隨，讓自己連一探地形的機會都沒有，此時二人酒醉，自己總得將這院子四周的情形探明了，才好計畫下一步的出逃。

她在院子四周查看了一番，不由有些洩氣，這雪梅院有兩面臨著懸崖，建有石屋的一面則靠著峭壁，只有院門方向可以出入，而院門外時刻有星月教眾把守，欲順利出逃實是有些困難。

沮喪至極，江慈只得回轉石屋，依著淡雪和梅影沉沉睡去。

翌日便有了好消息，因大戰在即，人手不足，淡雪和梅影被調去正園子準備士兵的冬衣。二人早出晚歸，雪梅院中便只剩江慈一人，而自這日起，衛昭也未再來。

江慈心中暗喜，聽淡雪言道，聖教主將於三日後帶領主力軍前往流霞峰，知能否成功逃脫便在衛昭出發那日。她心中有了計較，便尋來竹簸箕，日日在院中用繩子拴了竹簸箕，捉了十餘隻麻雀，放於石屋邊暗養著。

終於等到衛昭帶軍出發那日，淡雪、梅影去了正圍子送別大軍。入夜時分，聽得正圍子方向傳來喧天聲響，似有千軍萬馬齊齊奔走，江慈知機不可失。她換上淡雪的月落族衣，揹上包裹，將連日來捉到的麻雀裝入竹籠中，運起輕功掩近院門，向外偷眼瞧去，只見院門的大樹下立著兩名值守的星月教眾。

其中一人焦躁不安地望向正圍子方向，口中恨恨道：「奶奶的，也不知這院子住的什麼人，害得我們不能上陣殺敵，還得窩在這裡！」

另一人也有些忿忿不平，「洪堂主把我們安排在這裡值守，明擺著就是不想讓我們立軍功，咱們夢澤谷出來的，終比不上山海谷的人！」

先前那人跺了跺腳，「唉，上戰場殺敵是指望不上了，索性回屋喝酒去。」

另一人罵道：「只惦著你肚子裡那幾條酒蟲！再難熬，也得等老六他們送完大軍來接崗，現在這裡就我們兩人守著，怎麼走得開？」先前那人縮了縮脖子，不再說話。

江慈掠過院中積雪，在臘梅邊站定，撿起石子遠遠地拋了出去。院門外，值守教眾一驚，奔至聲響地細看，江慈悄悄放出一隻麻雀，那教眾見是隻鳥兒，笑了一下，返回原處。

過得一陣，江慈再拋一顆石頭，待教眾奔來細看，她又放出一隻麻雀，如此數回，那兩名教眾終開口罵道：「哪來的野鳥，如此讓人不得安生！」

江慈知時機已到，拋出手中最後一顆石頭，聽到無人再奔至自己藏身處的牆外細看，運起真氣，攀上牆頭。見那值守教眾沒有面向自己這方，她迅速翻牆而出，再在地面輕輕一點，逸入院外西面的小樹林中。

王朗此次發兵清剿，其決心和規模，遠超過衛昭事先的估計。

流霞峰的激戰，已進行了數日。二、三都司的主力堅守於山圍之中，王朗派出的六萬兵馬久攻不下，王朗不顧傷未痊癒，親自上陣，輪番攻擊。衛昭未料王朗重傷之下猶如此強攻，無奈下也得應戰，總得熬過今冬，待明春各方一起行事，方能緩過氣來。

自華、桓兩國盟約簽訂以後，他便知形勢急迫，遂命教眾在桐楓河以北不斷挑起紛爭，又在朝中暗使計謀，才使華朝將桐楓河以北疆域轄權交予桓國一事拖至明春，就是不願月落山脈被一分爲二，那時再想統一族人，難上加難。

正因爲此原因，他才不及等到明春，便於嚴冬返回月落山，刺傷王朗，將族長暗算，推了少族長上位，逐步將兵權掌於手中。原本想著王朗受傷後，只會小範圍的「清剿」，只要自己率兵挺至明春，就可大功告成。

但王朗卻在傷勢未癒的情況下，親率六萬大軍前來攻打流霞峰，實脫出他預料。

他思慮再三，又與大都司等人反覆商議，決定由他和大都司先率全族的主力五萬人馬前往流霞峰，讓王朗以爲月落族的主力全集中於流霞峰，誘其北行攻打飛鶴峽。當王朗撤兵北行後，衛昭再率這五萬人中的兩萬精兵趕至虎跳灘，而大都司洪夜則率兩萬人馬布於虎跳灘下遊的落鳳灘，僅留一萬人留守流霞峰。

衛昭又命堅守飛鶴峽的四都司在正月初八夜間假裝敗退，將王朗軍力引往虎跳灘。只要衛昭所率人馬能在初八黎明前趕至虎跳灘，當可布下雪陣，與四都司的人馬前後夾擊，給王朗重創。而王朗大軍在虎跳灘遭到重創、北歸之路被切斷後，必想到東面的流霞峰其實兵力不足，定會沿落鳳灘逃回長樂城，到時再在那處，讓大都司與二都司的兵馬予以合擊，讓其徹底潰敗。

當衛昭和大都司率領的五萬人馬趕至流霞峰，這處的激戰已進行得十分慘烈，二、三都司的人馬傷亡較重，見聖教主和大都司終率大軍趕到，山圍子內一片歡呼。而此時，王朗手下頭號大將徐密正率萬餘人如暴風驟雨般地奔上山坡，攻向石圍。

衛昭看了一眼迎上來的二、三都司，也不多話，右手一攤，蘇顏會意，遞上弓箭。

衛昭大喝一聲：「先鋒軍，隨我來！」

他猿臂舒展，手抱滿月，背挺青山，彎弓搭箭，身形躍出石圍，捲起一帶雪霧，手中勁箭如流星般逐一射出。「鐺鐺鐺」連聲巨響，盾牌破碎，利箭激起漫天血雨，徐密身邊士兵紛紛倒下，徐密左右揮舞長矛方才避過他這一輪箭勢。

不待徐密收招，衛昭彈出背後長劍，劍氣如同月華瀉下，瞬間穿破數名華朝士兵的胸膛，無數血絲濺起，衛昭素袍染血，越顯猙獰。他一路衝殺，帶著先鋒軍千餘人左衝右突，將徐密的萬餘人衝得陣腳大亂。

遠處華朝大軍之中，王朗臉色略顯蒼白，見那道白影如鬼魅般將自己的手下殺得無還手之力，不由皺了皺眉，問：「此人便是蕭無瑕麼？」他身邊一人答道：「應該就是此人。」

王朗輕歎一聲：「倒是個人才，可惜……」他將令旗一舉，號角聲響，徐密的萬餘人如潮水般後退，數千名弓箭手上前，箭雨滿天，射向石圍前的衛昭和先鋒軍。

衛昭忽然大喝一聲，震得所有人耳中一痛，趁這一剎那，他提劍逸出十餘丈，劍氣冷煞悲狂，自華朝箭兵之中殺出一條血路。

他再喝一聲，身形如箭，躍向半空，落下時雙手握劍斬下，如劈波斬浪，雄渾的劍氣似水波一圈圈蕩漾開去。箭兵後正急步退後的徐密手中長矛鏗然落地，口中狂噴鮮血，向後飛出十餘步，倒於雪地之中。

石圍內外，兩軍將士，親眼目睹他這如山如嶽的一劍將徐密斬殺，個個瞠目結舌。待華朝官兵反應過來，衛昭已反身而退，如孤鴻掠影自箭兵肩頭疾點而過，落回先鋒軍陣中。先鋒軍訓練有素，舉起盾牌，護著衛昭回到石圍之後。此時，石圍後的月落族人才發出如雷的喝彩聲，而華朝官兵則士氣受挫，默然回撤。

衛昭傲然立於石圍之上，劍橫背後，斜睨著敵陣，喝道：「王朗奸賊，我月落族人將血戰到底，誓雪前恥！」他接過蘇顏遞上的彎弓，箭如流星劃破長空，直奔王朗帥旗。

王朗面色微變，右掌猛然擊上旗杆，旗杆向右移出數尺，白翎箭帶著風聲自旗杆左側呼嘯而過，嚇得帥旗後的士兵紛紛低頭。

王朗盯著那孤傲的白色身影看了一陣，微微而笑，「也罷，先讓你得意兩日！」他將手一揮，「收兵！」

衛昭自石圍上躍下，月落族人看著他的目光如敬慕天神一般。他素袍之上血跡斑斑，那上面染的都是仇敵之血，這血漬讓月落族人振奮不已。

衛昭將弓遞給蘇顏，向大都司洪夜道：「估計王朗入夜後會悄悄撤出主力趕往飛鶴峽，只待他一動，咱們跟著出發。」

大都司點點頭，衛昭又轉向二都司，「王朗必會留一部分人馬在此處虛張聲勢，你也留些人應應景。其餘的人，都於初八夜間趕到落鳳灘，與大都司一起阻擊王朗。」

二都司面色沉肅，「謹遵聖教主吩咐。」

天上雲層閉月，衛昭素袍假面，帶著兩萬精兵在無邊無際的雪夜疾行。

據暗探傳來的消息，入夜後，王朗便悄悄將主力後撤，直奔飛鶴峽。衛昭再派蘇顏趁夜前去探營，確定王朗主力已撤走，便即刻和大都司各帶兩萬人馬，分別趕往虎跳灘和落鳳灘。

由於月落山脈山高林密，積雪頗深，駿馬名駒也無法在這雪夜奔行，故這次設伏於虎跳灘，全軍並未騎馬，只步行前往。這兩萬精兵是衛昭自各圍子派來的士兵中挑選出來，由蘇顏等人集中訓練了十日，方才投入這次決定性的戰役之中。

四周雪林冰山白茫茫一片，精兵們士氣如虹，戰意昂揚。衛昭卻有些擔憂大都司率領的兩萬人馬能否守住落鳳灘。王朗身經百戰，即使在虎跳灘潰敗，大都司的兩萬人馬也不一定能敵得過他，只望二都司能眞正聽從號令，將流霞峰的部分兵力抽出來馳援落鳳灘，方有勝算。

他身形飄逸，在雪夜中疾行。蘇俊、程盈盈跟在他背後，二人均黑巾蒙面，背後強弓利羽，蘇顏則位於後軍隊末。兩萬人在雪地裡宛如火龍，隨著這白色身影向北蔓延。

當天空露出曙光，衛昭在一山谷入口停住腳步，族人中最熟悉地形的翟林走過來，恭聲道：「稟聖教主，過了這處山谷的一線天，再上天柱峰，就是那條閣道了。」

衛昭點點頭，「既已到閣道口，大家都歇歇吧，一個時辰後再出發，儘快於日落前全部通過閣道，明早定得趕抵虎跳灘。」

蘇顏傳令下去，士兵們個個面露倦色，但仍陣容整齊，用過乾糧後，或坐或靠住樹幹，闔目休憩。

衛昭端坐於峽谷口，凝神靜氣，吐納呼吸，半個時辰後猛然睜開雙眼，躍上樹梢。

蘇俊等人知有變故，齊齊抽出兵刃，衛昭落下後，壓了壓手。不多時，數十人自南面的山坡奔到峽谷口，當先一人青紗蒙面，身形婀娜，正是留守山海谷的小聖姑程瀟瀟。

衛昭看著程瀟瀟跪於面前，道：「山海谷出事了麼？」

程瀟瀟的聲音有些顫抖，「稟教主，族長和山海谷都安好，只是，江姑娘逃走了！」

衛昭雙眼一瞇，轉而笑道：「她倒是有本事，居然逃得出山海谷！」

「江姑娘是於大軍出發那夜，趁亂逃走的。屬下帶人沿足印搜尋，在一處山崖邊發現了江姑娘的靴子，不知是墜落山崖抑或另尋路徑逃走，其後即未再發現她的蹤跡。屬下知她關係重大，前來稟報。屬下辦事不力，請教主責罰。」

衛昭淡淡道：「算了，等大戰結束，我自有辦法把她抓回來。」

雪峰起伏，山間樹枝凝成晶瑩的冰掛，銀裝素裹。寒風拂過山野，吹得江慈有些站立不穩。

她一夜奔逃，看不清楚路途，只是依據天上星象，向北而行。她知衛昭正率軍向東前往流霞峰，而那處戰事激烈，自己若選擇東歸華朝，肯定凶多吉少，只有北過桐楓河跨越國境，由桓國境內迂迴南下，才是上策。

她在雪地山林間穿行，所幸謀畫多日，穿足了衣物亦帶了足夠的水糧，一時倒也不愁，只是當黎明來臨，回頭見雪地中兩行長長的足印，方知大事不妙。

這時曙光大盛，她看清自己竟已奔至一處山崖邊，山崖下是深深的谷溝。江慈想了想，將靴子脫落下來，將山崖邊的積雪弄成抓滑跡象，又從背上包裹中取出備下的繩索，遠遠拋出，捲上崖邊一棵大樹，雙手運力，借繩索之力斜飛上樹幹，再將繩索拋向遠處的另一棵大樹。如此在樹間縱躍，待筋疲力盡，方下到山腰處。

江慈在山腰處休息了一陣，知尚未完全脫離險境，只得再打起精神，往密林中行進。密林中，雪及沒膝，江慈長靴已除，只餘一雙薄薄的繡花鞋，雪水自鞋中滲入，她雙足漸感麻木，亦只得咬牙繼續向北而行。

夜幕降臨，四周高峰峻嶺在夜色中模糊不清，風嘯過耳，宛如鬼哭狼嚎，她不由有些害怕，擦燃火摺子，尋來一堆枯柴，點起火堆，才略覺心安。

這夜，她便靠著火堆邊的大石闔目而眠。由於聽淡雪說過，這月落山脈有野豹出沒，心中害怕，便睡得極不踏實而數次驚醒，見火堆將滅，又重新拾來枯柴，待天濛濛亮，用過一塊大餅，重新上路。

如此行了兩日，這日黃昏時分，江慈趕到了桐楓河邊。

桐楓河兩岸，白雪皚皚，但由於已是正月，河中凍冰漸始消融，大塊的積冰在河面上緩緩移動，江慈原本想從冰面而過的念頭就此破滅。無奈下，她只得沿河岸而行。行出不遠，她眼神忽亮，只見前方一道索橋，如雨後長虹飛架於桐楓河南北。橋上竹纜為欄，橫鋪木板，寒風颳過，索橋輕輕搖擺。

江慈大喜，飛奔上索橋。她不去低頭看橋下積冰和著河水移動的可怕景象，運起輕功，沿竹欄穩步而過，終到達了桐楓河之北。

此時天色已黑，江慈過得桐楓河，便心安了幾分，正欲點燃篝火，忽聽遠處傳來人聲。她面色一變，急速攀上索橋邊的一棵大樹，將身形隱於樹冠中。不多時，人聲越烈，夾雜著甲冑和兵刃的輕擦聲，漸漸聲音越大，竟似有上萬人馬正往這桐楓河北岸河灘邊的密林之中集結。

江慈大驚，初始以為是衛昭派兵來捉拿自己，轉念一想，衛昭即使要捉拿自己，亦不可能這般興師動眾，遂按住驚慌之情，隱於樹梢，望向樹下。

再過一陣，人聲漸漸清晰，一嗓門粗豪之人喝道：「董副將有令，全體原地用糧休息！」

上百人在江慈藏身不遠處的樹下坐定，用著乾糧並開始閒聊。

「總算順利趕到這虎跳灘，大家今晚好好休息，明早等蕭無瑕一到，咱們可有一場惡戰。」一人似是那董副將，也是這萬千軍馬的為首之人。

「是啊，星月教主可不是吃素的，又帶了兩萬人馬，雖說咱們在此設下埋伏，也不知能否順利將他擒下。」

一人笑道：「他蕭無瑕再厲害，咱們占據著地利，只待他一過河，便斬斷索橋，他逃都沒有地方逃！」

「吳千戶說得是，咱們只要能將他困在這虎跳灘前，待王將軍全殲落鳳灘的月落人，定會回援我們，那時，他就是長了翅膀也逃不出！」

「哈哈，蕭無瑕再神勇，也絕想不到是誰把咱們放過流霞峰，又是誰告訴我們祕道，直奔這虎跳灘的！」

一人笑得有些淫邪，撞了撞旁邊之人的肩膀，「唉，你說，傳聞中蕭無瑕貌美無雙，要是能將他擒下，也不知是哪位將軍有福氣享用！」

「你有點出息好不好，山海谷大把漂亮姑娘，只要此戰得勝，咱們便可直搗山海谷。王將軍都應承了，只要大夥能攻到山海谷，屠谷三日，至於姑娘們，大夥盡情享用，就怕你應付不來！」

數百人哄然大笑，言語漸涉下流，樹上的江慈緊緊閉上了眼睛。

她做夢都沒想到，自己出逃，竟會撞上這驚天的陰謀。聽他們的言談，衛昭正率兵前往這虎跳灘，若是他真的中伏兵敗，這些華朝官兵將血洗山海谷，難道老天爺就真的不給可憐的月落族人一線生機麼？

還有，若是這些華朝官兵真的拿下山海谷後屠谷三日，那淡雪和梅影，她們能逃過這一劫麼？她們本就夠可憐的了，難道，還要被這些禽獸般的官兵所污辱麼？

她的手指輕輕撫上右腕上兩只銀絲鐲子，眼前浮現淡雪和梅影巧笑嫣然的面容，心中一陣陣緊痛。

夜，漸漸深沉，江慈坐在樹上，一動不動，四肢漸漸麻木。

樹下的華朝官兵，響起或輕或重的鼻鼾聲，巡夜士兵在樹下走來走去。夜色下，他們手中的長矛反射出陰森的光芒，江慈覺得似有閃電劃過心頭，讓她想即刻跳下樹梢，奔到山海谷通知淡雪和梅影趕快逃跑；但這閃電，又讓她定住身形，不敢發出任何聲響，以免被官兵們發現自己的形蹤。

寒月，一分分向西移動。

日旦時分，江慈聽到樹下官兵齊齊移動，眼角瞥見他們均將身形隱入密林之中，這麼多人埋伏下來，竟聽不到一絲聲響，足見訓練有素，是王朗手下的精兵。

天，一分分露白。

破曉時分，一名探子急奔入林中，江慈隱約聽到他稟道：「蕭無瑕的人馬已到了五里之外！」

那董副將沉聲道：「大家聽好了，待蕭無瑕和其大半人馬一過索橋，號角聲響便發起攻擊，吳千戶帶人去斬斷索橋，其餘人員注意掩護！」

林中，重歸平靜，江慈瞪大雙眼，透過樹枝空隙，望向桐楓河對岸。

茫茫雪峰在旭日映照下幻出絢麗的光彩，但在江慈看來，那光芒卻直刺心扉。

桐楓河對面，河岸的雪地上，成群的黑影由遠方趨近。眼見著那道熟悉的白色身影帶著萬千人馬如流雲般越行越近，眼見著那些月落族人正一步步向死亡靠近，眼見著衛昭就要當先踏上索橋，江慈心中激烈掙扎——若是自己躲於樹上不動，只要熬到這場大戰結束，便可獲得自由重歸華朝，回到那念茲在茲的鄧家寨，便不用再被人禁錮，不用再受人欺侮。——若是自己於此刻向衛昭示警，他便能免中埋伏，便能回援落鳳灘，保住山海谷，淡雪和梅影，便能平平安安，不用受人污辱。——可是，自己若出去示警，必會被這邊的華朝官兵發覺，到時，他們只需一枝利箭便可射殺自己。——淡雪和梅影固然可憐，月落族人固然可悲，但若要自己付出生命去救他們，值得麼？

今時此刻，到底該怎麼辦呢？

河對岸，晨陽下，衛昭素袍飄飄，終舉步踏上索橋。

虎跳灘，索橋下，冰河緩緩移動，索橋邊的大樹上，江慈緩緩閉上雙眸。

晨陽自樹間的縫隙透進來，江慈猛然睜開雙眼，咬咬牙，心中暗道：「只有賭上一把了。月落之神，保佑我，保佑你的族人吧！」

她提起全部真氣，如一片羽毛般飄落於地。林間的華朝官兵尚未看清，她已步履歡快，步上索橋。

不知何時，她的竹簪掉落，河風將她的烏髮高高吹起。她凝望著索橋對面停住腳步的衛昭，邊行邊唱，歌聲愉悅歡暢，彷如一位山村姑娘，清晨於山間清溪邊，放聲對歌：「太陽出來照山坡，晨起來將魚兒捉；山對山來岩對岩，天上下雨落入河；河水清清河水長，千里長河魚幾多；妹妹我來捉幾條，回家給我情哥哥；只等月亮爬山坡，哥敲門來妹對歌。」晨光投射在她身上，那百褶長裙上的鳳凰隨其步伐宛如乘風而舞，她面色漸轉蒼白，嘴唇隱隱顫抖，歌聲仍鎮定不變。

林間，華朝官兵們有些驚呆，許多人舉起了手中弓箭，卻因爲長官沒有下令，又齊轉頭望向董副將。

董副將腦中快速飛轉：「這少女不知從何處鑽出，但看她揹著包裹、步履輕鬆的模樣，只像個山村少女清晨無意經過此處，若貿然射殺她，豈非明擺著告訴蕭無瑕這邊有人設伏？——倘她眞只是普通山村少女，只要她過了索橋，蕭無瑕仍會按原計畫過河，那時己方猶可進行伏擊。——可如若這少女是向蕭無瑕示警，豈不令自己功虧一簣？」

他腦中快速思考，權衡再三，終覺得不能射殺這少女，明著告訴蕭無瑕有人設伏，反正她若是示警之人，眼下射殺她也遲了，遂輕聲道：「等等看，情形不對，再將她射殺！」

那廂，衛昭站於索橋對面，靜靜望著江慈一步步走近。

絢麗的晨光鋪於冰河之上，反射出耀目的光采。萬千將士的注視之下，那名少女烏髮飄揚，裙裾輕捲。她的歌聲如同山間百靈，宛轉明媚，純淨無瑕。她從索橋那端行過來，腳步輕盈，她的臉龐宛如一塊半透明的美玉，浸在晨光之中，如秋水般的眸子凝在衛昭身上，不曾移動半分。

她走到索橋中央，歌聲漸轉高亮，調子一轉，唱的竟是一首月落族的傳統歌曲〈明月歌〉：「日落西山兮月東升，長風浩蕩兮月如鉤；梧桐引鳳兮月半明，烏雲遮天兮月半陰；玉殿瓊樓兮天月圓，清波起蕩兮地月缺；明月皎皎兮照我影，對孤影歎兮起清愁；明月圓圓兮映我心，隨白雲飄兮去難歸；明月彎彎兮照萬里，千萬人泣兮思故鄉。」

晨光中，兩萬月落族人默默看著她從索橋對面漸行漸近，而衛昭也終於聽到她在曲詞間隙所發出極快極輕的聲音：「有埋伏！」他眼簾輕輕一顫，面上神色保持不變，待江慈再走近些，終抬眼望了望對岸。

林中，董副將聽到江慈在唱那句「千萬人泣兮思故鄉」時，咬音極重，便覺事情要糟，及至見衛昭往這邊掃了一眼，知行跡敗露，憤恨下搶過旁邊兵將手中的弓箭，吐氣拉弓，黑翎箭呼嘯而出，直射江慈背心。

破空聲一起，衛昭身形已動，直撲數丈外的江慈，在利箭要射入江慈後背的一剎那，將她抱住，滾倒在索橋之上。

寒風吹過，索橋翩翩翻翻，衛昭抱著江慈眼見就要滾下索橋。蘇俊疾撲而出，程盈盈同時擲出袖中軟索，蘇俊一手拽住軟索，身形急飛，抓向衛昭。電光石火之間，衛昭扭腰轉身，左臂仍抱住江慈，右手則借蘇俊一拉之力，於半空之中騰躍後飛，白色身影如雁翔長空，落回陣前。

萬千箭矢由對岸射來，月落族人齊聲怒罵，盾牌手迅速上前，以盾牌掩護弓箭手還擊。

衛昭迅速放下江慈，劍起寒光斬向索橋。蘇俊、程盈盈等人會意，在弓箭手的掩護下，齊齊揮劍，片刻後索橋斷裂，轟然倒向桐楓河對岸。

衛昭喝道：「箭隊掩護，後隊變前隊，全速前進，趕往落鳳灘！」他右臂舒展，攬上江慈腰間，將她拋給程盈盈，身形如一道白箭，向東疾奔。

程盈盈牽住江慈，隨即跟上。月落族人乍逢劇變，卻也不驚慌，隊形井然，後隊變前隊，轉向東面落鳳灘方向急行。

河對面，董副將恨恨地擲下手中強弓，喝道：「傳令下去，速速趕回落鳳灘！」

他言語厲然，但心中卻知，己方是被月落族二都司的人暗放過流霞峰，又是沿桐楓河北面崎嶇難行的祕道，提前數日出發，才趕至這虎跳灘設伏，要想搶在蕭無瑕之前趕回落鳳灘，實是難如登天。

江慈被程盈盈拉著跟在衛昭背後急奔，她數日逃亡，一夜未睡，剛才又在生與死的邊緣掙扎走了一遭，漸感虛脫，腳步踉蹌，虧得程盈盈大力將她拉住，才未跌倒在地。

衛昭回頭看了一眼，見大隊伍被自己遠遠甩在背後，縱是內心焦慮，擔憂著落鳳灘的大都司洪夜及那兩萬人馬，卻也知著急無用，饒是自己再武藝高強，一人趕到亦毫無用處。他停住腳步，待程盈盈拉著江慈奔近，右臂用力，托上江慈腰間，江慈在空中翻滾，落下時伏上他肩頭。

衛昭背上多了一人，仍步履輕鬆，在雪地中行來宛若輕風拂過，背後兩萬將士提起全部氣力，方能勉強跟上他的步伐。

寒風拂面，江慈伏於衛昭背後，長髮在風中飄捲，偶爾拂過衛昭面頰。

衛昭皺了皺眉，冷聲道：「把你的頭髮拿開！」

江慈有些赧然，忙將飄散的長髮緊束於手心，這才發覺自己的包裹落在索橋上，全身上下找不到一樣可以束髮的東西。她想了想，撕下一截衣襟，將長髮緊緊綁住。

衛昭急奔不停，忽問道：「爲什麼這樣做？」江慈一愣，轉而明白過來，沉默片刻，輕聲道：「我偷聽到他們說，要血洗山海谷，屠谷三日。想到淡雪和梅影，我就……」

衛昭眼神漸轉柔和，卻未再說話。

落鳳灘，位於月落山脈東部，流霞峰以西，桐楓河畔。

上古相傳，月神騎著七彩鳳凰下凡，在與肆虐人世間的羅刹搏鬥中，這隻七彩鳳凰厥功至偉，屢次救主，也屢次拯救了處於水深火熱中的月落族人。

但某一年，洪魔肆虐。月神在與洪魔的搏鬥中受傷，七彩鳳凰爲阻洪魔對主人狠下毒手，投身於烈焰，終將洪魔逼退，但牠卻在烈火中盤旋而去，再不曾回返。後人將牠涅槃歸去之地稱爲「落鳳灘」，只望牠能再度降落人間，尋回舊主，再度拯救月落族人。

數百年來，月落族人對落鳳灘懷著深厚情感。年年正月十八，月落族的新春之日，俱會在此處舉行盛大集會，點燃火堆載歌載舞，以祈求鳳凰能再度降臨。

申時初，經過大半日的急行軍，衛昭終帶著兩萬人馬趕抵落鳳灘。冬陽下，落鳳灘彷如人間地獄，兩岸雪峰如同無言向天的雙手，質問上蒼，爲何要上演這一幕慘劇。

大都司洪夜渾身是血，帶著約五千餘名士兵在桐楓河邊拚死搏殺，他腳步踉蹌，右肋下的刀口深入數寸，鮮血仍在汩汩而出。

他率兵趕到落鳳灘，知王朗即使中伏潰敗，也是一日之後的事情。見士兵們有些疲倦，遂命紮營休息，誰知剛剛紮好營地，便被突如其來的漫天火箭包圍。猝不及防下，倉促應戰，雖然這兩萬人誓死搏殺，但仍被數萬華朝官兵步步逼至河邊，眼見月落士兵們一個個倒下，洪夜眼前逐漸模糊，手中長劍茫茫然揮出，若非身邊親兵將他扶住，他險些栽入冰河之中。

他失血過多，漸漸脫力，眼前幻象重重，在這生死時刻，往事齊齊湧入心頭。

十歲那年，阿爸將體弱的自己祕密送至星月谷，拜當時的星月教主爲師；十一歲那年，大師兄與二師姐成親，星月谷內歡聲笑語，張燈結綵，自己笑著向他們討要喜糖；十九歲那年，大師兄死於與桓國人的激戰之中，二師姐爲報夫仇，拋下一雙兒女，以歌姬身分前往桓國，卻再也沒有回來；二十二歲那年，師父離世，三師兄江海天接掌星月教，自己也終要回去繼承夢澤谷。臨別前，三師兄牽著大師兄的一雙兒女，凝望著自己，「阿夜，你等著，我要培養一個我們月落族的英雄。十多年後，他會如月神下凡拯救我們族人的，到時，你就助他一臂之力吧。」

後來，三師兄也死了，一個叫蕭無瑕的年輕人繼承了教主之位；之後，平無傷來找自己，自己便知道，那個蕭無瑕，大師兄的兒子，終於要回來了。自己等了十餘年，終於將他盼回來了，終於盼到了月落一族振興的時候。可爲什麼，二都司要出賣族人，放敵軍過流霞峰？自己壯志未酬，沒能親眼看到月落建國，就要離開這塵世，不甘心啊，實在不甘心！

不甘之情漸盛，洪夜噴出一口鮮血，使出的全是搏命的招數，帶著士兵們攻向敵軍。激戰中，他的劍刃因砍殺太久，劍刃捲起，他的面色也越來越駭人，眼神卻越來越亮。終於，當他手中長劍刺入一名華朝千戶的胸口，一桿銀槍也刺入了對方小腹。他口吐鮮血，耳邊聽到一聲熟悉的怒喝，抬起頭，拚盡最後力氣睜開模糊的雙眼，終又再見到那道白色身影。他心中一鬆，微微笑著，緩緩地跪落在落鳳灘上。

衛昭瘋狂了一般，迅捷無倫地掠過重重敵兵，劍尖激起滿天飛血。他落於洪夜身側，將那漸漸冰冷的屍首抱住，雙手顫抖，望著洪夜臉上那抹略帶欣慰的微笑，如有萬箭鑽心，不禁仰天悲嘯。

多年前，姐姐含著欣慰的微笑死於自己的面前，多年之後，六師叔又含著欣慰的微笑，倒在這血泊之中。衛昭只覺茫茫大地，自己又少了一個至親之人，撕心裂肺的疼痛再度湧上，爲何，上天要給自己這般痛苦的人生，爲何要讓自己一次又一次經歷生離死別！

他猛然抬頭，仰天長喝，袍袖展動，劍隨身起，衝入敵軍之中。他手中長劍幻出千萬道劍影，氣芒嗤嗤，所向披靡，劍鋒過處華朝官兵紛紛倒下。

殺聲震天，趕來的兩萬月落族人睹見落鳳灘的慘況，逐漸殺紅了眼，血水和著雪水不斷淌入桐楓河中。華朝官兵人數雖眾，但先前與大都司洪夜所率的兩萬人馬激鬥了半日，傷亡較重，又早已精疲力竭，被衛昭帶來的這兩萬生力軍一衝，不久便陣形大亂，步步後退。而最教他們心驚的，還是陣中那道左衝右突的白色身影。那身影如魅如魔，又如天神一般，他殺到哪處，哪處便是屍橫遍地，血流成河。

王朗立於落鳳灘東側的小山崗上，皺眉看著落鳳灘上的一切，搖了搖頭，道：「傳令下去，撤軍！」號角聲震天而響，華朝官兵紛紛向下游撤退，衛昭帶著月落族士兵窮追不捨。華朝官兵且戰且退，一路上不斷有人倒下，不斷有人跌入冰河之中。

王朗眉頭緊鎖，恨聲道：「這個蕭無瑕，還眞是不能小覷！」

他身旁一人道：「將軍，咱們還是先撤吧，此處太凶險了。雖說太子爺希望我們能拿下山海谷，平定西境，但看現下情形，只能把清剿之事往後壓一壓了。」王朗知師爺所言有理，只得拂袖轉身，在親兵的簇擁下往東而去。

華朝軍一路潰敗，月落族人卻越殺越勇，他們心傷上萬族人的傷亡，奮不顧身，將華朝官兵殺得丟盔棄甲，潰不成軍。

衛昭腦中逐漸恢復清醒，一路趕來，他已想明白，定是二都司勾結了敵人，早放了敵軍至虎跳灘設伏。待自己和洪夜出發後，又放了悄然折返的王朗過流霞峰，此時若是窮追不捨，萬一王朗殘部和二都司的人馬聯合反攻，勝負難測，況且還有那設伏在虎跳灘的人馬正趕過來。

他身形飄飛，追上數名華朝士兵，將他們斬於劍下，傲然立於桐楓河畔、落鳳灘上，朗聲喝道：「華朝賊子聽著，我月落一族，定與你們誓不兩立，誓要報這血海深仇！」

寒風中，衛昭凜冽的聲音激蕩在桐楓河兩岸，所有的月落族人都肅然而立，齊齊凝望著他。只見他素袍飄捲，白袍上血跡斑斑，在陽光照射下似有七彩光芒閃動。眾人宛如見到月神駕著七彩鳳凰重降臨塵世，再度拯救月落族人……

一時間，桐楓河畔寂靜無聲，人們耳畔只聽見冬日的晨風呼嘯而過。良久，靜默的人群中忽然傳來了歌聲：「鳳兮凰兮何時復西歸，翽翽其羽振翅飛，月落梧桐生荊棘，不見鳳凰兮使我雙淚垂。鳳兮凰兮何時復西歸，明明其羽向陽飛，四海翱翔鳴即即，失我君子兮使我中心如沸。鳳兮凰兮於今復西歸，煌煌其羽沖天飛，直上九霄睨燕雀，開我枷鎖兮使我不傷悲。」

初始時只聞見一人獨唱，漸漸地不斷有人聲加進，最後落鳳灘上所有的人都高聲地唱和起來。高亢嘹亮的歌聲迴盪在屍橫遍野的戰場上，響徹雲霄。

江慈默默立於落鳳灘邊的大樹下，聽著這質樸而誠摯的歌聲，知曉他們乃打從心底裡敬畏佩服這位星月教教主，她見劫後餘生的月落族人都是滿臉的疲憊、滿身的血污和泥漬，可所有人均是一臉慷慨而崇敬的表情。她不禁心頭一熱，淚水奪眶而出。

她看向衛昭，那道高挑俊拔的身影一動不動，風捲起他的白袍，袍上濺滿點點鮮血，恍如雪地上點點紅梅。他的臉藏在人皮面具之後，看不出任何表情，只有那雙寶石般的眸子微微地閃爍。他聽著族人的歌聲，忽然低首看了眼染滿鮮血的白袍，輕笑一聲：「煌煌其羽？我的羽毛，早就髒了……」

二十八　暗流洶湧

落鳳灘一役，華朝與月落族各有傷亡。

王朗率著殘部，與設伏於虎跳灘的人馬會合後回到長樂城，未再西征。

二都司見王朗退兵，知大事不妙。此時他出賣族人的醜行敗露，引起族內公憤。流霞峰駐軍兵變，二都司帶著親信連夜逃走，被三都司率人於雪松嶺捉返。

衛昭知王朗退兵後，必將請示太子和董學士是否再度西剿，而朝廷要增兵前來亦需時日，己方當可有一段時間的喘息。那時冰雪消融，只要計謀得成，月落族便可暫保安寧。他將兵力重新部署，派精兵駐紮於流霞峰與飛鶴峽，又派出暗探時刻打探王朗動向，方押著二都司，奉著大都司洪夜的靈柩返回山海谷。

此時，九位都司僅餘五位，這幾位均懾服於聖教主的神威，誓死追隨，一力效忠，衛昭終將族內大權掌控於手心。

月落族此役雖然傷亡慘重，卻是近百年來首次將前來「清剿」的華朝官兵趕回長樂城。以往華朝派兵「清剿」，縱是只有幾千人，同樣長驅直入，燒殺搶掠，打得月落族人最後不得不以加納貢物、獻上族民為奴婢來求和。今番能將王朗六萬大軍趕回長樂城，實是上百年首次揚眉吐氣。

衛昭知時機已到，趁族人士氣高漲而民心向歸，於族長和都司議政上提出了改革軍政。

眾人商議後，最後採納六都司之提議，由聖教主出任聖將軍一職，所有兵力均由聖將軍一人統領指揮，集中於山海谷進行訓練，再由其根據形勢調派到各地。而原先的各都司各收其屬地的賦稅制度亦有所變革，死去那四位都司山圍子的賦稅由族長統一徵收，餘下幾位都司手上的稅糧除保留一半做為己用外，其餘均上繳至族內，做為養兵之用。

待諸事忙定，已是七日之後。接著又為大都司及陣亡將士進行了公祭，將二都司斬於祭臺之上。

親眼目睹大都司的靈柩下葬，二都司血灑祭臺，萬千族人伏地慟哭，衛昭身心疲倦，悄悄離開了公祭現場。他緩緩行來，眼前不停閃現著落鳳灘滿地屍首及遍地血跡。夜風吹過，松樹上響起融冰之聲，數滴雪水滴上衛昭手背，他將雪水輕輕吮去，徐徐走向雪梅院。

江慈隨衛昭大軍回到山海谷，仍住回了雪梅院。淡雪和梅影早聽族人講述她孤身過索橋、冒死示警、救族人於危難的事情，見她回來便將她抱住，放聲大哭。二人閉口不談江慈逃走一事，江慈知衛昭暫時還不會放自己自由，這回是她心甘情願選擇回來，也不後悔自己當日的決定，逃走的心隱隱淡去，安心在雪梅院中住下。

這夜，三人正在石屋內吃菜喝酒，衛昭走了進來，淡雪和梅影低頭離開。

聽得二人腳步聲出了院子，院門輕輕關上，衛昭將面具取下，長吁一口氣，坐於椅中，抓起桌上酒壺猛灌了幾口。

江慈那日戰場上見衛昭抱著洪夜屍首仰天悲嘯的情景，至今難以忘懷，知今夜公祭大都司，他內心傷痛。她靜靜地望著他，忽開口道：「三爺，你打算一直這麼戴著面具過下去麼？」

衛昭並不回答，只管吃菜喝酒。江慈也不再問，見他杯乾，便替他滿上。衛昭飲得幾杯，望向她道：「你別再想著逃走，到了春天，我自會將你送回華朝，送返少君。」

江慈面上一紅，低下頭去，輕聲道：「我不回他那裡，我要回我自己的家。」

「你自己的家？在哪裡？」衛昭忽來了興趣，他只知江慈是個憑空冒出的野丫頭，卻不知她究竟從何而來，家住何方。他曾暗查過，但裴琰的手下口風十分緊，始終沒能查到。

江慈被他話語勾起了思鄉之情，便將鄧家寨似天堂般描述了一番，只是心中保持了幾分警惕，始終不透出鄧家寨的名稱和具體方位。

衛昭靜靜聽著，偶爾問上兩句。江慈說得興起，將從小到大的趣事也一一講述，待壺中之酒飲完，桌上菜肴皆盡，二人方才驚覺已是子夜時分。

衛昭傷痛之情略得緩解，復戴上面具，淡淡道：「三日之後是我月落族的新春日子，山海谷將舉行集會，到時，我帶你去看我們月落族的歌舞。」

正月十八，月落新春之日。

由於落鳳灘剛經歷過慘烈大戰，爲免族人觸景生悲，今年的新春集會便移到了山海谷舉行。

是夜，山海谷敲鑼打鼓，燈火輝煌，人們慶祝新春來臨，同時祈禱春天降臨後，在聖教主的帶領下，月落族能上下一心，永遠擺脫被奴役的日子。

一輪冰月悄悄掛上東邊夜空，山海谷籠在潔淨月色之中。月落族的姑娘們個個穿上盛裝、頭戴銀飾，小夥子們則圍著篝火吹笙跳舞，偶爾與姑娘們笑鬧，一片歡聲笑語。

江慈穿上月落姑娘的節慶裙裝，坐於高臺之上。衛昭轉頭間見她雙唇在火光照映下分外嬌豔欲滴，那日清晨她烏髮高揚、身著鳳裙走過索橋的模樣浮現眼前，不由喚道：「小丫頭。」

江慈應了一聲，側頭道：「三爺，什麼事？」衛昭的臉隱在假面之後，唯有一雙眼眸似天上的寒星，他盯著江慈，問道：「你是華朝人，緣何要救我們月落族人？」

江慈低下頭，又抬頭望向場地中央載歌載舞的人群，輕聲道：「我當時沒想那麼多。我只覺得，華朝人是人，月落人也是人，爲何你們就偏得受別人的欺侮？也許，我那樣做，能讓死的人少一些，能讓淡雪和梅影逃過一劫。」

衛昭眼神閃爍，過得一陣又問道：「那如果，將來我月落族再與華朝爆發戰爭，再給你一次選擇的機會，你是幫我們還是幫華朝？」

江慈輕輕搖頭，「我不知道，我只希望，大家永遠不要再打仗，天下百姓都像兄弟姐妹一樣和睦融洽，你別欺負我，我也不欺負你，大家都有飯吃、有衣穿，那樣該多好！」

衛昭仰頭笑了幾聲，只覺這是自己生平聽過最好笑卻也最令人感到悲涼的話語。他正待出言譏諷，卻見數名年輕小夥擁著大都司的兒子洪傑走來。

洪傑是大都司的長子，年方十七，生得俊眉朗目，襯著漸顯男子漢氣概的身形，頗有幾分英豪之氣。

衛昭見洪傑走近，和聲道：「阿傑，你怎麼還沒有回夢澤谷？」洪傑向衛昭行禮，回道：「聖教主，阿爸曾對我說過，要我跟著您，爲解救我月落一族戮力效命。我不回夢澤谷，我要跟著您，爲阿爸報仇。」

衛昭不再多言，眼光移到洪傑手中的紅花，微微一愣。洪傑望向他身邊的江慈，面紅耳赤，禁不住身邊同伴的推搡，猛然將紅花遞至江慈面前。江慈不明其意，見那朵紅花極爲嬌豔動人，心中喜愛，便欲伸手接過。

微風拂過，洪傑腕間一麻，紅花掉落於地，他忙俯身去拾，卻見一雙黑色長靴立於自己身前。他直起身，才見聖教主眼神冷冽，負手望著自己，不由吶吶道：「聖教主……」

衛昭居高臨下，「你阿爸去了還不到半個月，你就急著想抛紅了？」

洪傑儘管對這位聖教主奉若神明，卻仍有幾分初生牛犢不怕虎，硬著頭皮道：「我們月落族人並不講究這個，只信逝者仙去，生者便當好好度日，更有於熱喪期間成婚、以慰死者亡靈的。阿爸若是在天有靈，見我找到心上人，也會替我高興的。」

江慈這才知這年輕人遞給自己紅花，竟是求婚之意，頓時滿面通紅，轉過身去。

衛昭回頭看了她一眼，又望向洪傑，冷聲道：「她並非我月落族人，而是華朝之人，怎能做你的新娘？」

洪傑當日隨衛昭前往虎跳灘作戰，親睹江慈孤身過橋、冒死示警的一幕，這少女歌聲宛轉、清麗脫俗的模樣深深刻在了他的腦海。及至後來趕回落鳳灘，阿爸慘死，他陷入極度悲痛之中，卻也在心中暗自感激這少女，讓自己能趕回落鳳灘，讓阿爸不至於屍骨無存。月落族並無熱孝避喜之說，他心中既有了這名少女，便向幾位同伴吐露，在這幾人的攛掇下，終鼓起勇氣於新春之日，向江慈送出象徵求婚之意的紅花。此刻聽聖教主說她竟是華朝人，不由一臉茫然，愣愣道：「她是華朝人，那爲何她要、要幫我們月落人？」

衛昭袍袖一拂，紅花飛落高臺，他望著洪傑，「我問你，眼下你既已知她是華朝人，還要向她求婚麼？」

洪傑臉上一陣青一陣白，面容數變，終咬牙拾起地上紅花，再度遞至江慈面前，大聲道：「我不管她是什麼人，我只知，她像月宮仙女，善良又美麗。她不顧性命救了我月落數萬族人，我就要娶她做我的新娘！」

衛昭久久凝望著洪傑，終冷笑數聲，將滿面通紅呆坐於椅中的江慈大力拉起，飄然落下高臺，隱入黑暗之中。洪傑愣愣地看著手中的紅花，又望向二人消失的方向，沮喪至極。

江慈雙頰發燙，被衛昭拉著急速奔跑，縱運起全部眞氣仍跟不上他的速度，再跑一陣，急喚道：「三爺！」衛昭猛然停步鬆手，江慈未有提防，順勢前衝，險些跌倒，扶住路邊大樹方穩住身形。

衛昭不說話，令人窒息的氣氛瀰漫江慈身旁。江慈心中直打鼓，情急下擺手道：「三爺，不關我的事，眞不關……」衛昭看著她慌亂模樣，忽然大笑。笑罷，他負手在江慈身邊轉了數圈，悠悠道：「你說不關你的事，可爲什麼少君爲你動了心，現在連洪傑也……」

江慈被他瞧得頭皮發麻，又聽他提起裴琰，心中說不出的壓抑與惆悵，瞪了他一眼，默默朝雪梅院方向走去。衛昭追上，與她並肩而行，瞅了一下她的神色，不再說話。

京城，自元宵節起，東西兩市燈火徹夜點亮。這日是聖上壽辰，全城燃放花炮，皇宮尤其燈火輝煌，細樂聲喧，說不盡的熱鬧繁庶，太平氣象。

這日午時，五品以上官員均朝服冠帶，魚貫入宮，向聖上三叩九拜，恭祝聖上萬壽無疆。由於皇后已於五年前薨逝，其後皇帝未再立后，三品以上誥命皆按品服大裝，入毓芳宮向皇貴妃高氏行禮，共賀聖上壽辰。

乾清門前，上任不到半年的禁衛軍指揮使姜遠，俊面肅然，執刀而立，盯著入宮的每一位朝廷大員。

姜遠自上任後克盡職守，將原本有些散亂的禁衛軍整頓一新，他爲人老成，又是故肅海老侯爺的次子，與京城各部官員、王公貴族皆交好，朝中一片讚譽之聲。適逢這幾個月光明司指揮使衛昭回玉間府探親，皇上索性將光明司也命姜遠暫時代管，只等衛昭回京後再交回防務。

遙見董大學士的官轎過來，姜遠忙上前親打轎簾。董學士下轎，微笑著拍了拍姜遠的手背，「聽說你兄長進京面聖，幫老夫傳個話，說我明晚請他過府飲酒，還請肅海侯賞面。」

姜遠忙躬身道：「大學士太客氣，晚輩保准將話帶到。」

董學士呵呵一笑，「那你也一塊兒過來吧，內子和令慈乃手帕之交，想見見你。當年你出生時，她還抱過你呢。」姜遠微笑應是，將董學士扶進乾清門。

西面的嘉樂門，一乘紫簾軿車緩緩駛來停住，一雙柔若無骨的手掀開車簾，如水的目光投向乾清門，片刻後又輕輕將車簾放下。

姜遠將董學士送入乾清門，剛轉過身，就聽到嘉樂門方向傳來一陣爭執聲。他不禁眉頭微皺，今日聖上壽辰，三品以上誥命需入宮向皇貴妃行禮，均由乾清門西側的嘉樂門出入。這些誥命都是得罪不起的主兒，有的更是當朝顯赫的家眷，若是出了什麼紕漏，可就不好向聖上交代。

他帶著數名光明司衛由乾清門過來，見一乘紫簾軿車停於嘉樂門前。嘉樂門的光明司們正與車前的一名侍女爭執，似是車內之人不肯下車亦不肯讓光明司們檢查有無違禁之物。

姜遠見那軿車是一品誥命所乘車駕，沉聲道：「怎麼回事？」

一名光明司衛躬身稟道：「姜大人，是容國夫人，屬下只是按規矩行事。」

姜遠心中一凜，容國夫人乃裴相之母，平素深居簡出。她四十壽辰那日，他曾前往相府祝壽，皇帝親封一品誥封並賜下珍物，聖眷隆重，令他印象深刻。裴相眼下雖遠在長風山莊養傷，軍政大權皆已交出，但其是否東山再起、重返朝堂尚屬未知之數，這位容國夫人實在得罪不起。

他向屬下擺了擺手，穩步上前，聲音帶著幾分恭敬，兼有幾分肅穆，「禁衛軍指揮使姜遠，恭請容國夫人下車，還請夫人謹守宮規。」

車簾紋絲不動，姜遠運力細聽，車內之人呼吸聲極細，卻極平穩。

他只得面上含笑，再道：「屬下有皇命在身，多有得罪了。恭請容國夫人下車，好讓司衛按宮規行事。」

車簾仍紋絲不動，姜遠眉頭微鎖，正待再度開口，忽聽得車內傳來極柔媚、極宛轉的聲音，竟不似四十歲女子的聲音，彷若二八年華的少女，「漱霞。」

「是，夫人。」車前青衣侍女嬌應一聲，走至簾前。

車簾輕掀，戴著綠玉手鐲的纖手探出軟簾，將一樣東西遞出，侍女漱霞雙手接過。

姜遠的目光凝在這隻手上，那皓腕雪白、玉指纖纖，腕上的綠玉手鐲輕輕顫了幾顫，彷如碧綠荷葉上的滾滾露珠，眼見就要滑落，消失在簾後。他不由自主地右手微微一動，卻見那侍女漱霞將一方玉印遞至面前。

姜遠回過神來，凝目細看，忙跪落於地，「恭送夫人入宮！」

毓芳宮內帳舞蟠龍，簾飛彩鳳，殿內設有火盆且焚了百合之香，添上各位誥命的脂粉香，盈香飄散一室。

皇親命婦們按品階而立，向皇貴妃高氏行大禮。高貴妃乃莊王生母，雖年逾四十，卻保養得十分好，望去不過三十如許，著明黃色大袖禮服，雍容華貴。

她面上帶著柔和而端莊的微笑，聲音如春風般拂過殿堂，「本宮謹代聖上受禮，都起來吧。」又含笑望著殿內諸命婦，和聲道：「不用拘禮，本宮正想與各位敘敘家常，也解解悶。」

諸命婦紛紛站起，有與高貴妃熟絡的即趨身近前，說著討巧的話，其餘之人在殿內各依親好，散圍而坐，鶯聲燕語，熱鬧非常。

一輪寒暄之後，便是皇家賜宴，侍宴會結束，已是入夜時分，各命婦向高貴妃行禮告退。高貴妃含笑點頭，看到容國夫人退出殿堂，猶豫了一下，終沒有發話。

裴夫人在漱霞的輕扶下低頭而行，眼見就要踏出西華門，一名內侍喘氣追了上來，「容國夫人請留步！」

裴夫人回轉身，內侍行了一禮，「請容國夫人隨小的來。」

裴夫人也不問話，看了看漱霞，漱霞會意，留在原地。裴夫人隨著那內侍轉過數重宮殿，數道長廊，再過一個園子，在一處宮殿前停住腳步。

內侍回身躬腰，「請夫人暫候，小的進去稟報一聲。」

裴夫人微微點頭，內侍彎腰進殿。裴夫人秀眸流波，望向宮殿四周，只見簷下宮燈溢彩，玉柱生輝，就連腳踏著的玉石臺階都似照得出人影來，她不由微微一笑。

腳步聲紛沓響起，三名少年由遠處而來，俱生得清秀俊逸，一名內侍領著他們，邊行邊輕聲道：「都記下了麼？」三人皆怯聲道：「是，記住了。」

裴夫人見他們行至面前，身形微轉避開。內侍入殿，不多時出來，揮了揮手，又將三名少年原路帶走。

裴夫人嘴角浮起一絲嘲諷的淺笑，先前那名內侍出殿，行至她面前輕聲道：「夫人請。」

殿門在背後徐徐關上，裴夫人邁過高高門檻，轉向東暖閣。燭光將她盈盈身姿拉成一道長影，皇帝被這身影晃了一下眼，微笑著轉身，「玉蝶來了。」

裴夫人欲待行禮，皇帝過來將她拉起，卻沒有放手，「玉蝶，朕難得見你一面，無須這般多禮。」

裴夫人垂頭道：「臣婦當不起聖恩，只怕礙著皇上。」

皇帝有些尷尬，鬆開手，退後一步，自嘲似地笑了笑，「倒讓玉蝶見笑了。」

裴夫人星眸在皇帝面容上停駐，櫻唇輕吐，語氣似怨似嗔，猶有著幾分惆悵，「皇上是九五至尊，以後還是喚臣婦的誥封吧。玉蝶，二十多年前便已經死了。」

皇帝眼神掃過她腰間繫著的那對翡翠玉蝶，微微一笑，「可在朕心中，你還是原來的模樣。上次相府見你，許多話未來得及說，咱們今天好好聊聊。」

裴夫人似是依依不捨地移開目光，幽幽道：「二十多年，人是會變的，就是大哥您，不也變了麼？」

皇帝似被她這聲「大哥」喚起了遙遠的回憶，輕歎一聲：「玉蝶，朕知道你怨朕，子敬對朕立功頗豐，但他與易寒是公平搏鬥，朕也無能為力。」

「我倒不是爲這個怨皇上。」裘夫人垂下頭去，話語漸低，「皇上心中裝著的是國家社稷，即使留著一個角落，裝著的也是、是、是那些……」她眼神望向殿外，緊抿嘴唇，未再說下去。

皇帝呵呵大笑，搖頭道：「玉蝶和那些孩子鬥什麼氣，他們不過是些小玩意，朕用來解解悶罷了。」

裘夫人低頭不語，右手手指輕拈著腰間翡翠玉蝶，燭光投在她身上，暈出一圈柔和的黃光。

皇帝有些激動，欲上前，唯想起心頭那事，又壓下衝動。他低歎一聲：「玉蝶，朕這些年，過得也不容易。不說朝中，就是這後宮，也教朕不省心。個個女子爭奇鬥豔，競相獻媚，你道她們是真心待朕？背後保不准是哪方塞進宮裡來的。朕若寵幸了她們，又要封妃又得蔭親，還須防著她們背後徒眾將這宮中弄得烏煙瘴氣。倒是這些孩子令朕省心，煩的時候拿他們解解悶，既無須冊封蔭親，亦不須防著，更不怕翻上天去，大不了打發出宮就是。像三郎那般資質出眾的，還可以教教他武功，拿來用一用。」

裘夫人沉默不語，良久低聲道：「是，倒是玉蝶想錯了。」

皇帝笑了笑，「不說這些了，倒忘了叫你來，乃是想問問少君傷勢如何？朕這心裡牽掛著他，便當牽掛著自己的親生兒子一樣。」

裘夫人微微垂頭，粉頸柔媚，讓皇帝心中一蕩，耳邊聽得她輕聲回道：「勞皇上掛念，琰兒傷上加傷，內功損耗太重，至今不能下床。前日有信來，怕是要養到四月才得好轉。」

皇帝眉頭緊皺，「怎會傷得這麼重？朕還想著叫他回朝，幫朕一把。」

裘夫人低低道：「他們父子，都沒這個命。臣婦是命苦之人，當年子敬離世，臣婦連他最後一面都沒見著，趕回長風山莊，他已經入……」她話語漸低，終至無聲。

皇帝不免湧起些難過，歎道：「是啊，當年子敬去得突然，朕也沒能見他最後一面。」他步到裘夫人身前，緩道：「朕想赦子放回京，等少君傷癒歸來，你們裘氏一門也好團聚。」

裴夫人幽幽看了皇帝一眼，「皇上這話，倒讓臣婦有些不好回話，臣婦乃孀居之人……」

皇帝哈哈大笑，「你瞧朕，總以爲是二十多年前！」

裴夫人抿嘴一笑，「皇上這麼一提，玉蝶眞憶起當年之事。要說皇上和他兄弟倆，到底是皇上勝出幾分。最不成材的，就是子放了，淨會給您添亂。這麼多年，我也懶得理他，只聽琰兒說他在幽州天天下棋釣魚，胖了許多。倒不知再見到他，能不能認出來。」

皇帝笑道：「既是如此，朕明日就下旨，赦子放回京，分派一份閒差事莫讓他太過自在。」

裴夫人盈盈行了一禮，「還得請皇上另發宅子給子放居住，免得落了話柄。」

「那是自然。」皇帝笑著步近，拉起裴夫人的雙手。

長風山莊，東閣內，裴琰看著手中密報，笑得極爲暢快。

安澄不明所以，問道：「相爺，有好消息是麼？」裴琰擲下密報，伸了伸雙臂，笑言：「安澄，你說，一個睥睨天下之人，若少了可與之抗衡的對手，會否感到寂寞？」

安澄搖頭，「這是相爺才能感覺到的，像我們這種普通人，怕是達不到那般境界。」

裴琰大笑，「你何時學會拍馬屁了！」

安澄試探著再問：「相爺所指，是衛三郎？」

「嗯。」裴琰點頭，神情略帶欣喜，「王朗未能拿下月落山，還讓衛三郎趕回了長樂城，死傷慘重，太子爺這回可顏面盡失了！」

「衛三朗重創王朗，倒教我們日後省下不少心。」

「嗯，這樣一來，皇上必得將濟北高成的人馬向西調一些，等高成的人馬到達，亦將近春日了。」裴琰沉吟一陣，道：「我們下一步的行動，切莫留下任何痕跡和把柄，也不能再用密件傳遞。我說，你記，然後命人將這些命令用暗語傳出去。」

「是。」

「讓劍瑜開始挑起成郡一帶與桓國的爭端，然後以此爲藉口將長風騎的主力往那處撤。傳話給玉德，除去一些武林中人，造成各門派間尋仇的假象。

「問一問胡文南，各地庫糧是否安好？你再派個人去一趟岳世子那裡，只說我傷未痊癒，原本約了他春日狩獵，只怕不能應約，說京城東面野獸太凶猛，安全起見，讓他往西南的象形山放鬆筋骨。讓子明傳信由三日一傳改爲一日一傳，朝中動向，我要知道得一清二楚。再傳信給肖飛，讓他把星月教主與王朗的作戰經過調查詳盡，任何細節皆勿放過。」

安澄用心記下，點頭道：「我去吩咐。」

見安澄要踏出房門，裴琰又將人喚住，「你等等，還有最重要的一點，讓他們挖暗道的行動快一點，入口改在蝶園。」

衛昭知此次落鳳灘一役，族人雖士氣大振且重拾信心，但畢竟月落族多年來如一盤散沙，各圍子士兵亦無受過嚴格訓練，遂趁著這段時日華朝未再來襲，下令將兵力分批集於山海谷，進行統一的嚴格訓練。

這日辰時末，他正立於校場一側，觀看士兵在令旗指揮下排演著陣列，突有一陣熟悉的腳步聲走近，在他身邊停下，「少爺。」

衛昭轉身道：「平叔倒比我預想的回來得快，辛苦了。」

二人離開校場，回到劍火閣。衛昭在椅中坐定，取下面具，平叔轉身將門關上，趨至他身邊輕聲道：「已和易寒約定好了，只要形勢如你我所設想的，他自會依約行事。」

衛昭微微點頭，「看來只等東邊的動靜了。」

平叔猶豫了一瞬，終咬咬牙，將心一橫，「少爺，我去您說的寧平王府探過了。」

衛昭猛然站起，凌厲的眼神盯著平叔，見其低下頭去，復跌坐於椅中，聲音如在九天雲外飄浮，「難道，眞的……」

「是。」平叔聲音有些哽咽，「那金右郎的話沒錯，夫人當年入了寧平王府，行刺失手，被寧平王祕密處死。聽說，遺體被扔在亂葬……」

衛昭眼前一片茫然，縱是早心知此結果，卻猶抱著半絲希望，然平叔憐憫悲痛的目光讓這絲希望徹底破滅。他沉默著，呆呆地望著平叔，臉上呈現出霧濛濛的灰色，終張嘴吐出一口鮮血。

平叔大驚，上前將他扶住，把脈一探，跪落於地，「少爺，那丹藥，您不能再服了。」

衛昭吐出血後，倒逐漸平靜下來。他面色漸轉清冷，微微低頭，凝望著白袍上那一團血漬，「不服！早服了幾年了，你當那老賊讓我服用『冰魄丹』是好意麼？不過拿我當試毒的罷了。」

他站了起來，望向窗外，忽然大笑，「也好，我只要裝成服這冰魄丹無甚影響，他便也會服用。他喜服『火丹』，我倒要看看，火丹和冰魄丹混在一起，能不能讓他萬壽無疆！」

他戴上面具，恍若幽靈一樣，悄無聲息地走向屋外。平叔伸了伸手，卻終沒有喚出聲來。

江慈正在廊下和淡雪有說有笑地刺繡，眼見著繡綳上那一叢菊花便要繡成，心中歡喜，笑道：「以後我若是回去了，就開一家繡莊，專賣『月繡』，保證能財源滾滾，到時分阿雪一半。」

淡雪笑道：「你縱是繡得出，也沒人敢買。『月繡』可是定貢之物，你們華朝民間不能私賣的。」

江慈忿忿不平，「憑什麼就那些王公貴族能用『月繡』，咱們平民百姓就不能用！」

淡雪想起瞎眼的母親，神色黯然，低聲道：「只盼聖教主能帶著我們立國，那樣就不用再向你們華朝納貢『月繡』，你這開繡莊、賣『月繡』的宏圖偉業，也能……」

院門輕啓，衛昭進來，淡雪忙低頭行禮，退了出去。

江慈並不起身，將最後一瓣菊花繡好，方用銅剪剪去線頭，看著自己親手繡出的「月繡」，得意地笑了笑。衛昭搶過細看，搖了搖頭，又道：「這大閘蟹還沒繡。」

江慈將剪子一撂，「不繡了，眼睛累得慌。」

衛昭在她身邊坐下，看著院中消融的積雪，忽道：「那首〈明月歌〉，是誰教你的？」

「是淡雪。我聽她哼著好聽，就學了，當時想不到其他有暗示意思的歌，又怕你不明白，情急下便唱出來了。」江慈有些赧然，「是否唱得不好，我聽淡雪唱，很好聽的。」

衛昭淡淡道：「你再唱一遍給我聽聽，那天只顧想著將你拉過索橋，狠狠綁起來，沒細聽。」

江慈心中忽然想明白一事，問道：「你當時不信我，故意看了一眼河對面，害我差點挨箭，是不是？」

衛昭一笑，「我不是把你抱住了麼？也算救了你一命。」

江慈有些惱怒，猛地站起身，「三爺自便，我要歇息了！」

衛昭一把將她拉住，聲音低沉得有些嚇人，「唱吧，我想聽。」

江慈心中一動，覺他的聲音似飄緲中隱有歎息，讓她的心浮起淺淺哀傷。她看了看拉住自己衣襟那隻修長柔韌的手，緩緩落坐，唱了起來：「日落西山兮月東升，長風浩蕩兮月如鉤；梧桐引鳳兮月半明，烏雲遮天兮月半陰；玉殿瓊樓兮天月圓，清波起蕩兮地月缺；明月皎皎兮照我影，對孤影歎兮起清愁；明月圓圓兮映我心，隨白雲飄兮去難歸；明月彎彎兮照萬里，千萬人泣兮思故鄉。」

第七章 春風拂情

火光下，衛昭秀美的面容皎若雪蓮，眼中流光微轉。他靜靜地望著江慈，黑寶石般的眼眸似展現魔力，吸緊了她的目光，不容她避開。他修長的手指輕輕撫上江慈面頰，慢慢貼近她耳畔，聲音帶著幾分探究、幾分疑惑，似還有著一絲欣喜，「告訴我，方才，為何不趁機殺了我或是逃走？」這略帶魅惑的聲音讓江慈腦中有些迷糊，她愣了片刻方想明白衛昭所問何意。

二十九　驚天鼙鼓

正月二十七，江慈站於廊下，仰面看著廊簷上不斷滴下的雪水，再看著這些雪水和著院中融化的積雪流入溝渠之中，流向院門旁的小涵洞，臉上露出淺笑。

嚴冬已逝，冰雪消融，春天終於到了。

雪梅院外，山圍子的孩童們追逐玩鬧，嬉笑聲隨風吹入院中，江慈不由有些心癢。淡雪從屋中出來，見她神色，微笑道：「要不，咱們也去玩玩？」

這些日子，衛昭夜夜過來，與江慈敘話，兩人偶爾喝喝酒，泰半時候是江慈講，衛昭聽。江慈想不通衛昭何以對她在鄧家寨的日子那般感興趣，只得搜腸刮肚，將自己這十七年的生活詳述了一遍。應是衛昭下了令，對她的看守放鬆了許多，她可以出雪梅院、在山海谷內遊玩，只是須得淡雪和梅影陪同。衛昭看出江慈與淡雪、梅影極爲投契，發下話，說江慈若是逃走，便要將淡雪、梅影處死，江慈知他掌握了自己心軟的弱點，索性絕了逃走之念。衛昭既不再將她當囚犯禁錮，這山海谷的月落族人便對江慈十分熱情。他們感念她冒死救了月落一族，俱是笑臉相迎，果品、野物不斷送入雪梅院中，不時有年輕人託淡雪或梅影送來一朵紅花，讓江慈哭笑不得。

三人出了院門，見一群幼童正在小樹林邊玩著拋石遊戲。他們在石子上拴上一塊紅綢布，用力往上拋，看誰拋的綢帶能掛在樹上且掛得最高，誰便勝出。

江慈從未見過這種玩法，童心大發，接過一個孩童手中的綢帶，綁上一顆石子，用力向樹上拋去。眼見那紅綢就要垂在樹枝之上，卻又被石子的重量帶得滑下，掉落於地。

她笑著拾起綢帶，再度拋上，猶未能成功。正待再拋，見淡雪向自己擠了擠眼。江慈不明，又見她努努嘴，回過頭，見那夜向自己送出紅花的洪傑正神色靦腆地走過來，一慌神，便往淡雪和梅影背後躲去。

洪傑對江姑娘有意一事，早已傳遍整個山海谷。幼童們見他過來，轟地圍擁在他身邊，發出促狹的笑鬧聲，更有調皮的將洪傑向前推搡，口中叫道：「快抱新娘子回去！」

江慈早知月落族民風純樸，不拘禮節，她雖是大方之人，卻也禁不得眾人這般調笑，躲在淡雪和梅影背後，拉著她二人衣襟往雪梅院一步步退去。

洪傑忍了十日，每過一日，那明麗的面容便在心中深了一分，讓他坐立難安。這日，他終於鼓起勇氣來到雪梅院前，不理眾人的調笑，準備再度向江慈送出紅花，卻見她躲在淡雪、梅影背後不肯出來，心中焦急，大步向前。

江慈探頭見洪傑面紅耳赤，眼神亮得令人心驚，嚇得「啊」的一聲，轉身就跑，跑出十來步，撞入一人懷中。她的額頭撞上那人的下巴，痛呼出聲，揉著額頭，見衛昭正負手站於面前。他凌厲的眼神一掃，幼童們一哄散至遠處，洪傑也停住了腳步。

江慈如見救星，長舒了一口氣，堆起笑臉向衛昭道：「聖教主來了，我正找你有事。」說著拉住衛昭袍袖，往雪梅院走去。衛昭則任她拉扯，隨她進了雪梅院。

洪傑呆立原地，望著手中的紅花，無比失落。淡雪見他可憐，有些不忍，輕聲道：「給我吧，我幫你交給她。」

那廂江慈用力將院門關上，道：「好險！」

她轉過身，正好對上衛昭的目光，見那雙黑深閃亮的眸子中，自己如同兩個小小的水晶人兒，不由有些窘迫，面頰便紅了一紅。

衛昭嘴角微微勾起，「你不是找我有事麼？什麼事，本教主聽著。」

江慈被他的目光看得有些難受，往石屋中一鑽，重重將櫳門關上。
衛昭拉門進來，江慈越發不好意思，情急下見屋內有些衣物未洗，手忙腳亂地抱起衣物放入院中木盆中，從井中打了水，用力搓洗。
衛昭斜倚於廊下木柱，靜靜看著她將衣物洗淨，使力擰乾，晾在院中的竹篙上，不發一言。
江慈將衣物晾好，轉過身，見衛昭還在廊下，堆笑道：「三爺今天挺閒的麼！」
衛昭淡淡道：「這麼多人惦記著你，看來這山海谷，你不能住下去了。」
江慈心中一驚，不知他又打甚主意，平靜地望向他，「反正我跳不出三爺手掌心，三爺說什麼便是什麼！」
衛昭望向如洗的藍天，「走吧，院外的人應該都散了。」
江慈跟在他背後，連聲問道：「去哪裡？」
衛昭不答，帶著她直奔正圍子。平叔早牽著馬在那兒等候，衛昭縱身上馬，江慈忙跟著翻身上了另一匹馬。衛昭揚鞭輕喝，駿馬踏出一線塵煙，待淡雪和梅影奔來，三騎已絕塵而去。
江慈跟著衛昭，縱馬疾馳，山間初春的景色從眼前掠過。遠處山尖猶殘存些薄雪未徹底融化，山腰和山腳的小樹已綻出嫩芽，微風拂過，帶著一股初春的清香，孩童們在山野中嬉戲打鬧，偶爾還有嘹亮的山歌響起。
這一切，讓她想起遙遠的鄧家寨，這些景象，無比熟悉，自有記憶起便一直陪伴自己長大。她有些貪戀這景色，馬速便慢了下來。
衛昭策馬奔出很遠，又回轉來，在江慈馬前十餘步處勒住韁繩，「磨磨蹭蹭的做甚，別誤了我的行程！」
江慈不答，低下頭去，衛昭見她眼角似有淚漬，皺了皺眉，「怎麼了？」
江慈想起鄧家寨的那個小院，那雞圈、兔舍、門前的大榕樹，還有自己去年栽下的桔樹以及播下的雲蘿花種子，越發心酸，強自忍住淚水，輕喝一聲，策馬由衛昭身邊奔過。

衛昭揚鞭趕上，路邊早有月落族人認出新教主，向他下拜行禮，他也不理會，盯著江慈看了一陣，哂笑道：「想家了？」江慈被他猜中心事，只得點了點頭，又覺在他面前哭泣實是丟臉之至，扭過頭去。

衛昭笑道：「誰教你貪玩，不知天高地厚，一個人到江湖上遊蕩，還敢跑到長風山莊去看熱鬧！」

江慈有些惱怒，轉回頭瞪著他，「還不是因爲你！若是你不把我當擋箭牌，我哪用受這些苦！」

衛昭斜睨著江慈，「誰讓你去爬樹的？我比你先到那處，你擅闖我的禁地，可怪不得我！」

江慈想起自己這半年來的辛酸和苦痛皆由眼前此人而起，恨意湧上，也顧不了太多，抽出腳鐙中的右足，便往衛昭身上踹去。

衛昭輕笑一聲，托住她的右足，手心用力，江慈「啊」的向後仰倒。她身下坐騎受驚，向前急奔，江慈左搖右晃，好不容易才未跌下馬背。

衛昭策馬跟在後面，眼見到了一處山坳，他向四周看了看，微微點了點頭，策馬奔至江慈馬邊。見江慈還在努力勒住受驚的坐騎，衛昭伸手將她提至自己身前，道：「坐穩了！」力夾馬肚，駿馬向前疾奔，江慈被顛得向後一仰，倒入他懷中。

衛昭左手下意識地將她抱住，臂彎中的腰肢輕盈而柔軟，低頭間正好望上她白皙的脖頸、秀麗的耳垂。他胸中忽地一窒，那股令人害怕的感覺再度湧上，讓他想把身前這人遠遠地丟開去。但駿馬疾馳間，他的手，始終沒有鬆開半分。

江慈曾被他數次抱住，扔來擲去的，此時馬兒顛簸，她又一心想著不被甩下馬去，依在衛昭懷中不敢動彈，並未留意衛昭的左臂這一路上竟擁著自己不放。

待衛昭與江慈消失在山坳的轉彎處，林間傳出一聲哨音，江慈先前所乘白駒長嘶一聲，奔入林中。

蘇顏伸手挽住馬韁，回頭向蘇俊笑道：「大哥，看你的了。」

蘇俊一襲白袍，笑了笑，將蒙住面容的黑紗扯掉，戴上人皮面具，長髮披散，雙手負於背後，走了幾步，聲調忽變，「都散了吧。」

蘇顏點了點頭，「是很像，不過總覺得缺了點什麼。」

蘇俊回頭道：「缺什麼？」

蘇顏托住下巴想了想，道：「氣勢。教主的氣勢，大哥還得多學學。」

蘇俊有些失神，輕歎一聲，道：「走吧，教主氣勢非一朝一夕能學來的，我儘量少說話便是。」

將近天黑時分，衛昭才在一處山谷前勒住馬韁，平叔躍身下馬，轉頭見衛昭摟著江慈，有些微怔，片刻後才回過神，挽住衛昭所乘之馬的籠頭。

衛昭拋開韁繩，翻身下馬，江慈忙也跳下。已有數人從谷中擁出，拜伏於地，「拜見聖教主！」

江慈見這些人都穿著素色長袍，長袍下襬繡著星月圖案，方知已到了「星月谷」。

此時天色將黑未黑，西面的天空尚透著一層薄薄暮光，星月谷內，樹影寂寂，所過之處教眾皆拜伏於地，無人敢抬頭望向那道白色身影。

江慈隨衛昭踏過纖塵不染的青磚長廊，步入大殿，見到那高高在上的紫檀木椅，笑道：「原來那天我們到的就是星月谷啊，這裡就是你們星月教的聖殿麼？爲什麼那天你要由密道走？」

衛昭斜睨了她一眼，江慈知他性子冷清，嫌自己多話，不再多問。

平叔進來，躬腰道：「少爺，都備好了，您看是現下……」衛昭坐於紫檀椅中，不發一言，良久方道：「等亥時再去吧。」平叔歎了口氣，退出大殿。

月上中天，輕紗似的月色下，星月谷內流動著草葉芳香。

江慈跟在衛昭背後，沿著青石板小徑，往星月谷深處走去。衛昭慢慢走著，月色下的素袍備顯孤單清冷。

江慈不知他要帶自己去何處，只得靜靜地跟隨。

峽谷逐漸變窄，漸成一條石縫，平叔執著火把在前，三人穿過石縫，往右一折，行出上百步，在兩座石墳前停住腳步。平叔放下手中竹籃，從籃中取出供品祭物，一一擺好，點上香燭，山谷間陰風吹過，將香燭數次吹滅。

見平叔欲再度點燃香燭，衛昭取下面具，淡淡道：「算了，平叔，我不愛聞這股燭味，姐姐也不喜歡。」

江慈細細看了看兩座石墳的墓碑，見左面石碑上刻著「先父蕭公義達之墓」，右邊則刻著「姐蕭玉迦之墓」，心中暗忖：「看來這裡葬著的是他的父親和姐姐，那他的母親呢？是活著還是死了？」

衛昭並不下拜，只坐於石墳前，取出竹簫吹奏，簫聲先如細絲，漸轉悲涼，衝破夜空，直入雲霄。

簫音散去，衛昭凝望著石墳，向來森冷的眼神柔和得似要滲出水來，江慈在旁看得清楚，心頭微微一震。

不知過了多久，平叔上前低聲道：「少爺，夜深風涼，已經拜祭過了，便回去吧。」

衛昭沉默不語，半晌方搖了搖頭，「我想在這裡坐坐，平叔，你先帶她回去。」

平叔扯了扯江慈，江慈走出數步，回頭見那白色身影孤零零地坐於墳前，心中一陣激動，衝口而出：「我在這裡陪他。」

平叔有些為難，衛昭忽然道：「讓她留下吧，平叔你先回去。」

初春的夜風帶著絲絲寒意，江慈在衛昭身邊坐下，側頭看著他如石雕般的側影，一時間說不出安慰話語。

「今天，是我姐姐的祭日，她，是死在我師父的劍下……」

長久的沉默之後，衛昭緩慢開口，聲音縹緲如夢，江慈望著他微眯的雙眼，心中一痛。

她細細咀嚼衛昭這句話，雖不明為何他姐姐死於他師父劍下，但也知這其中的往事飽含傷痛，心中惻然，柔聲道：「三爺，師父和我說過，一個人生與死，窮與富，都是命中注定的。你姐姐這輩子不能陪你，那也是命中注定，你不用太難過。說不定，她下輩子便能一直陪著你，再也不離開了。」

衛昭仰頭望著夜空中的一彎冷月，低聲道：「這世上，除開平叔，只有你一人知道我的身分。你也看到了，我月落族要想不再受桓、華兩國奴役，唯有犧牲族人、流血抗爭這一條路。就是爲了這個，姐姐死在師父劍下，我也……」

江慈聽他話聲越來越低，周遭空氣似都被他的話語凝住，沉重得讓人透不過氣來，不由垂下頭去。

半晌不聞衛昭再說話，江慈側頭一看，見衛昭捂著胸口喘息，似呼吸不暢，雙手也隱隱顫抖，額上青筋暴起，眼神迷亂，竟有些像師叔描述的「走火入魔」跡象。她不由慌了神，情急下拍上衛昭後背，衛昭咳嗽數聲，嘴角滲出一縷鮮血。

江慈抱住他軟軟而倒的身子，急喚道：「三爺！」見衛昭毫無反應，手足無措，半天方想起師叔所言，運力拍上衛昭胸前穴道。

衛昭再咳數聲，睜開雙眼，盯著江慈看了一陣，慢慢笑出聲來，「你這丫頭，眞是笨得非同一般！」

他坐正身軀，盤膝運氣，壓下體內因激動而翻騰的眞氣，待眞氣逐步回歸氣海，再咳幾聲，望向江慈。

江慈被他複雜的眼神看得有些頭皮發麻，偏一句話也說不出來，與他默然對望。

火光下，衛昭秀美的面容皎若雪蓮，眼中流光微轉。他靜靜地望著江慈，黑寶石般的眼眸似展現魔力，吸緊了她的目光，不容她避開。

他修長的手指輕輕撫上江慈面頰，慢慢貼近她耳畔，聲音帶著幾分探究、幾分疑惑，似還有著一絲欣喜，「告訴我，方才，爲何不趁機殺了我或是逃走？」

這略帶魅惑的聲音讓江慈腦中有些迷糊，她愣了片刻方想明白衛昭所問何意，「啊」了一聲，見衛昭越貼越近，忙擺手道：「我，我沒殺過人。」

衛昭右手一僵，自江慈面頰慢慢收回。他望著她慌張的神情，忽然大笑。

江慈惱道：「這有甚好笑的！」

衛昭笑得有些岔氣，再咳數聲，斜睨著江慈道：「那爲何不趁機逃走呢？你不是老想盡辦法要逃的麼？」

江慈想了想，調皮心起，微笑道：「我倒是想逃，可又不認識路，總得等你醒來，問問路才行。」

衛昭看著她唇邊隱現的酒窩，笑聲漸低，戴上面具，站了起來，「走吧。」

江慈跟上，又轉身去拿地上火堆中的松枝。衛昭道：「不用了，我看得見。」

「可我看不見。」

衛昭忽然轉身，江慈只覺左手一涼，已被他牽著往前而行。

寂靜的夜，初春的風，山間的鳥鳴，加上握住自己的那份冰涼，讓江慈不忍抽出手來。這青石小道，似乎很長，長得望不見盡頭，卻又嫌太短，轉眼便見到了屋舍殿堂中的燭光。

兩人都未說話，直到平叔執著燈籠出現在面前，衛昭方鬆開江慈，淡淡道：「平叔怎麼不早些歇著？」

「不知少爺要將這丫頭安頓在何處歇宿，我來請示一下。」

「就讓她睡我的外間吧，夜裡也好有人端茶遞水。」

平叔看了看江慈，輕聲道：「是。」

這夜，江慈怎麼也無法入睡，輾轉反側，思緒紛紜。直到天濛濛亮，實在累極，方迷迷糊糊睡了過去。

輕輕的腳步聲由內間至外間，在江慈床前停住，過得一陣，才逐漸消失在門口。

江慈直睡到天透亮，晨光穿過青色窗紗投在她臉上，方才醒轉。她奔到內室，見衛昭早已出去，匆匆洗漱，正待拉門而出，平叔走了進來。

江慈笑道：「平叔早！」
平叔微笑著遞給江慈一碟糕點，「餓了吧？少爺吩咐我為你準備的。」
江慈正感肚餓，忙雙手接過，「謝謝平叔。」吃得一陣，笑道：「平叔，你對三爺眞好。對了，你有沒有孩子呀？」
平叔的目光頓顯一抹慈祥，「在我心中，少爺就是我的孩子。」
江慈點頭笑道：「那就好，你家少爺，也挺不容易的，我看他……」話未說完，她腦中逐漸眩暈，扶著桌子倒於地上。
平叔低頭凝望著江慈如果子般嬌嫩的面容，語氣冰冷，「小丫頭，我絕不能再留你在少爺身邊了。」他俯身將江慈抱起，放入一個大麻袋中，身形微閃，扛著麻袋直奔後山。
星月谷後山，有數十根石柱，高矮不一，柱上均刻著星月圖案，乃星月教上百年來舉行祭祀的地方。
平叔扛著麻袋奔到最矮的一根石柱旁，用心聽了片刻，知附近無人，遂運力將那石柱左右旋了數圈，石柱前方十步處的一塊青石板緩緩向下沉，露出一個地洞來。
平叔縱身跳入地洞，沿地道不斷向下，直到進入宏大的地宮，方鬆了一口氣。他將江慈從麻袋中扛出，把她搬到石椅上放下，看著她熟睡的面容，冷聲道：「小丫頭，看在你還有用處，我不取你性命。但若再留你在少爺身邊，老教主的一片苦心豈不白費？你老實在這兒待著，餓不死你的。」
他得意地笑了笑，仍由地道而出，移回青石板，拍了拍身上塵土，轉身走向星月谷。
剛走出數步，他面色微變，不敢看前方衛昭冷冽的眼神，垂下頭去。
衛昭負手立於風中，平靜地看著平叔，語調很淡，「平叔，你今年也有五十了吧，不知還受不受得住杖刑。」

平叔咬咬牙，跪落於衛昭身前，沉聲道：「平無傷違反教規，擅入地宮，請教主按教規處置。但那丫頭，絕不能再留。」

「她是裴琰的女人，我尚得將她還給裴琰，豈能傷她性命？」衛昭默然半晌，艱難開口。「小的亦無意傷她性命，只是暫時將她關在地宮，待裴琰依咱們計畫行事，小的自會將這丫頭送還給他。」

輕風徐徐，悄無聲息地捲起衛昭的烏髮。他神色淡然地將落於長髮上的一片樹葉拈起，將那樹葉慢慢地揉搓，直到綠色的汁液染滿手指，方輕聲道：「平叔，我好不容易才弄明白裴琰為何會對這丫頭動心，正準備找幾個心性相近的女子想辦法送到裴琰身邊……」

平叔猛然抬頭，「少爺，老教主一片苦心，大小姐也在天上看著少爺，還請少爺斬斷心中一切情孽欲念，以我月落立國大業為重！」

衛昭微微一震，覺自己的手指涼得有些難受，低聲道：「平叔，你錯了，我並沒有……」

「少爺，小的只怕，你將來會捨不得將她還給裴琰，更怕你會將她一直帶在身邊。少爺若是動了情欲，又怎能從容面對那老賊！她與我們，根本不是一路的人，會誤了少爺大業的。」

衛昭沉默片刻，笑了笑，淡淡道：「平叔，你覺得，在我心中，你和她誰更重要？」

平叔猶豫了一下，輕聲道：「現下，當還是小的重要些，但將來，就說不準了。」

衛昭神情淡漠，負手望天，「你擅入地宮，該以教規處置，我不會對你講任何情面，且還會加重責罰你。你等會去蕭護法那裡領四十刑杖，還有，你那條左臂，就不要再用了。」

平叔一愣，轉而大喜，磕頭道：「是，少爺。」他力貫左臂，「啪」地拍向身側的一根石柱，悶聲痛哼，左臂無力垂下，他卻笑著站了起來。

衛昭轉身，「將那丫頭抱出來吧，還得我去將她還給裴琰。時機若是成熟，我也該露出眞容，與他正面協商了。」

平叔痛得額頭汗珠涔涔而下，卻笑得極爲愉悅，任左臂垂於身邊，啓動機關，跳入地宮，將江慈抱出來遞給衛昭。

衛昭並不看向江慈，負手前行，「我啓程時你再交給我吧。」

平叔負著一人，左臂垂下，跟在衛昭背後，語氣隱含擔憂，「少爺，現下定要回那裡麼？」

「是。」衛昭平靜道：「現下我們只是走出了第一步，族內是平靖了，但立國尚不到時候。在無萬分把握之前，我還得與那老賊虛與委蛇。不把這池水徹底攪渾，我們即使立了國，亦無法在兩個大國間生存下去。」

他望向遠處的山巒，緩緩道：「不管付出什麼代價，我定要讓他們自相殘殺，四·分·五·裂！」

蘇俊、蘇顏正在聖殿內等候，見衛昭進來，齊齊行禮。

衛昭在紫檀椅中坐下，淡淡道：「說吧。」

蘇俊躬身道：「教主昨天過了雷山寨，屬下便騎了那匹馬回山海谷，午後的訓兵，晚上的政會，都無人看出破綻。」說完他聲音忽變，竟與衛昭素日聲音一模一樣，「今日就議到這裡，大夥散了吧。」

蘇顏忍不住笑道：「大哥口技練了這麼多年，倒是青出於藍勝於藍。」

衛昭點頭道：「很好，我便是這幾日要出發，一切都看蘇俊的了。」

他望向蘇顏，蘇顏忙道：「烏雅近日倒是沒什麼動作，老老實實待在山海院。」

「防患於未然，讓雲紗繼續給她下點藥，免得她不安分。」

「是。」蘇顏語氣平靜，「那族長那裡……」

「先放著，他還小，過兩年看看心性再定。」衛昭又道：「蘇俊留下。」

蘇顏忙行禮出去。

衛昭盯著蘇俊看了一陣，蘇俊心中有些發毛，卻不敢出聲。衛昭忽然冷冷一笑，右手猛然拍上紫檀木椅旁懸掛著的劍鞘。寒劍脫鞘而出，龍吟錚然，衛昭騰身而出，在半空中握住長劍，似鷹擊長空，蘇俊尚來不及有動作，劍氣便已割破了他前胸的袍襟。

衛昭劍勢凝住，盯著蘇俊，蘇俊被那冷峻的眼神壓得喘不過氣來，低頭道：「教主！」

「這是『星野長空』的劍招，可看清楚了！」衛昭緩緩道。

蘇俊猛然抬頭，嚷聲：「教主！」衛昭喝道：「拔劍！」

蘇俊精神一振，手底用上內勁，彈上背後劍鞘，同時身形後翻，落下時已手握長劍，接住衛昭攻來如疾風暴雨似的劍招。

二人越戰越快，大殿內兩道白影交錯飛旋，一時似鶴衝九天，一時若雁落平沙，殿側的珠簾被劍氣激得「叮咚」而響，配著雙劍相擊和衣袂飄飛的聲音，宛如一首慷慨激昂的邊塞征曲。

衛昭手中長劍閃著碧波似的劍光，映亮了他閃亮的雙眸，也映亮了蘇俊眼底的敬畏與尊崇。

衛昭忽然收劍，身上白衫獵獵輕鼓，片刻後眞氣盈歸體內，他冰雪似的眼神望向蘇俊，「星月劍法前十式的運氣心法我等會再教給你，這是劍招，你記下了？」

蘇俊單膝跪下，劍尖點地，「教主！」

「蘇俊，師父當年收了你兄弟，爲的就是今日。」

「老教主如海深恩，蘇俊和蘇顏不敢有片刻忘懷。」蘇俊語帶哽咽。

「你聽著。」衛昭平靜道：「天下即將掀起大風波，我月落能不能趁勢立國，能不能在桓、華兩個大國之間尋一席之地，就看今春的形勢。我要離開月落一段時日，你得假扮成我。倘一切順利，時機成熟時我自會回來主持立國事宜。如果形勢不對，月落一族……就交給你了。」

蘇俊越聽越是心驚，抬頭道：「教主，您……」

「我會留平叔在你身邊，一來助你一臂之力，二來防人疑心。你要做的，便是繼續訓練軍隊，加強戰備，守住流霞峰與飛鶴峽，穩定族內人心，按我原先擬的條程，變革族內政務。如有必要，用我教你的星月劍法來震懾作亂者。」衛昭步至蘇俊身前，似要望到他的心裡，「你要牢記一點，只要我未歸來，你，永遠都是蕭·無·瑕！」

華朝今年的春天來得稍稍早些，尚是正月末，道邊的野花便爭相吐出小小苞蕾，田野間已經泛青，陽光也比往年明媚了幾分。

過蒼平鎮，再往北八十餘里，即是「定遠大將軍」薄雲山的駐地——隴州。

此處雖是東北境，但亦已春意漸生。這日午時，十餘騎駿馬自南疾馳而來，馬頭處掛著的竟是明黃色符袋，一望便知是前來頒旨的欽差大臣。

駿馬在蒼平鎮北面的驛站前「唏律律」停下，眾人紛紛下馬，為首的頒旨三品內侍周之琪抹了抹頭上的汗珠，道：「跑了一上午，大夥都辛苦了，就歇歇吧，只要申時末能趕抵隴州就行。」

驛丞過來將眾人迎了進去，知這些內侍們是前往隴州薄公處頒旨，忙端上好茶好菜侍候著，陪笑道：「各位大人辛苦了，各位怕是未出元宵便動的身吧？」周之琪頗有幾分皇宮內侍的眼高於頂，斜睨著驛丞道：「可不是！若不是皇命在身，誰耐煩正月裡跑到你們這鳥不拉屎的地方來。」

驛丞點頭哈腰，「是是是，咱們蒼平鎮是差了些，但只要進了隴州，薄公那處，還是繁華之地。各位大人是聖天子派來傳旨的，薄公定會好好款待各位大人。」

周之琪吃飽喝足，負上黃綾布包裹，「走吧，到了隴州，完成了皇命，大夥再休息。」

待眾人騎馬而去，驛丞回轉館內，一人湊近低聲道：「已經讓阿蘇他們趕回去報信了。」

驛丞點了點頭，「嗯，咱們也準備準備。」

周之琪帶著這十餘騎快馬加鞭，沿官道疾馳，申時初便看到了隴州的巍巍城牆。遙見城門緊閉，城牆上旌旗招展，城牆後黑壓壓的站了一排將士，甲冑在陽光下閃著冷冽的光芒，周之琪不由笑道：「薄公到底是薄公，這隴州整得如此嚴肅，倒像要打大仗似的。」

他身邊一人笑道：「薄公本是武將出身，聽說脾氣上來，連皇上都拿他沒轍。當年，皇上還給他取過一個外號，叫『薄驢子』。」

眾人哄然大笑，周之琪笑罵道：「這話可就在這裡說了，進了城都給我看好自己的嘴！」

「那是，那是！」眾人應是，馬蹄聲聲，捲起一線灰塵，不多時便到了隴州城外。

名震天下的「定遠大將軍」薄雲山身著盔甲，立於城牆上，微微瞇起眸子，望著那十幾個黑點由遠而近，緩緩道：「開城門，迎聖旨！」

周之琪當先馳入城中，見戴著紫色翎羽盔帽的一名大將立於大道之中，知這位無疑是「定遠大將軍」薄雲山，忙翻身下馬，笑道：「領三品內侍周之琪見過薄公！」

薄雲山面無表情，將手一引，「請欽差大臣入將府頒旨！」

周之琪心中暗咒此人不愧聖上所稱「薄驢子」，率著一眾人進入定遠大將軍府，將臉一板，高唱道：「聖旨下，定遠大將軍薄雲山接旨！」

薄雲山掃了一眼四周，單膝跪地，「臣薄雲山接旨！」

周之琪見他單膝下跪，心中有些不爽，卻礙著他身著戎裝，也不違制，遂輕哼一聲，從身邊的黃綾布兜裡取出聖旨，扯著尖細嗓子宣讀：「奉天承運，皇帝詔曰，宣定遠大將軍薄雲山即日進京，欽此！」

周之琪聲音越來越低，臉上露出驚訝神色。這道聖旨令人有些摸不著頭腦，薄公鎮守東北二十年，除去五年前故皇后薨逝，他回了一趟京城，再也未被宣召回京。今日這聖旨未講明理由，便將其宣召回京，實是奇怪，可黃綾布上的御批之字又是清清楚楚，他只得照本宣讀。

薄雲山卻不稱「接旨」，只冷冷笑了一聲，緩緩站起，周之琪漸感不妙，強撐著道：「薄公，接旨吧。」

薄雲山黑臉微寒，將手一揮，他背後數名副將齊擁而上，將周之琪按倒在地。

周之琪呼聲尚未出口，一名副將手起刀落，鮮血噴湧而出，濺上掉落一旁的黃綾聖旨。周之琪帶來的一眾內侍齊聲驚呼，兵刃尚不及出鞘，已被薄雲山的手下圍攻而上，不多時相繼倒地，血濺當堂。

薄雲山冷冷地看著地上的黃綾聖旨，謀士淳于離過來，輕聲道：「主公，一切都準備妥當。」

見薄雲山眉頭微皺，淳于離道：「主公，眼下情形已避無可避，只有這一條生路了，張、易二位將軍此時應已到了鄭郡和新郡。」

薄雲山面色陰冷如冰，急速轉身，黑色毛麾颯颯而響，聲音不起一絲波瀾，「起事，發檄文！」

城牆之上，三軍戰鼓砰然敲響，宛如春雷，沉沉迴盪在隴州上空，蕩向遙遠的京城。

天下起了濛濛細雨，崔亮從方書處出來，已是入夜時分。看到皇宮城牆邊綻出如星星般之野花，眼前浮現一抹明媚笑容，他笑了笑，撩起袍襟，步入雨中。

剛走出數步，震天的馬蹄聲由東側皇城大道上響起，似戰鼓擂響、琵琶急奏，自崔亮身前疾馳而過。崔亮看到馬上之人手中執著的紫色符杖，面色一變，急速返身，閃入方書處。

方書處此時僅餘一小吏值守，他抬起頭來，「崔大人，忘了什麼東西麼？」

崔亮微笑道：「不是，忘了程大人囑咐我整理的一些奏章還沒理妥。」
小吏笑了笑，繼續低頭抄錄。
崔亮步至自己的長案前，他所坐位置靠著西面的軒窗，由軒窗望出去，正見巍巍內宮的青石道。
他緩緩研墨，目光卻不時望向窗外。過得一刻，十餘名內侍急急由內皇城奔出，連聲呼喝：「快、快、快，開宮門！」
再過一刻，重臣們由宮門先後湧入，個個面如土色，兵部尚書邵子和更是腳步踉蹌，險些跌了一跤。
崔亮心中一沉，「難道……」

晨陽漸升，裴琰收住劍勢，順著山路下了寶林山。
林間鳥兒的宛轉啼鳴在晨風中聽來格外清脆，裴琰望向山腳長風山莊嫋嫋升起的炊煙，再望向遠處的層巒疊嶂、田野阡陌，微笑道：「安澄，這江南風光，與北域風光，哪個更合你心？」
安澄想了想，道：「屬下還是懷念當年在成郡的日子，這南安府春光雖好，總覺得少了些什麼。」
裴琰立住腳步，望向遠處天際，滿目江山讓他胸中舒暢，笑道：「這江南風光和北域景色，各有各的好，端看以何般心情去欣賞罷了。」
安澄只覺相爺今日意興豪發，言談間頗有幾分當年指點沙場、號令長風騎的氣概，喜道：「相爺，怕是快成了吧？」裴琰頷首道：「估摸著差不多了。」
二人說話間已快下到長風山莊，空中撲喇喇聲響，安澄口撮哨音，尖銳破空，信鴿「咕咕」而下，安澄伸手擒住。
裴琰展開密函，一瞬沉默後，手中運力，密函化爲粉齏。他望著那粉齏散入春風之中，眼底笑意漸濃，終呵呵一笑，「薄公啊薄公，你眞是不負眾望啊！」

華朝承熹五年正月三十日，原「定遠大將軍」薄雲山發布檄文，奉故景王之幼子爲肅帝，領「討逆大將軍」一職，策十萬人馬於隴州起事。

同日，討逆大將軍麾下張之誠、易良率六萬軍馬攻下鄭郡與新郡。

其後三日，討逆大將軍薄雲山親率中軍，張之誠率左軍，易良率右軍，各攻破明山府、秦州、衛州、微州。

二月四日夜，小鏡河決堤，阻薄雲山南下之路。

長風騎寧劍瑜部潰敗，退守婁山以西及小鏡河以南。雙方大軍對峙於小鏡河及婁山。

三十　玉泉驚變

入夜後，空中雲層漸厚，和著夜風的濕漉之意，沉悶得讓人喘不過氣來。

延暉殿中，重臣們個個神色凝重，燭花輕爆，驚得數人面無血色。

總管太監陶紫竹尖細的聲音在殿內迴響，他手中檄文隱隱顫動，不時偷眼望向寶座上面色冷峻的皇帝，聲音越來越低，「討逆大將軍薄雲山，奉正統肅帝詔令，謹以大義布告天下：『僞成帝豺狼成性，以詐謀生承大統，罪惡盈天，人神共憤。其泯滅天倫，謀害先帝，僞造遺詔，罪之一也；矯詔殺弟，塗炭生靈，罪之二也；殘害忠良，誅戮先帝大臣，罪之三也；政繁賦重，細稅慘苛，民怨彌重，毫不知恤，罪之四也；寵信奸佞，淫狎孌童，令弄臣斗筲咸居顯職，罪之……』」

皇帝面色鐵青，猛然抓起龍案上的玉鎮紙，向陶紫竹砸去，陶紫竹不敢閃避，額頭鮮血汩汩而出，滴落檄文之上。殿內眾臣齊齊拜伏於地，「皇上息怒！臣等罪該萬死！」

皇帝怒火騰騰，用力將龍案掀翻，背著手在鑾臺上急急踱步，額上青筋隱現，「罪該萬死，罪該萬死，朕看你們死一萬遍都不夠！」他越想越氣，大步走下鑾臺，一腳踹向兵部尚書邵子和，「薄雲山謀反，你兵部便如同瞎子聾子，竟一點風聲都沒有，都死了不成！」

邵子和叩頭不止，「皇上息怒，請保重龍體！」

皇帝指著他，手指顫抖，「就算他薄雲山密謀造反，你不知情，那新郡、鄭郡一日之內被攻破，你這個兵部尚書又有何話說！」

邵子和雖嚇得肝膽俱裂，也只得強撐著一口氣道：「回皇上，新郡和鄭郡駐紮的是長風騎，可年關前後，桓國屢派散兵遊騎在成郡一帶過境騷擾，為防桓國大舉來襲，寧劍瑜寧將軍請示過兵部，將那處半數駐軍往成郡調防，所以才……」

「那明山府、秦州、衛州、微州呢！」皇帝厲聲道，他將手中緊攥著的緊急軍報擲到邵子和身上，「逆賊破了新郡、鄭郡，三日內又拿下明山府、秦州、衛州、微州，當地的駐兵都死了麼？若非衛昭帶人冒死決了小鏡河，阻了逆賊南下的路，只怕他現下就要打到京城來了！」

想起被逆軍重傷後跌落小鏡河、生死不明的衛昭，還有他讓光明司衛易五突破重圍送至洛州的血書及軍情，皇帝心中隱隱作痛，再踹了邵子和一腳。

董學士面色凝重，上前道：「皇上，請息怒，保重龍體！」

皇帝向來對董學士頗為敬重，聽他相勸，也覺自己今日過於心浮氣躁，壓下體內翻騰的真氣，再橫了眼邵子和，回轉龍座之中。

董學士道：「皇上，眼下逆賊氣焰高熾，一路攻了數個州府，但那是他們預謀在先，打了我方一個措手不及，我們無須過度驚慌。唯今之計，臣請皇上下旨，命長風騎死守婁山和小鏡河，同時調濟北高成的人馬前去支援，再從京畿一帶調人馬北上小鏡河設防。」

皇帝漸恢復理智，點頭道：「董卿所言極是，即刻擬旨，令寧劍瑜死守小鏡河和西面的婁山，速調濟北高成的五萬人馬向東支援婁山，駐紮在祈山關的人馬即刻北上，設防小鏡河以南，絕不能讓逆賊過小鏡河！」他頓了頓，道：「令諭中加一點，命各部在小鏡河沿線查訪衛昭下落，一旦將他救下，速速送回京城！」

殿內眾人見皇帝怒火漸消，稍稍鬆了口氣，右相陶行德道：「皇上，得查查是誰勾結了逆賊，讓逆賊將朝中派在隴州的暗探全部斬殺，還累得衛昭衛大人暗查失敗暴露行蹤，遭其追殺。」

皇帝道：「嗯，朝中無疑有人和逆賊暗中勾結，刑部給朕將朝中臣工細細地查一遍，任何人皆勿放過！」

靜王上前道：「父皇，依兒臣之見，還須防著桓國趁亂南下。」

皇帝沉吟道：「是得防著桓國撕毀盟約，趁人之危。看來成郡的長風騎不宜全部調回，這樣吧，從王朗那裡抽三萬人馬，趕往婁山。」

太子無奈地看了看董學士，董學士微微搖了搖頭。

皇帝目光掃過陶紫竹手中的檄文，冷笑一聲：「他薄雲山有膽謀逆，沒膽子自己稱王稱帝，不知從哪裡找來的野種，冒充逆王的兒子！」

眾臣均不敢接話，二十多年前的「逆王之亂」牽扯甚廣，當年的景王雖被滿門處死，但其生前妃嬪眾多，也素有風流之名，若說還有子嗣留在世上，倒非絕無可能之事。只是薄公今時推出來的這個所謂「肅帝」是否眞是當年景王的血脈，就無人知曉了。

皇帝卻突然想起一事，面色大變，道：「立刻傳旨，封閉城門，速宣岳藩世子進宮！」

莊王眼前一陣眩暈，血色盡失，喃喃道：「父皇，只怕遲了……」

皇帝怒道：「什麼遲了！」

莊王跪下磕頭，「父皇息怒。今日岳世子約兒臣去紅楓山打獵，兒臣因有公務在身，推卻了。但二表弟他，他性喜狩獵，心癢下便與岳世子於辰時出了城……」

皇帝氣得說不出話來，莊王生母高氏一族爲河西世族，歷代皇后貴妃出自高氏一門者不計其數，自己登基之後，正是借助高氏的勢力保持著政局平衡。但近年來，高氏氣焰越盛，莊王口中的「二表弟」即是橫行河西的「高霸王」。此次他上京爲自己賀壽，已搶了數位民女並打傷十餘路人，刑部對其睜隻眼閉隻眼，自己也當從來不知。未料他竟於這關鍵時候將身爲質子的岳藩世子帶出京城，實是壞了大事。

莊王知事情不妙，使了個眼色給陶行德，陶行德忙轉向禁衛軍指揮使姜遠道：「快，速速出城緝拿岳景隆！」姜遠望向皇帝，皇帝已無力說話，只揮了揮手，姜遠疾步出了大殿。

皇帝坐於寶座上，待心情稍稍平復，方轉向戶部尙書徐鍛，「現在庫銀和庫糧尙餘多少？」

徐鍛心中估算了一下，道：「庫銀共計五千六百萬兩，各地庫糧較豐盈，足度過春荒尙有結餘。」

皇帝心中略安，沉吟片刻道：「岳景隆一旦眞的遠逃，西南岳藩作亂，得將玉間府的兵馬調過去，庫糧不愁，庫銀可有些不足。」

董學士小心翼翼道：「皇上，要不，將以前擱置下來的的『攤丁法』……」

皇帝眼睛一亮，「速下旨，實行『攤丁法』，各地州府如有違令者，從重處置！」

殿內之人，十人中倒有七人心中一疼。這「攤丁法」於數年前朝廷財政捉襟見肘時提出，按各戶田產數和人丁奴僕數來徵收稅賦，後遭王公大臣及各名門望族強烈抵制方擱置至今。眼下薄公謀逆，其久經沙場，數日內便連奪數處州府，長驅南下。值此國家存亡危急時刻，皇帝和董學士再度將此「攤丁法」搬了出來，誰也無法出言反對。只是想到自己每年要爲此多繳許多稅銀，這心疼總是免不了的。

皇帝再想片刻，寒著臉道：「太子會同兵部即刻擬調兵條程，靜王主理戶部調銀調糧，莊王……莊王就負責『攤丁法』。朕明早要看到所有的條程，董學士隨朕來。」

夜色黑沉，宮牆下的宮燈在風中搖搖晃晃，映得皇帝與董學士的身影時長時短。

皇帝負手慢慢走著，董學士跟在他背後半步處，也不說話。

更鼓輕敲，皇帝從沉思中驚醒，道：「董卿。」

「臣在。」

「你說，當年三弟眞的留下了後裔麼？」

董學士低聲道：「若說逆王有後裔留下，臣看不太可能。」

「看來，是假的了？」

「是。薄賊謀逆，若想自己稱帝，名不正言不順，更失了民心，他唯有推出一個傀儡，打著景王的幌子，來爭取部分民心。」

皇帝再沉思片刻，停住腳步，回轉頭，「董卿，你看這事，與裴子放可有關係？」

董學士想了想，道：「裴子放應無此膽，再說，容國夫人和裴琰都在皇上手心裡捏著，裴子放已幽居幽州二十餘年，早沒這個膽氣了。」

皇帝點了點頭，「嗯，他也不敢拿他裴氏一族作賭注。」

「是，裴氏家大業大，裴琰又將兵權政權盡交出，當與他無關。依臣看……」董學士稍稍停頓。

「董卿但說無妨，朕眼下也只有你一個貼心人了。」

「皇上厚愛。」董學士躬腰道：「臣推測，若說早就有人與薄賊勾結，老慶德王脫不了干係。」

皇帝將手一合，「是啊，三郎當初和朕說老慶德王有謀逆之心的時候，朕還不太信，看來他們早有勾結的。這個狗賊，他倒是死得痛快！」

董學士道：「如此看來，小慶德王雖將玉間府他老子的八萬人馬交出了一部，但只怕還不能放心用。」

「嗯。」皇帝有些發愁，「萬一岳景隆真的逃跑了，小慶德王靠不住，玉間府這八萬人馬不能放心用，兵力可有些不足。」

「依臣看，岳藩頂多是自立，若說敢越過南詔山北上，他倒沒那個膽。所以西南只須派兵守著南詔山，征討之事先緩一緩，待將薄賊平定了再考慮收服岳藩。」

皇帝點頭道：「眼下也唯有先這樣了，唉，董卿，調兵之事你看著點，朕不想讓高氏的手伸得太長。」

「是，臣明白。」

後半夜，閃電劃空而過，春雷轟轟而響。

皇帝睡中，猛然睜開雙眼，寒聲道：「誰在外面！」

陶內侍忙在外稟道：「皇上，易五已被送返了！」

皇帝掀被而出，唬得一旁的少年跪落於地。

內侍進來替皇帝披上衣袍，皇帝邊行邊道：「人呢？在哪裡！」

陶內侍急急揮手，眾內侍跟上，陶內侍道：「人是快馬送回來的，知道皇上要親問，抬到居養閣了。」

皇帝腳步匆匆，空中再是幾道閃電，豆般雨點打落，隨從之人不及撐起黃帷宮傘，皇帝龍袍已被淋濕，他也不理，直奔居養閣。

閣內，太醫黑壓壓跪滿一地，皇帝揮揮手，眾人退去。

皇帝步至榻前，見榻上的年輕人面色慘白，氣息微弱，肋下兩道長長的劍傷，尚未包紮妥當，他細細看了看，伸手點了易五數處穴道。易五睜開雙眼，眼神有些迷離，皇帝沉聲道：「少廢話，把事情經過詳細說給朕聽。」

易五似是一驚，喘氣道：「是皇上麼？」

「快說，三郎到底怎樣了？你們是如何逃出來的？又是如何決的小鏡河？」

易五精神略見振奮，低聲道：「衛大人帶著奴才一路跟著裴琰到了長風山莊，見武林大會沒出什麼紕漏，一切按皇上之意進行，衛大人還嫌有些不夠刺激。誰知姚定邦尋仇死於那蘇顏手下，衛大人便起了疑心。」

「此況朕知道，三郎在摺奏裡說了，朕是問他到了薄雲山處之後的情形。」

「是。衛大人覺姚定邦的事情有蹊蹺，便帶著奴才往隴州走。一路察探薄雲山的底細，也沒查出半點來。等到了隴州，已近年關，衛大人還笑著說待隴州查探完畢，要趕回京城給皇上祝壽，誰知、誰知……」易五漸顯激動，喘氣不止，眼神亦漸迷濛。

皇帝將他扶起，伸手按上他背心穴道，輸入真氣，易五精神又是一振，低聲道：「謝皇上。衛大人帶著奴才分別見了朝中派在隴州的暗探，覺薄雲山無甚可疑之處，準備動身往回走。誰知當夜便被一群黑衣蒙面人圍攻，我們好不容易殺出重圍，回去找那些暗探，發現他們全失蹤了。衛大人知事情不妙，潛入定遠將軍府欲一探究竟，奴才在府外守候，一個時辰後，衛大人出來時帶了傷。衛大人說，說宮裡有內賊出賣了我們。我們連夜出城往回趕，被薄雲山的人追上，邊戰邊退，被追至迷魂渡，在那處藏匿兩天才擺脫了追殺者。待我們從迷魂渡出來，薄雲山的人馬早攻下了秦州。衛大人知逆軍定要從小鏡河南下，遂帶著奴才連趕兩天兩夜趕抵小鏡河，用火藥決了小鏡河，這才斷絕逆軍南下之路。只是衛大人他……」

「他到底怎樣！」皇帝喝道。

「他先前身負劍傷，似是感到命不久矣，便寫下血書和軍情交予奴才。逆軍趕至小鏡河時，決堤正値關鍵時刻，衛大人爲阻敵軍，被逆軍大將一箭射中，掉到河中，不知……」易五越說越顯激動傷心，一口氣接不上來，暈死過去。

皇帝呆立片刻，拂袖而出，冷冷道：「用最好的藥，把他的命給朕留住！」

皇帝急急而行，不多時到了弘泰殿。殿內，董學士與太子等人正在擬調兵條程，見皇帝進來，齊齊跪落，「參見皇上！」

皇帝陰沉著臉，道：「傳朕旨意，即刻關閉宮門，宮內之人若無朕的手諭，一律不得出宮，將所有人等徹查一遍！」

殿外，再是一道閃電，驚得眾人面無血色，兵部尙書邵子和一哆嗦，手中毛筆「啪」的掉落於地。

霧氣蒸騰，裴琰泡在寶清泉中，閉上雙目，聽到安澄的腳步聲，微微一笑，「今天的軍報倒是來得早。」

「相爺，不是劍瑜那處的軍報，是肖飛傳回來月落的消息。」

「哦？」裴琰笑道：「我倒要看看，三郎的軍事才能，是否和他的風姿一般出眾！」

見他的手有些濕漉，安澄將密報展於他面前。裴琰從頭細閱，臉上笑容漸失，霧氣蒸得他的眼神有些迷濛。他冷哼一聲，身形帶著漫天水珠騰起，安澄忙替他披上外袍。

裴琰急步進草廬，在草廬中負手踱了數回，回復平靜後喚道：「安澄。」

「是，相爺。」安澄進來。

「傳令下去，由月落山往京城沿線給我盯緊了，衛三郎肯定帶著小丫頭往回趕，一旦發現二人蹤跡，即刻報上。」裴琰望向一側壁上掛著的狐裘，眼神漸轉凌厲。

不多時，安澄卻又回轉，「相爺，南宮公子來了。」
裴琰微笑著轉身，「玉德來了。」
南宮玨步進草廬，看了看四周，笑道：「少君倒是自在，外面可傳你重傷得下不了床。」
裴琰大笑，步至案前，「玉德過來看看，我這句詩怎樣？」
南宮玨步過來，慢慢吟道：「春上花開隱陌桑，寄語林丘待東風。」接著淡然一笑，「只是不知眼下這陣東風是不是少君想要的東風。」
「這東風麼，還小了點，所以火燒得不夠旺，玉德得再添把柴才行。」
「是。」南宮玨微笑道：「我這一路，倒沒太閒著，估計柳風這個時候正忙著發出盟主令，召開武林大會來商討如何解決各派尋仇生事事宜。」
裴琰沉吟道：「議事堂必有星月教主的人，玉德你留心觀察一下，把他的人找出來。既然要和他下這局棋，我總得知道他有哪些棋子。」
「是，少君放心。」
裴琰再琢磨了一會兒，道：「玉德，你還得幫我做一件事。」
南宮玨見裴琰面色沉肅，大異於平時，忙道：「少君但有吩咐，南宮玨必當盡力而爲。」
裴琰又恢復平靜，他負手步出草廬，南宮玨跟出，二人在小山丘上的棋臺邊坐下。
林間，野花吐蕊，春風拂面，溫泉的霧氣如同楊柳般輕柔的枝條，在山野間舞動飄散開來。
落子聲，如閒花飄落，如松子墜地，南宮玨卻面色漸轉凝重，抬頭望著裴琰微微而動的嘴唇，良久，方輕輕點了點頭。

天氣慢慢轉暖，春風亦漸趨柔和，馬蹄歷落，車輪滾滾。

江慈放下車簾，回過頭道：「三爺，咱們這是往哪兒？」

衛昭眼神冷如冰霜，看了她一眼，又凝在手中的書上。江慈心中暗歎，不再說話，右手不自覺地撫上左手，低下頭去。

馬車內有點沉悶，江慈四處看了看，拿起衛昭身側一本《懷古集》，衛昭再抬頭看了她一眼，她忙又放下。衛昭也不說話，靠上軟墊，將面目隱於書後。

江慈笑了笑，仍拿起那本《懷古集》，細細讀來，忽見其中一首〈陽州懷古〉，師父曾手把手教自己寫過的那句「瀟水瑟瑟轉眼過，五弦難盡萬古愁」躍入眼簾，眼窩一熱，忙轉頭掀開車簾，車外的春光雖清新明媚，卻止不住她洶湧而出的淚水。

衛昭手中的書緩緩放下，看著江慈的側面，搖了搖頭，又用書冊遮住面容。

江慈難過一陣，復強行把憂愁壓在心底。入夜之後投店，她便恍若沒事人一般，吃飯洗漱，還哼上了小曲。衛昭仍舊沉默不語，只是聽到江慈的歌聲時，才抬眼看了看她。

江慈洗漱完畢，捲起榻上一床棉被，在床榻前的矮凳上躺下，笑道：「三爺太小氣，也不肯多付一間房錢，是不是怕我夜裡逃走？」

衛昭取下面具，和衣躺在床上，淡淡道：「你逃到哪裡，我都能把你抓回來。」

江慈有點好奇，「爲什麼？」

衛昭右掌輕揚，燭火隨風熄滅，他望著頭頂青紗帳頂，忍不住微笑，語氣卻仍冰冷，「你認爲，我會告訴你麼？」

江慈不再問，裹好被子，闔目而睡。

初春的夜猶存著幾分寒意，江慈睡在冷硬矮凳上，又只蓋一層薄薄的棉被，便覺有些冷。到了後半夜輕咳幾聲，鼻息漸重，清早起來頭昏腦重，連打了數個噴嚏，待洗漱完畢，已是咳嗽連連。

衛昭正端坐於床上運氣，聽到江慈咳嗽之聲，睜開眼來看了看，又閉上眼。

不久小二敲門，江慈將早點接了進來，擺在桌上，覺喉間難受，毫無食欲，回頭道：「三爺，吃飯了。」依舊在矮凳上坐下。

衛昭靜靜吃著，見江慈仍未過來，抬頭道：「你怎麼不吃？」

江慈雙頰通紅，倚在床邊，無力道：「我不餓，不想吃。」

衛昭過來探了探她的額頭，眉頭皺了一下，戴上面具和青紗帽，轉身出了房門。

江慈也不知他去哪裡，不敢出房，迷迷糊糊倚在床邊，似睡非睡。不知過了多久，口中有股濃烈的苦味，江慈驚醒，見衛昭正掐住自己面頰往嘴裡灌藥，她被迫喝下這大碗苦藥，嗆得眼淚鼻涕齊流。

衛昭將碗一擱，冷冷道：「起來，別誤了行程！」

江慈無力爬起，跟在他背後上了馬車，過得半個時辰，身上漸漸發汗，鼻塞也有些減輕，知那藥發揮效力，不由望向衛昭，輕聲道：「多謝三爺！」

衛昭目光仍凝在書上，並不抬頭，「別謝我，我只是怕你病倒，誤了事情！」他從背後取出一個布囊，丟給江慈。

江慈打開布囊，裡面竟是幾個饅頭。她寒意漸去，正覺有些肚餓，抬頭向衛昭笑了一笑，「三爺雖不愛聽，我還是要說聲多謝。」說完大口咬著饅頭。

衛昭慢慢抬起頭來，注視著江慈，見她吃得有些急，終忍不住道：「你慢些吃。」

江慈頓感赧然，轉過身去。衛昭凝望著她的背影，忽然發覺，她的身形竟比去年初見時，瘦削了許多。

這日馬車行得極快，終趕於天黑之前進了玉間府。

江慈透過車簾縫隙，見到城門上那三個大字「玉間府」，不由有些興奮，拍了拍衛昭的手，「三爺，到了玉間府了。」

「廢話。」

江慈也覺好笑，道：「我聽人說，玉間府的小西山有道『玉龍泉』，如果人們在夜半時分能聽到那泉水唱歌，便會從此一生安寧，再無苦難。」

衛昭哂笑，「無稽之談，你也信。」

江慈面上一紅，衛昭看得清楚，語氣有些不屑，「你這好奇心重的毛病遲早害了你。」

江慈嘟囔道：「這不已經害了麼？」

馬車在城中穿過，又拐來拐去，天色全黑，方在一條小巷深處停住。

聽得馬夫腳步聲遠去，衛昭如幽靈般閃下馬車，江慈跟著跳下，衛昭順手牽住她，由牆頭躍過，落於一院落之中。

院落不大，房舍不過五六間，廊下掛著盞紅燈籠。院中藤蘿輕垂，架下幾張青石板凳，凳前一帶迎春花。初月的光輝和著燈光輕輕投在嫩黃的迎春花上，迷濛中流動著淡淡的清新。

江慈極喜愛那一帶迎春花，掙脫衛昭的手步過去細看，回頭笑道：「三爺，這是哪裡？」

衛昭望著她的笑容，眼神微閃，聽到院外傳來輕微的叩擊聲，倏然轉身，寒聲道：「進來吧。」

蒙著輕紗的苗條女子進來，江慈笑道：「你是大聖姑還是小聖姑？」

程瀟瀟對江慈極有好感，悄悄伸出兩根纖指，江慈會心一笑。程瀟瀟在衛昭身前跪下，「參見教主。」

「說吧。」

「是，姐姐和小慶德王正在乘風閣飲酒，完了後，姐姐會將他引去玉龍泉，估計戌時末可以到達。」

衛昭伸出右手，程瀟瀟忙從背後包裹中取出黑色夜行衣遞給他。

衛昭順手將身上素袍和內衫除下，程瀟瀟正巧望上他赤裸的前胸，雙頰頓時紅透，眼神卻無移開半分。

衛昭穿上夜行衣，程瀟瀟見他前襟未扣上，情不自禁地伸出雙手。衛昭右手猛然推出，程瀟瀟被推倒在地，清醒過來，忙跪於地上，全身隱隱顫抖。

江慈走過去欲將程瀟瀟扶起，程瀟瀟卻不敢起身。

衛昭見江慈對自己板著臉，便冷聲道：「起來吧。」程瀟瀟站起，衛昭道：「過一個時辰，你和老林將她帶到城外的十里坡等我。我們走後，你和盈盈留意一下近日武林中死傷之人，看看是否南宮玨下的手。議事堂不久肯定要召開會議協調糾紛，你們的任務就是將水攪得越渾越好。」

江慈「啊」的一聲，腦中如有閃電劃過，指著程瀟瀟道：「原來是你們！」

當日武林大會，程盈盈和程瀟瀟以「雙生門」弟子的身分參加比試，最終進入議事堂，但二人比試時極少說話，江慈對這對雙胞胎姐妹印象不深。後來在月落見到二人，均一直以紗蒙面，穿的又是月落族服飾，族中向以「大聖姑」、「小聖姑」相稱，她也未認出來。直到此刻，程瀟瀟穿回華朝服飾，又聽到衛昭這番話，這才想到原來「大小聖姑」正是進入了武林議事堂的堂主程氏姐妹。

衛昭看了看江慈，猛然罩上蒙面頭巾，身形一閃，消失在牆頭。

玉間府城西，有座小西山，景色秀麗，但最著名的還是山頂有一清泉，名爲「玉龍泉」，泉水清冽，如甘似露，一年四季中水湧若輪。玉間府最有名的貢酒「玉泉釀」即是以此泉水釀造而成。

戌時正，一行車騎在小西山腳停住，小慶德王玉冠錦袍，因老慶德王去世不滿一年，腰間尚繫著白絲孝帶。他俊面含笑，望著身邊馬上的程盈盈，「程堂主，這裡就是小西山。」

程盈盈巧笑嫣然，唇邊酒窩淹人欲醉，「素聞玉龍泉美名，既到玉間府，便欲瞧瞧，倒麻煩王爺了。」

小慶德王忙道：「程堂主太客氣了，二位堂主既然到了玉間府，本王理應盡地主之誼，可惜瀟瀟妹子身體不適，不然……」

程盈盈歎道：「是啊，妹子還惦著來看玉龍泉，希望能聽到泉水唱歌，倒是可惜了。」

小慶德王見程盈盈容顏如花，就連那輕歎聲都似楊柳輕擺、春風拂面，心中一蕩。他本就是風流之人，又早聞程氏姐妹花之美名。今日在城外打獵，聽得屬下來報，程氏姐妹來了玉間府，便急匆匆趕來，以盡地主之誼之名邀這對姐妹同遊。雖僅邀到姐姐，但想來只要自己下點工夫，那妹妹應亦是手到擒來。

他飄然落馬，風姿翩然，挽住程盈盈坐騎。程盈盈身形輕盈，落於地上，小慶德王的隨從們也十分湊趣，均齊聲叫好。程盈盈嫣然一笑，小慶德王尤是歡喜，引著她一路往山上走去。

初春夜色，迷濛縹緲，小慶德王注意力全在程盈盈的身上，當那一抹寒光乍閃，冷冽的劍鋒迎面襲來，他才猛然驚醒後退，但劍鋒已透入他肋下寸許。

程盈盈怒叱一聲，手中軟索纏住那黑衣刺客的右臂，方將這必殺之劍勢阻了下來。

小慶德王身手亦不凡，雖然肋下疼痛，仍運起全部眞氣，雙掌拍向黑衣刺客。刺客被程盈盈的軟索纏住右臂，只得棄劍，身形向後疾翻，雙手發出十餘道寒光，程盈盈一一將飛鏢擋落在地。

那黑衣刺客從背上再抽出一把長劍，使出的都是不要命的招數，攻向小慶德王。小慶德王的隨從已反應過來，他手下頭號高手段仁劍起寒光，疾如閃電，將黑衣刺客逼得步步後退。其餘隨從或執劍，或取刀，還有數人架上了弓箭。

程盈盈將小慶德王扶住，急道：「王爺，您怎麼樣？」

小慶德王搖了搖頭，「沒事，小傷，多謝程堂主了。」

見段仁與黑衣刺客鬥得難分難解，小慶德王將手一揮，「上，注意留活口！」

他一聲令下，隨從們紛擁而上，只餘彎弓搭箭的數人圍守四周，防那刺客逃逸。

黑衣刺客連舞數十劍，欲從道旁的樹林邊逃逸。段仁怒喝一聲，人劍合一，揉身撲上，黑衣刺客慘聲痛呼，段仁的長劍已劃過刺客右肋。黑衣刺客嘴中噴出鮮血，劍勢逼得段仁向後疾退，他手中忽擲出一篷銀針，眾人急急閃避，他已騰身而起，逃向黑暗之中。

眼見黑衣刺客就要逃逸，程盈盈猛然搶過隨從手中的弓箭，銀牙暗咬，箭如流星。黑暗中，傳來一聲痛哼，但已不見了那刺客身影。

程盈盈用力擲下弓箭，聲音有著幾分傷痛，「可惜讓他跑了。」見眾人還欲再追，她歎道：「算了，追不上的。」

段仁等人過來將小慶德王扶到大石上坐下，細看他傷口，知無大礙，方放下心來。有隨從過來替他包紮，小慶德王卻俊面森寒，盯著地上的那十餘支飛鏢，段仁忙俯身撿起。小慶德王接過細看，冷冷一笑，遞給段仁，「你看看。」

段仁接過細看，悚然一驚，「這毒，與老王爺中的毒一樣！」

另一人接過看了看，點頭道：「是南疆的毒，難道眞是岳……」

小慶德王搖頭道：「父王死於這毒，我還疑心是南邊下的手，這次又對我來這一套，明顯是栽贓。」

段仁輕聲道：「王爺是懷疑……」

小慶德王站起，走至背對眾人立於林邊的程盈盈身前，長施一禮，「此次蒙程堂主相救，大恩實難相報。」程盈盈眼中似有淚光，扶住小慶德王，道：「是我不好，要來這小西山，累得王爺受傷，我這心裡可實是難受。」

扶住自己雙臂的纖手柔軟溫香，眼前的明眸波光微閃，小慶德王心中飄飄蕩蕩，卻仍保持著幾分清醒，道：「不知可否借程堂主的軟索一觀。」

程盈盈忙將軟索遞過，小慶德王接過細看，那軟索上有數根倒鉤，勾下了黑衣刺客數片袖襟。

小慶德王取下那倒鉤上的小碎布，走遠數十步，段仁跟了過來。小慶德王將小碎布條遞與段仁，段仁細看幾眼，猛然抬頭，「是宮中的……」

小慶德王用力擊上身邊大石，恨聲道：「這老賊！」他猛然轉身，「傳令，召集所有人到王府！」

江慈與程瀟瀟站在十里坡下，眼見已是月上中天，仍不見衛昭到來，程瀟瀟急得有些跺腳。

江慈上前將她挽住，微笑道：「你不用這麼著急。」

「你又不知，教主他……」程瀟瀟話到半途又停住。

「我知道，他肯定是去做很危險的事情，但他本事那麼大，肯定能安然脫身的。」江慈平靜道：「他要是那麼容易就死掉，還怎麼做你們的聖教主，怎麼帶著你們立國。」

程瀟瀟點頭，「也是，倒是我白著急了。可這心裡……」

黑影急奔而來，程瀟瀟身形縱前將衛昭扶住，衛昭卻一把將她推開，躍上馬車。江慈跟著爬上馬車，衛昭喝道：「快走！」

老林揚響馬鞭，馬車駛入黑暗之中，程瀟瀟望著遠去的馬車邊，那盞搖搖晃晃的氣死風燈越來越遠，終至消失，晶瑩的淚珠掛滿面頰。

江慈轉過身，這才見衛昭肋下劍傷殷然，肩頭還插著一根黑翎長箭，無力地倚於車壁上。她大驚之下，忙撲過去將他扶到榻上躺下。

衛昭輕聲道：「榻下有傷藥。」

江慈忙俯身從榻下取出傷藥，見一應物事齊全，心中稍安。她隨崔亮多時，於包紮傷口也學了幾分，撕開衛昭的夜行衣，看了看劍傷，所幸傷得並不太深，便用藥酒將傷口清洗乾淨，敷上傷藥，包紮妥當。

她再看向衛昭肩頭的長箭，不禁有些害怕，畢竟從小到大，還從未爲人拔過長箭。衛昭睜開眼，見她面上猶豫神色，將頭上面具取下，喘氣笑道：「怎麼？害怕了？」

車內，懸著的小燈籠搖搖晃晃，映得衛昭面容明明暗暗，一時彷似盛開的雪蓮，一時又如地獄中的修羅。

江慈咬咬牙，雙手握上長箭，閉上眼睛，道：「三爺，你按住穴道，忍忍痛，我要拔箭了。」

衛昭右手卻猛然伸出，捉住江慈雙手，用力往回一拉，江慈「啊」的一聲，只見那黑翎長箭竟再刺入衛昭肩頭幾分。她有些慌亂，「三爺，你……」

衛昭右手如風，點上箭傷四周穴道，冷聲道：「快拔箭！」

江慈控制住劇烈的心跳，用手握住箭身，運氣向外一拔，一股血箭噴上她的前胸。她扔下長箭，用軟布用力按上傷口，不多時血流漸少，她努力讓雙手保持鎮定，敷上傷藥，但鮮血再度湧出，將藥粉沖散。江慈只得再按住傷口，再敷上傷藥，如此反覆數次，傷口方完全止血。

當她滿頭大汗，將軟布纏過衛昭肩頭時，這才發現他已暈了過去。

她有些虛脫，強撐著將衛昭身形扶正躺平，擦了擦額頭上汗珠，望向他靜美的面容、散落的烏髮，還有額頭滲出的汗珠，在榻邊坐下，低低道：「你，就眞的這麼相信我麼？」

馬車急速前行，江慈風寒未清，本就有些虛弱，先前爲衛昭拔箭敷藥，極度緊張下耗費了不少體力，見衛昭氣息漸轉平穩，放下心來，倚在榻邊睡了過去。

馬車顛簸，許是碰上路中石子，將江慈震醒。見衛昭仍昏迷未醒，她掙扎著起身，將車內血污之物集攏，用布兜包住放於一旁，又到榻下木格中尋出一襲素袍。

衛昭身形高眺，江慈費力才將他上身扶起。她讓他倚在自己肩頭，慢慢替他除去夜行衣，替他將素袍穿上，目光凝在他的脖頸處。那裡，布著數個似是咬齧而成的舊痕，她不由伸手撫上那些齒痕，是什麼人，竟敢咬傷權勢薰天的衛三郎呢？

衛昭微微一動，江慈忙喚道：「三爺！」

衛昭卻不再動彈，江慈覺馬車顛得厲害，索性將他抱在懷中，倚住車壁。她想著滿懷的心事，直至眼皮打架，實在支撐不住，方又睡了過去。

這一路，老林將車趕得極快，似是衛昭事前有過吩咐，他整夜都不曾停留，直至天大亮，車速方放緩。

江慈從睡夢中驚醒，正對上衛昭微瞇的雙眸，忙將他放平，道：「你醒了？」

她俯身看了看傷口，見未滲出鮮血，放下心來，笑道：「還好。我比崔大哥差遠了，三爺別嫌我笨手笨腳才好。」

衛昭看了看傷口，嘴角微微勾起，「你學過醫術？」

「沒正式學。」江慈微笑道：「住在西園時，閒著無聊，向崔大哥學過一些，今日倒是用上了。」

「崔——子——明？」衛昭緩緩道。

江慈點點頭，又道：「三爺，我可否問一個問題？」

「說吧。」衛昭端坐於榻上，闔上雙眸。

「你傷得這麼重，爲什麼不讓小聖姑跟來，讓我這個犯人跟著，萬一……」

衛昭一笑，卻不回答，慢悠悠吐出一口長氣。江慈知他開始運氣療傷，不敢驚擾於他，遠遠坐開。

由玉間府往東而行，不遠便是香州。

衛昭一路上時昏時醒，到後來，清醒的時候居多。昏迷時，江慈把他抱在懷中，以免顛裂了傷口，他清醒過來，便運氣療傷，餘下的時間闔目而憩，極少與江慈說話。

車進香州城，老林包下一家客棧的後院，將馬車直接趕了進去。車入院中，衛昭便命老林退出，小二也早得吩咐而不敢入院。江慈見衛昭在床上躺下，只得打了井水，到灶房將水燒開，用銅壺提入正房。

她走至床邊，輕聲道：「三爺，該換藥了。」

衛昭任她輕柔玉手替自己換藥、包紮，聽到她的歌聲從屋內到院中，聞到雞粥香氣，又任她將自己扶起，慢慢嚥下那送至唇邊的雞粥。

衛昭吃下雞粥後面色好轉，江慈心中歡喜，將肚皮填飽，回轉床前坐下。見衛昭鳳眼微瞇，望著自己，江慈柔聲道：「快睡吧，休息得好，你才恢復得快一些。」

衛昭輕聲道：「我不需要好得快，只要不死，就可以了。」

江慈不明他的意思，卻仍笑道：「那也得睡啊。要不，三爺，我唱首曲子給你聽，以前師姐只要聽到我唱這首曲子，就會很快睡著。」

衛昭忍不住微笑，「你師姐比你大那麼多，倒像你哄小孩子睡似的。」

江慈微笑道：「師姐雖比我大上幾歲，性子又冷淡，但她心裡是很脆弱的，我經常哄著她罷了。」

「那你唱來聽聽。」

三十一　瞞天過海

長風山莊內有處高閣，建於地勢較高的「梅園」，是登高望遠的好去處，這日春光明媚，裴琰在閣中依欄而坐，清風徐徐，他望著手中密報，微微而笑。

侍女櫻桃跪於一側，將茶器洗過頭水，再沏上一杯香茗，奉於裴琰面前。

裴琰伸手接過，讓茶氣清香沁入肺腑，淡淡道：「都下去吧。」

「蹬蹬」的腳步聲響起，安澄登閣，待眾侍女退去，趨近稟道：「相爺，他們過了香州，正往南安府而來。」

裴琰握著茶盞的手在空中停住，眼中露出笑意，「哦？走得倒快。」

安澄也笑道：「衛三郎還眞是不要命了。」

「他哪有那麼容易死？」裴琰悠悠道：「這若干年來，他能忍常人所不能忍，小小年紀入慶德王府，在那個混世魔王手下存得性命，又能如願被送入宮中，爬到今天這個位置，你當他是那麼容易就死的麼？只怕，傷到幾分幾寸，都是他事先算計好了的。」

「看來，程氏姐妹當是他的人無疑。」

裴琰點頭，「嗯，玉間府這齣戲，三郎是一箭三鵰啊！」

安澄想了想，「屬下只想到兩隻。」

「說來聽聽。」

「第一，自然是刺傷小慶德王，嫁禍給皇上，小慶德王縱是不反，亦定會與岳藩暗通聲氣，讓岳藩放心作亂；第二，衛三郎要裝成是爲決小鏡河受的傷，逃過皇上的懷疑，可皇上精明，定從傷口看得出大概是何時所傷，傷到何種程度，衛三郎在玉間府『行刺受傷』，正是二月初六，日子差不離。」

裴琰笑道：「你想想，這齣戲，讓程盈盈假裝『救』了小慶德王，再加上小慶德王的風流秉性，程氏姐妹要暗中影響玉間府數萬人馬，在那裡興風作浪，怕也不是太難的事情吧？」

安澄搖頭歎道：「衛三郎爲了將天下攪亂，可是費盡心機啊，甚至不惜以命搏險，令人生畏。」

「嗯。他處心積慮，利用姚定邦這條線，將薄公逼反。這三個月又一直假裝成在隴州調查薄公，薄公這一反，他自然只有假裝是決小鏡河時受傷落水，才能釋皇上的疑心。」

安澄卻有些不明白，「他爲何非要讓人決了小鏡河啊，讓薄公一直南下打到京城，豈不更好？」

裴琰微微一笑，「我早猜到他要派人決小鏡河，還讓劍瑜小小地幫了他一把。」

安澄等了半天，不見裴琰繼續說下去，知這位主子秉性，不敢再問。

裴琰再想片刻，道：「他們一直是三個人麼？」

「是。加上一個趕車的，身手稱得上是高手。衛三郎和江姑娘始終待在車中，他們晚上有時投店，有時也趕路。」

裴琰冷哼一聲，不再說話。安澄跟隨他多年，聽他冷哼之聲，心中一哆嗦，遲疑片刻後小心翼翼道：「相爺，算算行程，明天他們便可到達南安府，您看……」

裴琰慢慢呷著茶，看著春光底下疊翠的山巒，看著那漫山遍野開得燦爛的杜鵑花，平靜道：「讓人將靜思亭收拾收拾，明日我要在那裡，好好地會一會衛．三．郎！」

尚是二月，春陽便曬得人有些暖洋洋的著不上勁。山野間的杜鵑花與桃花爭相開放，燦若雲霞，美如織錦。春風徐過，花瓣落滿一地，香雪似海。

由香州一路往東而行，這日，便進入了南安府境內。

馬車緩緩而馳，春風不時掀起車簾，露出道邊的濃濃春光，江慈卻無心欣賞，坐立難安。

衛昭傷勢有所好轉，已不再昏迷，他斜倚在榻上，盯著江慈看了良久，忽道：「你怕什麼？」

江慈一驚，垂下頭去。

衛昭見她雙頰暈紅，手指緊攥著裙角，問道：「還是不想回少君那裡？」

江慈壓在心底多時的傷痛被他這一句話揭起，眼眶有些濕潤。衛昭看得清楚，笑了笑，坐到她身邊，低頭凝望著她，「少君早就等著我將你送回去。他還不知我正要將你送回長風山莊，我得給他一個驚喜。」

江慈抬起頭來，哀求道：「三爺，你能不能……」

衛昭闔上雙眸，靠上車壁，江慈心中最後一絲希望破滅，淚水簌簌掉落。

衛昭有些不耐，「少君有甚不好？別的女子做夢都想入他相府，你倒裝腔作勢！」

江慈狠狠抹去淚水，怒道：「我不是裝腔作勢，他相府再好，與我何干！」

「他不是為你動了心麼？還為救你而負傷，以他為人，可算極難得了。」衛昭靠近江慈耳邊，悠悠道。

江慈搖頭，語氣中透出一股衛昭從未在她身上見過的哀傷，「不，我從來不知，他哪句話是眞話、哪句是假話，更不知，他到底把我看作什麼人……」想起那難以啓齒的草廬之夜，那夜如噩夢般的經歷，想起這馬車正往長風山莊方向駛去，江慈雙手互絞，哽咽著說不出話來。

衛昭盯著她看了許久，道：「你眞不想回去？」江慈聽他語氣似有些鬆動，忙抬起頭喊聲：「三爺。」

衛昭掀開車簾，遙見寶林山就在前方，又慢悠悠地將車簾放下，平靜道：「可我得將你送回去，才能體現我的誠意，方好與他談合作的事情，這可怎麼辦呢？」

寶林山南麓，由長風山莊東面的梅林穿林而過，有一條石階小路，道邊皆是參天古樹，沉蔭蔽日。沿小路而上，山腰處有一掛滿青藤的岩壁，岩壁前方空地上建有一八角木亭，名為「靜思亭」。

站於靜思亭中，寶林山南面的阡陌田野風光一覽無遺，又正值春光大好之時，裴琰一襲深青色絲袍，負手而立，遙望山腳官道，只覺春光明媚，神清氣爽。

安澄過來稟道：「相爺，他們已到了三里之外。」

裴琰回頭看了看石几上的棋盤，微笑道：「可惜相府那套『冰玉棋奩』沒有帶來，這套棋具配三郎，猶嫌差了些。」

春風拂過山野，落英繽紛，松濤輕吟。陽光透在裴琰身上，讓他雙眼微瞇。他望向山腳官道，遙見一騎車駕由遠而近，停在山腳，不由微笑。

寶林山下，馬車緩緩停住。

老林的聲音在車外響起，「主子，到寶林山了。」

衛昭戴上面具，轉頭望向江慈。江慈手足無措，只覺心跳得厲害，猛然拿過衛昭的青紗寬帽戴於頭上。

衛昭將身上素袍撣了撣，站起身來，右手伸向車門，卻又停住，慢慢坐下。

浮雲，自南向北悠然而捲。

裴琰負手立於亭中，微微而笑。

馬車靜靜停在寶林山下，春風拂過，車簾被輕輕掀起。

江慈覺自己的心彷彿要跳出胸膛，強自平定心神，才省覺衛昭竟未下車。她掀開青紗，見衛昭正盯著自己，眼光閃爍，似是陷入沉思之中。

她輕喚一聲：「三爺。」

衛昭不答，放鬆身軀靠上車壁，右手手指在腿上輕敲，目光卻凝於江慈面容之上。

靜思亭中，裴琰微微而笑，凝望著山腳那騎馬車，春日陽光讓其笑容看上去有說不出的溫雅和煦，風捲起他的絲袍下襬，颯颯輕響。

鳥兒從天空飛過，鳴叫聲傳入車內，衛昭猛然睜開眼來。

衛昭身側，江慈將呼吸聲放得極低，右手緊攥著裙邊，盯著他緊閉的雙眸。

馬車內，衛昭閉上了雙眸，風自車簾處透進來，他的烏髮被輕輕吹起，又悠然落於肩頭。

馬車緩緩而動，沿官道向北而行，裴琰面上笑容漸斂，眉頭微皺。

春風中紛飛的桃花被馬蹄踏入塵土之中，和著一線灰塵，悠悠蕩蕩，一路向北，消失在山坳的轉彎處。

安澄不敢看裴琰有些冷峻的面容，小心翼翼道：「相爺，要不要追……」

裴琰搖了搖頭，望著馬車消失的方向，慢慢微笑，「三郎啊三郎，有你相陪下這一局，倒不枉費我一片心思！」他轉回石几邊坐下，右手執起棋子，在棋盤上輕敲，良久，將手中黑子落於盤中，道：「安澄。」

「在。」

「傳信給劍瑜，讓他上個摺奏。」

安澄用心聽罷，忍不住道：「相爺，衛三郎既然不以眞容來見您，咱們爲何還要幫他？」

裴琰落下一子，「三郎一直是以蕭無瑕的名義與我們接觸，並不知我已猜得他的眞實身分，也不知道我在等他。他性情多疑，在局勢未明朗之前，不敢輕易暴露身分。也罷，咱們就幫他一把，以示誠意吧。」

安澄下山，裴琰坐於亭中，悠然自得的自弈。待日頭西移，他望著盤中棋勢，呵呵一笑，「三郎，望你此次莫讓我等得太久！」

江慈聽得衛昭吩咐老林繼續前行，瞪大了眼睛，半晌說不出話，心中五味雜陳，說不上是高興還是失落。

衛昭橫了她一眼，和衣躺到榻上，閉目而憩。

車輪滾滾，走出數里地外，江慈才回過神。她取下青紗帽，坐到榻邊，推了推衛昭，「三爺。」

「嗯。」衛昭並不睜眼。

江慈心中如有貓爪在抓撓，可話到嘴邊，又怕衛昭吩咐老林轉回長風山莊，只得坐於衛昭身邊，怔怔不語。馬車輕震了一下，衛昭睜開眼，望著江慈的側影，她睫羽輕顫，眼神亦微顯迷濛，嫣紅的雙唇微微抿起，看不出是歡喜還是惆悵。

馬蹄踏青，一路向東北而行，數日後便京城在望。

江慈坐於榻邊，將先前老林在小鎮上買來的果子細細削皮，遞給衛昭。衛昭接過，她又削好一個，從車窗中探頭出去，遞給老林，老林道聲謝，將果子咬在口中。

衛昭看了看她衣兜中的果子，淡淡道：「你倒精明，把大的留給自己。」

江慈微笑道：「衛大人果然是衛大人，吃慣了山珍海味，以為果子大的就是好的。」她拿起一顆大些的果子，削好皮遞給衛昭，「既是如此，那咱們就換一換。」

衛昭看了看她，猶豫一下，終將手中青果慢慢送入口中。江慈得意笑著咬上個大的青果，清脆聲響讓衛昭搶過她手中的果子，在另一面咬了一口，倒吸了口氣後，又丟回江慈身上。

江慈哈哈大笑，衛昭冷哼一聲，敲了敲車廂。

老林將車停住，跳下前轅，步近道：「主子。」

「在前面紀家鎮投店。」

客棧後院內，月掛樹梢，燈光朦朧。

江慈心中暗罵衛昭存心報復，竟要自己從井中提數十桶水倒入內室的大浴桶中。他身上有傷，井水又冰冷，要來何用？可人在屋簷下，不得不低頭，她只得乖乖從命。

見大木桶終被倒滿，她擦了擦額頭上的汗珠，笑道：「三爺，水滿了。」

衛昭過來，江慈見他解開外袍，心中一驚，用手探了探水溫，吸口氣道：「三爺，你要做甚？這水很涼的。」衛昭冷聲道：「出去，沒我吩咐不要進來。」

聽他話語竟是這幾日來少有的冷峻，江慈越發心驚，卻也只得出房。她將房門掩上，坐於堂屋的門檻上，隱隱聽得內室傳來嘩嘩的水聲，再後來悄然無聲，待月上中天，仍不見衛昭相喚，終跺跺腳，衝入室內。

衛昭上身赤裸，浸於木桶之中，雙眸緊閉，面色慘白，濕漉的烏髮搭在白皙肩頭，望之令人心驚。江慈撲過去將他扶起，急喚道：「三爺！」奮力將衛昭往木桶外拖。

衛昭身高腿長，江慈拖了數下才將他拖出木桶，顧不得他渾身是水，咬牙將他拖至床上。又急急取過汗巾，正要低頭替他將身上拭乾，這才發現他竟是全身赤裸。

她眼前一黑，像兔子般跳起，竄出室外，心彷彿要跳到喉嚨眼，只覺面頰燙得不能再燙，雙腿隱隱顫抖。

她在門口待了半晌，欲待去喚院外守哨的老林過來，又想起衛昭說過，這世上只有她和平叔才知曉他的眞實身分。一路上她早已想明白，衛昭之所以受傷後僅留自己在身邊，便是不欲別人瞧見他的眞面目。她雖不知衛昭爲何這般相信自己，但顯然，是不宜讓老林看到衛昭眞容的。

萬般無奈，江慈只得鼓起勇氣，緊閉雙眼，摸索著走進內室。

磕磕碰碰摸到床沿，江慈摸索著用汗巾替衛昭將身上水分拭乾，感覺到那具身體冰涼刺骨，心中泛起一種莫名的感覺。

她將衛昭身下已濕的床巾抽出，摸索著扯過被子替他蓋上，再度像兔子般竄到堂屋，這才長舒一口氣。

怔了半晌，她又轉身入屋，輕輕掀開被子，看著衛昭肩頭已有些腫爛的傷口，想起他自過了長風山莊後，就未讓自己替他換藥。剎那間明白，衛昭不讓換藥、又在寒涼的井水中浸泡，竟是故意讓傷口惡化。

她在床邊坐下，將衛昭貼在額前的數綹長髮撥至額邊，凝望著他毫無血色的面容，低歎一聲：「你這樣，何苦呢？」

想起淡雪、梅影和在月落山的日子，江慈有些發呆，直到被一隻冰涼的手緊攥住右手才驚醒過來。

衛昭面如寒霜，「誰讓你進來的！」

江慈手腕被扼得生疼，強自忍住，平靜地望著他，說：「三爺，你也太不把自己的性命當回事了，萬一有個好歹……」衛昭冷冷道：「這個不用你操心，我是沒臉貓，有九條命，死不了的！」

他掀開被子，呆了一瞬，又迅速蓋上，眼神利如刀鋒，刺向江慈。江慈頓時滿面通紅，欲待跳起，卻雙足發軟。衛昭怒哼一聲，猛然伸手，點上江慈數處穴道，見她軟軟倒在床頭，忍不住大力將她推到地上。

老林在院外值守，正覺有些困乏，忽聽得主子相喚，忙打開院門進來。

衛昭已戴上面具與青紗寬帽，冷聲道：「把她送到京城西直大街『洪福客棧』的天字號房，你便回去。」

「是。」

衛昭回頭看了看倒在地上的江慈，按上腰間傷口，身形一閃，消失於夜色之中。

弘暉殿內，皇帝面色鐵青，眼神如刀子一般，割得戶部尚書徐鍛心神俱裂，伏於地上瑟瑟發抖。

靜王心中暗自得意，面上神情不變，「父皇，庫糧出了這麼大的紕漏，是始料不及的，還得想辦法從別處調糧才行。」

皇帝將手中摺奏一擲，「調糧調糧，從何處調！原以為庫糧豐盈，能撐過今春，可現下，二十餘個州府的糧倉鬧鼠患，十餘個州府的被水浸，難道還讓朕從成郡、長樂往京畿調糧不成！」

董學士眉頭緊皺，也覺頗爲棘手，他想了想道：「皇上，看來得從民間徵糧了。」

皇帝卻冷笑道：「民間調糧是必定的，但朕要查清誰是薄賊派在朝中的內奸，怎麼往年不出這種事，偏今年就鬧上了糧荒！」

眾臣聽他說得咬牙切齒，俱深深埋下頭去，大氣都不敢出，徐鍛更是早已癱軟在地。

姜遠快步入殿，皇帝正待斥責，姜遠跪稟道：「皇上，衛大人回來了！」殿內眾臣齊聲輕呼，皇帝猛然站起，「快宣！」

姜遠忙道：「衛大人他……」

皇帝快步走下鑾臺，姜遠急忙跟上，「衛大人暈倒在宮門口，傷勢不輕，暈倒之前說了句要單獨見皇上，所以微臣將衛大人揹到了居養閣，派了心腹守著。」

皇帝點頭道：「你做得很好，速宣太醫。」

跟在後面的陶內侍忙命人去宣太醫。皇帝卻又回頭，「傳朕旨意，速關宮門，任何人不得出入。」

皇帝快步走入居養閣，姜遠使了個眼色，眾人皆退了出去。

紫綾錦被中的面容慘白，雙眸緊閉，如墨裁般的俊眉微微蹙起。皇帝心中一緊，探上衛昭脈搏，將他冰涼的身子抱入懷中，輕聲喚道：「三郎！」

衛昭輕輕動彈了一下，未睜眼。皇帝解開他的衣襟，細細看了看他肩頭的箭傷和肋下的劍傷，心中一疼，急喚道：「太醫！」

守在閣外的太醫們蜂擁而入，從皇帝手中接過衛昭，一輪診罷又是上藥又是施針，皇帝始終負手站於一側。張醫正過來稟道：「皇上，衛大人傷勢嚴重，又在河水中浸泡過。從傷口來看，這些時日未有好好治療，開始化膿，雖無性命之憂，但得調養一段時日方能見好。」

皇帝點了點頭，「你們下去將藥煎好送過來。」

床上的衛昭忽然睜開雙眼，孱弱地喚了聲：「皇上。」

皇帝忙走到床邊，將他抱住，眾人慌不迭地出閣。皇帝撫上衛昭冰冷的面頰，衛昭似是有些迷糊，又喚了數聲「皇上」，再度暈了過去。

皇帝只得將他放平，守於床邊，握著他如寒冰般的左手，向他體內輸入眞氣。過得一刻，衛昭睜開眼睛，無力一笑，「皇上。」

皇帝心中歡喜，替他將被子蓋好，和聲道：「回來了就好，朕還眞怕……」

衛昭低咳數聲，皇帝語帶責備，「朕一直派人在小鏡河沿岸尋你，你既逃得性命，爲何不讓他們送你回京？還讓傷勢拖得這樣嚴重？」

衛昭面容微變，看了看閣外，皇帝會意，冷聲道：「說吧，沒人敢偷聽。」

衛昭低低喘氣道：「皇上，朝中有薄賊的人。臣墜入河中，被河水沖到下游，好不容易撿了一命，怕這人知道我偷聽到他與薄賊有來往，會派人在回京城的路上追殺我，所以才祕密潛回……」

皇帝冷哼一聲：「是誰？朕要誅他九族，以消心頭之恨！」

衛昭有些喘息，眼神亦漸迷濛，皇帝忙將他扶起，衛昭撐著貼在皇帝耳邊，輕聲說了幾句話。

皇帝面色一變，將衛昭放落，急步出了居養閣，喚道：「姜遠。」

姜遠忙過來跪下，「皇上。」

「傳朕旨意，即刻鎖拿劉子玉，封了他的學士府！還有，從即日起，京城實行宵禁，對所有進出京城之人進行嚴密盤查。」

衛昭平靜地望著閣頂的雕花木梁，又輕輕地闔上了雙眸。

衛昭自小鏡河歸來，在朝中引起轟動。緊接著的內閣行走、大學士劉子玉被滿門下獄，尤震動朝野。劉子玉本為河西望族出身，素享「清流」之名。其妻舅雖曾為薄公手下大將，卻非其嫡系人馬，乃朝中正常調任的將領。薄公謀逆之後，將朝中派在其軍中的將領一一鎖拿關押，故劉子玉在朝中並未受到牽連。此次衛昭指認其為薄賊派駐朝中的內奸，實是讓人始料不及。

但劉子玉下獄後，皇帝未令刑部對其進行會審，更未對河西劉氏一族進行連坐，又讓人摸不著頭腦。

衛昭傷勢較重，皇帝命人將他移到自己日常起居的延暉殿內閣，親自看護。

養得兩日，衛昭見閣內太醫侍從來往，影響皇帝正常起居，提請回府休養。皇帝考慮再三，准了他的請求，下旨命太醫院派了數名醫正入衛府。皇帝又怕衛府中缺侍女，小子們伺候不周到，欲賜幾名宮女，衛昭笑了笑，皇帝見他眉眼間滿是溫媚纏綿之意，便也笑過不提。

衛府是京城有名的宅子，後園靠著小秀山，小秀山的清溪如瀉玉流珠，從園中桃林間流過，讓這片桃樹林更顯生機盎然。此時正值桃花盛開之時，落英繽紛，宛如仙境。

衛昭閉目靜立於晨曦中，聆聽著溪水自身旁流過的聲音，待體內真氣回歸氣海，睜開眼，看了看在一旁用花鋤給桃樹鬆土除草的江慈，淡淡道：「無聊。」

江慈並不回頭，道：「你這園子裡的桃林雖好，卻乏人打理，若想結出桃子，這樣可不行。」

衛昭一笑，「為何要結出桃子？我只愛看這桃花，開得燦爛，開過便化成泥，何必去想結不結桃子？」

「既有桃花看，又有桃子吃，豈不更好？你府中的下人也太懶，都不來打理一下。」

「他們不敢來的。」

「爲什麼?」

衛昭嘴角輕勾,「因爲沒有我的命令,進了這園子的人,都埋在了這些桃樹下面。」

江慈「啊」的一聲驚呼,跳了起來,退後幾步,小臉煞白。

衛昭負手望著她驚惶的神色,悠悠道:「所以你最好聽話,別出這園子,小心人家把你當冤鬼收了。」

江慈更加心驚,她穴道被點,被老林送至客棧,半日後便有人悄悄將她帶出,安頓在這桃園的小木屋中,除開衛昭早晚來這桃園一趟,整日看不到其他人。所幸每日清晨有人自園子圍牆的小洞處塞入菜糧等物,她自己動手,倒不愁肚皮挨餓。她知衛昭的手段,自是不敢輕舉妄動,這片桃園又對了她的心思,每日蒔花弄草,亦不覺寂寞。

此時聽到衛昭這番話,她頓覺渾身生涼,這園子也似陰氣森森,令人生怖。

衛昭轉過身去,他白衣勝雪,長髮飄飄,微眯著眸子望向滿園桃花。江慈看著他的神色,忽然明白過來,重新拾起花鋤,笑道:「三爺騙人。」

「哦!」

江慈邊鋤邊道:「三爺既不准別人進這園子,定是愛極這片桃林,又怎會將、將人埋在這下面?」

晨風徐來,將衛昭的素袍吹得緊貼身上,見江慈提著一籃子土和雜草倒入溪中,他修眉微蹙,「你做什麼?」

江慈取過一些樹枝和著泥土,將小溪的大半邊封住,晨陽照在她身上,漾著一種柔和光彩。她嫌長裙裾有些礙事,索性挽到腰間,又將繡花鞋脫去,站在溪水中,將一個竹簸箕攔在缺口處,笑道:「這小溪裡有很多小魚小蝦,一隻隻去捉太麻煩,這個方法倒是利索,過一會提起來,保證滿簸箕的魚蝦。」

她將竹簸箕放穩當，直起腰，伸手擦去額頭上的汗珠，卻見衛昭正神色怔怔地盯著自己裸露的小腿，她面上一紅，忙將裙裾放了下來。

衛昭瞬間清醒，轉身便走，但那秀麗白皙的雙腿總在他面前閃現，他的腳步不禁虛浮。

剛走出桃林，江慈追了上來，「三爺！」

衛昭停住腳步，卻不回頭。

江慈猶豫半晌，覺難以啓齒，見衛昭再度提步，萬般無奈，只得再喚道：「三爺！」

衛昭背對著她，冷冷道：「講！」

江慈低聲道：「三爺，你能不能，遣個丫鬟替我送點東西過來？」

衛昭有些不耐，「不是讓人每天送了東西進來麼？」

江慈囁嚅道：「我不是要那些，三爺派個丫鬟來，我問她要些東西。」

「我府中沒有丫鬟，只有小子。」

江慈不信，「三爺說笑，你堂堂衛大人，這麼大的宅子，怎會沒個丫鬟？」

衛昭雪白面龐上忽浮現一抹緋紅，眼中閃過猙獰的寒光。他緩緩轉身，見江慈微笑著的雙唇似她背後桃花般嬌豔，又像血滴般刺心。

江慈見他神色驚人，退後兩步，衛昭冷聲道：「你要什麼東西？我吩咐人送入門洞便是。」

江慈雙頰紅透，卻又不得不說，垂下頭，聲音細如蚊蚋，「就是、是女人用的物事，小子們不會知道的，得問丫鬟們要才行。」

半晌不聞衛昭說話，她抬起頭，卻已不見了那道白色身影。

衛昭在後園門口呆立良久，易五過來，「三爺，莊王爺來了。」

衛昭走出數步，又轉頭看著易五，「小五。」

「是。」

「你，沒成家吧？」衛昭遲疑片刻，問道。

易五一笑，牽動了肋下劍傷，吸著氣道：「三爺都知道的，小五跟著三爺，不會想成家的事情。」

「那……」衛昭緩緩道：「你有相好的沒有？」

易五一頭霧水，跟在衛昭背後，笑道：「也稱不上相好的，偶爾去一去紅袖閣，那裡的……」見衛昭面色有異，他忙將後面的話嚥了回去。

莊王見衛昭在易五攙扶下緩步出來，忙上前扶住他的手，卻激靈打了個寒噤，強笑道：「三郎怎麼傷得這麼重？教人好生心疼。」衛昭笑了笑，莊王又道：「你出來做甚？我進去看你便是。」

「橫豎在床上躺得難受，出來走動走動。」衛昭斜靠在椅中，易五忙取過錦墊墊於他背後。

紫檀木椅寬大厚重，錦墊中，衛昭素袍烏髮，膚色雪白，透著一份無力的清麗。莊王一時看得有些愣怔，半晌方挪開目光，笑道：「你受傷落水的消息傳來，我急得沒吃過一頓安心飯，下次，可千萬別這般冒險。」

「沒辦法的事情，若讓薄雲山過了小鏡河，後果不堪設想。」

莊王點頭歎道：「薄賊這一反，真讓我們措手不及。高成昨日有密報來，他的五萬人馬現下布在婁山以西，寧劍瑜在婁山的人馬抵不住張之誠，正步步後退，只怕今時高成已和張之誠交上手了。」

衛昭淡淡道：「高成沒經過什麼大陣仗，讓他歷練歷練也好，老養著，他那世家子弟脾氣只怕也養大了。」

「只望他聰明點，別淨替寧劍瑜收爛攤子，保存點實力才好。」莊王湊近低聲道：「三郎，劉子玉真是薄賊的人？」

衛昭挪了挪身子，斜睨著莊王，「王爺怎麼問這話？」

「我不是看三弟前陣子一力招攬劉子玉麼？裴琰傷重隱退，三弟著了急，見人就攬，若劉子玉眞是薄賊的人，我看他怎麼抬得起頭？」

衛昭皺眉，「靜王爺禮賢下士的名聲在外，縱是對劉子玉親密些，皇上還不至於爲這個問他的不是。」

「是，只是父皇怎會拖了幾日，到今早才下旨，命刑部嚴審劉子玉一案呢？」

衛昭抬頭，「皇上下旨審劉子玉了？」

「是。」莊王尚不及細說，衛昭已道：「王爺，我要進宮，您自便。」

易五將衛昭扶入馬車中，衛昭從袖中掏出瓷瓶，倒了一粒藥丸吞下。易五面有不忍，跪下道：「三爺，請保重身子。」

衛昭冷冷一笑，卻不說話。

見衛昭面色蒼白，裹著寬袖白袍，被內侍們用步輦抬過來，陶內侍忙迎上前，「衛大人，皇上正問您的傷，您怎麼不在府中養著，進宮來了？」

衛昭一笑，「知皇上擔心，我已見好許多了，早些過來讓皇上看看，也好安聖心。」

皇帝早在閣內聽到二人對話，便在裡面叫：「三郎快進來，別吹了風。」

衛昭推開內侍的相扶，慢慢走入閣中。皇帝扔下手中摺奏，過來摸了摸他的手，皺眉道：「這回可傷了本元了。」

衛昭低聲道：「能爲皇上受傷，三郎心中歡喜得很。」

皇帝聽得開心，習慣地便欲攬他入懷。衛昭身軀一僵，馬上咳嗽了一下，雙手攏肩。皇帝用心探了探他的脈搏，皺眉道：「看來太醫院的方子不管用。」

「倒非太醫院的方子不管用，是三郎自己心急了些，今早運岔了氣。」衛昭雪白面容閃過一抹緋紅，皇帝知他氣息有些紊亂，忙握住他的手，向他體內輸著真氣，待他面色好些，方放開手。

衛昭在龍榻上躺下，將身子埋在黃綾被中，悶悶道：「值緊要關頭，偏受這傷，不能爲皇上分憂，是三郎無能。」

皇帝搖了搖頭，「你先安心養好身子，朕還有任務派給你。」他拿起一本案頭上的摺奏，微笑道：「爲了找你，下頭的人可費了心思。寧劍瑜不知你已回京，派了大批人沿小鏡河沿岸尋你，說是隱約發現了你的蹤跡，這就趕著上摺奏，好安朕的心。」

衛昭抬頭看了看，冷冷道：「眞讓他們找著了，劉子玉的人也會找得到我，我還不定有命回來見皇上。」

皇帝點頭道：「是，寧劍瑜上這摺奏時，猶不知你已回了京，朕已下旨，命他收回尋找你的人馬，用心守住小鏡河。」又道：「劉子玉享譽多年，門生廣布，還眞是有些棘手。」

「依臣看，劉子玉一案，不宜牽連太廣。薄賊這麼多年，與朝中大臣們素有來往，若是一味牽連，怕人心不穩。」

「朕見這幾日人心惶惶的，亦知不能株連太廣。唉，沒一件事情順心的，庫糧出了問題，岳景隆已逃了回去，只怕岳藩起反就是這幾日的事情。」

衛昭幽然歎了口氣，「皇上請保重龍體，這些個賊子們，慢慢收拾便是。」

皇帝邊批摺奏邊道：「高成那五萬人只怕不抵事，寧劍瑜挺得辛苦，王朗的人馬尙未到位，這西南的兵馬又不能動，朕總不能把京畿這幾個營調過去。」

「那是自然，這幾個營得護著皇上的安危。」衛昭緩緩道：「不過憑小鏡河和婁山的天險，當能擋住薄賊。怕只怕，桓國趁人之危，寧劍瑜兩線作戰，可有些不妙。」

皇帝正憂心這事，停住手中的筆，「寧劍瑜顧得小鏡河便顧不得成郡，偏少君傷未痊癒……」他頗覺煩心，將筆一扔，「一個你，一個少君，都是傷不得的人，偏都這個時候傷了！」

衛昭仰頭望著他，面上神情似有些委屈，又有些自責，皇帝倒也不忍，頓將話題岔了開去。

皇帝批罷奏摺，見衛昭已伏在榻上沉沉睡去，便輕手輕腳走出內閣，向陶內侍示出噤聲的手勢，帶著眾人往弘泰殿而去。

衛昭睡了個多時辰方才出閣，內侍上前輕聲道：「皇上去了弘泰殿與大臣們議事，說若是衛大人醒了，便讓您回府休息。」

衛昭輕「嗯」一聲，仍舊坐上步輦出了宮門。易五上來將他扶入馬車，衛昭再服下一粒藥丸，長吐出一口氣，冷聲道：「回吧！」

由於薄賊作亂，京城實行宵禁，才剛入夜，京城的東市便人流盡散。

東市靠北面的入口處是一家胭脂水粉舖，眼見今日生意清淡，掌櫃的有些沮喪，卻也知國難當前，只得快快地吩咐粉娘上門板。最後一塊門板正要闔上，一道黑影擠了進來。

店內燭火昏暗，掌櫃的看不清來人面容，只覺他捲進一股冷冽之氣，又見這人身形高大，心中一凜，忙道：「這位爺，咱這店只賣女子物事，您是不是……」黑衣人將手往舖臺上一拍，掌櫃的眼一花，半晌才看清是數錠銀子，忙陪笑道：「爺要什麼，儘管吩咐。」

黑衣人面目隱在青紗寬帽後，聲音冷如寒冰，「女人用的一切物事，你店裡有的沒的，都給我備齊了。」

掌櫃的一愣，馬上反應過來，將銀子攬入懷中，笑道：「明白，爺等著，馬上備齊給您。」

三十二　因何生怖

衛昭拎著布囊在黑暗中行出兩條大街，閃上一輛馬車，易五輕喝一聲，趕著馬車往衛府方向行去。

車內燈籠輕輕搖擺，衛昭將手中布囊丟於一邊，過得片刻，他又望向布囊，右手在空中停頓了一下，終拿起了布囊。

將布囊中物事一一取出細看後，衛昭修眉輕蹙，又將東西收好，面上閃過疑惑之色。

他閉上雙眸，欲待小憩一陣，但胸口莫名的有些煩躁，恐是日間服下那藥丸的影響，忙端坐運氣，卻怎麼也無法消除這股燥熱感，將衣襟拉開些，仍覺脖頸處有細汗沁出。

江慈這日收穫頗豐，溪水中魚蝦甚多，毫不費力便撈上來半桶。她在園子裡搗鼓了一日，又興致盎然地弄了晚飯，正待端起碗筷，衛昭走了進來。

想起晨間求他之事，江慈有些赧然，邊吃邊含混道：「三爺吃過沒有？」

衛昭負手望著桌上的飯菜，冷哼一聲。

江慈跟他多日，已逐漸明他一哼一笑之意，取了碗筷過來，「飯不夠，菜倒是足，三爺將就吃些。」

衛昭向來不貪食，縱是覺今夜這飯菜頗香，也只吃了一碗便放下筷子。江慈忙斟了一杯茶遞給他。

衛昭慢慢飲著手中清茶，看著江慈吃得心滿意足的樣子，一時竟有些迷糊，思緒悠悠蕩蕩，恍若回到了十多年前的玉迦山莊。

江慈收拾好碗筷，洗淨手過來，見衛昭仍坐在桌邊發怔，不由笑道：「三爺，你傷勢大好了？早些歇著去吧。」衛昭仍是不語，江慈將右手在他面前晃了晃，衛昭猛然驚醒，緊攥住江慈的右手，江慈疼得眼淚迸了出來。衛昭鬆手，冷冷道：「長點記性。」

江慈揉著生疼的手腕，卻不敢相駁。衛昭看著她含在眼眶中的淚水，愣了一下，卻仍冷著臉，將布囊往桌上一扔，「你要的東西！」

江慈愣了一瞬，明白過來，剎那間忘了手腕的疼痛，面上一紅，便欲攬過布囊，衛昭卻又伸手按住。

江慈下意識抬頭望向衛昭，衛昭也望向她。二人默然對望，俱從對方眼中看到一絲慌亂之意。江慈面頰更紅，忙鬆開手，衛昭卻打開布囊，將裡面東西一一取出，江慈羞得「啊」的一聲，轉過身去。

衛昭再看一陣，仍不明有些東西要來何用，見江慈紅到了耳根，更覺好奇。他步至江慈身側，湊近她耳邊低聲道：「你給我講講，這些是做甚用的，我便答應你一個請求。」

江慈抬眼見他手中拎著的小衣和長布條，大叫一聲，跑回內室，將門緊緊關上。

衛昭望著那緊閉的房門，呆立片刻，將手中物事放於桌上，出了木屋。

月色下，桃林迷濛縹緲。衛昭負手在林中慢慢地走著，夜風徐來，花瓣飛舞，撲上他的衣袂。他拈起那片緋色，一時也分不清，眼前的究竟是這小山明月，還是那一抹細膩潔白；更看不清，手中的究竟是這桃花，還是那嬌豔欲滴的紅唇……

過得數日，衛昭身子逐漸好轉，皇帝便有旨意下來，仍命其為光明司指揮使，讓姜遠將皇宮防務重新交付衛昭。但皇帝體恤他重傷初癒，命他在府休養，只由易五主理防務，一切事宜報回衛府由其定奪。

衛昭也曾數次入宮，但前線戰事緊急，寧劍瑜和高成、王朗聯手，仍在婁山步步潰敗，若非靠著「牛鼻山」的天險，即險些讓薄雲山攻破婁山。軍情如雪片似遞來，糧草短缺，皇帝和內閣忙得不可開交，衛昭入宮，總是怏怏而歸。皇帝乾脆下旨，讓他在府休養，不必再入宮請安。

江慈見衛昭夜夜過來蹭飯吃，不由哀歎自己是廚娘命，以前服侍大閘蟹，現下又是這隻沒臉貓。心頭火起，便不在菜中放鹽，或是故意將菜燒焦。衛昭彷若不覺，悠然自得地把飯吃完，喝上一杯茶，再在桃林中走上一陣才出園子。江慈折騰幾日，見無作用，自己跟著洩了氣，照舊好飯好菜地伺候著，衛昭靜靜地吃著，並不多話。

這夜衛昭飲完茶，在木屋門口站了片刻，忽道：「走走吧。」

江慈不明他的意思，見他往桃林走去，猶豫片刻跟了上去。

春風吹鼓著衛昭的寬袍大袖，他在桃林中走著，宛若白雲悠然飄過。江慈跟在他背後，聽著細碎的腳步聲，感受著春夜中的這分靜謐與芬芳，恍若回到了鄧家寨，飄浮了半年多的心，在這一刻慢慢沉靜下來。

她凝望著夜色中的桃花，忽然覺得，這一刻，竟是自去歲長風山莊陷入漩渦之後，最爲平靜輕鬆的時刻。

衛昭停住腳步，轉頭見江慈若有所思，神情靜美安然，不由微微一笑，「又想家了？」

「嗯。」江慈慢慢走著，伸手撫上身側的桃花，輕聲道：「我家後山，到了春天，桃花開得和這裡一般美。我和師姐，會將落下來的桃花收集起來，然後釀『桃花酒』。」

「你還會釀酒？」

「也不難，和你們月落的『紅梅酒』差不多，就是放了些乾製的桃花，少了一分辛辣，多了些清香。」

衛昭轉身，望向西北天際，夜色昏暗，大團濃雲將弦月遮住，他眉目間也似籠上了一層陰影，但瞬間又復於平靜。

夜風忽盛，二人靜靜立於桃林中，都不再說話。

涼意漸濃，風，將數瓣桃花捲上衛昭肩頭。江慈轉頭間看見，忍不住伸手替他輕輕拈去。

衛昭靜靜看著江慈將花瓣收入身側的布袋之中。

一陣細雨隨風而來，江慈抬起頭，正見衛昭明亮的眼神，如星河般璀璨。江慈被他的眼神看得有些心驚，便對他笑了笑。

不遠處的小木屋燈燭昏黃，身側桃花帶雨，眼前的笑容清靈秀麗。衛昭慢慢伸出手來，將江慈被細雨撲濕的幾綹秀髮撥至耳後。

他手指的冰涼讓江慈忽然想起那夜他冰冷的身子，心中再度湧上那股莫名感覺，卻又不敢看他複雜的眼神，低下頭去，遲疑片刻後輕聲道：「三爺，你身子剛好些，不要淋雨，還是早些回去歇著吧。」

衛昭手指一僵，心底深處似有某樣東西在用力向外掙脫，但又似被巨石壓住，壓得他有些喘不過氣來。

江慈聽得他的呼吸聲逐漸粗重，怕他傷情復發，忙上前扶住他的右臂，「三爺，你沒事吧？」

衛昭痛哼一聲，猛然閉上雙眼，將江慈用力一推，幾個起落，便消失在夜色之中。

雨，由細轉密，將衛昭的長髮沁濕，他在風中疾奔。

那日，爲何不將她還給裴琰，眞的只是，自己不願過早露出眞容麼？

這些時日，又爲何會日日來這桃園，眞的只是，爲了看這一片桃花麼？

這夜，濛濛春雨中，響鈴驚破京城的安寧，數騎駿馬由城門直奔皇宮，馬上之人手中的紫杖如同暗紅的血流，泅過皇宮厚重巨大的銅釘鎦金門。

衛昭久久立於皇城大道東側石柱的陰影中，看著那道血流，和著這春雨，悄無聲息地蔓延。

皇帝從睡夢中驚醒，披上外袍，多日來擔心的事情就在眼前，他的面色反而看不出一絲喜怒。

重臣們集於延暉殿，心情都無比沉重，見皇帝進殿，匍伏於地，山呼的萬歲聲裡透著惶恐和憂慮。

皇帝冷聲道：「少廢話，該從何處調兵，如何調，誰領兵，即刻給朕理個條程出來。」

兵部尚書邵子和這段時日沒睡過半日安穩覺，眼下早已是青黑一片，撐著精神道：「皇上，為防桓國進攻，本是布了重兵在北線的，但後來見桓國沒動靜，便調了一部分去婁山支援寧將軍。桓國這一攻破成郡，南下五百里，鄆州、郁州、鞏安兵力不足，即使將東萊和河西的駐軍都頂上去，只怕還不濟事，如果不從京畿調兵，就只得從婁山往回調兵了。」

靜王面色沉重，「婁山的兵不能動啊，高成新敗，寧劍瑜苦苦支撐，若還要抽走兵力，只怕薄賊會攻破婁山。」莊王無奈，說不上話，只得低下頭去。

董學士思忖片刻道：「成郡退下來的兵力，和鄆州等地的駐軍加起來，不到八萬，只怕抵不住桓國的十五萬鐵騎，此次他們又是二皇子親自領軍，易寒都上了戰場，看樣子是勢在必得，必須從婁山調兵。」

太子看了看皇帝的面色，小心翼翼道：「父皇，由誰領兵，也頗棘手。」

皇帝怒極反笑，「真要沒人，朕就將你派上去。」

太子一哆嗦，靜王心中暗笑，面上卻肅然，沉吟道：「不知少君傷勢如何，若是他在，高成也不至於敗得這樣慘，桓國更不可能攻破成郡。」

董學士抬頭，與皇帝眼神交觸，「皇上，臣建議，婁山那邊，還是寧劍瑜與高成守著，把王朗的兵往鄆州調，那一帶的八萬人馬，一併交給王朗統領，他在長樂多年，熟知桓軍的作戰習慣，當能阻住桓軍南下之勢。至於婁山那塊，讓寧劍瑜將小鏡河南線的人馬調些過去，京畿再抽一個營的兵力北上馳援小鏡河。」

皇帝微微點頭，「王朗比高成老練，只能這樣了。」復轉向戶部尚書徐鍛，「徵糧之事，辦得如何？」

徐鍛忙從袖中取出摺表，將各地糧數一一報來，皇帝靜靜聽著，心情略有好轉。

徐鍛念到最後，稍有猶豫，輕聲道：「玉間府的徵糧，只完成三成。」

皇帝笑了笑，「玉間府是出了名的魚米之鄉，倒只收上來三成，看來小慶德王風流太過，忘了正事了。」

董學士心領神會，微笑道：「小慶德王也不小了，老這麼風流，也不是個事，不如替他正式封位王妃，收收他的心，想必也讓皇上少操些心。」

「董卿可有合適人選？」

皇帝與董學士這一唱一和，眾人齊齊會意，眼下西南岳藩自立，玉間府的小慶德王態度曖昧不明，對朝廷的軍令和政令拖延懈怠，皇帝又不便直接拿了他，唯有賜婚，既可安他之心，也可警醒於他，至少不讓其與岳藩聯手作亂。然這個賜婚人選卻頗費思量，要想安住小慶德王的心，一般世家女子不夠分量，可小慶德王是謝氏皇族宗親，也不能將公主下嫁於他。

陶行德靈機一動，上前道：「皇上，臣倒想起有一合適人選。」

「講。」

「故孝敏智皇后的外甥女，翰林院翰林談鉉的長女，聰慧端莊，才名頗盛，必能收小慶德王之心。」

太子面上閃過不忍之色，諸臣看得清楚，知他憐惜這個表妹，可眼下國難當頭，薄賊作亂，桓國南侵，如果小慶德王再有異動，三線作戰，可就形勢危急，唯有將小慶德王先安撫住，待北邊戰事平定了再解決西南的問題。

談鉉乃太子的姨父，才名甚著，在翰林院主持編史，門生遍天下，頗受百姓敬重，亦素爲「清流」一派所推崇；他的女兒與小慶德王聯姻，小慶德王若要作亂，累及這位名門閨秀，必要冒失去民心之險。但只要北邊戰事平定，皇帝顯然是要騰出手來對付小慶德王的，到時，這位談家小姐的命運，可就多舛了。

皇帝思忖片刻，道：「也沒其他合適人選，就這樣吧，董卿擬旨。」

「是。」

諸事議罷，已是天明時分。

太子出了延暉殿，眼眶略紅，靜王走到他背後，輕聲道：「大哥莫要難過了，日後再想辦法，讓小慶德王上京做個閒散王爺便是。」

太子歎道：「姨母只這一個親生女兒，我真是愧對母后。」

靜王道：「只盼北線戰事儘早平定，小慶德王能做個明白之人。」

太子瞇眼望向微白的天際，搖了搖頭，「桓國這一南侵，凶險得很啊。」

靜王也歎道：「險啊。」

二人均負手望著北面天空出神，不再說話。

衛昭攏著手，悄無聲息地自二人背後走過，步入延暉殿。

碧蕪草堂，裴琰看著宣紙上的墨字，頗覺滿意地笑了笑，再接過安澄手中密報，看罷笑道：「差不多是時候了。」安澄卻有些遲疑，見裴琰盯了自己一眼，只得低聲稟了數句。裴琰眉頭微皺，又舒展開來，淡淡道：「怎麼讓她跑了？」

安澄垂手道：「是安澄識人不明，請相爺責罰。」

裴琰思忖片刻，道：「明飛眞是只為美色而帶走的人？看著不像，你再仔細查一查他。」

「是。」

裴琰再想片刻，喚道：「櫻桃。」侍女櫻桃進來，裴琰道：「將那件銀雪珍珠裘取過來。」

看著狐裘下襬上那兩個燒焦的黑洞，裴琰默然片刻，轉而微微一笑，向安澄道：「你派個人，將這件狐裘送給三郎。」

京城連著下了數日的細雨，加上桓國南侵，前線戰事正酣，京城宵禁，到了夜間，以往繁華的街道上除偶有巡邏的禁衛軍經過，空無一人。

禁衛軍指揮使姜遠將皇城防務交回給衛昭之後，便覺肩頭擔子輕了許多，晚上也有精神親自帶著禁衛軍上街巡防。見一騎馬車迎面而來，姜遠立住腳步，手下之人忙上前橫刀喝道：「大膽！何人敢深夜出行！」

馬車緩緩停住，一人在車內輕笑，姜遠聽著有些熟悉，上前兩步，車簾後露出一張似喜似嗔的秀雅面容，「姜大人！」

姜遠笑道：「原來是素大姐。」

他揮了揮手，手下都退開去，馬夫也遠遠退於一旁。姜遠上前輕聲道：「素大姐還是莫要晚上出行，我的手下有些人不認識大姐，怕多有得罪。」

素煙抿嘴笑道：「大姐我也不是這般莽撞的人，今日實是有要事，正想找姜大人討個牌子出城。」

姜遠頗感爲難，可素煙背後那人，與自己同屬一營，又不好開罪於他。

素煙見他沉吟，不慌不忙從懷中掏出一樣東西，慢慢遞至姜遠面前，姜遠看過，面色一變，猛然抬頭。

素煙仍舊溫媚地笑著，卻不說話。

姜遠忙從腰間取下一塊牌子，遞與素煙，「要不，我送您出城？」

「倒不必了。」素煙笑道：「改日再請姜大人飲酒。」

「大姐慢走。」

馬車出了京城北門，在亂石坡的青松下停住，馬夫遠遠退開，隱入黑暗之中。

素煙掀開暗格，燕霜喬與一青年男子鑽了出來，素煙握住她的手，理了理她散亂的鬢髮，無語哽咽。

燕霜喬也是默默飲泣，良久，素煙輕聲道：「霜喬，去吧，現下只有他，能護得你的周全，能幫你索回師妹了。」

燕霜喬憂切滿面，「小姨，要不，你和我們一起走吧，我怕裴琰會對你不利。」

她身旁青年男子道：「是，小姨，裴琰的人馬上就會找來攬月樓，您會有危險的。」

素煙搖了搖頭，「裴琰那人，不會做任何損人不利己的事情，你師妹無關緊要，你反正是逃了，他傷害我並無任何好處，你放心吧，小姨有能力自保。但這京城水太渾，小姨護不得你的周全，更不敢讓別人知道你是易寒的女兒，你只有去找他，憑他的權勢，才可保你安寧，他終究是你的……」

燕霜喬別過頭去，素煙淚水滑落，哽咽道：「只盼你去桓國，能平平安安，莫要捲入任何風波之中。」她轉向那青年男子，「明飛，你的恩情我無以言謝，此去鄆州，還請你多照顧霜喬。」

燕霜喬緊握住她的手，不願放開，「小姨，拜託您幫我打聽一下，裴琰究竟把師妹藏在哪裡。明飛幫我打探過，她似是已不在長風山莊，又不在相府，我這心裡不知有多焦急。」

素煙點點頭，「你放心，我會盡力的，一有消息便會通知你。你也求求你、你父親，看他能否運用他的勢力幫你找一找小慈。你得趕緊走，一路上千萬勿露了行蹤。」說著從馬車中取出一件大斗篷和一頂黑紗帽，替燕霜喬戴上。

她狠下心，到林間牽出兩匹駿馬，右手托上燕霜喬腰間，將她托上馬鞍，銀牙一咬，奮力擊上馬臀。馬兒長嘶一聲，蹄聲勁響，明飛忙驅馬跟上，兩騎消失在夜色之中。

素煙靠住馬車，低聲飲泣：「霜喬，你要保重！」

〈番外〉燕霜喬出逃

他再來這個小院，今年第一場大雪剛剛下過。燕霜喬的〈雁南飛〉繡圖也收了最後一針。

明飛下意識望向上次血漬之處，卻只見一隻小雁，昂然振翅，隨在大雁背後。

燕霜喬取下素緞，低頭絞著帕邊。明飛靜靜看著，忽道：「燕小姐，我若告訴你令師妹去了哪裡，你可否將這繡帕送給我？」

燕霜喬一愣，轉而微微點頭。

「江姑娘初二隨相爺去了長風山莊，聽從南安府回來的弟兄說，她在那裡過得很好，相爺也待她不錯，還帶著她去打獵。」

燕霜喬默默聽罷，嘴角不自禁地揚起，她輕輕撫著繡帕上的那隻小雁，低聲道：「那便好，她最喜歡打獵，肯定玩得盡興。」她轉過頭來，微微仰頭望著明飛，「明公子，能否幫我轉達一句話給你家相爺？」

「燕小姐請說。」

「我師妹天眞爛漫，不識禮數，若有得罪相爺之處，還請相爺多多包涵。她於相爺並無用處，望請相爺將她放了，我燕霜喬願爲相爺所用。」

明飛微愣，想了想，道：「燕小姐，若是相爺用你去對付你的父親，你也願意麼？」

燕霜喬怔住，良久無言。

明飛細觀她的神色，非苦非傷，只是有幾分茫然。

燕霜喬沉默許久，低低道：「他不是我父親，就算是，他也不會以我爲重。那夜他棄我而去，你家相爺亦當看得明白，他不會因我而受威脅。」

明飛一笑，「燕小姐錯了。」燕霜喬略帶疑問地望著他。他淺笑道：「若是我處在那等境況，也只能做出那等選擇。燕小姐誤會令尊的一片苦心了，想來，他內心也是覺得有愧於你的。」

燕霜喬眼簾微閃，低聲道：「你們男子以大業爲重，縱是犧牲親人亦在所不惜，可我們女子也是人，就該生來被你們用來犧牲的麼？血脈親情，一句『日後爲她復仇』就可抵消麼？」

明飛自小接受暗人訓練，聽到的多是「爲成大業，須當斬斷親情」、「男子漢大丈夫，建功立業，當不爲柔情溫意所絆」，少聽過女子之言，此時聽到這話，忽想起死於沙場的阿爸、含恨而逝的阿母，竟無法相駁。

燕霜喬又道：「不錯，當日他若爲我留下，確是無濟於事，和以前他爲全忠孝、負我母親是同樣意思。可他既有抉擇，就無須再惺惺作態，感覺有負於我。負便負了，騙便騙了，他之愧意，只不過求個心安罷了。」

明飛默然，良久方道：「不管怎樣，燕小姐，這封信仍得勞你寫一下。」

燕霜喬冷笑道：「我倒不知該如何寫，明公子詩書上是極佳的，不知可否賜教？」

燕霜喬被明飛假扮的「邵繼宗」撞傷以後，曾在杏子巷的「邵宅」中與明飛有過一陣子的相處時光。二人亦曾聯詩作對，相處甚歡。若非看「邵繼宗」乃知書守禮之人，燕霜喬早已告辭而去，正因爲被他文采所感，才在「邵府」多住了一段時日，才有後來攬月樓之會、被挾之痛。

明飛心湧愧意，燕霜喬忽咳數聲，明飛這才發現，大雪天，她竟只穿著當日的藍色薄衫。

燕霜喬終還是寫了封信函，寥寥幾句，無非證明她尚在裴琰手中，並無他意。她倒也想看看，負心忘義的所謂父親，可還有一絲舐犢之情。

她不想再多看明飛一眼，明飛卻於一個時辰後帶著一名大夫回到小院。

大夫把脈去後，明飛立於門口，望著她冷冷的面容，道：「你若恨我恨相爺，甚至恨你的父親，便當留著身子，看我們是否得到報應。你若疼你師妹和你小姨，更當留著身子，以後出去與她們相見。」

燕霜喬一陣咳嗽，雙頰漲紅。明飛走了進來，她急速後退，他卻只走到大櫃前，取出一件掐絲夾襖，她躲避不及，他已將夾襖披於她的肩頭。他還想說什麼，終還是沒說，轉身離去。

過了數日，雪又下得大了。

明飛踩著積雪入院，燕霜喬正圍爐而坐，靜靜地看書。

見她穿上了厚厚的夾襖，生起了炭火，他莫名地有些高興，欲待張口，這才省覺自己這次竟非奉命而來。

燕霜喬手握書卷，轉過頭來，平靜的神情下透著些渴望。他微笑道：「剛有弟兄從長風山莊回來。」

燕霜喬一喜，請他在炭爐邊坐下。明飛見她手中之書竟是當日二人在杏子巷「邵宅」討論詩詞時的《葉間集》，也不待她相問，便道：「相爺在武林大會時受了傷，江姑娘現下還在長風山莊服侍相爺。」

燕霜喬眉頭微皺，輕聲道：「她不懂事，怎麼能服侍人？」

「這你不消擔心，江姑娘似是廚藝高超，相爺只吃她做的飯菜，只要她一人服侍。」

燕霜喬放下心，見明飛靜靜地望著自己，偏過頭去，道：「這次又要我寫什麼？」

「啊，不是，」明飛有些尷尬，半晌才道：「我只是來看看你病好沒有。」

他又加上一句：「你的事情，相爺是交給我負責的，你若病倒，我沒法交差。」

燕霜喬不接話，默默起身，出了屋子。明飛不知是該離去還是該留下，便呆呆地坐在炭爐邊。過得小半個時辰，燕霜喬復又進來，輕聲道：「明公子既來了，又是飯時，便吃過中飯再走吧。」

明飛吃完，忽然說了一句：「難怪相爺只吃江姑娘做的飯菜，原來是燕小姐教的。」

燕霜喬抿嘴微笑，「你錯了，廚藝我不及小慈。」

大雪下了數日，明飛也日日過來，燕霜喬為從他口中得到江慈的消息，便對他隨和了許多。

明飛自是安慰自己，只不過來看她是否病癒，來穩住她、以爲相爺他日之用。只是爲何來了之後，良久不願離去，看她畫畫、看她刺繡，直至蹭到她做的飯菜才不得不離開，他也想不明白，或者不願去想明白。

就像飛蛾，看見了光明的燭火，縱是知會烈焰灼身，卻仍撲了上去。

但這日，燕霜喬卻未等到明飛。

再過了幾日，他還是沒有來。

前幾日憑女子的敏感而感覺到的某些溫柔，難道又是一場戲？

她不禁笑了起來。母親，世人常看不起唱戲的女子，道她們是「戲子無義」，卻不知這世上，昂藏七尺的男子才是最無情無義的戲子。易寒如此，裴琰如此，這明飛也是如此。

滿口的忠孝家國，便是他們永遠褪不下來的面具。

她這麼想著，這麼笑著，笑得落下淚來，卻不知，明飛在院門外、在大雪中徘徊了數日。

融雪天更是徹骨的寒冷，燕霜喬的病越發重了。

燒得有些迷糊的夜間，有人替她輕敷額頭，餵她喝藥。她的嘴唇好像有烈焰在燃燒，他也似是知道，用絲巾蘸了水不停塗上她的嘴唇。但是白天，他卻始終不曾出現。

她心思細膩，自是察覺到了不對勁，這一夜，終於在他餵她喝藥時攥住了他的左手。

這是二人第一次肌膚相觸，她這一生，從未握過男子的手，而他這一生，亦從未體會過這般柔軟。

時間彷彿停頓了許久，他終還是說了出來，「江姑娘好像已不在長風山莊，不知被送去了哪裡。」

她一急，往後便倒，他右臂一攬，將她抱入懷中。

她無力地望著他，「明飛，求你。」她直呼了他的名字，也任由他將她抱在懷中。

他當然明白，她握住自己的手、這般懇求自己意味著什麼，最艱難的抉擇終於擺在了他面前。

這一夜，他抱著昏昏沉沉的她，望著窗外積雪反射出的幽幽光芒，紋絲不動。都道南方富庶繁華，他卻總是割捨不下那湛藍的天、潔白的雲，和那帶著牛馬腥氣的風，還有在風中起伏的草原。

阿母死後，他被唯一的親人堂叔接到了阿什城，送進了暗堂。幾年的殘酷訓練，他學了許多，甚至連華朝的詩書他也學得極好，但他卻沒學過，如何拒絕懷中這一份溫柔。

人前他是長風衛，要忠心耿耿地替裴琰效命，又要打探華朝的一舉一動，還得盡力不露出絲毫破綻。唯有這段時日在她的面前，他才可以放鬆下來，不用偽裝，不用刺探，更沒有時刻擔憂被揭破身分的恐懼。

他想做月戎草原上的阿木爾，但一成暗人，便再無回到故鄉的一日；他也想做意氣豪發的長風衛明飛，但身分一旦敗露，他將只能在酷刑下死去；他想一生抱住這份溫柔，卻要從此亡命他國，忠義難全。

燕霜喬醒來，仍只是一句：「明飛，求你。」

他將她放下，大步走了出去，沒有回頭。

燕霜喬在不安中等了三日，三日後他來了，仍是靜靜地看她寫字畫畫，吃著她做的飯菜，只是離去前淡淡道：「你給我一點時間。」

這麼淡的一句話，卻讓燕霜喬止不住淚水。她沒有想到，這「一點時間」便是數月，她更沒有想到，他不單是放了她，還與她一起逃離。

告別素煙，她與他驅馬北逃。某夜露宿野外，他抱著她坐在草地上，看著西北角的夜空。群星燦爛，他在她耳畔說道：「那邊，是我的故鄉。」她曾聽他說過是南安府人，自覺訝異，卻聽他又說道：「我的眞名，叫阿木爾，我是月戎人。」

這一夜，她不停地喚著「阿木爾」的名字，直到二人都淚流滿面。

終於再度有人喚他「阿木爾」，她也終於相信，這世上並非所有男子，心中都只有忠孝家國。

紫檀木鑲漢白玉膳桌，雕龍象牙箸，定窯青花瓷碗。魚翅盅、紅花燒裙邊、三寶鴨、佛跳牆、烏魚蛋湯。衛昭斜撐著頭，望著滿桌的佳肴，嘴角噙著一絲笑意，白袍的袖口滑到肘部，露出的手臂似比漢白玉桌面還要精美。

皇帝素來用膳不喜說話，只是抬頭看了衛昭一眼。陶內侍在一旁使了個眼色，衛昭望向皇帝，待皇帝靜靜用畢，輕聲喚道：「皇上。」

皇帝輕「嗯」一聲，衛昭接過內侍手中的熱巾，替他輕輕拭了拭嘴角，又端過漱口用的參茶。皇帝微笑道：「怎麼出去了一趟回來，更加不愛吃飯了？還是覺得陪朕用膳，拘束了你？」衛昭聽了只是一笑，皇帝笑罵道：「你倒是越來越不守規矩，朕問你話，都不答。」

衛昭淡淡道：「三郎若說因為在外面思念皇上，得了厭食之症，不知道皇上會否罵三郎是諂媚之人？」

皇帝越發開心，覺數日來因桓國南侵而起的鬱悶與煩躁減輕不少。他撫上衛昭的左手，衛昭唇邊笑意有一剎那的凝結，轉而眉頭輕蹙，右手欲捂上腰間，又慢慢移開。

皇帝看得清楚，有些心疼，「你也太好強了些，痛就哼兩聲，也沒人笑話你。」

他鬆開手，衛昭雙手捂住腰間，頭擱在桌上，輕哼兩聲，懶懶道：「臣遵旨。」

皇帝大笑，一旁的陶內侍也湊趣掩嘴而笑。見衛昭眉間仍未舒展，皇帝道：「時候不早了，痛就回府歇著吧，莫一天幾次往宮裡跑，養好身子再說。」

「是。」衛昭站起身來，走到門口又回過頭，「皇上也早些歇著，有甚事讓臣子們去做便是，保重龍體要緊。」皇帝已看起了摺奏，只揮揮左手，衛昭悄無聲息地出了殿門。

下人們見衛昭入府，知他要換衣裳，忙將簇新的素色絲袍取出。衛昭神色淡淡，將裡外衣裳都換下，又在銅盆中將手洗淨，接過絲巾慢慢地拭著。

易五過來，待下人們都退去，湊到衛昭耳邊輕聲道：「靜王府中的金明回來了。」衛昭輕「嗯」一聲，易五覺他今日似有些寡淡，便也退了出去。

管事的老常進來，輕聲道：「主子，飯菜備下了，您還是吃點吧。」

衛昭靠在椅上，闔目而憩，半晌方道：「撤了吧。」

老常知他說一不二，忙出去喚下人們將飯菜撤去。衛昭聽得外間人聲漸息，遠處敲響入夜的更聲，方慢慢悠悠出了正屋。他素喜清靜，偌大的衛府，入夜後便寂靜無聲，下人們自是待在屋中，不敢大聲說話，連廊下餵著的八哥們也停了鳴噪。

衛昭在廊下逗了一會兒八哥，但八哥偏不聽逗喚，死活不開口，他笑了笑，負手沿長廊慢慢走著，不知不覺便到了桃園門口。桃園四周早撤去了所有燈燭，衛昭立於黑暗之中，右手下意識地在背後擰著左手，良久，提氣縱身，閃過了牆頭。

木屋中的燭光仍舊透著淡淡的黃，那抹身影偶爾由窗前經過，靈動而輕盈。衛昭長久地望著木屋，終提步轉身，剛一轉頭，面色微變。

桃林，落英成泥，枝頭稀疏，繁花不再。

他緩步走向桃林，鬆軟泥地裡，桃花零落。他這才省覺連著下了幾日的春雨，這桃花，終隨春雨逝去了滿園芳華。他忽然輕笑出聲，低低道：「也好。」

背後傳來細碎腳步聲，衛昭身子一僵，想要轉身離去，雙足卻像陷入了泥中，提不起來。

江慈慢慢走近，提著燈籠照了照，笑道：「果然是三爺，我還以為進了賊，三爺幾天沒來了。」

衛昭將左手攏入袖中，慢慢轉身，面無表情，「世上還沒有賊敢進我衛府，你就不怕是妖魔鬼怪？」

江慈笑道：「我倒覺得妖魔鬼怪並不可怕。再說了，這桃林中若有妖，也定是桃花精，我還想見見她，求些靈氣才好。」

衛昭提步，出了桃林，江慈見他往園外走去，忍不住喚道：「三爺吃過飯了麼？」

見衛昭頓住身形，江慈微笑道：「我將這幾日落下的桃花收集了來，蒸了桃花糕，三爺要不要試試？」

衛昭雙腳不聽使喚，隨著她往木屋走去。

糕色淺紅，狀如桃花，由於剛出鍋，散著絲絲幽香，沁人心脾。

江慈取過竹筷，衛昭卻伸手拈起桃花糕，送入口中。

見他眉目間閃過一絲讚賞之色，江慈心中高興，雙手撐頰，看著衛昭將一碟桃花糕悉數吃下，笑道：「三爺府中難道沒有會做桃花糕的？那以往每年的桃花，豈不可惜？」

「要吃，到外面去買便是，何必費這個勁。」衛昭接過江慈遞上的清茶，淡淡道。

「外面買的哪有自己做的好吃，桃花糕就要趁熱吃，才有那股鬆軟清香，到外面買，回到府中早就涼了。」江慈說得有些起勁，「三爺若喜歡吃，我走之前，教會你府中的廚子弄這個便是。」

衛昭被茶氣薰得迷了一下眼睛，半晌方道：「走！」

江慈省覺過來，微微一笑，「三爺不是遲早要將我送回給裴琰麼？我總不可能在這桃園住一輩子。」

「不逃了？」衛昭抬頭望向她，眼神多了幾分凌厲，「願意回裴琰身邊？」

江慈在桌邊坐下，平靜地望著衛昭，「我想明白了，我為什麼要逃？你和他，都不可能把我關上一輩子，若說因為我的原因，他才會與你合作，這話誰都不會信，我只不過是個由頭而已。你們也沒必要取我這條小命，你們要爭要鬥，那是你們的事，我只管自己睡好吃好。總有一天，我能回家的。」

衛昭默默聽著，心中如釋重負，卻又湧起一點空蕩蕩之感。

見他良久不說話，江慈覺有些悶，將燭火移近些，取過針線，將日間被柴禾勾壞的緋色長裙細細縫補。

燭影搖曳中，她秀美圓潤的側面，寧靜而安詳。衛昭望著她手中針線一起一落，忽然有股如墮夢中之感，漸覺神思恍惚起來。

衛昭似在一條長長的甬道中走著，牽著自己的是師父還是姐姐，看不清楚。聽到的卻是師父的聲音：「無瑕，記住這個聖殿，記住這條祕道，你再回來時，便將是我們月落的主宰。」甬道出來，彷佛一下就到了玉迦山莊，那兩年雪下很大，留在自己記憶中的便是滿院的白雪，還有院中那兩個呆頭呆腦的雪人。他伸出手去，想要摸一摸姐姐帶著自己堆出的雪人，卻被人用長長利針在胳膊上扎了幾下。慶德王府那個管家的臉如千年冰山，自己被他關入暗房，只穿一件薄薄的衣衫，凍得瑟瑟發抖。當師父在「玉龍泉」放開手，問自己可知以後要面對什麼，當時的蕭無瑕回答得那麼堅定。只是，十歲的少年，終究什麼都不懂……不懂將要面對的艱辛苦楚，更不懂要面對的屈辱與難堪。寒光在眼前閃爍，利劍錚然，緩緩地穿過姐姐的身體，她的眼神卻無比安祥。她也知，這一劍，終能斷了弟弟的情欲，讓他心硬如鐵，在虎狼環伺之下存得性命吧？他漸感難以呼吸，右手抓住胸口，喘息漸急。

爲求與原本繡的花能對得上色，江慈費了很大勁，直到眼睛發花，才將裙裾補好。抬起頭，才見衛昭已伏在桌上，雙眸緊閉，似是睡了過去。

她放下針線，望著那靜美的睡容，慢慢地右手撐頰，思緒隨著那燭火的跳躍一搖一晃。

春夜，靜謐如水，偶爾能聽到屋外的蟲鳴，一切是這麼安詳，安詳得不像這半年來所過的生活，江慈忽湧現一種不眞實的感覺。

衛昭猛然動彈了一下，江慈忙坐直，卻見他仍伏在桌上熟睡，但修美的雙眉皺起，彷彿正被什麼困擾著，又似正在努力回想什麼。他的左手慢慢地抓住胸口衣襟，呼吸漸轉沉重，眉頭鎖得更緊，雪白的面容也一分一分潮紅。

江慈心中暗驚，知他定是夢魘，想起那夜他在墳前險些走火入魔，不敢貿然喚醒他。但見他形狀，心中著急之際便俯身過去，輕柔地替他順著胸口。

衛昭雙眸緊閉，口中輕聲喚道：「姐姐。」

他喚得極輕，一聲，又一聲，江慈聽著覺鼻中發酸，終忍不住極輕地喚了聲：「三爺！」

衛昭猛然睜開眼，入目的燭火，如同十多年前的劍光，瞬間閃入他的心中。他心裡忽然湧上一股濃烈的恨意，「連姐姐都死在了這寒光下，還有什麼，是不能毀滅的呢？」

他眼中閃過寒光，右手探出，扼向江慈的咽喉，江慈本能一閃，他的手頓了一頓，便捏上了江慈的左肩。

江慈覺肩頭一陣劇痛，驚恐地望著衛昭。衛昭神情迷亂，手中力道漸緊，江慈隱隱聽到自己肩胛骨碎裂的聲音，眼前一黑，暈死過去。

第八章 貓入蟹鉗

衛昭將手中棋子往棋盤中一扔，擊得中盤一團棋子滴溜直轉。他笑容如清波蕩漾，「這天下，只會越來越亂，我只需靜靜等待便是。」裴琰也是一笑，忽地手指一彈，手中黑子射向棋盤的西北角，將西北角的棋子擊得落於地面。他盯著衛昭，話語漸轉冷然，「你月落想要在這亂世之中獨善其身，免於戰火，怕是癡人說夢吧！」

三十三　宇文景倫

黃昏時分，暮靄低沉，氤氳朦朧。長風徐來，挾著河水的濕潤氣息，拂人衣襟。

易寒負手立於涓水河畔，背後河岸的高坡處是己方接天的營帳，而河對面，是華朝守軍的軍營。河面上，隨風輕漾的，則是雙方對峙數日的高桅戰船。

腳步聲急響，宣王隨從過來，行禮道：「易將軍，王爺請您過去。」

易寒低不可聞地歎了口氣，轉身步向高坡。甫到坡頂，便聽得下方樹林旁傳來震天的歡呼聲。

一道銀色身影在人群中縱躍，隨著他一縱一躍之勢，手中刀鞘有若飛鷹展翅，拍起一波波勁氣，激得他身邊的桓兵紛紛避退。有十數人合成一團挺槍刺向這銀甲人，卻聽得他大喝一聲，身形急旋，刀鞘隨著他精奇的步法，格開這十餘人手中的長槍。

他突到最後一人身前，右足勁踢，那名桓兵向外跌倒，銀甲人突出缺口，再喝一聲，刀鞘迸上半空，他橫手握刀，刀氣轟向地面，黃泥和著草屑紛飛，再有十餘人向後跌倒。

銀甲人一聲長笑，寶刀套入落下來的刀鞘之中。他左手握上刀鞘，右手取下頭上銀色盔帽，身形凝然如山，更顯軒昂英偉，朗聲笑道：「還有誰不服氣的？」

桓軍將士們發出震天的喝彩聲，易寒微笑著走近，銀甲人轉身看見，笑道：「先生來得正好，還請先生指點景倫一二。」

易寒微微一笑，「不敢，王爺刀法已屆大成，無需易寒贅言。」

宣王宇文景倫將寶刀擲給隨從，與易寒並肩向大帳走去，桓國將士望著二人身影，均露出崇慕的神情。

宇文景倫除去銀甲，二人在几前盤膝坐下。宇文景倫道：「這南國的春季，太過潮濕，黏得人提不起精神，將士們多不適應，若不活動活動，只怕會生鏽。」

「是。」易寒道，「我們得趕在春汛前渡過涓水河，只要能拿下東萊，在涓水河以南便有了立足之地。」

一人掀簾進來，宇文景倫和聲道：「滕先生快來一起參詳。」

軍師滕瑞微笑著坐下，「最要緊的，還得趁王朗未從婁山趕回來之前下手。」

他從袖中取出一份密報遞給宇文景倫，宇文景倫展開細看，冷笑一聲：「華朝是否無人可用，又將王朗往回調，裴琰的傷眞的就這麼重？」

易寒眉毛微微抖了一下，淡淡道：「王爺想和裴琰交手，只要能拿下東萊打到河西，他爬都爬過來。」

宇文景倫一笑，「他現下不來也好，等我先除去王朗，再與他在戰場上一較高低。那年成郡一戰，我在西線，沒能與他交鋒，實爲一大憾事。」

滕瑞正色道：「王爺，王朗亦不可小覷。」

「嗯，本王心中有數。王朗同是沙場老將，按此密報時間推算，他最快亦得三日後才能趕抵東萊，咱們就要趁他未到之前，渡過涓水河，攻下東萊。」

滕瑞取過地形圖展開，宇文景倫這幾日來早看得爛熟，沉吟道：「看來騎兵不能用了。」

「過了涓水河，便是山陵地形，不比我們打成郡和鄆州。」

「幸得有滕先生相助，這水兵和步兵咱們也不比華朝差了。」宇文景倫歎道：「武有易先生，文有滕先生，二位文武益彰，輔佐於景倫，景倫眞是三生有幸！」

易寒與滕瑞忙齊施禮，「王爺過獎。」

宇文景倫抬手虛扶，三人目光重新凝於地形圖上。滕瑞指向涓水河上游某處標記，「二十年前，我曾經過此處，若無大的變化，我們可從這裡突破，騎兵猶可發揮大用。」

見宇文景倫抬頭，目光中充滿徵詢之意，滕瑞微笑道：「今夜月光極佳，不知王爺可願做一回探子？」

宇文景倫站起身來，銳利目光望向帳外，「景倫最大的心願，便是要踏遍這華朝每一寸土地。」

月朗星稀，涓水河在月光下，波光盈閃，越顯秀美瀲灩。宇文景倫估摸著已到了滕軍師所說之處，便翻身下馬。

滕瑞走過來，用馬鞭指向前方，「大概還有半里路。」

「走走吧。」宇文景倫將馬繩丟給隨從，負手前行。

無涯無際的寂靜籠罩著涓水河兩岸，眾人踩在河岸的草地上，夜風徐來，吹散了幾分濕意。

宇文景倫頓覺神清氣爽，笑道：「這兩年老憋在上京，都快憋出病來了。」

滕瑞對他知之甚深，微微一笑，「想來薄雲山還是王爺的知音，知王爺憋得難受，讓王爺來吹吹這涓水河畔的春風。」

宇文景倫望向滕瑞，「滕先生二十年前來過此處？」

「是，我當年學得一身藝業，卻恪於師命，無用武之地，便遊歷天下，沿這涓水河走過一遭，至今仍有些印象。」滕瑞清俊的眉眼隱帶惆悵，「當年也是這般季節，春光極好，我在這處彈劍而歌，現下回想起來，真真恍若隔世。」

宇文景倫歎道：「這南國風光確是極佳，若是能拿下華朝，真想請父皇在這片疆土上走一走，看一看，唉……」

易寒心中暗歎，他知宇文景倫素仰華朝文化，也早有經世濟民、統一天下之志，更一直致力於在國內推行儒家經學，望能透過改革，去除桓國遊牧民族的陋習，繁榮桓國經濟。但其畢竟只是二皇子，受到太子一派的極力傾軋，空有雄心壯志卻無從施展。皇上縱是有些偏愛於他，唯受權貴們的影響，對他的革議多有擱置。此次藉華朝內亂，宇文景倫終得重掌兵權，策十五萬大軍南下，若能戰勝，他便有機會一展抱負，可若是戰敗，只怕……

滕瑞微笑道：「王爺志存高遠，現下華朝內亂，是難得的契機，定是上天眷顧，讓王爺偉業得成。」

「是。」宇文景倫在河邊停下腳步，負手而立，望向蒼茫夜空，「雖說治亂興衰，自有天定。但我宇文景倫定要在這亂局之中搏一搏，會會華朝的英雄豪傑，看看誰才是這天下的強者，誰能一統江山，萬民歸心！」易寒與滕瑞互望一眼，俱從對方眼中看到欣慰之意，眼前的年輕男子充滿自信，豪俊不凡，有著一種君臨天下的氣概，令人心折。

滕瑞走向前方河邊的一處密林，用腳踩了踩地面，回頭笑道：「天助我軍。」

宇文景倫步上前去，蹲下細看，又用手按了按，望向涓水河面，「難道，這河床……」

「不錯，涓水河沿這鄆州全線，俱是極深的爛泥，無法下樁。唯獨這處，河床是較硬的土質，而且河床較高，只消打下木樁架起浮橋，騎兵便可過河。」

宇文景倫道：「為何如此？華朝無人知道麼？」

滕瑞知他心思向來慎密，必要弄清成因，才會決定下一步計策，微笑道：「約六十年前，鄆州與東萊兩地的百姓，決定在這處建一堤壩，以便旱蓄澇排。趁著某年冬旱，水位較低，兩地派出水工選址，建了最初步的土基，但又因為工銀問題擱置了下來。過了幾年鄆州東萊春澇，遇上大洪災，百姓流離失所，存活下來的當地百姓少之又少，再也無人提起。又過去了這麼多年，土基埋在河底，當是無人再知此事。」他又道：「華朝軍隊只駐防在赤石渡，而這處少人巡防，由此可知，他們尚以為我們只能以戰船過河，沒辦法於短時間內在其餘河段搭橋鋪路。」

宇文景倫卻還有疑問，「這處河床較硬，能否打入木樁？還有，能否搶在一夜之內搭好浮橋？」

「當年只是用稍硬的泥土和著小碎石加固墊高了一下河床，我們在木樁的外面套上一層鐵鍥，便可釘入河床。這處河面狹窄，也是當年選址建壩的主要原因，所以抓緊時間，多派些士兵前來打樁，再架浮橋，估計大半夜工夫，能成。」

易寒點頭道：「我們虛張聲勢，裝作要從赤石渡進攻，吸引華軍全部主力，再派一些水性好、武功高強的飛狼營士兵潛到對岸，除掉可能前來巡防的華軍，估計能成。」

宇文景倫將手一合，「好！華軍以爲我們要從赤石渡以水軍發動進攻，我們就偏從這處過騎兵，然後火燒連營，讓他們腹背受敵！」

駐守涓水河以南的華朝軍隊，由成郡退下來的三萬長風騎，和原鄆州、郁州、鞏安一帶的殘兵，及臨時從東萊、河西趕來的援兵組成，共計八萬人馬。

桓國鐵騎攻破成郡，一路南下，鄆州等地也相繼被攻下，華軍們節節敗退，直至退至涓水河以南，方得暫時的喘息。

夕陽西下，長風騎副將田策體格粗壯，身形魁梧，眼神利如鷹隼，站於哨臺上。看到對岸戰船旌旗飄揚，桓軍相繼登船，船頭盔甲明晃晃一片，心中暗自思忖。

他下得哨臺，東萊駐軍統領邢公卿大步走了過來，「田將軍，他們又打起來了，咱們得去勸勸。」

田策心中惦記著寧劍瑜的囑咐，微笑道：「邢將軍，這架是不好勸的，弄不好還惹火燒身。我看桓國人似是有異動，只怕今晚會發動進攻。」

邢公卿語帶不屑，「桓國人要和我們打水仗，那是棄長取短，咱們東萊的水師可不是吃素的。」

他將田策一拉，「鄆州和鞏安的人互相指責，現今動了刀子，你是這裡軍職最高的，可不能不管。」

田策心中暗罵：「你個邢包子，叫我接這個燙手山芋，好向你家主子邀功，當我不知！」卻是苦笑道：「怎麼管？劉副將的師兄死在謝副將師叔刀下，這仇恨，怕不是我們能夠化解的。」又道：「連議事堂出面，都沒能調停好，我們就一邊看著吧。」

邢公卿歎道：「可這樣下去，只怕桓國人沒打過來，自家倒先鬥得血流成河了。」

田策眼光掃過對岸，靈機一動，沉吟道：「既是如此，我就去調停調停，但這二位手下眾多，我得多帶些人馬過去。這裡就交給邢統領，桓國人若是攻過來了，邢統領就響號通知，我再趕過來。」

邢公卿心中暗樂，忙道：「田將軍快去快回。」

滕瑞早看好了星象，自是選了雲層厚重，星月皆隱的今夜發動進攻。

眼見戰船駛向對岸，易寒面有疑慮之色，宇文景倫笑道：「易先生有話請說。」

「王爺，恕易寒多嘴，滕瑞終非我……」

宇文景倫右手輕舉，止住易寒的話語，「用人不疑，疑人不用。」他負手前行，歎道：「五年前，我在上京偶遇滕瑞，便將他引入王府，視爲左膀右臂，不計較他是華朝出身，先生可知是何緣故？」

「願聞其詳。」

「因爲，他有他的抱負。」宇文景倫道：「他雖是華朝人，卻望南北統一、民族融合，更望他的滿身藝業能得施展。這樣一個治世之才，只要能讓他得展所長，必不會讓我失望。」

他回頭望了望戰船上卓然而立的滕瑞，「我和先生，終還是站在咱們桓國人的立場上去看待南北對峙、逐鹿天下的問題。但滕先生，卻已是站在了整個天下的高度，選擇了輔佐我，來實現他的這個抱負。對他而言，心中早摒去了桓國與華國的區別。」

易寒歎道：「滕先生志向高遠，令人佩服。可是，只怕他所懷之志太過理想。」

「是啊。」宇文景倫也歎道：「先不說能否拿下華朝，就是我們國內，要不要與華朝進行這一戰；是偏安於北域，還是揮鞭南下；南下之後，是以儒學治國還是沿我族世統，都是難以調和的矛盾，前路艱難啊！」

易寒點頭道：「不說太子權貴們，就是王爺手下這些個將領，多半想的也是攻城掠地，搶完財物就跑回桓國，從沒想過把打下的土地變成咱們的地盤，目光短淺得很。打下城池之後，如何治理、如何安民而讓這些華朝的百姓誠心歸附我朝，這才是最大的問題。」

宇文景倫正爲此事煩心，眉頭輕蹙，「先生說得是，成郡那邊剛有軍報過來，咱們留的一萬駐軍頗有些不守軍令，燒了一個村莊，激起了民憤。雖鎮壓下去了，可死的人太多，終究不是長久之計。」

「王爺得想想辦法約束一下才行，咱們若是攻下東萊、河西，戰線拉得便過長了些，糧草有一部分得就地補給，萬一民憤太大，可就有些麻煩。」

「嗯。」宇文景倫轉身，向背後一大將道：「傳我軍令，攻下東萊之後，不得擾民，不得搶掠，不得姦淫燒殺，違令者殺無赦！」

夜半時分，遠處仍隱隱傳來戰船的號角之聲。

宇文景倫銀色盔甲外披風氅，扶住腰間寶刀，身形挺拔，淵渟嶽峙。他看著浮橋搭上最後一塊木板，飛狼營的高手們也已在對岸執刃守防，便將手一揮。

數千騎高頭駿馬湧出，馬上將士皆腰環甲帶，佩帶刀劍，稍稍拉開距離，策騎迅速踏過浮橋。

桓國鐵騎威名赫赫，夜行軍更是極富經驗。赤石渡的華軍們正全力抵抗正面戰船的進攻，震天的戰鼓聲淹沒了鐵蹄掩近之聲，待那如雪利刃似星光突現於面前時，已是血流滿地、死亡枕藉。

宇文景倫右手反握刀柄，策騎在華營中劈殺橫砍，鮮血濺上他的紫色風氅。他聞著空氣中這股血腥之氣，更感興奮，寶刀上下翻飛，所過之處華軍莫不噴血倒飛。

易寒早帶了上千人馬，直衝河灘，一部分人掩護，另一部分人將早已備好的火油潑向華朝的船隻，再迅速射出火箭。

邢公卿正在主船頭指揮與桓軍水船作戰，聽得背後殺聲大盛，起初尚以爲仍是鄆州與鞏安的官兵在內訌，待火光四起，船隻被大火吞圍，方知形勢不妙，這夜颳的恰是南風，火借風勢，待他倉皇下令，火勢已不可控制。

小丘高處，長風騎副將田策身定如松，冷眼看著河岸的火光直沖霄漢，平靜道：「吹號，撤往河西！」

華朝承熹五年三月十日夜，桓國以水師騎兵並用，攻過涓水河，敗東萊水師於赤石渡，同夜攻破東萊城。東萊統領邢公卿陣亡，東萊、鄆州、郁州等地駐軍死傷殆盡，長風騎副將田策率殘部約三萬餘人退至河西城以北，拚死力守「雁返關」。

三月十二日，大將王朗率四萬精兵趕到雁返關，和田策殘部會合，高築工事，挖壕築溝，與桓國宣王宇文景倫所率之十二萬大軍對峙於雁返關。

三月二十三日，王朗因糧草缺乏，中桓國誘攻之計，出關追敵，中伏於紅梅溪，王朗陣亡，華朝軍士十死其八，雁返關失守。

長風騎副將田策率殘部三萬餘人退守河西府以北三十餘里處的黛眉嶺，死傷慘重，方暫阻桓軍南下之勢，河西府告急。

黛眉嶺戰事之艱難，超乎宇文景倫的想像。原本以爲攻下雁返關，王朗身死之後，華軍將不堪一擊，但田策率領的這三萬殘軍竟有著一股哀兵必勝的勁頭，將黛眉嶺守得如鐵桶般堅固。

看著從前方抬下來的傷兵漸多，宇文景倫轉向滕瑞道：「長風騎當真不容小覷，這田策不過是裴琰手下一員副將，也是這般難纏。」

「王爺，只怕接下來，您得和裴琰直接交手了。」

宇文景倫有些興奮，望向南方天際，「只盼裴琰早日前來，能與他沙場上一較高下，想來當是生平快事！」

易寒微笑道：「河西府一旦失守，他裴琰就是傷得再重，也是一定要來與王爺相會的。」

宇文景倫正待說話，隨從匆匆奔來，「王爺。」

「何事？」

「有一男一女在槐樹坡挾持了荷將軍，說是要見易堂主。」

易寒有些驚訝，望向宇文景倫。宇文景倫尚未發話，遠處一陣騷亂，數百名桓軍士兵將三人圍在中間。其中一名男子手持利刃，架於一名大將頸間，他身邊一女子黑紗蒙面，二人挾著那員大將，緩步向主帳走來。

女子轉頭間看見易寒，迅速掀去面上黑紗。

易寒看得清楚，失聲喚道：「霜喬！」

春雨綿綿。京城西郊，魏家莊。

夜深人靜，僅餘一兩戶人家屋中透著微弱燭光，在雨絲中凝起一團光影。

村東魏五家的媳婦將門掩上，上好門，回頭道：「婆婆，您早些歇著吧，明日再做便是。」

魏五嬸納著布鞋，並不抬頭，「我再做一陣，你先睡吧，小子們還得你哄著才能睡著。」

媳婦輕應一聲，正待轉身走向西屋，忽然眼前一花，一個黑影一手拎著一個小男孩從西屋中走了出來。她驚叫聲只呼出一半，那黑影已點上她的穴道。聽得媳婦的驚呼聲，魏五嬸猛然抬頭，嚇得全身哆嗦，半晌方想起來要呼人，卻喉間一麻，被那人點住啞穴，發不出聲。

黑影冷冷地盯著她，聲音寒得讓人發抖，「想不想你媳婦和孫子活命？」

魏五嬸嚇得雙目圓睜，本能下將頭點得雞啄米一般。

黑衣蒙面人冷聲道：「你隨我去某處照顧一個病人，不得離那園子半步，不得多問半句，伺候好了，我自會饒你家人性命，放你一家團聚。」

春雨如絲，下了數日。

崔亮由方書處出來，捧著一疊奏摺，小吏撐起油傘，二人經夾道，過宮門，往延暉殿行去。腳下的麻石道被雨絲沁濕，呈一種青褐色。崔亮望著手中的奏摺，有些憂心，待一道白色身影出現在身前數步處，方回過神來。

小吏倉皇行禮，「衛大人。」

衛昭望向崔亮，崔亮緩緩抬頭，二人目光相觸，崔亮微笑道：「衛大人，恕小人奏摺在手，不便行禮。」

衛昭雙手攏於袖中，並不說話，目光凝在崔亮面容之上，良久方淡淡道：「崔解元？」

「不敢。」崔亮微微低頭。

「聽聞崔解元醫術頗精，衛某有一事請教。」衛昭話語有些飄浮，小吏忙接過崔亮手中奏摺，遠遠退開。

細雨濛濛，崔亮望向如寒星般閃爍的那雙鳳眼，微笑道：「衛大人請問，崔某知無不言，言無不盡。」

衛昭雙眸微瞇，沉默良久，緩緩開口：「骨裂之症，如何方能迅速痊癒？」

「敢問衛大人，裂在何處？因何而裂？」

「外力所致，肩胛骨處，骨裂約一分半。」

「可曾用藥？」

「用過，但好得不快，病人頗感疼痛。」

崔亮思忖半晌，道：「我這處倒是有個方子，內服外敷，衛大人如信得過崔某，當可一試。」

衛昭自他身邊飄然而過，聲音清晰傳入崔亮耳中，「多謝崔解元，我會派人來取藥方。」

衛昭回府直入桃園，見他進來，魏五嬸哆嗦了一下，陪笑道：「姑娘剛睡下。」

衛昭冷冷道：「今日還疼得厲害？」

「午後疼得厲害些，服過公子給的止痛藥，似是好了些，晚上吃得香，和小的說了會話，才睡下的。」

衛昭輕「嗯」一聲，魏五嬸忙退入廚房，不敢再出來。

衛昭在內室門口默立良久，聽得室內呼吸之聲平穩而細弱，終伸出右手，輕輕推開房門。

屋內並無燭火，黑暗中，他如幽靈般飄至床前，長久凝望著那已有些憔悴的面容，右手微顫。

窗外透入一絲微弱月光，正照在江慈的左頰。見她眉頭輕蹙，面容也沒有了往日的桃花撲水，衛昭心中似被什麼揪了一下，緩緩坐於床邊，慢慢伸手，撫上她的眉間。指下的肌膚如綢緞般光滑，似雪蓮般清涼，從未有過的觸感讓衛昭心頭一陣悸動，手指有些顫抖。

江慈動彈了一下，衛昭一驚，猛然收回右手。江慈只喃喃地喚了聲：「師父！」再無動靜。

衛昭長久坐於黑暗之中，卻再也無力去觸摸那份清涼。

晨曦微現。見魏五嬸端著碗粥進來，江慈右手撐床，坐了起來，笑道：「謝謝五嬸。」

魏五嬸語帶憐惜，「你這孩子，怎麼這般客氣？」

江慈將粥碗接過，放於身前，用湯匙勺起瘦肉粥大口吃著，見她吃得甚香，魏五嬸暗歎口氣，靜立一旁。

江慈將空碗遞給魏五嬸，道：「昨夜睡得有些熱，我記得似是踢了被子，倒辛苦五嬸又替我蓋上。」

魏五嬸一愣，猶豫片刻，輕聲道：「昨夜，公子一直守在這裡，是他替你蓋的。」

江慈愣住，心中說不上是何滋味，半晌方輕聲道：「他人呢？」

「天濛亮才走的，留了幾帖藥，說是請了個西邊園子裡的大夫開的，姑娘定會喜歡喝他開的藥。」

江慈細想片刻，大喜道：「快，勞煩五嬸，把藥煎好，拿來我喝。」

衛昭神色淡然，換過素袍，易五進來，附耳道：「三爺，半個時辰前，有緊急軍情入了宮，現下大臣們都入宮了。」

衛昭雙手停在胸前，又慢慢繫好襟帶，道：「可曾看清是哪邊傳來的？」

易五面色有些凝重，「北邊來的，看得清楚，紫杖上掛了黑色翎羽。」

衛昭沉默片刻，冷冷一笑，「看來，又有大將陣亡了。」

易五有些憂慮，「這桓國的二皇子也太厲害了些。」

衛昭又脫下外袍，坐回椅中，淡淡道：「你先回宮，皇上若是問起，你就說這幾日陰雨連綿，我傷口有些疼，就不入宮請安了。」

易五應是，轉身離去。衛昭正閉目而憩，管家輕步進來，「主子，有人在府門口，說要送樣東西給您。」

見衛昭並不睜眼，他靠近輕聲道：「說是裴相府中之人，還出示了長風衛的腰牌。」

衛昭猛然睜開雙眼，管家將手中狐裘奉於他面前，低聲道：「來人說，裴相吩咐，將這狐裘送給主子。說這狐裘是他心愛之物，一直珍藏在草廬之中，捨不得用。現聽聞主子受傷，頗爲擔憂，暫時送給主子使用，待他回京之時再來討還。」

見魏五嬸坐於廊下擇菜，江慈斜搭上外衫出來。魏五嬸抬頭看見，忙起身替她將外衫繫好，道：「公子吩咐了，不讓姑娘出來走動。」

江慈撇了撇嘴，「又不是腿斷了，爲什麼不能出來走走？躺了這些天，悶死我了。」她在竹凳上坐下，望向木屋旁的桃林，語帶惆悵，「今年桃花落得早，要等到明年才有桃花看了。」

「姑娘是身子不好，若是能出去走動，紅楓山的桃花現下開得正豔。」

「是麼？」江慈笑道：「五嬸家住在紅楓山？」

魏五嬸不敢細說，將話題岔開去，「吃了公子後來這道藥，感覺如何？」

「不疼了，還是崔大哥的方子靠得住。」

「看來爲了你快些好起來，公子可花了不少心思。」

江慈哼了一聲，不再說話。

魏五嬸也是老成之人，早看出那位煞神公子與這位姑娘之間有些不對勁，想起媳婦和孫子性命懸於人手，心念一轉，微笑道：「要我說，姑娘也別和公子嘔氣，他對你是放在心尖疼著的。這傷……」

江慈搖頭，「我倒不是怪他傷了我，他素來有病，是夢魘中無意傷的，並非有意。我與他的事情，五嬸還是不知道的好。」

魏五嬸歎道：「姑娘也是個明白人，怎麼就看不清公子的心意？他夜夜過來，你若是醒著的，他便在窗外守著，你若是睡著了，他便在床前守著……」

江慈不欲五嬸知道得太多，怕她被衛昭滅口，打斷她的話，「他哪有那般好心，只不過我還有用，不能死罷了。」

魏五嬸只盼說動這位姑娘，讓那煞神般的公子心裡高興，放自己回去，猶自絮絮叨叨：「公子雖不多話，但看得出是個體貼人，看這園子，家世自也是一等一。若論相貌，我看，除開那個傳言中的什麼『鳳凰衛三郎』，只怕世上無人能及。」

聽她說到「鳳凰衛三郎」時語氣有些異樣，江慈心中一動，笑道：「我總是聽人提起鳳凰衛三郎，說他長得姿容無雙，不知到底是何人品，總要見見才好。」

魏五嬸忙道：「姑娘切莫有這心思，那等骯髒卑賤的小人，莫污了姑娘的眼。」

「他不是當朝權貴麼？怎麼是骯髒卑賤的小人了？」江慈訝異道。

魏五嬸朝地上呸了一口，「什麼當朝權貴，還不是皇上跟前的弄臣，以色事君的兔兒爺罷了！」

半晌不見江慈說話，她側頭一看，見江慈有些愣怔，忙伸手拍了一下面頰，「瞧我這張嘴，粗魯得很，姑娘只當沒聽過。」

江慈離家出走，在江湖上遊蕩，時間雖不長，也曾在市井之中聽人罵過「兔兒爺」這個詞，雖不明其具體含義，卻也知那是世上最下賤的男人，為世人所鄙夷。她心中翻江倒海，望向魏五嬸，道：「什麼兔兒爺？衛三郎是兔兒爺！」

魏五嬸乾笑道：「姑娘還是別問了，說起來怪難堪的。」

「勞煩五嬸把話說清楚，我這人，若是好奇心起，又不弄明白了，什麼藥啊飯的都吃不下。」

魏五嬸無奈，道：「姑娘是清白人，自是不知兔兒爺的意思。衛三郎是孌童出身，聽說十歲便入了慶德王府，十二歲被慶德王進獻給皇上。他生得極美，又極善諂媚，聽人說，皇上對他寵愛有加，有五六年都不曾寵幸過其他孌童，所以他才能有今日的地位。」

江慈右手緊攥著衣襟，震驚得說不出話來。原來，那個如鳳凰般驕傲的男子，那個如天神般的星月教主，那個日夜思念親人的孤獨之人，他竟是……

變童，是月落族的恥辱，爲世人所鄙夷。到底，他要做著怎樣卑賤下流的事情，又要忍受著怎樣的屈辱？

三十四　聞弦知意

遠遠看見衛昭入園，魏五嬸忙拉了拉江慈的衣襟，「姑娘，公子來了。」說著端起菜籃，躲入廚房之中。

衛昭雙手負於背後，宛如流雲悠然而近，江慈卻只是怔怔坐著。

衛昭盯著她看了半晌，語氣冰冷，「五嬸。」

魏五嬸嚇得從廚房中鑽出來，江慈忙道：「不關五嬸的事，是我自己要出來的。」她猛然站起，跑到房中，躺於床上，右手拉上被子，蒙住面容。淡雪、梅影的話，月落山的所見所聞，五嬸的鄙夷之色，桃林中那靜靜的夜晚，一時之間湧上心頭，竟讓她沒有勇氣掀開被子，再看那張絕美的面容。

衛昭冰冷的聲音傳來，「出來！」見江慈沒有反應，他緩緩道：「五嬸，把她拉出來。」

江慈無奈，慢慢掀開被子，卻不睜開眼睛，「我要休息了，三爺請出去。」

衛昭衣袖一拂，門砰然關上。江慈一驚，睜開眼睛，見他緩步走向床前，急忙轉身向內，卻觸動肩上痛處，「啊」聲驚呼。

衛昭快步上前，將她扶起，見她眸中含淚，語氣便緩和了些，「看來崔子明的藥也不管用。」

江慈忙道：「藥管用，不疼了，多謝三爺費心。」

這是衛昭傷了她之後，第一次見她軟語相向，一時竟不知如何開口。江慈低垂著頭，猶豫半晌，輕聲道：

「三爺，我的傷好多了，你以後，不用天天來看我。」

衛昭默然不語。

江慈低低道：「三爺，我知道，你是無意中傷的我，我並不怪你。我只是左手動不得，你還是放五嬸回去吧。」良久聽不到衛昭說話，她終忍不住抬頭，卻又被那閃亮的眼神驚得偏過頭去。

屋內一片令人難受的沉寂，江慈正有些心驚，衛昭開口，語氣冰涼淡漠，「我不是來看你，只是送樣東西給你。」

江慈強笑道：「這裡有吃有喝，倒不缺什麼……」話未說完，衛昭已將一件狐裘丟在她的身前。

江慈低頭望著狐裘，半天才認了出來，驚得猛然抬頭，「他回京城了？」

衛昭眼睛一瞇，瞳孔也有些收縮，眼神卻銳利無比，盯著江慈，冷聲道：「這狐裘，你認得？」

江慈知已無法否認，只得點了點頭，「是，這狐裘，是我在長風山莊時穿過的。」

衛昭一震，卻又逐漸平靜，唇角慢慢勾起一抹笑容。他俯身拎起狐裘，輕哼一聲，又搖了搖頭，終笑出聲來，「少君啊少君，你讓我，怎樣說你才好！」

延暉殿內，皇帝冷冷看著殿內諸臣，眼光在董學士身上停了一瞬，又移開去。

董學士似是蒼老了許多，雙腳也隱隱有些顫抖。太子不忍，上前扶住他的右臂，皇帝歎了口氣，道：「給董卿搬張椅子過來。」太子將董學士扶到椅中坐下，皇帝和聲道：「董卿切莫太過悲傷，王朗爲國捐軀，朕自會給他家人封蔭的。」

董學士想起嫡妻只有這一個弟弟，自己失去了軍中最重要的左膀右臂，心中難過，竟說不出謝恩的話。

靜王知時機已到，上前一步，恭聲道：「父皇，眼下河西府告急，全靠田策在拚死力守，得趕緊往河西調兵才行。」

大學士殷士林道：「調兵是一著，關鍵還得有能與宇文景倫抗衡的大將，田策只怕不濟事。」

皇帝陷入沉思之中，靜王向邵子和使了個眼色，邵子和會意，小心翼翼道：「皇上，不知裴相傷勢如何，若是他能出戰，統領長風騎，倒可能是桓軍的剋星。」

殷士林眼神掠過董學士，道：「眼下看來，也只有裴相能挑起這個重擔了。」

皇帝右指在龍椅上輕敲，卻不發話。王朗身死，高成戰敗，太子和莊王俱不便說話，殿內陷入一片沉寂。

皇帝似是有些疲倦，靠上椅背，淡淡道：「朕自有主張。」

下朝後，陶內侍跟在皇帝背後進了暖閣，替他寬去龍袍，見皇帝神色有些不豫，輕聲道：「皇上可要進些參湯？」

皇帝心中煩悶，欲待斥責，衛昭輕步進來，揮了揮手，陶內侍退去。

衛昭取過桌上參湯，淡淡一笑，皇帝轉過身去。衛昭低歎了一聲，匙羹輕響，竟自顧自地喝上了參湯。

皇帝回過頭，衛昭似笑非笑，斜睨著皇帝，「三郎時刻想著能爲皇上分憂，只恨這身子尚未大好，看喝上一碗御用的參湯，能不能好得快些。」

皇帝一笑，衛昭便將參碗奉上，皇帝就著喝完，和聲道：「還是你貼心，其他臣子沒一個教朕放心的。」

「皇上可是爲了桓軍南侵的事情煩心？」衛昭看了看案上的摺奏道。

皇帝在椅中坐下，微闔雙眼，道：「你是個明白人，眼下情形，不得不讓裴琰重掌兵權，可萬一……」

衛昭飄然走近，替他輕捏著雙肩，悠悠道：「皇上亦知，三郎與少君素來面和心不和，我也看不慣他那股子傲氣。但平心而論，若說領兵作戰，華朝無有出其右者。」

皇帝被拿捏得舒服，微笑著拍了拍衛昭的手，「你這話說得公允。」

「三郎可是站在朝廷社稷的立場上說話，並非出於個人喜惡。眼下情形，也只有讓裴琰出來統領長風騎，對抗桓軍，否則河西危殆。」

皇帝沉吟不語，衛昭笑道：「皇上若不放心裴琰，三郎倒是有個法子。」

「說來聽聽。」

衛昭手中動作停住，貼到皇帝耳邊，輕聲道：「皇上可派一名信得過的人做爲監軍，隨軍監視裴琰。他若有異動，容國夫人和裴子放可還在皇上手心裡捏著，不怕他不聽話。」

皇帝微微點頭，道：「裴子放走到哪裡了？」

「手下來報，三日後便可進京。」

皇帝思忖一陣，微笑道：「裴琰有些拿架子，得派個合適的人去宣他才行。」

衛昭直起身，繼續替皇帝按捏，半晌方道：「我可不愛見他，皇上別派我去就行。」

皇帝大笑，「不是朕小覷你，你還眞不夠分量。你早些把傷養好，朕另有差事要派給你。」

春光濃豔，漫山遍野的杜鵑花似是要拚盡最後一絲韶光，將寶林山點綴得如雲霞籠罩。

莊王著輕拈雲紗的錦袍，由馬車探身出來，望向山腰處的長風山莊，手中不自覺地用力，車簾上的玉珠被他扯下數顆。

他望著長風山莊高簷上的銅鈴，想起臨行前父皇的嚴命，想起遠在河西的高姓世族，心底喟歎一聲，喝住要上山通知裴琰出莊相迎的侍從，率先往山上走去。

他是首次來長風山莊，看著那精雕重彩的府門，不由羨慕裴琰這個冬天倒是過得自在，正自怔忡，莊門大開，裴琰一襲天青色長袍，緩步出來。

莊王忙笑著上前，「少君！」

裴琰深深施禮，「王爺！」

莊王搭著裴琰的手，細細看了他幾眼，語帶疼惜，「少君可消瘦了，看來這回眞傷得不輕。」

裴琰微微笑著，「小子們說似是見到王爺車駕，我還不信，王爺前來探望，眞是折煞裴琰。」

莊王與他並肩步入莊內，「我早念著要來看望少君，但政務繁忙，一直抽不開身，少君莫要見怪。」

裴琰忙道豈敢，將莊王引入東花廳。下人奉上極品雲霧茶，裴琰輕咳數聲。

莊王放下手中茶盅，關切道：「少君傷勢還未好麼？」

裴琰苦笑道：「好了七八成，但未恢復到最佳狀態，倒讓王爺見笑。」

莊王鬆了口氣，重新端起茶盅，正自思忖如何開口，安澄進來，給莊王行了禮，又到裴琰面前稟道：「相爺，都備好了。」

裴琰起身笑道：「下人們說在平月湖發現了三尺長的大魚，我讓他們備下了一應釣具，王爺可有興趣？」

莊王性好釣魚，正想著如何與裴琰拉近些距離，忙道：「再好不過。」

平月湖在長風山莊東南面，爲山腰處的一處平湖。

此時正是盛春，迎面而來的湖風帶著濃濃花香，湖面一片明亮的緋紅，滿眼皆是明媚春光。莊王不由歎道：「都說京城乃繁華之地，我看倒不如少君這長風山莊來得舒心自在。」

裴琰將他引至籐椅中坐下，自己也撩襟而坐，微笑道：「雖不敢說這處好過京城，但住久了，倒眞捨不得離開。這些年，不是在戰場殺敵，便是在朝堂參政，鮮少有過得這麼輕鬆自在的日子。所以說，福禍相倚，此次受傷倒也不全是壞事。」

莊王大笑，下人們早替二人上好魚餌，二人接過，將釣線拋入湖中。

不多時，裴琰便釣上來一條尺來長的金色鯉魚，十分歡喜，笑著對莊王道：「可惜不是在京中，不然邀上靜王爺與三郎比試一番，定可將靜王爺灌得大醉。」他似是又想起一事，問道：「聽說三郎受了重傷，可大好了？」

「三郎傷得挺重，怕只恢復了五六成，看著清減了許多，讓人好生心疼。」

裴琰重新將釣線拋回水中，歎道：「皇上定是又心疼又心憂。唉，身爲臣子，不能爲皇上分憂，實是愧對聖恩。」

莊王正等著他這話頭，便放下手中釣竿，轉頭望向裴琰，「少君，父皇有旨意下。」

裴琰忙放下釣竿，揮退所有隨從，他面北而跪，口中道：「臣裴琰接旨。」

莊王上前將他扶起，道：「父皇說，無須行禮接旨。」說著從袖中取出黃綾卷，裴琰雙手接過，攤開細看，面上露出猶豫遲疑之色。

莊王語出至誠，「少君，眼下已到了國家危急存亡之時，宇文景倫大軍長驅直入，若是讓他攻下了河西府，京城危矣。」

裴琰默默無言，莊王無奈，只得續道：「高成戰敗，寧劍瑜在婁山和小鏡河撐得辛苦，無暇西顧。王朗又陣亡，董學士慟哭數日。眼下社稷危艱，還望少君挽狂瀾於既倒，扶大廈之將傾。謝煜在這裡，替天下蒼生、黎民百姓先行謝過少君！」說完長身一揖。

裴琰忙上前將他扶住，連聲道：「王爺切莫如此，眞是折殺裴琰。」

「少君可是答應了？」

裴琰仍有些猶豫。莊王復輕聲道：「少君可是有何顧慮？」

「倒不是。」裴琰搖了搖頭，「主要是我這傷，未曾痊癒……」

莊王呵呵一笑，從袖中取出一只玉盒，道：「父皇也知少君傷了元氣，讓我帶來了宮中的『九元丹』。」

裴琰面上露出感動之色，語帶哽咽，磕下頭去，「臣謝主隆恩。」

莊王將他扶起，親熱地拍著他的右手，歎道：「少君，你是國之柱石，朝中可是一時也離不得你，父皇都說，讓我多多向你請教才是。」

裴琰忙稱不敢，道：「日後裴琰還得多多仰仗王爺。」

湖水倒映著青山紅花，平靜無瀾，倒影中的杜鵑花絢得耀目。平月湖畔，二人相視一笑，笑意盎然的眸子中俱各微閃著光芒。

喝過崔亮開的藥，又連敷數日外用草藥，江慈肩傷大有好轉，卻略無精打采，常呆坐在房中，閉門不出。

魏五嬸與她相處一段時日，稍摸清了她性情，雖是被迫前來服侍她，仍不禁有些心疼她。這日夜間，見衛昭飄然入園，一人在室內枯坐，一人於窗外默立，終忍不住走到衛昭身側，低聲道：「公子，姑娘這幾日有些不對勁。」

衛昭並不言語，魏五嬸歎了口氣，「公子，您還是進去勸解一下吧，姑娘八成有心事。」

夜風吹起衛昭耳側垂下的長髮，拂過他的面頰。他忽想起那日晨間，自己負著她趕往落鳳灘，她的長髮，也是這樣拂過自己的面頰。淡淡的惆悵在心頭蔓延，終提起腳步，緩步走入內室。

她正面窗而坐，緋色長裙在椅中如一朵桃花般散開，烏髮披散，越發襯得肌膚雪白。衛昭凝望著她的側影，再望向她身側床上散散而放的狐裘，目光一緊，輕咳出聲。

江慈轉頭看了衛昭一眼，又轉過頭去，低聲道：「他快到京城了吧？」

衛昭望向窗外的黑沉，淡淡道：「算算日子，明日就要到了。」

江慈笑了笑，衛昭聽她笑聲中有著說不出的嘲諷與傷憐之意，再看了看那狐裘，心中漸漸明白，終不可抑制地笑出聲來。

江慈瞪了他一眼，「你笑什麼？」

「那你又笑什麼？」

江慈神情有些疏落，嘴角的笑容似在嘲笑自己，「我笑過去你要挾我，我去騙他，他又反過來騙我，最終是他將我們都騙過了。說到底，還是他的演技高明一些。」

衛昭大笑，他將狐裘拿在手中，輕柔地撫著那灰白狐毛，悠然道：「少君向來演技高明，眞假難辨。但他巴巴地讓人送了這狐裘來，可惜燒了兩個洞，你還怎麼穿呢？」

江慈聽他這話，想起草廬那屈辱的一夜，剪水雙眸便蒙上了一層霧色，雪白的面龐上也湧上些潮紅。衛昭看得清楚，笑意漸斂，坐於床邊，靜靜地看著她的側面。

江慈再坐一陣，平靜道：「三爺，你就不懷疑，是我告訴他的麼？」

衛昭一笑，「這個我倒不懷疑。」

「爲什麼？」

衛昭手指輕拈著狐裘，卻不回答，過得一陣，竟將手枕在腦後，闔目而憩，貌甚閒適。

江慈這些日子十分困惑，終忍不住坐到床邊，右手推了推衛昭，「三爺。」

「嗯。」

「你說，裴琰到底是什麼時候知道你就是眞正的星月教主啊？」

衛昭微睜雙眼看了她一下，又闔上，語調淡淡，「我怎麼知道。」

江慈沉吟道：「他送這狐裘來，就是表明他已經知道我在你的手上，也就是知道了你的眞正身分。」

「不錯，他這是點醒我，要我對他坦誠相見，眞心合作。虧了這件狐裘，我才知道，他早就讓寧劍瑜幫了我一把。」

江慈微微側頭，「我就想不明白，他到底是什麼時候知道的。」

「他明日進京，你去問他不就得了。」

江慈低下頭去，不再說話。

衛昭看了看她的臉色，低聲道：「又不想回去了？」

江慈抬頭，見他眸中似有火焰閃動，灼得心中一驚，只得避開他的眼神，「又由不得我想，我還正想見見他，問清楚一些事情再走。」

「走？」衛昭斜著頭凝視她許久，淡淡道，「你認爲，他會放你走麼？」

江慈一笑，「只要你把我還給他，我的使命和作用便告完成，他再找不到囚禁我的藉口。」

衛昭冷笑道：「你是天眞還是傻，他堂堂一個相爺，要將你這小丫頭關上一輩子，還不是一句話的事情，要什麼藉口！」

江慈平靜地望著他，衛昭竟有些不敢與她對望，慢慢闔上雙眸，卻聽到江慈低低道：「三爺，你說眞心話，若是我再也無可利用的地方，你還會不會關著我？」

衛昭默然，竟無法開口。

他默默坐起，再看了一眼江慈，起身向屋外走去。走到門口，他又停住，遲疑一瞬後道：「他明日進京，會先去宮中見皇上，估計三五日後便要離京，明天晚上，我安排你去見他。」

江慈沉默不言，衛昭猶豫了一下，聲音低不可聞，「他相府中多人伺候，又有崔解元，你的傷會好得快些。你，還是回去吧。」

他再看了她一眼，唇角微動，卻未再說話，倏然轉身，快步而去。

這日晴空萬里，春風送爽。

裴琰著紫紗蟒袍，看上去有點病後初癒的清瘦樣子，由乾清門而入。恰逢眾臣散朝出宮，他微笑著與眾臣一一寒暄見禮，卻不多話。靜王與他擦肩而過，微微點了下頭。

延暉殿的東閣望出去是滿池的銅錢草，綠意盎然，又種了驅蟲的薰草，清風徐過，閣內一片清香，令人神清氣爽。

裴琰躬身而入，伏地頌聖，皇帝剛換下朝袍，過來拍了拍他的左肩，「快起來，讓朕瞧瞧。」

裴琰站起，微低著頭，似是有些激動，半晌方哽咽道：「讓皇上擔憂，是微臣的罪過。」

皇帝拉著他的手走到窗前，細細地看了看，歎道：「真是清瘦了許多。」

裴琰眼中水光微閃，竟一時不能對答。皇帝轉身，背手望向窗外的濃濃綠意，緩緩道：「朕實是不忍心再將你派上戰場，你父親僅你這一點血脈，若是……」

裴琰躬身在側，待皇帝情緒稍稍平穩，方道：「微臣無用之軀，得聖上器重，卻不能報聖恩於萬一，實乃無顏以對。」皇帝見他聲音帶泣，微笑地拉住他右手，往御案前走去，口中道：「既宣你來，便是有重任要交給你，再莫說甚有用無用之話。」

裴琰清清喉嚨，點頭應是。

內侍拉開帷布，露出掛在牆上的地形圖，裴琰立於皇帝背後半步，將圖細細看了一番，「有些凶險。」

「嗯，幸得田策拚死力守黛眉嶺，現在婁山已緊急抽調了三萬人馬過去支援，但不知能頂多久。」

裴琰想了想道：「田策這個人，臣還是清楚的。是長風騎中出了名的悍不畏死之人，而且有個特點，對手越強，他越有一股子韌性，更難得的是辦事不魯莽。」

皇帝點了點頭，「一個寧劍瑜，一個田策，都是你帶出來的，不錯。」

「謝皇上誇獎。」

皇帝道：「王朗中計身亡，出乎朕的意料。宇文景倫應在朝中派了探子，知道咱們糧草出了問題，朕已命刑部暗查。」

「皇上英明。臣一路上也想過，此次若要與桓國和薄賊兩線作戰，虛虛實實最爲重要。」

皇帝將手一合，面上閃過欣慰之色，「少君與朕想的，不謀而合。」又顯露些許興奮，「快講講，如何虛虛實實？」

裴琰有些猶豫，皇帝向陶內侍道：「延暉殿百步以內，不得留人。」等所有腳步聲遠去，裴琰猶有些遲疑，皇帝道：「眼下就咱們君臣兩個人，有甚話你儘管說，朕都恕你無罪。」

「是。」裴琰恭聲道，「皇上，臣懷疑，桓軍早與薄賊和岳藩有勾結。」

皇帝早就這事想了多日，冷聲道：「三方一起發難，自是早已勾結好了的。」

「他們三方互通聲氣，打了我們個措手不及，而且三方都各自有情報來源，一旦勾結起來，配合行事，咱們面對的便是一張逐漸收緊的網，不將這張網給破了，只怕會被他們困死在這張網內。」

「如何破？」

裴琰道：「還在這『虛虛實實』四字。」

皇帝逐漸明白他用意，點頭道：「南邊岳藩，還有南詔山擋著，小慶德王又娶了談鉉的女兒，暫成不了大氣候。薄賊和桓軍，得想辦法讓他們打起來。」

「是，微臣算了一下，咱們北線和東北線的人馬，包括京畿的這幾個營，總共不過二十二萬。薄賊十萬人馬，又新徵一部分兵員，桓軍十五萬，如果兩方聯起手，兵力上咱們處於劣勢，一味堅守非長久之計。」

皇帝眉頭輕皺，「繼續說。」

「其實桓軍和薄賊都有他們的弱點。桓軍吃虧在戰線拉得過長，而且他們是遊牧民族出身，性情凶殘好殺，破壞力極大，難得民心。而薄賊雖號稱十萬大軍，據隴州起事，但他軍中將士，仍有一部分不是隴州本地人士。」

皇帝微微而笑，「那你打算在這上面如何作文章？」

「皇上。」裴琰跪地磕首，「臣冒死奏請皇上，臣若上戰場，屆時經內閣遞上來的軍情，請皇上莫相信，也莫對臣起疑。」

皇帝輕「哦」一聲，裴琰磕頭道：「臣懇請皇上，派一名信得過的人入臣軍中為監軍，但此人遞上來的摺奏，萬不可經內閣及大臣內侍之手。」

皇帝點了點頭，「朕明白你的意思。」

「戰場瞬息萬變，臣要同時與桓軍和薄賊開戰，並無十分的勝算，或須詐敗，或須設伏，或須以糧為餌，或須以民為犧牲，手段說不得會狠辣一點，若受到制肘，恐難施展。臣懇請皇上准臣便宜行事，統一調度。」

皇帝站起身來，長久凝望著地形圖，聲音沉肅，「好，朕就將前線十八萬兵馬統統交於你手上，再把雲騎營調給你。糧草由董學士親自負責，朕再派一名監軍入你軍中。你的軍情，表面上做一套由內閣遞上，真實情況，均由此監軍祕密送達朕的手中。」

裴琰伏地叩道：「皇上聖明，臣自當肝腦塗地，以報聖恩。」

皇帝俯身將他拉起，輕拍著他的手，良久方道：「少君，朕知道，你一定不會讓朕失望。」他頓了頓道：「你叔父前幾日回了京，朕已下旨，復了他的震北侯，入內閣參政，你母親，朕會另有恩旨。裴氏一門自開朝以來便是滿門忠烈，朕會命人建祠立傳，以爲世人旌表。」

裴琰忙行禮謝恩，皇帝道：「你既心中有數，估計要籌備幾日？」

「臣得和董學士商議一下運糧的事情，還得將雲騎營做一些安排，須得四五日。」

「嗯，朕已讓欽天監擇過日子，這個月初八，你帶上雲騎營，離京吧。」

裴琰再下跪叩道：「臣遵旨。」

裴琰打馬回了相府，直奔西園。他推門而入，崔亮正在圖上作著標記，也不抬頭，笑道：「相爺快來看。」

裴琰走到長案前，細細看著地形圖，良久方望向崔亮，二人相視一笑，裴琰道：「辛苦子明了。」

「相爺客氣。」

裴琰再看向地形圖，笑道：「不愧是魚大師的傑作，比皇上那幅要詳盡多了。」

崔亮歎道：「時間不夠，我只來得及繪出瀟水河以北的，瀟水河以南的還得花上幾個月時間才行。」

「現下重點是對抗桓軍和薄雲山，夠用了，以後再慢慢繪便是。」

崔亮有些遲疑，取過一邊數本抄錄的軍情摺奏。裴琰接過細看，道：「這些你都傳給我看過了，有什麼不對麼？」崔亮斟酌了一會兒，方道：「相爺，桓軍之中，必有熟悉我華朝地形且善於工器之人。」

「嗯，我也想到了，這個人定是宇文景倫的左膀右臂，咱們得想辦法把這個人找出來，除掉才行。」

崔亮卻低著頭，不再說話。裴琰眼中神光一閃，微笑道：「子明，眼下形勢危急，你得幫我一把。」

見崔亮不答，裴琰正容道：「子明，你比誰都清楚，無論是薄軍或是桓軍攻來，受苦的還是黎民百姓。桓軍自不必說了，薄賊也向來對手下的屠城搶掠行爲睜隻眼閉隻眼，還請子明看在華朝百姓的面上，入軍中助我一臂之力。」說完長身一揖。

崔亮忙上前還禮，「相爺折殺崔亮。」

裴琰搭住崔亮的雙手，滿面懇切之色，「子明，如今正值國家危急存亡之際，裴琰身負皇恩重託，心繫社稷安危，子明有經天緯地之才，還請助我一臂之力。」

崔亮遲疑良久，似是下定決心，抬頭直視裴琰，「好，相爺，我就入長風騎，陪相爺與他們打這一仗。」

裴琰大喜，「有子明助我，定能贏這場生死之戰，裴琰幸甚！」

崔亮心中苦笑，又想起一事，「對了，相爺，小慈呢？」

裴琰淡淡笑道：「我趕著進宮見皇上，快馬入京的，她在後面坐馬車，不是今晚便是明日會到。」

見裴琰出園，安澄笑著過來。裴琰笑罵道：「你倒心情好，見著老相好了？」

安澄嘻然，「屬下可沒有老相好，倒是相爺料事如神，有人物歸原主了。」說著從背後拿出一件狐裘。

裴琰呵呵一笑，「三郎讓人送過來的？」

「是，說謝謝相爺一片關懷之意，他身子已大好，天氣也暖和起來，用不著這狐裘，送還給相爺。」

裴琰伸手取過狐裘，「你讓裴陽去稟告夫人，說我晚些再過去給她請安。」

他將狐裘搭在臂上，一路回到慎園，漱雲早帶著一群侍女在門口相迎。裴琰淡淡看了她一眼，直奔內室。漱雲不敢進去，半晌方聽到他喚，忙進屋盈盈行了一禮，「相爺。」

她上前輕柔地替裴琰除下蟒袍，換上便服，手指滑過裴琰的胸膛。裴琰一笑，右臂攬上她的腰間，漱雲瞬間全身無力，依上他胸前。

裴琰低聲笑道：「可有想我？」

漱雲臉紅過耳，半晌方點了點頭。裴琰微笑道：「我不在府中，母親又不管事，辛苦你了。」

漱雲忙道：「這是漱雲應盡的本分。」又低聲道：「叔老爺是二十八日進的京，聽說皇上在城東另賜了宅子，他也未來相府。夫人這幾個月，除開為皇上祝壽進了一趟宮中，也就前日去了一趟護國寺。」

裴琰輕「嗯」一聲，放開漱雲，忽道：「我記得今日是你生日。」

漱雲笑道：「相爺記錯了，漱雲是五月……」看到裴琰鋒利的目光，她收住話語，低頭輕聲道：「是。」

裴琰微微一笑，「咱們也有半年未見，不如今夜我帶你去城外遊湖賞月吧。」

漱雲盈盈笑道：「一切聽從相爺安排。」

京城西門外的景山下有一「永安湖」，峰奇石秀，湖面如鏡，岸邊遍植垂柳，微風輕拂，令人心曠神怡。永安湖風景優美，白日山色空濛，青黛含翠，到了夜間，湖中小島上「寶璃塔」的銅鈴會在夜風中發出宛轉清越的鈴音，襯著滿湖月色，宛如人間仙境。以往每逢夜間，京城的文人墨客、才子佳人們多會出城來永安湖遊玩。近來由於京城實行宵禁，出城遊玩之人夜間不得入城，湖面上的畫舫頓稀少了許多。

這日天尚未全黑，一行寶馬香車浩浩蕩蕩地出了京城西門，有那好事的百姓打聽，方知今日是裴相如夫人芳誕，裴相與如夫人分開日久，甫回京城，即帶她去遊湖賀壽。於是，京城百姓便有了兩種說法。一種自是裴相與如夫人伉儷情深，恩愛非常，久別勝新婚。另一種，則說裴相大戰之前從容不迫，談笑之間運籌帷幄，不愧為睥睨天下、縱橫四海的「劍鼎侯」。

裴琰著一襲飄逸舒雅的天青色絲袍，腰繫玲瓏玉珮，足踏黑色緞面靴，俊面含笑，溫柔目光不時凝在漱雲身上，在圍觀百姓的豔羨聲中登上畫舫。隨從們跟上，畫舫駛動，向湖心悠悠而去。

船到湖中，漱雲倚在雕欄畫窗前，看著閉目養神的裴琰，暗歎一聲，又轉頭望向窗外。

裴琰淡然道：「把帷簾放下來吧。」

漱雲輕應一聲，將門窗關上，帷簾悉數放下。

舟行碧波，不多時靠近湖心小島。漱雲拉開帷簾，推開窗，轉頭笑道：「相爺，今夜風大，銅鈴聲聽得很清楚呢。」一陣湖風吹來，她手中帕子隨風吹舞，落於島邊的垂柳之上。

漱雲「啊」了一聲，隨從們忙將船靠岸，自有人上去將絲帕取回。

絲竹聲中，畫舫繼續在湖中緩緩前行。舫內，卻只剩下了漱雲，默然而坐。

三十五　棋逢對手

夜色深深，裴琰立於湖心小島上的寶璃塔下，負手望著湖心幽幽波光，又轉頭望向七層高塔。

暮春的夜風，帶著濃郁草香吹過高塔。塔角的銅鈴在風中「噹噹」而響，裴琰靜靜地聽著，微微一笑，舉步踏入塔內。

塔內靜謐幽暗，裴琰沿木梯而上，腳步聲輕不可聞。寶璃塔的木梯每上一層便正對著這一層的觀窗，空濛的星光自窗外透入，灑在塔內，裴琰踏著這星光，拾階而上。上到第五層，他的腳步漸漸放緩，塔外的星光將一道纖細身影投在塔內。裴琰雙眸微瞇，腳步稍稍放重，慢慢走近坐於觀窗上的江慈。

夜風吹響銅鈴，也捲起江慈的長裙，她肩頭披著一件緋色披風，側身坐於觀窗的木臺上，宛如一朵盛開的芙蓉。

似是聽到腳步聲響，她身子微微一震。

裴琰緩步走近，目光凝在她秀美的側面，餘光卻見她的雙手在微微顫抖。他腳步停住，再等片刻，江慈終慢慢轉過頭來。

塔外的夜空，繁星點點。她的剪水雙眸也如背後天幕中的寒星，裴琰呼吸有一瞬的停滯，旋即微笑道：「下來吧，坐那上面很危險。」

江慈又轉過頭去，沉默片刻，低聲道：「三爺在頂層等相爺。」她話語中，「三爺」說得極輕，「相爺」又說得極淡。

裴琰愣了一下，雙眼微瞇，抬頭望向上層，淡淡道：「你在這裡等我。」

江慈卻猛然跳下木臺，裴琰本能伸手扶了扶，觸動她左肩痛處，江慈疼得呼出聲來。

裴琰面色微變，右手探出，扯下她的披風。江慈疾退幾步，裴琰身形微閃，將她堵於塔內一角，伸手摸了摸她的左肩。江慈左肩尚綁著固骨及敷藥用的小木板，裴琰一摸便知，冷聲道：「怎麼回事？」

江慈不語，也不看向裴琰，輕輕推開他的手，又慢慢走過去將地上的披風拾起。裴琰轉身搶過，替她披上，低頭看著她有些憔悴消瘦的面容，以及眉梢眼角的那份淡漠，遲疑片刻，輕聲道：「你在這兒等我。」

江慈退後數步，站於向上的梯口處，微微一笑，「相爺，三爺說，你要見他，得先回答我幾個問題。」

夜風忽盛，簷外的銅鈴叮噹而響。裴琰望著梯口處的江慈，呵呵一笑，「既是如此，你就問吧。」

江慈直視著他，目光灼人，「相爺，你，是何時知道三爺真實身分的？」

裴琰雙手負於背後，走至觀窗下，望著窗外滿天星光，淡然道：「洪州城你被殺手刺殺，我命人去查是誰買凶殺人，結果查出來是姚定邦，我覺得有些不對勁，再細想了以前的事情，才猜出來的。」

江慈雙唇微顫，「你既猜出來了，爲何後來還要假裝相信我的謊言，殺了姚定邦？」

裴琰一笑，「我殺他，自有我的理由，你無須知道。」

江慈盯著他淡然而笑的側面，呼吸漸重，右手攥緊披風，終緩緩開口：「相爺，那、那你為了……救我而受的傷呢？」

裴琰轉過頭，與她默然對望，良久，微笑道：「我不傷，有些事情便不好辦。」見江慈面上血色漸退，裴琰冷聲道：「你既問了我這些，我也來問你一句，你為何要幫三郎，欺騙於我？」

江慈沉默不答，只是微微搖了搖頭，又將身一側，低聲道：「相爺請。」

裴琰凌厲的眼神在她身上停了片刻，輕哼一聲，右袖輕拂，自江慈身邊緩步而上，步履不急不緩，意態悠閒。江慈默默跟在他背後，一步一步，踏上第六層，又轉向第七層。

塔內極靜，江慈聆聽著自己的腳步聲，感受著身前之人散發的一絲溫熱。四周，幽靜的黑暗與淡濛的光影交替，讓她如踩在雲端，悠悠蕩蕩中有著無盡的悵然。這一刻，她覺得與身前之人雖在咫尺之間，卻彷如隔著萬水千山般遙遠……

裴琰眉目卻越發舒展，笑容也無比溫雅，終停步在第七層的梯口處，笑道：「三郎尋的好地方！」

寶璃塔，第七層。衛昭立於觀窗下，星光投在他的素袍上，反射著幽幽光芒，透著寒冷與孤寂。夜風自觀窗吹入，白衫獵獵飄拂。他悠然回首轉身，嘴角微勾，聲音清潤淡靜，「未能相迎，怠慢少君了。」

二人均嘴角含笑，眼神相觸，卻誰也未上前一步。

江慈緩步上來，默默地看著二人。窗外有淡淡的星光，塔內是昏黃的燭火，背後，是梯間幽深的黑暗。眼前的這二人，一人眼波清亮、俊雅溫朗，一人雙眸熠燦、秀美孤傲；他們笑臉相迎，心中卻在算計抗爭，到頭來，究竟是誰算計了誰，又是誰能將這份笑容保持到最後？

江慈眼神逐漸黯淡，忽覺有些涼意，雙臂攏在披風內，提步走向衛昭。

裴琰與衛昭仍微笑對望，誰都不曾移開眼神望向江慈。

江慈走到衛昭身前，盈盈行禮，低聲道：「三爺，多謝你一直以來的照顧，我話已問清，就此別過，你多珍重。」

衛昭負於背後的雙手微微一抖，卻仍望著裴琰，眸中流光微轉，淡淡道：「物歸原主，無須言謝。」

江慈再斂衽施禮，猶豫片刻，低低道：「三爺，你若是能回去，便早些回去吧。」

衛昭嘴角笑容一僵，江慈已轉身走向裴琰。裴琰在衛昭笑容微僵的一瞬，移開眼神，笑意盎然，望著走近的江慈。

江慈再向他斂衽施禮，直起身時，迎上裴琰目光，神情恬靜如水，「相爺，是我欺騙了你，但你，既餵過我毒藥，也欺騙利用過我，我們從此互不相欠。所有事情都已了結，我也要離開京城，多謝相爺以前的照顧，相爺請多保重。」

裴琰笑意不減，瞳孔卻有些微收縮。江慈迅速轉身，長長的秀髮與緋色的披風在空中輕甩，如同輕盈翩飛的粉蝶，奔下木梯。

衛昭面色微變，右足甫提，裴琰眼中寒光一閃，身形後飄，凌空躍下，擋於已奔至梯間轉彎處的江慈面前，右手急伸，點上她數處穴道。

望著昏倒在地的江慈，裴琰面沉似水，靜默片刻，蹲下身，伸出右掌緩緩按向江慈胸口，手掌觸及她外衫的一瞬間，背後低沉的聲音傳來，「少君。」

裴琰並不回頭，唇角微彎，「三郎有何指教？」

衛昭雙臂攏於袖中，站於梯口，目光幽暗，自江慈面上掠過，又移開來，神情漠然，望著牆壁。良久，平靜道：「你我會面，雖不能讓任何人知道，但她救過我月落族人，你若殺她滅口，我對族人不好交代。」

裴琰眼皮微跳，呵呵一笑，「如此，倒是我多事了。」他收回右掌，直起身，斜望著地上的江慈，俊眉輕饜，「她知道的事情太多，三郎又不便殺她滅口。說不得，我只能再將她囚在身邊，以防洩密。」

衛昭面無表情，冷冷道：「少君自便，本來就是你的人。」

裴琰俯身抱起江慈，面上浮起一絲笑容。他將江慈抱上七層塔室，放於牆角，又替她將披風繫好，拂了拂衣襟，轉過身來。

衛昭正背對著他，站於觀窗下，悠悠道：「今夜星象甚明，少君可有興趣，陪衛昭一觀星象？」

裴琰施施然走近，與他並肩站於觀窗前，望向廣袤的夜空，「三郎相邀，自當奉陪。」

天幕之中，弦月如鉤，繁星點點。湖面清波蕩漾，空氣中流動著淡淡的湖水氣息和柳竹的清香。夜風徐來，吹起衛昭的散髮，裴琰的束巾，二人負手而立，身形挺拔。

「今夜紫微、太微、天市三垣閃爍不定，晦暗不明，乃熒惑入侵之象，國家將有變亂。」衛昭聲音平靜無波。

「若按這星象，斗、牛、女、虛、危、室、壁七宿動搖，定主北方有兵亂。」裴琰微笑道。

「帝星忽明忽暗，紫微垣中閃爍，有臣工作亂，或主大將陣亡。」

裴琰哈哈一笑，「若要我觀，垣中五星之中，赤色之星隱有動搖，天下將有大亂。三郎可信？」

衛昭雙眸微瞇，轉身望向裴琰，聲音不疾不緩，「我從不信星象，少君可信？」

裴琰亦轉過身與他對望，微笑道：「我也從不信星象。」

二人同時大笑，衛昭將手一引，「既都不信，觀之無益，我已備下棋局，請少君賜教。」

裴琰優雅從容笑道：「自當奉陪，三郎請。」

二人走至塔室正中的石臺前落坐，衛昭取過紫砂茶壺，慢悠悠地斟滿茶盞，推給裴琰，眼光掠過一邊牆角昏迷的江慈，忽然一笑，「少君的問題，我倒是可以代她相答。」

不待裴琰說話，他靠上椅背，身體舒展，徐徐道：「容國夫人壽宴之夜，我曾讓人給她服下了毒藥。」

「玉面千容蘇婆子？」裴琰低頭飲了口茶，借茶氣掩去目光中的凌厲之色。

「正是，不過我已替少君將她打發回老家了。」

「多謝三郎。」

衛昭語調淡定，「我也要多謝少君配合，若非少君殺了姚定邦，又假裝重傷，怕薄雲山也不敢起反。」

「好說好說。」裴琰微微欠身，笑容溫和如春風，「若非三郎妙計，我也只好窩在長風山莊養一輩子的傷。」

衛昭大笑，右手輕拍著石桌，吟道：「離離之草，悠悠我心！」

裴琰從未見過這般放縱肆意的衛昭，目中神采更盛，接道：「唧唧之聲，知子恆殊！」

衛昭斜睨著裴琰，似嗔似怨又有些驚喜，「果然當今世上，只有少君才是衛昭的知音！」

二人相視一笑，目光又都投在棋盤上。

落子聲極輕，如閒花落地。簷下的銅鈴聲忽盛忽淡，似琵琶輕鳴。

裴琰抬頭看了看衛昭，落下一子，道：「三郎清減了，看來傷得不輕，你的手下不錯，狠得下心。」

衛昭白子在空中停住，又落下，「少君過獎。我還需手下配合，少君卻能讓那一劍傷得恰到好處，讓薄雲山以爲長風騎無首，放心謀反，衛昭佩服。」

「我這也是配合三郎行事，你謀畫良久，若是壞了你的好事，我於心不忍。」

衛昭歎道：「若不是少君非要與桓國簽訂什麼盟約，將我月落一分爲二，我也不會這麼快就下手的。」

裴琰大笑，在東北角落下一子，「薄公雖是三郎逼反的，但他只怕也不是什麼清白之人。三郎利用姚定邦手中的謀逆證據逼反薄公，實是高明，裴琰佩服！」

衛昭淡淡道：「這個並不難，倒是一統月落，我頗費了心思，當然，還得多謝少君的丫頭，讓我不致兵敗虎跳灘。」

裴琰望了望牆角的江慈，微微一笑，棋走中路，語調輕鬆：「能爲三郎盡綿薄之力，也是她的福氣，至少現下就保了她一命。三郎物歸原主，裴琰實是感激。」

衛昭應下一子，瞥了裴琰一眼，「少君太小覷衛昭了，我過你長風山莊，你也不請我進去喝一杯，還讓人送什麼狐裘，白耽誤些日子。」

「現下見面，正是時機。」裴琰再落一子，抬頭直視衛昭，神情平和，眼神卻犀利無比，「三郎，咱們既把話說開了，也不必再藏著掖著，日後如何行事，還需你我坦誠相見，悉力配合。」

塔外，弦月一剎被雲層遮住，星光也倏然暗淡下去。風隨雲湧，銅鈴聲大盛，孤鴻在塔外淒鳴，掠過湖面，驚起一圈圈漣漪。

衛昭望了望棋盤形勢，面上似笑似諷，那抹笑意襯著他如雪肌膚和寒森的雙眸，柔媚中透著絲殘酷。他靠上椅背，唇角一挑，「我只管把天下攪亂，如何收拾，那是你的事情。」

裴琰輕「哦」一聲，又呷了口茶，微笑道：「三郎，天下雖亂，月落卻仍未到立國之時啊。」

衛昭將手中棋子往棋盤中一扔，擊得中盤一團棋子滴溜直轉。他笑容如清波蕩漾，「這天下，只會越來越亂，我只需靜靜等待便是。」

裴琰也是一笑，忽地手指一彈，手中黑子射向棋盤的西北角，將西北角的棋子擊得落於地面。他盯著衛昭，話語漸轉冷然，「你月落想要在這亂世之中獨善其身，免於戰火，怕是癡人說夢吧！」

衛昭面容漸冷，身子前傾，右手按上棋盤，直視裴琰，緩緩道：「少君，你就敢說，這天下大亂，不正是你想要的局面？只怕你的目的，也並不只是借亂復出，重返朝堂吧！」他右手一拂，地上棋子騰空落入他手中，再揚揚一灑，落回棋盤，正是先前所下棋局。

裴琰微微一笑，手拈棋子落向棋盤左上角。衛昭面色微變，手中白子彈出，將裴琰落下的黑子彈回中盤。

裴琰看著棋子彈起落下，俊眉一挑，伸手按上棋盤，冷聲一笑，「久聞蕭教主武功高強，數次相逢都未能當面討教，今日想請蕭教主賜教一二。」

衛昭目光並不退讓，冷笑道：「自當奉陪。」

裴琰拈棋再進，衛昭右手相隔，黑白光芒在二人指間微閃，瞬間已於方寸之間過了數招。移動間，裴琰尾指微翹，抹向衛昭腕間，衛昭看得清楚，順勢一轉，再微沉幾分，擋住裴琰落子之勢。

裴琰鬥得興起，朗聲笑道：「今日無劍，就和三郎比比拳法吧。」說著反手將棋子握於手心，轟然擊出。

衛昭右足勁踢石臺，身軀帶著椅子後退數步，裴琰右拳在石桌上一頂，身形就勢翻過，挾勁風擊向衛昭。

衛昭右足急踢向裴琰肘下二寸處，裴琰右臂在空中虛晃幾招，避過他這一踢之勢，身形前撲。衛昭右掌擊上木椅，急速翻騰，裴琰勢如轟雷的這一拳將木椅擊得粉碎。

不待裴琰收拳，衛昭已落地，足尖輕點，雙掌像一對翩飛的蝴蝶，化出千道幻影，擊向裴琰後背，口中笑道：「早就想和少君比試一番！」

裴琰並不回身，左足回踢，背後如有眼睛，一一擋過衛昭的雙掌。借著衛昭掌擊之勢，他身形前飄，左掌按上塔內牆壁，借力後翻，飄然落於地面，再是一輪拳勢，與攻上來的衛昭激鬥在一處。

二人衣袂急飄，身形在塔內如疾風迴旋，勁氣激蕩，卻又均避過牆角的江慈。

鬥得上百招，裴琰拳勢忽變，雙臂如蛇般柔軟，擊閃間纏上衛昭手臂。衛昭覺一股螺旋勁氣將自己的真氣牢牢鎖住，想起師父敘述過的裴氏獨門內力，心中一凜，眼中神光忽盛，暴喝一聲，身上白袍鼓起，衣袖猛然碎裂綻開，如利針般刺入裴琰的螺旋勁氣之中，裴琰悶哼一聲，收招後立。

衛昭輕咳出聲，寒意一點一點盈滿雙眸，他右臂赤裸，如玉般的手臂橫在胸前，神情傲然，「少君，這就是你要與我合作的誠意麼？」

裴琰卻眉頭微皺，閃至衛昭身前，握向他的左腕，衛昭急速後退，裴琰追上。

衛昭身形飄移之間，冷冷道：「少君莫要逼人太甚，裴老侯爺這些年所做之事，皇上很有興趣知道的。」

裴琰身形並不停頓，朗聲而笑，「三郎若想去告發，得先想一下，此刻還進不進得了皇宮？」

一青一白兩道身影在塔室內追逐，裴琰說話間右足踏上石桌，身軀於空中迴旋，擊向衛昭。衛昭右臂橫擊，與裴琰右臂相交，裴琰落地，二人眼神交觸，俱各寒芒一閃。

衛昭內力暗吐，將裴琰推得向後疾退，抵住牆壁。他眼神森冷盯著裴琰，冷笑道：「狐裘一到，你的人便將我衛府暗控，且眼線布滿京城，防我逃脫，今日又借比試察探我的內力，難道，這就是少君合作的誠意？」

裴琰氣運右臂，輕喝一聲，又將衛昭推向對面的觀窗，沉聲道：「三郎誤會了，我這一入京城，自然要防事有不對，以求能全身而退，倒非針對三郎。」

衛昭仰倒在觀窗上，右臂一卸一帶，裴琰身形左傾，衛昭順勢疾翻，將裴琰右臂反擰，寒聲道：「少君做事滴水不漏，衛昭也學了幾分，若是少君今夜不拿出誠意來，自會有人入宮，向皇上細稟一切。」

裴琰被衛昭按在觀窗上，卻也不驚慌，目光如電，左掌擊向一側觀窗的木櫺，「砰」的一聲，無數木屑在空中爆開，激射向衛昭。

衛昭只得鬆開裴琰的右臂，一個筋斗翻向後方。堪堪落地，裴琰已搶上來扣住他的左腕，眼神閃亮，語帶誠摯，「三郎既需誠意，何不先讓我爲你療傷，再靜聽裴琰細說？」

衛昭身形頓住，秀美出塵的眉目如同罩上了冰雪，與裴琰長久對望。良久，他輕咳數聲，閉上雙眼，蕭索一笑，「不勞少君費心。你以為，皇上眞的那麼好騙？我若不是眞傷，此刻已是白骨一堆。只怕，長風騎為何一退再退卻安然無事，他亦是心知肚明吧？」

裴琰鬆開右手，凝視著衛昭，「不錯，皇上也是陰謀叢中過來之人。但他縱是知我命長風騎步步後退，以脅迫於他，讓我重掌兵權，卻又能奈我何？現如今，放眼華朝，又有誰能力挽狂瀾，誰能擔此重任，擊退桓軍和薄軍！」

衛昭沉默不語，再咳數聲。

裴琰沉聲道：「我此番應約前來，實是敬佩三郎，這麼多年以身事虎，謀畫大業。如今天下雖成亂局，但恐怕三郎大計難成。為今之計，必須你我攜手，方可共抗強敵。還請三郎細聽裴琰一言。」說著面容一肅，長身一揖。

衛昭側身避過，淡淡道：「少君如此大禮，我蕭無瑕萬萬擔當不起。」

裴琰直起身，滿面喜悅之色，「蕭教主願聽裴琰一言，實是幸甚，請！」

衛昭飄然回至石桌前坐下，慢條斯理地斟了杯茶，又慢悠悠地替裴琰將杯中斟滿。

裴琰一笑，「多謝蕭教主。」

風自觀窗而入，吹得燭火搖曳不定，簷下銅鈴的響起配著這搖動的燭火，似頗有韻律。

裴琰右手一揚，攬入數顆棋子，或黑或白，擺於棋盤上。

衛昭靜靜地看著，嘴角不易察覺地微微抖了一下。

裴琰看著衛昭，緩緩道：「蕭教主，你是聰明人，這棋局一擺，你也看得清楚。桓、華兩國戰事若陷入膠著，戰線沿河西一帶拉開。不論桓軍或是我華軍，要想突破戰線進而出奇制勝，首先想的，會是哪個方向！」

衛昭看著棋局，面容漸冷，輕哼一聲。

裴琰目光凝在他面上，沉聲道：「東線有薄雲山，兩軍都不會考慮向那方突破，要迂迴作戰，尋求突破，只能走你的月落山脈！更何況，月落境內，還有一條桓國孜孜以求的桐楓河！

「我華朝軍隊倒還好說，多年來視月落爲本朝的屬地，頂多就是搶點東西、要些奴婢、刮點地皮。但若是桓軍打上了你月落的主意，我想，以他們外邦蠻夷燒殺擄掠的凶暴性情，要的可不止是奴隸財物。他們若想全面控制桐楓河的水源，你蕭教主縱是傾全族之力抵抗，怕仍難免滅族之危吧！」

衛昭沉默不語，良久，方語含譏諷地說道：「少君既將形勢看得這麼透，自不會讓桓軍占據我月落以圖南下，我又何必擔這份憂。」

裴琰斷聲道：「是，我自不會讓他宇文景倫得逞。但是這樣一來，戰線必要西移，戰火也必要在你月落境內燃起。敢問蕭教主，你月落一族，到時可還有安身立命之處？你又拿什麼來保護族人？」

衛昭默然不語，待夜風湧入塔內，他忽仰面一笑，「少君，你說這麼多，無非是想讓我幫你一把，可你又如何在這亂局之中取勝？你若勝出，又如何能爲我月落帶來生機？」

裴琰深深望了他一眼，「我倒無刻意奉承三郎，三郎若是肯相助，這場仗，我是一定能夠贏下的。」

衛昭微微欠身，面上波瀾不興，「少君太抬舉了，衛昭不過一介弄臣，怕沒這個本事。」

裴琰面容一肅，「三郎，不管天下之人如何看你，但在裴琰心中，你便是頂天立地的男子漢，堪與我裴琰一決高下的對手！若非如此，我又何必要和你合作？」

衛昭閉上雙眸，悠悠道：「少君，你圖的是什麼，我也很清楚。我若幫了你，你兵權在手，大業得成，只怕遲早得收服我們月落。你我之間，仍難免一戰，我又何苦現下爲自己扶起一個強大的敵人？」

裴琰微微搖頭，聲音誠摯，「三郎，咱們眞人面前不說假話，爲敵爲友，全爲利益所驅。其實朝廷逼你月落進貢，奴役你族，實是得不償失，不但失了月落歸屬之心，也需一直陳重兵於長樂，徒耗糧草軍力。我若執掌朝堂，爲朝廷長久之計，定會廢除你族的奴役，明令禁止進獻孌童歌姬，嚴禁官民私下買賣，並定爲法典。不知這樣，三郎可會滿意？」

衛昭仍是閉著雙眼，並不睜開，白皙的臉上只見眼皮在輕輕顫動。裴琰放鬆身軀，仰靠在椅背上，長久凝視著他的面容。一時間，塔中寂靜無聲，只聽見塔上銅鈴傳來聲聲叮叮脆響。

「撲棱」輕響，一隻飛鳥撲扇著翅膀，落在觀窗之上，許是見塔內有人，又振翅而去。

衛昭睜開雙眼，正對上裴琰含笑的眼神，他嘴角也勾起一絲笑意，「少君開出的條件倒是很誘人，只是，我卻不知，要怎樣才敢相信少君的話？」

「我既誠心與三郎合作，當然也得奉上大禮以表心意。」裴琰從懷中取出一束絲帛，放於石桌上，再慢慢推給衛昭。

衛昭看了裴琰一眼，似漫不經心地拿起絲帛，緩緩展開，面上笑容漸斂，沉吟不語。

裴琰放鬆下來，呷了口茶，見衛昭仍不語，微微一笑，「三郎也知，私自起草頒布法令乃誅族大罪。自今日我將這份免除月落一切勞役、廢除進獻孌童歌姬的法令交予三郎。異日我若大業得成，這便是我裴琰要實行的第一份國策，絕不食言。」

見衛昭仍不語，裴琰又從袖中取出一方玉章，道：「三郎可備有筆墨？」

衛昭再沉默一陣，徐徐起身，自棋盒中取出筆墨，又慢條斯理走回桌前。

裴琰抬頭，二人對視片刻，衛昭笑意漸濃，灑然坐下，身形微斜，右臂架上椅背，悠悠道：「既是如此，煩請少君告知，要我如何幫你？」

裴琰欣然而笑，手中用力，玉章沉沉印上絲帛。

夜色下，湖面閃著淡淡幽光。

裴琰抱著仍昏迷不醒的江慈走至湖邊，右手掩於口前，發出鶴鳴之聲，不多時，一艘畫舫自湖的東面悠然而近。

湖心小島上，寶璃塔中，白影默立於觀窗前，望著畫舫遠去，慢慢闔上了雙眸。負在背後的雙手，十指間似有什麼東西漏過。他慢慢伸出右手，只有虛無的風颳過指間，手指合攏，什麼都未能抓住……

待船靠近，裴琰攬著江慈，自無人的船尾悄然攀上，敲了敲畫舫二層的軒窗，漱雲輕啓窗頁，裴琰飄然而入。漱雲笑著將窗關上，正待說話，看清楚裴琰臂中的江慈，笑容漸斂。

裴琰冷聲道：「你出去。」漱雲不敢多問，再看一眼江慈，輕步出門，又將門輕輕掩上。

裴琰將江慈放在椅中，手指悠悠撫過她的面容，面上隱有疑惑與探究，終輕笑一聲，解開了她的穴道。

江慈睜開雙眼，抬頭正見裴琰深邃的目光，他面上含著三分淺笑，似要俯下身來。江慈心中一驚，雙目圓睜，滿面戒備之色。裴琰輕哼一聲，在她身邊坐下，江慈默默向旁挪了挪。許是夜風忽大，湖面起波，畫舫搖晃了幾下，江慈右手撐住椅子，方沒有滑倒，肩頭披風卻未繫緊，滑落下來。

裴琰拾起披風，正待替她披上，江慈猛然躍起，後退數步，裴琰的手便凝在了半空。

裴琰輕歎一聲，坐回椅中，凝視著江慈，「你爲何不早告訴我，三郎給你服下了毒藥。」

江慈漸轉鎮定，淡然道：「相爺，你說眞心話，當時當日，你若是知道了三爺便是星月教主，還會費心思爲我這個山野丫頭去求取解藥麼？」裴琰氣息微滯，轉而笑道：「你倒是頗瞭解我。」

江慈走回椅中坐下，卻不望向裴琰，輕聲道：「江慈對相爺，再無絲毫用處，我本就不是相爺府中之人，相爺還是放我走吧。江慈會日夜燒香禱告，願相爺官運亨通，早日達成心願。」

裴琰沉默半晌，緩緩開口：「我倒是想放你回去，但三郎的身分不容洩露，我怕一旦放了你，他便會來殺你滅口。暫時，你不能離開我身邊。」

江慈抬頭直視裴琰，「三爺不會殺我的。」

裴琰輕「哦」一聲，冷冷望著江慈，「是麼？我倒不知，三郎還會憐香惜玉。」

他猛然站起，手中披風一揚，罩上江慈肩頭，冷聲道：「你知道得太多，大事一日未成，你便一日不能離開我身邊。還有，回去後，在子明面前，該說什麼、不該說什麼，你是聰明人，不用我多說。」說著袍袖一拂，出艙而去。

相府，西園，燭光朦朧。

崔亮正坐於正屋中削著木條，聽到腳步聲響，笑道：「相爺，再有一日，我這強弩便可製成了。」清澈如泉水般的聲音響起，「崔大哥。」

崔亮驚喜抬頭，「小慈。」

江慈從裴琰背後慢慢走出，面上綻出甜甜笑容，「崔大哥。」

崔亮見江慈眼中隱有水光，微笑道：「小慈瘦了。」

裴琰俯身拾起地上數支初具模型的強弩細看，口中笑道：「長風山莊的水土，她有些不適應，總是念著京城好玩。」又道：「子明快說說，這個怎麼用。」

崔亮接過強弩，向他詳細解說起來。江慈轉頭，腳步緩移，走入西屋，輕輕將門關上，在黑暗中走至床前躺下，將頭埋在了被中。

淚水，慢慢沁濕錦被，她一邊流淚，一邊卻又止不住地冷笑……

三十六　牙璋鐵騎

這日是莊王生母高貴妃壽辰，她爲六宮之首，雖因前線戰事緊張，宮中一切禮儀慶典從簡，但皇恩浩蕩，仍恩准其在毓芳宮內舉辦壽宴，各宮妃嬪皆來行禮祝壽。皇帝縱是政務繁忙，也於午時踏入了毓芳宮。

高貴妃心事重重，仍笑著跪迎皇帝入座。皇帝看了看她的臉色，正待說話，內侍稟報：「莊王爺到了。」一眾妃嬪忙都避入內室，莊王躬身而入，給皇帝行禮後再向母妃賀壽，高貴妃看著他的眼神無盡溫柔和悅，「煜兒快過來。」

莊王趨前，高貴妃執著他的手，輕柔地替他將束帶理好，想起心頭大事，見皇帝正低頭品茗，便向兒子使了個眼色。莊王卻有些爲難，又回了個眼色。

皇帝眼角餘光將他母子這番動作看得清楚，拂袖起身，不多話，逕出了毓芳宮，唬得高貴妃和莊王忙跪地相送。

莊王不由輕聲道：「母妃，您現下提讓高氏南遷，不是時機。」

高貴妃怏怏道：「母妃也知，但眼見桓賊就要打到河西，難道讓你舅父他們坐以待斃不成？」

皇帝一路回了延暉殿，面色陰沉。陶內侍戰戰兢兢，服侍他用過午膳，皇帝又命傳太子進來。細問過小慶德王與談鉉女兒成親的事宜，皇帝略略寬心，道：「這幾天你跟著董學士，學著點調配糧草、統籌供應，切莫小覷了這些瑣碎事情，大軍未發、糧草先行，糧草能否供應妥當，才是得勝的關鍵。」

太子唯唯應是，恭聲道：「裴琰此刻正與董學士在弘泰殿商議調糧事宜，兒臣看著，裴琰似是胸有成竹。」皇帝頷首道：「你多學著點，相仿的年紀，人家這方面就強過你許多。」

太子不敢多話，內侍進來，「皇上，衛大人求見。」

皇帝揮揮手，太子忙出殿，衛昭微微躬腰，待太子行過，方提步入殿。

皇帝並不抬頭，「不是讓你養好傷再進宮來麼？」

衛昭上前道：「臣傷勢已大好了。想起初八裴琰帶雲騎營出征，皇上要御駕親臨錦石口送行，特來請示皇上，屆時這防務是由光明司負責，還是交給姜遠？」

皇帝抬起頭，見衛昭今日竟穿上了指揮使的暗紅色官服，越發襯得眉目如冰雪一般，腰間束著鑲玉錦帶，又添了幾分英爽之氣，不由笑道：「看來眞是大好了。」

衛昭微微一笑，「天天在府裡養著，又見不到皇上，實在憋悶。」

皇帝招招手，衛昭走近。皇帝細看了看他的面色，忽伸手抓向他右腕，衛昭卻只是笑，皇帝探了一會兒，又鬆開，「朕這就放心了。」復沉吟片刻，道：「錦石口的防務就交給姜遠。」

衛昭眼神一暗，笑容也漸斂。皇帝看得清楚，笑道：「你重傷初癒，還是別太辛勞了。」

衛昭有些遲疑，皇帝道：「想說什麼就說。」

衛昭垂下眼簾，輕聲道：「皇上，倒不是臣故意說姜大人的壞話，他雖辦事老練，但總有幾分世家公子的壞習性。臣不在宮中的這段時間，光明司交給他管束，倒管得有些不像話。」

皇帝一笑，「你這話就在朕這裡說說，出去說又要得罪一大批人。」

衛昭冷冷一笑，淡淡道：「三郎也不耐煩和他們這些公子哥打交道，得罪便得罪吧，皇上護著三郎，三郎心裡自是感恩的。」

「依你這話，難道世家子弟都是不成才的？」皇帝取過一本摺奏，似是漫不經心，「裴琰也是世家子弟，你倒說說，他有什麼壞習性？」

衛昭想了片刻，一笑，「皇上是故意爲難三郎，拿裴相來問，三郎縱是想說他壞話，倒還想不出合適的詞。」

皇帝大笑，「你不是一直看他不順眼麼？怎麼倒說不出他的壞話？」

衛昭正容道：「三郎雖不喜裴相其人，但平心而論，裴相辦事精細，年少老成，行軍打仗，華朝無人能及，倒還眞沒有一般世家子弟的壞習性。若勉強要說一個出來，此人城府太深，皇上不可不防。」

皇帝輕「嗯」一聲，不再說話，只是批著摺奏。衛昭也不告退，逕自入了內閣。

已是春末夏初，午後的陽光漸轉濃烈，閣外也隱隱傳來蟲鳴，皇帝批得一陣摺奏，漸感睏倦，站起伸了一下雙臂，走向內閣。陶內侍知他要午憩，忙跟進來，正要替他寬去外袍，皇帝目光凝在榻上，揮了揮手，陶內侍忙退了出去。

皇帝緩步走近榻邊。榻上，衛昭斜靠在錦被上，閉著雙眸，呼吸細細，竟已睡了過去。他的束冠掉落於一邊，烏髮散落下來，遮住了小半邊臉，想是睡得有些熱，官袍的領口拉鬆了些，但仍沁出細細的汗，原本雪白的肌膚也如同抹上了一層洇紅。

皇帝搖了搖頭，走到窗邊，將窗推開了些，涼風透入，衛昭驚醒，便要坐起。

皇帝過來將他按住，衛昭倒回榻上，輕聲一笑，「三郎倒想起剛入宮時的事情來了。」

皇帝寬去外袍，笑道：「說說，想起什麼了？」

衛昭但笑不語，伸手比畫了一下。皇帝省悟過來，頓覺唇乾舌燥，坐於榻邊，伸手拉開衛昭衣襟，「讓朕看看，傷口可全好了？」白玉般的肌膚泛著點潮紅，皇帝手指撫過衛昭肩頭上的傷痕，俯下身來。

衛昭身軀微僵，皇帝抬頭，「還疼？」

衛昭笑著搖搖頭，伸手慢慢替皇帝解去內袍。

皇帝睡不到一個時辰便醒轉來，衛昭也隨之驚醒，抬頭看了看沙漏，知已是申時，忙要下榻，皇帝又將他按住。衛昭笑了笑，輕聲道：「皇上，今日初五，申時末可是考校皇子功課的時辰。」

皇帝輕歎一聲，不再說話。衛昭自去喚內侍進來，皇帝著好衣袍，猶豫片刻，揮手令內侍退出，緩步走至衛昭身前，淡淡道：「想不想上戰場玩一玩？」

衛昭一愣，旋即笑道：「皇上可別把監軍的差事派給三郎，戰場雖好玩，可三郎想到要和裴琰整天待一起，就不爽快。」

皇帝笑道：「你就是嫉妒他，不過好在你還識大體。」見衛昭仍是不情願的神色，皇帝道：「你倒幫朕想想，可還有其他合適人選？」

衛昭想了一陣，沉默不語，神色仍有些怏怏。皇帝微笑道：「你重傷初癒，朕本也捨不得把你再派上戰場。但這監軍一職責任重大，只有你才能令朕放心。」

衛昭一笑，「皇上不用這般捧三郎，三郎承受不起。」

皇帝大笑，拉過衛昭的右手，「來，朕給你說說，到時要注意哪些……」

月上柳梢，衛昭才回府。

見他的臉如寒冰一般，僕人們大氣都不敢出，衛昭冷冷道：「沐浴。」

管家忙不迭地命人將漢白玉池倒滿熱水。

衛府的漢白玉池建在正閣後的軒窗下，軒窗上幾叢蘭花。衛昭久久浸於池底，待內息枯竭方急速躍起。水花四濺，蘭花搖曳，他緩緩伸手，將蘭花掐下，面無表情，直到蘭花在指間化為花汁，滴於池中，方再度潛入水中。

衛府園中花木扶疏，夜半時分顯得十分幽靜。衛昭一襲白袍，在府中長久地遊蕩，神思恍惚，終又站在了桃園前。

他在園門前默立良久，躍牆而過，緩步走至桃林前，望著夜色下的桃枝疏影，他眼神漸轉飄忽，又提步走入小木屋。木屋中，楊木臺上，銅鏡仍在，木梳斜放在銅鏡一側。淡淡的月光由窗外透進來，銅鏡發著幽幽的黃光。衛昭拈起木梳上的一根黑髮，輕柔地放於指間纏繞，又慢悠悠地走出木屋。

易五正穿過正院，往自己居住的東院而去，忽見後園方向過來一道白影，忙迎了過來，「三爺！」

衛昭看了他一眼，「你今夜又不當差，去哪兒了？」

易五右手悄悄移至背後，將那物事籠入袖中，神情有些尷尬，但知這位主子的手段，不敢不說實話，只得吶吶道：「也沒去哪兒，就在紅袖閣喝了兩杯酒。」

衛昭微一皺眉，「你傷剛好，就去青樓流連飲酒，倒是出息了。」

易五忙道：「小的倒不全為去飲酒，主子吩咐我盯著安澄，安澄在紅袖閣有個相好的，叫絳珠。小的去看一看，想辦法安了個人在絳珠身邊。」

衛昭微微點頭，忽然右袖一拂，易五呼吸微窒，身軀後仰。衛昭右足踢出，易五急翻筋斗，避開他這一腳。衛昭笑道：「不錯，功力恢復了八成，沒偷懶，到時還有大任務要派給你。」

易五出了一身冷汗，忙點頭道：「是，主子。」

「歇著去吧。」衛昭淡淡道。

易五忙行禮離去。衛昭看著他的身影消失在長廊盡頭，俯身從地上拾起一本冊子。

長廊下懸著的燈籠在夜風中輕擺，衛昭將那冊子翻開，眼神凝在冊中的圖畫上，眼皮突突直跳，「啪」的一聲將畫冊闔上。不知過了多久，他方挪動腳步，回到正閣，和衣躺到床上，翻了幾次身，終再度將畫冊從懷中取出，慢慢地掀開來。

牆外，更梆輕敲。

衛府值夜的老于提著燈籠一路巡視，遙見長廊下有一身影，喝道：「什麼人！」

易五忙直起身，「是我。」

老于照了照，笑道：「原來是易爺，大半夜的，您在這兒做甚？」

易五百思不得其解，撓了撓頭，「奇怪，掉哪兒了？」

「易爺可是找什麼東西？」

易五面帶遺憾，「是，不見了，怪可惜的。」又彎腰一路尋找。

老于跟在後面，笑道：「什麼寶貝，這麼要緊！」

易五笑得有些曖昧，低聲道：「紅袖閣最新出的春宮圖，一百零八式，你說是不是寶貝？」

老于頓時來了精神，忙也彎腰尋找，「這可是個寶貝，易爺怎麼弄丟了，您也會掉東西，可有些稀奇。」

易五正待說話，忽然面色大變，喃喃道：「不會吧……」

江慈早上醒來，崔亮便已不在西園，倒是安華又被派了過來伺候她。

半年不見，安華身量又高了些，與江慈站在一塊，差不多高矮。她笑著與江慈搭話，江慈卻總是面上淡淡，輕應幾句，安華說得多了，她便將門一關，不再出來。

裴琰這日忙得腳不沾地，申時方和董學士議好調糧事宜，又帶著崔亮打馬去了城外的雲騎營，夜色深沉，方趕回相府。

他仍惦著崔亮將要製成的強弩，一路進了西園，崔亮知他用意，接過他從宮中兵器庫中拿來的「天蠶絲」，細細纏上強弩，再調了一番，與裴琰步出正屋。

崔亮將一枝竹箭搭上強弩，勁弦輕響，竹箭在空中一閃，「噗」的一聲，沒入前方數十步的樹幹中。裴琰大喜，忍不住與崔亮右掌互擊，又接過強弩，自己再試了數回，笑道：「子明，得你相助，不愁拿不下桓軍和薄賊！」崔亮微笑道：「可惜天蠶絲不多，只能裝備一千人左右的箭兵。其餘士兵只能用韌性差一些的麻絲，不過也夠用了。」裴琰笑道：「這一千人便是我長風騎的奇兵，看他宇文景倫拿什麼與咱們這支奇兵抗衡！」

安華由西屋步出，輕輕掩上房門，過來向裴琰行禮。

裴琰望了望西屋，「她睡下了？」

「沒有，正在看書，小的勸她早些休息，她只是不聽。」

裴琰揮了揮手，安華出了西園。裴琰轉向崔亮，平靜道：「小慈肩上有傷，要勞煩子明替她療傷才好。」

崔亮一驚，昨夜江慈一回來便躲於房中，他今日一早便出了園子，未想到江慈肩上有傷，忙步入西屋。

江慈正在燈下看書，見崔亮進屋，站了起來，「崔大哥。」

崔亮望著她消瘦的面容，心中暗歎一聲，和聲道：「小慈，你讓我看看肩傷。」

江慈面上一紅，崔亮省悟過來，忙道：「不用看了，你說說，怎麼傷的，傷得怎麼樣，我好開藥。」

江慈正待說出自己先前在服的正是他開的藥，裴琰已站在了門口，她便將話嚥了回去，淡淡道：「是被人誤傷的，那人用內力將我肩胛骨捏裂，用過了藥，好很多了。」

裴琰與崔亮同時面色微變，室內陷入一片沉寂，僅聽到室外，風吹過樹葉沙沙作響的聲音。

窗戶被風吹得「咯嗒」輕響，崔亮回過神，伸出右手。江慈將右腕伸出，崔亮搭過脈，又細細看了江慈幾眼，沉吟道：「倒是好了大半了，看來你先前用的藥有效，小慈可還記得藥方？」

江慈搖了搖頭，「我不知道藥方。」

崔亮又轉頭望向裴琰，裴琰微笑道：「是岑管家替她請的大夫，藥方我也不知。」

崔亮轉回頭，凝視著江慈，「從脈象來看，你先前服的藥方中似有舒經涼血之物，你服用之時，是否感到舌尖有些麻？」

「是。」

崔亮點點頭，「那我再開個差不多的藥方，小慈別亂用左臂，很快就會好的。」

江慈目光自裴琰面上掠過，又望著崔亮，平靜說道：「多謝崔大哥，我睏了，要歇息了。」

崔亮忙道：「你先歇著，我開好藥方，明日讓安華煎藥換藥便是。」說著轉身出了房門。

裴琰面色陰沉，站於門口，聽到崔亮腳步聲遠去，冷冷一笑，「他這般傷你，你還相信他不會殺你麼？」

江慈慢慢走過來欲將門關上，裴琰卻不挪步。江慈不再理會他，依舊坐回燈下，自顧自地拿起一本書看了起來。裴琰等了一陣，見她再不抬頭，冷笑一聲：「看來，我得把你帶上戰場了。」

江慈一驚，猛然抬頭，「上戰場？」

裴琰望著她沒有多少血色的面容，猶豫片刻，語氣緩和了些，「我要領兵出征，若是留你在這相府，保不定會出什麼事，爲安全計，你只能和我一起上戰場。」

江慈沉默片刻，淡然一笑，「相爺自便。」又低頭繼續看書。

裴琰眼皮微微一跳，再過片刻，終拂袖出了西園。

江慈慢慢放下手中書本，崔亮又敲門進來，微笑道：「小慈，我得再探一下脈。」江慈淺笑著伸出右腕，崔亮三指搭上她腕間，和聲道：「小慈怎麼瘦了這麼多？是否不適應長風山莊的水土？」

「嗯。」江慈垂下頭去，低聲道：「長風山莊也沒什麼好玩的。」

「我倒聽人說，南安府物產豐饒，風光極好，特別是到了三月，寶林山上有一種鮮花盛開，狀如銅鐘，一株上可以開出三種不同的顏色，名爲『彩鈴花』，小慈也不喜歡麼？」崔亮邊探脈邊淡淡道。

江慈忙道：「喜歡，那花好漂亮，我很喜歡。」

崔亮鬆開手指，沉默片刻，道：「小慈，相爺初八要帶雲騎營出征，去與桓軍和薄賊作戰，我也要隨軍同去。你，和我一起走吧。」

「好。」江慈輕應一聲，轉過頭去。

崔亮再沉默一陣，又道：「小慈，戰場凶險，你記住，不管發生什麼事情，你不要離我左右。」

翌日便有旨意下來，皇帝欽命光明司指揮使衛昭爲隨軍監軍。

朝中對此反應倒是極爲平靜，莊王一派自是鬆了口氣，靜王一派也風平浪靜，太子一派由於有董學士負責糧草事宜，操控著前方將士的命脈，也未表示不滿。

裴琰仍和崔亮打馬去了雲騎營，朝廷緊急徵調的數百名匠工也已到位。崔亮將繪好的強弩圖講解一番，再將天蠶絲和麻絲分配下去，見眾匠工迅速製作強弩，裴琰略鬆了口氣，又親去訓練雲騎營。

雲騎營原爲護衛京畿六營之一，其前身爲皇帝爲鄴王時一手創建的光明騎。此次裴琰出征，統領北部人馬，皇帝將雲騎營也一併撥給了他。

裴琰知雲騎營向來自視爲皇帝親信部隊，有些不服管束，入營第一天，即給眾將領來個下馬威。他隻手擊倒六大千戶，又在訓兵時單獨挑出千名士兵，訓練一個時辰後，便擊敗四千餘人的主陣，自此威懾雲騎營。

子時初，二人方回到相府，裴琰仍一路往西園而行，崔亮卻在園門前停住腳步，「相爺。」

裴琰聽出他聲音有異，回頭微笑道：「子明有何話，不妨直說。」

崔亮有些猶豫，片刻後才道：「相爺，小慈的肩傷，須得我每日替她行針，方能痊癒，否則會落下後遺症，恐將來左臂行動不便。我又得隨相爺出征，能不能請相爺允我將小慈帶在身邊，等她完全好了之後，再讓她回家。」

裴琰沉吟道：「有些難辦，軍中不能有女子，子明你是知道的。」

崔亮低下頭，道：「相爺也知，我當初願意留下來，爲的是小慈。現下她有傷在身，我是無論如何也不能丟下她不管的。她可以扮成小卒，跟在我左右，我不讓她與其他士兵接觸便是。」

裴琰笑容漸斂，待崔亮抬頭，他臉上又是笑容可掬，和聲道：「既是如此，也只能這樣。就讓她隨著你，待她傷勢痊癒，我再派人送她回家。」

「多謝相爺。」

黛眉嶺位於河西府以北的雁鳴山脈北麓，因山勢逶迤、山色蒼翠，如女子黛眉而得名，是桓軍南下河西，入瀟水平原的必經之路。田策率部眾三萬餘人自雁返關退下來後，便據此天險與桓軍展開曠日持久的攻防戰。

多日下來，長風騎死傷慘重，方將桓軍擋於黛眉嶺以北，及至婁山緊急西調的三萬人馬趕到，河西府的高氏也發動廣大百姓自發前來相助守關，又有源源不斷的糧草運來，田策才鬆了一口氣。

黛眉嶺野花遍地，翠色濃重，但各谷口山隘處，褐紅色的血跡灑遍山石黃土，望之觸目驚心。

黃昏時分，宇文景倫立於軍營西側，凝望著滿天落霞，聽到腳步聲響，並不回頭，「滕先生，『一色殘陽如血，滿山黛翠鋪金』，是否講的就是眼前之景？」

滕瑞微笑著步近，「王爺可是覺得，這處的落日風光，與桓國的大漠暮色有所不同？」

宇文景倫笑道：「我倒更想看看先生說過的，『柳下桃溪，小樓連苑，流水繞孤村，雲淡青天碧』的江南風光。」

滕瑞眉間隱有惆悵之意，「我也許久沒有回家鄉了，此番若是能回去，也不知能不能再見到故人。」

「先生在家鄉可還有親人？」宇文景倫轉過身來。

滕瑞望向南邊天空，默然不語良久，歎道：「我現下與小女相依爲命，若說親人，便是她一人了。」

宇文景倫目光落在滕瑞洗得發白的青袍上，不禁笑道：「這些年先生跟隨景倫征戰四方，身邊又沒人照顧，難怪先生至今還是如此儉樸。」

滕瑞微微一笑，「我素性疏懶，這些東西一向由小女打理。她老是埋怨我不修邊幅，不過我也習慣了，改不過來。」

宇文景倫笑了笑，道：「先生也忒不講究了。我記得父皇和我都曾賞賜過月落進貢的繡品給先生，就從沒見先生用過，全都給你家小姐了吧。」

滕瑞淡淡道：「那倒不是。小女不好這些玩意，皇上和王爺賞賜的月繡她皆收起來了，誰都不許用。」

「哦，這卻是爲何？」宇文景倫原本不過隨口一問，這時卻來了興趣。

滕瑞猶豫了一下，道：「小女說，這些東西奢靡太過，尋常人福薄，用之不僅不能添福反會折壽，且月落族爲了這些繡品，不知熬瞎了多少繡娘的眼睛，有違天理，恐怕也不是什麼吉祥之物。故而我的一應衣物，全是小女一人包辦，她也從不用那些東西。」

宇文景倫「哦」了一聲，良久不語，若有所思。

滕瑞忙深深作揖，「小女年幼無知，胡言亂語，實非有意衝撞皇上和王爺，還請王爺恕罪。」

宇文景倫哈哈大笑道：「哪裡哪裡，先生多慮了。景倫視先生爲師，又怎會爲這種小事責怪先生。」

易寒快步過來，將手中密報遞給宇文景倫，宇文景倫接過細看，神情漸轉興奮，將密報一闔，笑道：「終於等到裴琰了！」

滕瑞看著他滿面興奮之色，微笑道：「王爺有了可一較高下的對手，倒比拿下河西府還要興奮。只是王爺，裴琰一來，這仗可就勝負難測啊！」

宇文景倫點頭道：「先生說得有理，但人生在世，若無半個堪爲對手的人，豈不是太孤獨寂寞？」

易寒沉吟道：「這起密報，是莊王離京去請裴琰出山時，咱們的人發出的。從時間上來算，裴琰還需幾日方能往前線而來，也不知他是先去婁山與薄雲山會戰，還是直接來與咱們交手？」

宇文景倫漸漸平靜，「嗯，裴琰行事向來滴水不漏，又善運計謀，咱們得好好準備，迎接這位對手。」

華朝承熹五年四月初八辰時初，皇帝御駕親臨錦石口，爲裴琰及雲騎營出征送行。

這日陽光燦爛，照在上萬將士的鎧甲上，反射出點點寒光。皇帝親乘御馬，在數千禁衛軍的拱扈下，由南而來。他著明黃箭袖勁裝，閃身下馬，身形矯健，步履穩重，步上了閱兵將臺。臣工將士齊齊山呼萬歲，跪地頌聖。一時間，校場之中，鎧甲擦響，刃閃寒光。

皇帝手扶腰間寶劍，身形挺拔，立於明黃金龍大纛下。禮炮九響，他將蟠龍寶劍高高舉起，上萬將士齊聲高呼：「吾皇萬歲，萬歲，萬萬歲！」

勁風吹拂，龍旗捲揚，震天呼聲中，皇帝巋然而立，面容沉肅。

這一瞬，有那上了年紀的老臣們依稀記起，二十多年前，如今的成宗皇帝，當年的鄴王殿下，是何等英氣勃發且威風凜凜，也曾於這錦石口校場接過先帝親賜兵符，前往北線，與桓軍激戰上百場。一年後他鐵甲寒衣，帶著光明騎南馳上千里，趕回京城奉先帝遺詔榮登大寶，再後來，他力挽狂瀾，在一干重臣的輔佐下平定「逆王之亂」，將這如畫江山守得如鐵桶般堅固。

時光流逝，當年英武俊秀的鄴王殿下終慢慢隱於深宮，變成眼前這個深沉如海的成宗陛下。只有在這一刻，萬軍齊呼，滿場驚雷，他的眉間才又有了那一份令江山折腰的鋒芒。

禮炮再是三響，裴琰著銀色盔甲，紫色戰披，頭戴紫翎盔帽，單膝跪於皇帝身前，雙手接過帥印及兵符，高舉過頭，將士們如雷般山呼萬歲。皇帝再將手中蟠龍寶劍賜予隨軍監軍、光明司指揮使衛昭。

戰鼓齊擂，裴琰躍上戰馬，再向將臺上的皇帝行軍禮，撥過馬頭，雲騎營將士軍容齊整，腳步劃一，退出上百步，方紛紛翻身上馬，緊隨紫色帥旗，「劍鼎侯」裴琰終率雲騎營正式出發北征。

漫天黃土，震空戰鼓，皇帝在將臺上極目遠望，那道白色身影縱騎於隊伍最末，似是回頭望了望，終消失在滾滾黃塵之中。這一路行得極快，辰時末出發，只午時在路途歇整了小半個時辰，用過水糧，又再度急行軍，入夜時分趕到了獨龍崗。

裴琰下令在獨龍崗下紮營起灶，又命人去請監軍過來。衛昭飄然而來，所過之處將士或轉頭、或側目、或偷窺，他渾然不覺，嘴角含笑，與裴琰欠身為禮，二人同時舉步入大帳，安澄親於帳門守衛。崔亮將地形圖在地上展開，向衛昭點頭致意，三人盤膝坐下，細看地形圖。

一名小卒入帳，拎著銅壺，又取過茶杯等物，替三人斟好茶，一一奉上。衛昭並不抬眼，只是接過茶杯時，手微微一抖。

小卒將茶奉好，又悄無聲息地退了出去。

裴琰注目於地形圖上，呷了口茶，道：「小鏡河馬上要進入夏汛，這條線守住不成問題，且還可抽調出一部分兵力支援婁山，關鍵還在河西守不守得住。」崔亮點頭道：「婁山的兵力至少可以西移三萬，加上田策現有的六萬人，再加上雲騎營，與桓軍還是可以一搏。」衛昭淡淡道：「長樂、青州一帶還有數萬駐軍，若是能東調，再讓高氏在河西一帶廣徵兵員，又多了幾分勝算。」

三人再沉默片刻，裴琰呵呵一笑，「這是咱們打的如意算盤。咱們既想得到，薄雲山和宇文景倫自然也想得到。」

崔亮微笑道：「那他們也肯定能想到，如此順理成章的打法，我們必然不會用。」

「那我們到底是另謀良策，還是就選這最簡單、最容易被人算中的策略呢？」裴琰抬頭望向衛昭。

衛昭淡淡一笑，「臨行前皇上有嚴命，監軍不得干涉主將行軍作戰，少君自行拿主意便是。」

裴琰一笑，又低下頭，凝神看著地形圖。小卒再進來，崔亮見她隻手端著飯菜，忙起身接過，放於案上，又替她將軍帽戴正，柔聲道：「你肩傷未好，就不要做這些事了。」

裴琰與衛昭同時身軀一僵，崔亮笑著轉身，「相爺，衛大人，先將肚子填飽，再共商大計吧。」

小卒裝扮的江慈笑道：「還得去拿飯碗和筷子。」說著轉身往帳外走去。

崔亮忙將她拉住，「我去吧。你一隻手，怎麼拿？」

「一起去。」

「好。」

待江慈離去後，裴琰抬頭，與衛昭目光一觸。衛昭淡淡道：「下手重了些，少君莫怪。」

裴琰呵呵一笑，「無妨，讓她吃點苦頭也好，免得不知輕重。」

兩人不再說話，目光皆投在地形圖上。不多時，崔亮與江慈拿齊諸物進來，帳內並無長風衛親兵，崔亮只得親去盛飯，江慈將筷子擺於矮案上，裴琰與衛昭同時起身走到案邊面對面坐下。

江慈右手接過崔亮遞來的飯碗，猶豫了一下，將碗放在距裴琰一臂遠的地方，又接過一碗，輕輕放至衛昭面前，低聲道：「三爺請。」

裴琰握著竹筷的手一緊，凌厲的眼神盯著江慈，慢慢伸手取過飯碗。

江慈卻不看他，轉身立於一旁，崔亮端著兩碗飯過來，笑道：「小慈快坐，一起吃。」

江慈不動，裴琰低頭吃飯，並不發話。崔亮過來將江慈拉至案邊坐下，將飯碗擺至她面前，又取過一湯匙，和聲道：「你隻手，不好用筷子，用這個吧。」

江慈接過湯匙，微笑道：「謝謝崔大哥。」

崔亮想了一下，在江慈身邊坐下，又夾了數筷菜肴放入她碗中，「你想吃什麼，我替你夾。」

江慈向他笑了笑，用右手握著湯匙勺起飯菜送入口中，吃得幾口皺眉道：「這軍中的伙夫，廚藝不怎麼樣。」崔亮笑道：「那是，肯定比不上小慈的手藝。」

裴琰與衛昭伸出的筷子同時停在空中，又慢慢伸向菜肴。

江慈向崔亮笑道：「等我傷好了，我來做。」

崔亮又夾了幾筷子菜放入她碗中，微笑道：「好，你先把傷養好，到時我們才會有口福。」又轉向裴琰笑道：「相爺，您把小慈一帶走，我有半年沒嘗過她做的飯菜，可想念得很。」

裴琰望了望坐於對面的衛昭，衛昭卻只低頭吃飯，動作極慢，吃相極斯文。裴琰收回目光，望向江慈，微笑道：「那就等小慈傷好了，咱們再一飽口福。」

江慈卻不看他，似想起一事，側頭望向崔亮，「崔大哥，你昨天給我的那本《素問》，我有些看不懂。」

「嗯，你初學，肯定會有些看不懂，回頭我給你詳細說說。先別急，想學醫的話，得慢慢來。」

江慈笑道：「可我想儘快學會才好，要是能像崔大哥一樣有本事，也不用總受人欺負。」

崔亮見她有一綹頭髮垂到嘴角，輕輕替她撥至耳後，語帶憐惜，「你想學什麼，我都教給你，只別太急，一口吃不成胖子的。」

江慈點頭，向崔亮一笑，又埋頭吃飯。

衛昭將碗筷放下，站起身，淡淡道：「少君，我吃飽了，出去活動一下，先失陪了。」說著飄然出帳。

裴琰吃不到兩碗便放下筷子，那邊崔亮卻仍在與江慈邊吃邊輕聲說笑。

看了看這二人，裴琰面色微寒，端起先前的茶杯，杯中已空，他將茶杯頓了頓，江慈抬頭看了他一眼，卻未起身。裴琰只得自己到銅壺中倒了水，坐回圖前。

崔亮慢慢吃完，接過江慈遞上的茶杯，笑著坐了過來，「相爺，是等衛大人回來一起商量，還是咱們先合計一下？」

裴琰指著圖上某處，面上浮起微笑，「子明先給我講講這處的地形。」

江慈見滿案的碗筷，想了想，到伙夫處要來一個竹籃，將碗筷飯鑊悉數放入籃內，提至帳外。

此時天已全黑，雲騎營訓練有素，除去值夜的士兵外，皆於營帳中休息，營地之中，極爲安靜。江慈拎著竹籃，往伙夫營帳行去，遙見一道白色身影自山坡下來，猶豫片刻，停住腳步。

衛昭慢悠悠地走近，又慢悠悠與她擦肩而過，江慈轉身喚道：「三爺。」

衛昭頓住腳步，並不回頭，鼻間微不可聞地「嗯」了聲。

「那個……」江慈遲疑半晌，鼓起勇氣問道：「三爺可將五嬸放回去了？」

衛昭又輕「嗯」一聲，舉步前行。

江慈沒聽到他肯定的回答，不放心，追了上來。衛昭腳步加快，江慈拎著一籃子的碗筷，左臂又不能擺動，身子失去平衡，踉蹌兩三步，眼見就要跌倒在地，衛昭倏然轉身，右臂一攬，將她身子勾起，抱入懷中。

夜色下，那雙如寶石般生輝的眼眸靜靜地望著她。他的背後，是夜幕上的半輪明月，他的手臂似有些顫抖，但他的衣襟上，卻傳來一陣極淡的雅香。

江慈有些迷糊，心尖微顫，右手一鬆，竹籃掉落於地。

碗筷震響，衛昭鬆手，袍袖一捲一送，將江慈推開兩步放下，轉過身而去，「已將她放回去了，你不用擔心。」白影如月下遊魂，轉瞬便隱入遠處的大帳之中。

江慈立於原地，看著衛昭的身影隱入帳中，忽覺心頭一暖，俯身提起竹籃，微笑著向伙夫營帳走去。

獨龍崗下，營火數處，夜空中，半月當空，星光隱現。

帳內三人還在輕聲商議，江慈不知自己要歇在何處，只得從囊中取出《素問》，坐於營帳一角的燈下，低頭看書。細細看來，她有許多地方不明白，現下也不方便一一去問崔亮，索性從頭開始，用心背誦。她記性甚好，在心中默誦兩三遍便能基本記住。待將《素問》前半部背下，那三人發出一陣輕笑，似是已商議妥當，都站了起來。

崔亮伸展了一下雙臂，轉頭間看見江慈仍坐於燈下看書，忙步了過來，「小慈，很晚了，睡去吧。」

江慈將書收入囊中，「我睡哪兒？」

「和我一個帳，我讓他們搭了個內帳，你睡內帳便是。」崔亮笑道。

裴琰卻走了過來，微笑道：「子明，今晚你還得給我講一講那陣法，咱們得抵足夜談才行。」

崔亮有些爲難，「相爺，明日邊行邊講吧，讓小慈單獨一帳，我放不下心，這些雲騎營的士兵如狼似虎的，再說，我還得替她手臂行針……」

裴琰含笑看著江慈，「小慈若是不介意，就睡在我這主帳，我讓他們也搭個內帳，小慈睡外間便是。行針在這裡也可以的。」

崔亮想了下，點頭道：「也好。」

衛昭目光掠過江慈，停了一瞬，飄然出帳。帳簾輕掀，湧進來一股初夏的夜風，帶著幾分沉悶之氣。

崔亮洗淨雙手，取過針囊，替江慈將左袖輕輕挽起，找準經脈穴位之處，一一扎針。江慈正待言謝，抬頭卻見裴琰負手立於一旁，她再看看自己裸露的左臂，忽想起草廬之夜，慢慢轉過身去。

裴琰省覺，轉身步入內帳，取過一本兵書在地氈上坐下，聽著外間崔亮與江慈低聲交談，聽著她偶爾發出的輕笑聲，手中用力，書冊被攥得有些變形。

外間，崔亮收起銀針，微笑道：「你別再看書了，早些睡吧。再有幾日，你的左臂便可以活動，那時我再教你行針認藥。」

江慈感激的話堵在了喉間，崔亮似是知她所想，拍了拍她的頭，江慈和衣躺到地氈上，闔上了雙眸。

崔亮將外間的燭火吹滅，步入內帳，見裴琰手中握著兵書，不由笑道：「相爺精神眞好。」

裴琰抬頭微笑，「想到要和宇文景倫交手，難掩興奮。」

「相爺以前不曾和他直接交過鋒麼？」

「當年成郡一戰，與我交手的是桓朝大將步道源，我將他斬殺之後，宇文景倫才一手掌控了桓國的軍權。說來，也算是我幫了他一把。而今要和他交手，總要討點利息才行。」

崔亮大笑，「就是不知這桓國的宣王是否小器，他欠了相爺的人情債，若是不願還，可怎麼辦？」

裴琰嘴角含笑，「他若不還，我便打得他還！」

夜露漸重，初夏的夜半時分，即使是睡在地氈上，也仍有些涼意。風自帳簾處鼓進來，江慈怎麼也無法入睡，聽得內帳中二人話語漸低，終至消失，知二人已入睡，她輕輕坐了起來。

黑暗之中，江慈默默坐著，風陣陣湧入，帶進來一縷若有若無的簫聲，她心中一驚，猛然站起，簫聲又消失不聞，她再聽片刻，慢慢躺回氈上。

將近三更的荒雞時分，裴琰悄然出帳，值守的長風衛過來，他揮揮手，步入草叢之中。

片刻後，他回轉帳門處，長風衛童敏靠近，低聲道：「他在林子裡站了半個時辰，沒見與人接觸，子時回的帳。」

裴琰點點頭，轉身入了帳中。外間的地氈上，江慈向右側臥，呼吸細細，和衣而眠。裴琰立於她身前，聽著她均勻的呼吸聲，縱是帳內沒有燭火，仍可見她秀氣的雙眉微微蹙起，他遲疑片刻，右手緩緩伸出。

簾幕後，崔亮似是翻了個身，裴琰猛然收回右手，起身入了內帳。

（待續，請繼續閱讀《流水迢迢（卷三）情似流水》）

國家圖書館出版品預行編目資料

流水迢迢（卷二）鳳翔九霄／簫樓著；── 初版.
──臺中市：好讀，2013.2

面：　公分，──（真小說；25）（簫樓作品集；2）

ISBN 978-986-178-265-2（平裝）

857.7　　101026574

好讀出版

真小說 25

流水迢迢（卷二）鳳翔九霄

作　　者／簫　樓
總 編 輯／鄧茵茵
文字編輯／簡伊婕、林碧瑩
美術編輯／鄭年亨
行銷企畫／陳昶文
發 行 所／好讀出版有限公司
台中市 407 西屯區何厝里 19 鄰大有街 13 號
TEL:04-23157795　FAX:04-23144188
http://howdo.morningstar.com.tw
（如對本書編輯或內容有意見，請來電或上網告訴我們）
法律顧問／甘龍強律師
承製／知己圖書股份有限公司　TEL:04-23581803

總經銷／知己圖書股份有限公司
http://www.morningstar.com.tw
e-mail:service@morningstar.com.tw
郵政劃撥：15060393 知己圖書股份有限公司
台北公司：106 台北市大安區辛亥路一段 30 號 9 樓
TEL:02-23672044　FAX:02-23635741
台中公司：台中市 407 工業區 30 路 1 號
TEL:04-23595820　FAX:04-23597123

初版／西元 2013 年 2 月 1 日
定價／220 元
如有破損或裝訂錯誤，請寄回知己圖書台中公司更換

Published by How-Do Publishing Co., Ltd.
2013 Printed in Taiwan

ISBN 978-986-178-265-2

情感小說 · 專屬讀者回函

書名：流水迢迢（卷二）鳳翔九霄

姓名：＿＿＿＿＿＿＿＿＿ 性別：□男 □女 生日：＿＿＿年＿＿＿月＿＿＿日

教育程度：＿＿＿＿＿＿＿＿＿＿＿＿＿＿

職業：□學生 □教師 □一般職員 □企業主管

□家庭主婦 □自由業 □醫護 □軍警 □其他＿＿＿＿＿＿＿＿＿＿＿＿

電子郵件信箱（e-mail）：＿＿＿＿＿＿＿＿＿＿＿＿＿ 電話：＿＿＿＿＿＿＿＿＿＿

聯絡地址：□□□＿＿＿＿＿＿＿＿＿＿＿＿＿＿＿＿＿＿＿＿＿＿＿＿＿＿＿＿

您怎麼發現這本書的？

□書店 □＿＿＿＿＿＿網路書店 □朋友推薦 □＿＿＿＿＿＿網站／網友推薦

□其他＿＿＿＿＿＿＿＿＿＿＿＿＿＿＿＿＿＿＿＿＿＿＿＿＿＿＿＿＿＿＿＿＿

買這本書的原因是

□內容題材深得我心 □價格便宜 □封面與內頁設計很優 □其他＿＿＿＿＿＿＿

您閱讀此本小說的原因：□喜愛作者 □喜歡情感小說 □值得收藏 □想收繁體版

□其他＿＿＿＿＿＿＿＿＿＿＿＿＿＿＿＿＿＿＿＿＿＿＿＿＿＿＿＿＿＿＿＿＿

您喜歡閱讀情感小說的原因

□打發時間 □滿足想像 □欣賞作者文采 □抒解心情 □其他＿＿＿＿＿＿＿＿

您不喜歡哪類情感小說的情節設定

□人人都愛女主角 □女主角萬能 □劇情太俗套 □太狗血 □虐戀 □黑幫

□其他＿＿＿＿＿＿＿＿＿＿＿＿＿＿＿＿＿＿＿＿＿＿＿＿＿＿＿＿＿＿＿＿＿

最無法忍受的主角人物關係

□父女 □師生 □兄妹 □姊弟戀 □人獸 □ BL □其他＿＿＿＿＿＿＿＿＿＿＿＿

您最常接觸情感小說的方式

□購買實體書 □租書店 □在實體書店閱讀 □圖書館借閱 □在＿＿＿＿＿＿＿＿

網站瀏覽 □其他＿＿＿＿＿＿＿＿＿＿＿＿＿＿＿＿＿＿＿＿＿＿＿＿＿＿＿＿＿

您喜歡的情感小說種類（可複選）

□宮廷 □武俠 □架空 □歷史 □奇幻 □種田 □校園 □都會 □穿越 □修仙

□台灣言情 □其他＿＿＿＿＿＿＿＿＿＿＿＿＿＿＿＿＿＿＿＿＿＿＿＿＿＿＿＿

推薦你喜歡的情感小說作者或作品（多多益善喔）

＿＿＿＿＿＿＿＿＿＿＿＿＿＿＿＿＿＿＿＿＿＿＿＿＿＿＿＿＿＿＿＿＿＿＿＿＿＿

您這對本書還有其他想法嗎？請通通告訴我們：

＿＿＿＿＿＿＿＿＿＿＿＿＿＿＿＿＿＿＿＿＿＿＿＿＿＿＿＿＿＿＿＿＿＿＿＿＿＿

＿＿＿＿＿＿＿＿＿＿＿＿＿＿＿＿＿＿＿＿＿＿＿＿＿＿＿＿＿＿＿＿＿＿＿＿＿＿

請填妥後對折黏貼，直接投郵即可，無須貼郵票。

廣告回函
台灣中區郵政管理局
登記證第 3877 號
免貼郵票

好讀出版有限公司　編輯部收

407 台中市西屯區何厝里大有街 13 號

電話：04-23157795-6　傳真：04-23144188

沿虛線對折